BIBLIOTECA
AUGUSTO
CURY

El hombre más feliz de la historia

AUGUSTO CURY

EL HOMBRE MÁS FELIZ DE LA HISTORIA

OCEANO

EL HOMBRE MÁS FELIZ DE LA HISTORIA

Título original: O HOMEM MAIS FELIZ DA HISTÓRIA

Traducción: Pilar Obón

Diseño de portada: Raul Fernandes
Fotografía de portada: Andy & Michelle Kerry / Trevillion Images
Fotografía del autor: © Instituto Academia de Inteligência

D. R. © 2018, Editorial Océano de México, S.A. de C.V.
Homero 1500 - 402, Col. Polanco
Miguel Hidalgo, 11560, Ciudad de México
info@oceano.com.mx

Primera edición en Océano: 2018

ISBN: 978-607-527-645-8

¡Dedico este libro a alguien
que deseo que sea muy feliz!

¡Jamás desistas de las personas a las que amas!
¡Lucha siempre por tus sueños!
¡Enamórate apasionadamente de la vida!
¡Descifra los códigos de la felicidad!
Pues la felicidad sustentable no pertenece a los que no se estresan,
sino a los que convierten sus inviernos en primaveras.
¡Y a los que hacen de su vida un espectáculo único e imperdible!

Prefacio

El hombre más feliz de la historia es una novela protagonizada por el psiquiatra Marco Polo, un pensador ateo y reconocido en todo el mundo, que se atreve a estudiar las complejas facetas de la mente de Jesús desde la perspectiva de la ciencia. Concluye que tanto las universidades como todas las religiones fracasaron al no estudiar su personalidad, revelando a un Jesús muy diferente de lo que ha sido filmado, pintado o descrito por los teólogos. Descubre que él fue el Maestro de maestros, el carpintero de la emoción, un ser humano súper inteligente, súper feliz, súper alegre, súper sociable.

En este libro, el pensador de la psiquiatría procura develar los misteriosos códigos de la felicidad contenidos en el más famoso discurso de Jesús: el Sermón de la Montaña. ¡Poco a poco, Marco Polo va quedando perplejo, atónito, asombrado! Nunca un ateo tan crítico se sorprendió tanto. Al mismo tiempo que queda fascinado con sus descubrimientos, sufre una persecución implacable. De día y de noche, fuerzas ocultas quieren silenciar la voz de Marco Polo.

Para el complejo hombre Jesús, ser feliz no era estar siempre alegre, sino reinventarse en el dolor; no era ser inmune a los valles de las frustraciones, sino administrar sus pensamientos; no era dejar de atravesar las crisis, sino escribir los capítulos más importantes de la vida en los momentos más difíciles de su historia.

¿Qué hace usted con sus dolores y frustraciones? La educación moderna forma mentes frágiles que no saben llorar, reinventarse, reciclar su ansiedad, tener autocontrol. Pero el hombre más feliz de la historia formaba mentes saludables, libres, resilientes, emocionalmente protegidas.

El hombre más feliz de la historia es la continuación de la saga que comenzó con *El hombre más inteligente de la historia*, pero los libros pueden ser leídos por separado, sin perjuicio alguno para el lector. El próximo libro de la serie se llamará *El mayor líder de la historia*. Algunos directores cinematográficos están interesados en transformar esa saga en una serie.

La mayoría de las personas en todo el mundo fracasa en develar los códigos de la felicidad. Los ricos quisieran comprar la felicidad, pero ella les ha gritado: "No estoy en venta". Las celebridades quisieron seducirla con su fama, pero ella les susurró al oído: "Estoy en las cosas simples y anónimas". Los generales quisieron dominarla con sus armas, pero ella expresó, categórica: "Soy indomable". Los jóvenes quisieron capturarla con el placer rápido, pero ella proclamó: "Los sueños sin disciplina producen personas frustradas, y la disciplina sin sueños produce personas fracasadas". Los seres humanos siempre buscaron la felicidad, como el sediento busca el agua, como el jadeante busca el aire, como el científico explora lo desconocido; pero muchos de ellos murieron como mendigos emocionales, aunque hayan vivido en bellas residencias.

¿Quién podría imaginar que Jesús enseñaba la gestión de la emoción, el entrenamiento de los entrenamientos, para que los humanos fuéramos felices? ¿Quién podría imaginar que él llamó a alumnos que sólo le daban dolores de cabeza como el ansioso Pedro, el inestable Juan, el paranoico Tomás, el corrupto Mateo, para que vaciaran sus egos, fueran empáticos, líderes de sí mismos y pacificadores de su propia mente y de la de los demás?

Marco Polo se convence de que los miles de millones de personas que admiran a Jesús desconocen las herramientas de administración de la emoción que él usó ampliamente. Millones de personas son infelices y enferman emocionalmente con facilidad. Yo quedé atónito con estos descubrimientos. Son tan sofisticados que los escribí en forma de novela para explicarlos mejor. Espero que usted se sorprenda también.

AUGUSTO CURY

1

Las ecuaciones que quitan el sueño en Jerusalén

Jerusalén era un museo a cielo abierto, el pulmón de los acontecimientos mundiales. Ninguna otra ciudad del planeta —Nueva York, Shanghái, Tokio, París, São Paulo— producía tanta información para las agencias de noticias. Por sus arterias circulaban asiáticos, europeos, americanos, latinos, africanos, todos desesperados por respirar el oxígeno de la historia. Millones de personas confluían por los lugares por donde hace dos milenios pasó un carpintero que sorprendió al mundo.

"Él anduvo por aquí", decían algunos guías turísticos, conmovidos, acompañando a grupos de japoneses, chinos, coreanos.

"Fue traicionado en el Huerto de los Olivos", proclamaban otros guías, acompañando a grupos de franceses, alemanes, italianos.

"Aquí tienen el Santo Sepulcro", indicaban otros guías, entusiasmados, acompañando a norteamericanos, latinos, africanos.

Las personas se emocionaban al describir sus comportamientos, pero no tenían la menor idea de que Jesús fue la mente más compleja que haya pisado esta Tierra. No entendían que, con una de sus manos, el carpintero tallaba la madera y con la otra, la personalidad humana. Él usó códigos de gestión de la emoción únicos, que tenían como objetivo revolucionar la historia de la humanidad.

Los códigos de Jesús quedaron ocultos a los ojos no sólo de los científicos, sino también de miles de millones de religiosos que lo admiraron a lo largo de la historia. Jamás un hombre tan elogiado fue tan desconocido. Sin embargo, un osado pensador de la psiquiatría, el doctor Marco Polo, ateo declarado, investigador determinado, estaba en Jerusalén, en pleno siglo XXI, no para visitar los sitios arqueológicos, sino para realizar algo impensable, una jornada épica que la ciencia y las religiones no tuvieron el valor o la habilidad de hacer: estudiar la sofisticada mente de Jesús bajo el prisma de la ciencia.

"Si hubiera vivido en los tiempos de la Inquisición, doctor Marco Polo, usted sería el primero en ser lanzado a la hoguera", decían las personas que lo conocían.

Marco Polo procuraba ansiosamente encontrar incoherencias en las tesis de Jesús, debilidades en sus pensamientos y fragmentaciones en su personalidad. Pero mientras más investigaba, más quedaba atónito, perplejo, asombrado. Igual que el aventurero veneciano que hace muchos siglos exploró el mundo antiguo, Marco Polo era también un explorador, sólo que de otro mundo, más complejo y más accidentado: el intelecto humano. Nunca un ateo tan famoso y descreído se sorprendió tanto. Sus análisis sin sesgo religioso de ese enigmático personaje lo llevaban a detectar las insanias de la humanidad, así como sus propias fragilidades y "locuras".

"He caído del pináculo de mi orgullo", decía a sus amigos íntimos.

Cierta noche de luna menguante, fría, silenciosa y en apariencia sin sorpresas en Jerusalén, el audaz psiquiatra tuvo un ataque de pánico mientras dormía. Marco Polo despertó desesperado, con taquicardia, jadeante, bañado en sudor. Había tenido pesadillas sobre algo poco común: el futuro de la familia humana. En esas pesadillas presenció el asesinato de la infancia de los niños, una epidemia de suicidios, violencia en las escuelas, discriminación de todo tipo, la dictadura de la belleza, la soledad tóxica en la era digital...

"¿Qué está pasando con la especie humana? ¡La humanidad se está volviendo inviable!", se dijo asombrado al despertar. Sus ojos estaban llenos de lágrimas. Y completó: "Estamos aprendiendo a odiarnos, a distanciarnos, a alienarnos, cuando deberíamos aprender a amar, abrazar, incluir..."

El gran pensador de la psiquiatría parecía estar siendo devorado por predadores. Sus ideas lo consumían por dentro. Su pánico era alimentado por dos ecuaciones emocionales que afectaban el futuro de nuestra especie, y que le perturbaban el sueño.

"¿Por qué estamos ante la generación más triste de todos los tiempos, si tenemos la más poderosa industria para financiar el placer de la historia?". Así, angustiado, formuló la primera ecuación. Enseguida, enunció la segunda: "¿Por qué toda la humanidad está enfermando emocionalmente, si la medicina, la psiquiatría y la psicología han dado saltos sorprendentes?" Era una tarea dificilísima, la de comprender las causas que entristecían a la humanidad y que nutrían los altos índices de ansiedad, agotamiento cerebral, depresión, suicidios y violencia social. Pocos percibían o se preocupaban por esas dos preguntas. El *Homo sapiens* de la era digital era egocéntrico, luchaba por sus países, partidos políticos, universidades, religiosos, en fin, por sus corrales ideológicos, pero rara vez pensaba como humanidad y lloraba por ella. Ante eso, a pesar de sus propias imperfecciones, Marco Polo vertía lágrimas por la familia humana.

Una vez pasado el susto, procuró desacelerar sus pensamientos, hacer una práctica de *mindfulness*, relajarse, recostar la cabeza en la almohada y sumergirse en el océano del sueño. Se adormeció. Pero sus aguas emocionales seguían agitadas. Despertó de nuevo, dos horas después, pero ahora no estaba asombrado, sino admirado. Había soñado con el hombre que estaba investigando. Casi sin voz, se sentó en la cama otra vez y balbuceó algunas palabras, tratando de organizar sus ideas:

"¿Qué hombre es ése que, en la infancia, a los dos años, fue perseguido de muerte; en la adolescencia trabajó con las mismas herramientas que algún día lo matarían: madera, clavos y martillos?" Y poniéndose las manos en la cabeza, completó su perplejidad: "Tenía todos los motivos para ser ansioso y depresivo... Pero apabullantemente, proclamó los códigos de la felicidad. ¿Qué mente es ésa que trabajaba las herramientas de la administración de la emoción muchos siglos antes del nacimiento de la psiquiatría y la psicología?"

Para Marco Polo, jefe del departamento de psiquiatría de una importante universidad de California, la gestión o administración de la emoción era fundamental; era el entrenamiento de entrenamientos para que el Yo, que representa la capacidad de elección, se convirtiera en autor de la propia historia. Pero la educación mundial era racionalista. Formaba seres humanos libres por fuera, pero presos por dentro. Tembloroso, tomó un bolígrafo y después de respirar profundamente para calmarse, escribió algunas preguntas inquietantes:

"¿Por qué la emoción de los niños y adultos, religiosos y ateos, ha sido con frecuencia una tierra de nadie, sin protección? ¿Por qué las universidades omitieron estudiar las herramientas del hombre más complejo de la historia? ¿Qué mordaz prejuicio es éste que nos controla?". De hecho, el prejuicio en relación al hombre Jesús era atroz y paradójico. Las personas de todo el mundo conmemoraban su nacimiento, pero sus ideas no podían entrar en el medio educativo. Era casi imposible hablar sobre su intelecto en ninguna universidad o escuela de enseñanza media sin que pensaran que se trataba de un discurso religioso. Era posible hablar de Pitágoras, Sócrates, Platón, Descartes, Spinoza, Kant, Hegel, Sartre o cualquier otro pensador, aunque fuera de intelecto débil, sin restricción alguna, pero hablar del Maestro de la emoción era un problema. La Inquisición académica era terrible.

El error no era sólo de las universidades, sino sobre todo de las propias religiones que lo seguían, pues creían que sería una herejía estudiar la inteligencia de Jesucristo. Para ellas, su psiquismo era insondable; los seres humanos no tenían la mínima capacidad para analizarlo. Finalmente, Marco Polo escribió su última pregunta, que era una tesis muy seria: "¿El rechazo a estudiar la mente de Jesús asfixió la evolución de la humanidad?".

Se quedó dormido otra vez. Tres horas después, los pájaros comenzaban a cantar. Se iniciaba una de las mañanas más intrigantes en la vida de Marco Polo. Iría a debatir al aire libre, ante centenares de personas presencialmente y millones en línea, los códigos del discurso más famoso de la historia, el Sermón de la

Montaña, en el mismo lugar donde la tradición contaba que había sido pronunciado.

Lo acompañaba Sofía, su asistente, una psiquiatra joven, inteligente y culta. Michael Herman, un neurocientífico valeroso y determinado, ateo convencido, investigador de la Universidad de Jerusalén, participaría del debate con Marco Polo. Completaban el equipo el doctor Alberto Mullen, una de las mentes más brillantes del Vaticano, y el doctor Thomas Hilton, un notable pensador protestante de Harvard. Era un equipo de oro, crítico, intrépido, que había aprendido a desnudarse de sus prejuicios.

Los análisis de Marco Polo iban a ser debatidos sin frenos ni miedo.

Marco Polo y Sofía tomaron un taxi, pues el lugar quedaba distante de donde se hospedaban. Eufórica, Sofía preguntó:

—¿Me puedes adelantar algunas de tus tesis sobre el Sermón de la Montaña, Marco Polo?

—¡Controla tu ansiedad, Sofía! —bromeó él—. Te sorprenderás.

Mientras se dirigían al lugar, el vehículo en que iban sufrió un cerrón brusco, que obligó al experimentado taxista a hacer un rápido giro para evitar la colisión, chocando casi contra un poste. Luego tomó un atajo. Jadeante, miró por el retrovisor, preocupado.

—¡Qué raro! Parece que nos están siguiendo —afirmó el conductor a la pareja de psiquiatras.

Su mirada continuaba fija en el retrovisor. Sofía tragó en seco y, con la voz ahogada exclamó, tensa:

—¡No. Otra vez!

Ya habían pasado por diversos episodios peligrosos. Pero ella no conocía los motivos que estaban detrás del odio a Marco Polo.

A final de cuentas, él era un hombre generoso, afectuoso, aunque controvertido.

Al escuchar la declaración de Sofía, el taxista jadeó todavía más. Tenso, le preguntó a Marco Polo:

—¿Quién es usted?

Marco Polo contrajo los músculos de la cara, pero no dijo nada.

—Dígame, por favor, ¿quién es usted? ¿Qué hace?

—Sólo soy un psiquiatra —respondió Marco Polo, tratando de aliviar la tensión.

—¿Usted es estadunidense? ¿Tiene algún puesto en el gobierno? —preguntó nuevamente el conductor.

—Soy estadunidense, pero sólo un científico —dijo Marco Polo, lacónico.

El taxista aceleró, perturbado. Después de algunos minutos de una persecución sin tregua, su auto fue rebasado por el Mercedes de cuatro cilindros, que rápidamente se le cerró. De pronto descendieron de él dos hombres con la cabeza rapada y vestidos de negro. Llevaban pistolas automáticas con silenciadores. Parecían delincuentes profesionales. Sin demora, gritaron a los ocupantes del taxi:

—¡Salgan, salgan! ¡Las manos en alto!

Marco Polo, Sofía y el taxista cumplieron la orden rápidamente y salieron con las manos levantadas. Todos quedaron de espaldas a los agresores.

—¡Póngase de frente, doctor Marco Polo! —ordenó uno de los perseguidores.

Al oír su nombre, Marco Polo tembló. Era un asesinato por encargo. El psiquiatra se volvió y vio a un hombre alto, musculoso, de piel clara, rostro rabioso, sin señales de que pretendiera entrar en alguna negociación. El otro era un poco más bajo, de piel oscura, rostro tenso. Éste, sin dar explicaciones, propinó un fuerte golpe en la cara a Marco Polo. El científico cayó al suelo, atontado. El lado izquierdo de su boca comenzó a sangrar.

Sofía entró en estado de shock. Se volvió y rompió en llanto.

—No, por favor... no disparen, no disparen —clamaba con desesperación.

Marco Polo se levantó con dificultad y puso su mano izquierda en el hombro derecho de Sofía.

—¡Cálmate, Sofía! El miedo nos mata antes que las armas.

Sabía que estaba en los últimos momentos de su vida. Sin embargo, cuando parecía que el mundo se derrumbaría sobre él, se acordó de uno de los síndromes que había descubierto, el síndrome del predador-víctima. En un foco de tensión, el circuito de la memoria se cierra, el *Homo sapiens* se convierte en *Homo bios*, un depredador, y las personas que le llevan la contraria se vuelven sus víctimas. Entonces tuvo un momento de inspiración. Su mente se iluminó. Rápidamente recordó algunos códigos que usó Jesús para desarmar el cerebro de sus predadores. Actuaba en el inconsciente de ellos sin que se dieran cuenta, rompiendo la cárcel del síndrome predador-víctima. Recordó el pasaje del apedreamiento de la "mujer adúltera"

Estuvo consciente de que, si se intimidaba, sería la víctima y sus verdugos se volverían sus predadores. Si, por el contrario, los enfrentaba, sería el predador y aquellos hombres serían las víctimas. En ese caso, también dispararían sus armas. Tendría que cambiar de estrategia. Era necesario desarmar la mente de los agresores para desactivar sus armas. ¿Pero cómo? No se intimidó ni enfrentó a sus atacantes, sorprendiéndolos, exaltándolos. El notable ateo usó las armas del Maestro de la emoción al que estudiaba.

—¿Detrás de esas armas hay seres humanos que pasaron por pérdidas, lágrimas y desiertos emocionales? ¡No lo dudo! ¿Ustedes sueñan, aman y piensan críticamente? ¡Tampoco lo dudo! No sé quiénes son, pero aunque me maten, yo los respeto.

¿Él nos respeta?, pensaron los agresores, mirándose sorprendidos. Enseguida estallaron en carcajadas, pero aun mientras se burlaban de Marco Polo, fenómenos inconscientes habían sido accionados. Sin que se dieran cuenta, el ancla de la memoria estaba desplazándose de las fronteras de la agresividad a los límites de la reflexión. Pero poco después regresaron a sus cárceles mentales, retomando su proyecto de asesinar a Marco Polo.

—¡Usted se va a morir! —dijo el de piel clara, que parecía ser el líder, y apuntó con su arma a la cabeza del psiquiatra. Antes de jalar el gatillo, comenzó a explicar difusamente el motivo del asesinato—: Su atrevimiento será silenciado. Sus ideas no contagiarán a más millones de personas. ¡El virus será eliminado!

Los debates de Marco Polo se habían hecho virales en el mundo a través de internet. Pero él desdeñaba su fama. Su placer era enseñar a pensar, era formar mentes libres. Sin embargo, el precio estaba siendo demasiado alto.

—Discúlpenme, señores —los sorprendió Marco Polo una vez más—. ¡Ustedes pueden silenciar mi cuerpo, pero jamás mis ideas!

Los hombres se sorprendieron, y Marco Polo aprovechó para infiltrarse en su subconsciente:

—Y, hablando de silenciarme, escuchen la voz silenciosa que grita en sus mentes. ¿Qué proclama? ¿Qué son asesinos o seres humanos que aman la vida? ¿Qué son mentes libres o mentes adiestradas que sólo cumplen las órdenes de sus superiores? ¡Estoy seguro de que son mentes libres!

—¡Cállese! —bramó el agresor de piel clara.

Sofía y el taxista también estaban asombrados con el atrevimiento de Marco Polo. Era como un malabarista equilibrándose sobre una cuerda entre dos edificios altísimos, sólo que sin protección y sin vara de apoyo. Podría morir en cualquier momento. Percibiendo la vacilación de los agresores, el psiquiatra completó su raciocinio:

—Los inteligentes usan las ideas, los débiles usan las armas. Estoy seguro de que estoy ante personas inteligentes, que valoran más la vida que la muerte.

El más joven quedó desarmado emocionalmente. Dijo, temblando:

—¡No puedo jalar el gatillo!

El hombre de piel clara también temblaba. Enseguida escucharon los sonidos de las patrullas de policía.

—¡Quien quiera ejecutarle es mejor que no le preste oídos! Muchos quieren su cabeza. ¡La próxima vez no tendrá la misma suerte! —dijo el más alto.

Guardaron sus armas y entraron rápidamente en su vehículo. Cuando se voltearon, Marco Polo notó que había una especie de cruz tatuada en la nuca de ambos. Le pareció extraño. Los agresores se marcharon rechinando llantas. Desaparecieron tan misteriosamente como habían aparecido.

—¿Quiénes son esos hombres? —preguntó el taxista, perturbadísimo.

—Sinceramente, no lo sé —dijo Marco Polo abrazando a Sofía, intentando calmarla.

—Nunca oí hablar de alguien que desarmara a los agresores con palabras —comentó el taxista.

Marco Polo hizo una pausa, y afirmó:

—Ni yo. Sólo seguí las técnicas de un hombre cuya mente estoy estudiando.

—¿Qué hombre es ése?

—Un gambusino de la mente humana —dijo Sofía, esbozando una leve sonrisa en medio del caos.

—¿Gambusino de qué? —quiso saber el taxista, atónito—. ¿Cómo evitó el asesinato?

—¡Un gambusino que removía las piedras para exponer el oro que hasta los sociópatas poseen! —concluyó Marco Polo, poética y metafóricamente.

—No entiendo nada...

Era difícil entender los fenómenos que transformaban al *Homo sapiens* en *Homo bios*, el ser pensante en animal.

—Mejor nos resguardamos en un hotel, avisamos a la policía —solicitó Sofía, todavía temerosa.

De hecho, sería más prudente posponer o interrumpir los debates al aire libre sobre la mente de Jesús. La jornada se estaba volviendo demasiado peligrosa.

—Peor que la muerte es estar muerto estando vivo. ¡El ser humano puede huir de todo y de todos, pero nunca de su propia conciencia! Si me escondiera en las montañas, mi conciencia estaría gritando: "¡Los peñascos no me pueden silenciar!". Si me refugiara en mi casa, mi conciencia continuaría clamando: "¡Estas paredes me escuchan!". No puedo callar mis sueños, Sofía, aun a riesgo de mi vida. Pero respeto tu decisión de volver al hotel.

Ella miró con firmeza en sus ojos, y después de dudar unos instantes, su voz alzó el vuelo:

—Te acompañaré. La sed y el hambre de contribuir a la humanidad también me inquietan.

Marco Polo ya había sufrido pérdidas dramáticas. Había perdido a su esposa, Anna, a la que amaba muchísimo, víctima de una enfermedad autoinmune, rápida y dramática. Su suegro, un empresario billonario e inescrupuloso, lo odiaba y lo culpaba por la muerte de su hija. Además, su hijo, Lucas, casi había muerto varias veces por sobredosis de drogas. Para completar, era blanco de los celos atroces de algunos de sus colegas en la universidad, por ser un científico admirado que buscaba siempre maneras diferentes de pensar las cosas. Ahora corría el riesgo de morir en Jerusalén sin saber los verdaderos motivos. El único problema era que desistir no formaba parte del diccionario de Marco Polo. La muerte silencia el corazón, el miedo paraliza la emoción. Detestaba ser un paralítico mental.

2

Riesgo de muerte

Entraron al auto. Pasados algunos minutos de silencio, surgió otro contratiempo, no tan grave, pero no menos impactante. Parecía que ése era un día para ser olvidado. Marco Polo recibió la llamada de un psiquiatra de la Universidad de Oxford, un notable intelectual, un amigo honesto, transparente:

—Marco Polo, ¿cómo está, amigo? ¡Soy Marc MacDonald!

—¿Cómo está, Marc? Es bueno escuchar su voz.

—Disculpe que sea directo. Sus debates en Israel están repercutiendo en muchas universidades de todo el mundo. ¿Puede percibir las gravísimas consecuencias de eso?

—Bien, casi muero hace pocos minutos... —dijo, con una pizca de buen humor.

—No estoy bromeando, Marco Polo —continuó su colega de profesión—. Usted es respetado mundialmente. ¿No se da cuenta de que va a enterrar su reputación académica? —advirtió, en forma dramática.

—Todos son enterrados cuando están muertos, pero muchos, debido a su preocupación neurótica por lo que los demás piensan de ellos, son sepultados cuando todavía están vivos. ¿A usted ya lo sepultaron? —cuestionó Marco Polo, recordando lo que hacía poco dijera a Sofía.

—Siempre me impresionó su buen humor, Marco Polo. Pero lo que está haciendo es una verdadera locura, un suicidio académico...

—¿Entrar en una cuestión que los religiosos descuidaron es una locura? ¿Estudiar, sin sesgo religioso, la mente del personaje más famoso de la historia es un suicidio? En el pasado, la religión tenía a la Inquisición, condenaba a inocentes a la hoguera; hoy las universidades se volvieron hacia la religión del conocimiento, condenando a la hoguera a los que piensan fuera de la curva —reflexionó el psiquiatra de California.

Era una tarea ardua debatir con Marco Polo, un especialista en hacer explotar los sofismas y pulverizar las falsas creencias. Marc MacDonald tragó en seco. Todavía hizo un intento, aunque más amable:

—Pero Marco Polo, piense conmigo... Jesús, como objeto de estudio, es un campo minado. Él es polémico. ¡La religión es polémica!

—¿Pero quién dice que estoy discurriendo sobre la religión? Estoy estudiando su mente, su personalidad, sus habilidades, dentro de mis enormes limitaciones.

—Pero la comunidad científica no lo entenderá.

—¡Las religiones fracasaron y las ciencias también, Marc! Han pasado dos mil años y nadie se atrevió a evaluar las herramientas que ese hombre usó para proteger su propia emoción.

—¿Cómo? ¿Él sabía proteger su propia emoción? —indagó curioso Marc MacDonald—. Siempre pensé que Jesús era alguien depresivo, debilitado emocionalmente.

Sofía y el taxista prestaban oídos atentos a lo que Marco Polo decía por el celular. Él comentó con su amigo.

—Todavía estoy analizando sus herramientas. Puede ser que me decepcione, que me frustre, pero hasta este momento estoy perplejo, Marc.

—¿Acaso está queriendo ganar el premio Nobel? —se burló el amigo de Oxford.

—Marc, vea su incoherencia. Hace algunos minutos me dijo que yo sería execrado del medio académico, y ahora quiero ganar el premio Nobel. No estoy entendiendo.

Después de una pausa, Marc MacDonald lo cuestionó:

—Usted me perturba, Marco Polo. Dígame: ¿qué pretende con esa investigación?

—¡Intento responder estas preguntas! ¿Jesús tuvo una mente compleja o empequeñecida? ¿Sus ideas eran brillantes u opacas? ¿Formó repetidores de información o mentes libres y creativas? ¿Administraba sus emociones en los focos de tensión o tenía un Yo frágil, con un bajo umbral para soportar las frustraciones? ¿Desarrolló los códigos de la felicidad o era una persona angustiada?

El abordaje de Marco Polo casi hizo que su colega perdiera la voz:

—¡Esos cuestionamientos son sorprendentes! Sé que usted es un científico serio, con criterio, honesto. ¡Temo que sus análisis puedan llevar a conclusiones muy graves! Usted puede concluir que Jesús fue un... un fraude, un psicótico. Millones de católicos, protestantes y miembros de innumerables religiones que lo admiran podrían quebrantarse.

—Tal vez —comentó Marco Polo—. O bien mis investigaciones pueden...

—¿Pueden qué? —indagó el psiquiatra inglés.

—...llevar a la conclusión de que Jesús fue una de las mentes más sorprendentes de la historia, si no es que la más grande de ellas. En fin, pueden llevar a la conclusión de que él, el personaje más famoso del mundo, es el menos conocido en su mente.

—¿Está infiriendo que las ciencias fueron omisas en estudiarlo?

—Sí. Fue una omisión infantil. Puedo corregir mi pensamiento, pero, hasta donde he analizado, me parece que él estaba muy avanzado para su tiempo, que hace dos milenios realizaba el entrenamiento más fantástico para formar mentes libres, creativas, osadas, proactivas... La educación clásica racionalista está en la edad de las cavernas comparada con su entrenamiento.

—Pero... pero... —el amigo de Marco Polo estaba pasmado, tenía dificultad para expresarse.

Marc MacDonald sabía que en Europa, escenario de atrocidades inimaginables, millones de personas no podían oír hablar del personaje Jesús sin relacionarlo con la religión. Y las religiones tenían una reputación débil, pues no impidieron, por ejemplo, las atrocidades nazis, algunas incluso las apoyaron. Millones de sacerdotes habían construido en su mente a un personaje que no correspondía al Maestro histórico, administrador de la mente, osado y perspicaz entrenador de la emoción.

Marco Polo había escrito más de ochocientas páginas sobre el proceso de formación de la personalidad de Adolfo Hitler, el ambiente social estresante patrocinado por el Tratado de Versalles, la fragmentación política, la crisis económica, así como las técnicas de marketing de masas que los nazis usaron para devorar el inconsciente colectivo de Alemania.

—Una educación racionalista, que desprecia la gestión de la emoción, no desarrolla mentes libres y autónomas —completó Marco Polo. Enseguida, lanzó un cuestionamiento perturbador—: ¿Estamos formando pensadores o repetidores en nuestras universidades?

Marco Polo estaba convencido de que si Alemania, que había sido el hogar de Kant, de Hegel y de Schopenhauer, que tenía, en su época, la mejor educación cartesiana de su tiempo, había sido seducida por el psicópata Hitler, un líder histriónico, rudo y tosco pero extremadamente elocuente, ninguna otra nación racionalista que no forma mentes libres en masa estaría vacunada contra la seducción de otros psicópatas semejantes si se reprodujeran las mismas condiciones sociales. Hitler era paradójico: vegetariano, no quería que los animales sangraran, pero conducía a millones de inocentes, niños incluso, a la muerte en los campos de concentración.

El psiquiatra de Oxford quedó sorprendido con la posibilidad de que las universidades no estaban formando pensadores.

—Pero es difícil estudiar el pasado de alguien que murió hace dos mil años.

—Pero estudiamos a Sócrates, que jamás escribió un libro. Estudiamos a Platón y a Aristóteles, que no tienen una biografía detallada. Pero el hombre Jesús, que tuvo por lo menos cuatro biografías aceptadas mundialmente, no fue estudiado. Rara vez alguien tan biografiado fue tan despreciado.

—¡Estoy aterrorizado, Marco Polo! ¡Quiero analizar su material!

—Escuche mis debates.

Antes de colgar, Marc MacDonald hizo una pregunta que no salía de su mente:

—No entiendo... Usted es de los ateos más ascéticos y críticos que conozco. ¿Dejó de ser ateo?

Marco Polo hizo una breve pausa antes de responder:

—Sólo soy un ser humano en construcción, un pensador que camina en el teatro del tiempo en busca de la dirección más importante.

—¿Qué dirección?

—¡Dentro de mí mismo! —afirmó Marco Polo.

Marc MacDonald respiró lenta y profundamente. Comentó con humildad:

—El virus del prejuicio está en nuestra circulación. Comenzaré a acompañar sus debates. —Y después de otra pausa, animó a su amigo—: Éxito, Marco Polo. Aun si el mundo se derrumba sobre usted, sea fiel a lo que piensa. ¡Ah, quisiera tener su valor!

Y así terminó esta llamada inusitada. Diez minutos después, llegaron al lugar donde se llevaría a cabo el debate. Había una audiencia de centenares de personas de origen multiétnico, sedienta de escuchar al psiquiatra. Las personas se apiñaban en un pequeño espacio. Sofía estaba preocupada.

—¿Cómo hablarás sin micrófono? ¿Y aparte con la cara inflamada y con moretones? Y todavía peor: ¿te entenderán?

Marco Polo le dedicó una sonrisa y comentó:

—¡El hombre que estamos estudiando habló en este mismo lugar a un público cuando menos diez veces más grande, incluso bajo riesgo de morir! ¿Por qué yo, un simple pensador, no me atrevería a alzar mi voz? El fantasma de la crítica trata de espantarme, pero el de la omisión me asombra.

Era una tarea ardua hablar sin micrófono, al aire libre, sobre un asunto tan polémico. Así era el menú diario de Marco Polo: amigos cercanos, críticos a su alrededor y enemigos al acecho. Sin embargo, sus mayores desafíos no eran físicos, sino intelectuales: diseccionar los intrigantes códigos socioemocionales del discurso más enigmático de la historia. ¡Códigos que asombrarían a millones de mentes, incluso las de los intelectuales y religiosos!

3

Primer código de la felicidad: "Felices los que vacían su ego, porque de ellos es el reino de la sabiduría"

Marco Polo recorrió con los ojos a su audiencia como si fueran los lentes de una cámara. Vio chinos, indios, europeos, africanos, americanos, latinos, todos ávidos de conocimiento. A su izquierda estaban los debatientes, el doctor Alberto y el doctor Thomas. A su derecha, la doctora Sofía y el doctor Michael, el neurocientífico.

Comenzó a hablar de pie, circulando entre las personas más cercanas. Las cámaras de los celulares lo acompañaban, las agencias de noticias estaban de guardia, los blogueros tomaban notas. Para ese profesor de psiquiatría, educar no era dar respuestas rápidas, sino despertar la duda; no era formar espectadores pasivos, sino producir protagonistas. El salón de clases no podía ser un cementerio donde reinaba el silencio: debía ser un ambiente donde imperara la inquietud, donde todos tuvieran la libertad de cuestionar.

—Hoy vamos a iniciar una discusión sobre el más famoso discurso de la historia. Algunos arqueólogos piensan que fue pronunciado en este lugar. Pero el lugar no importa, lo que importa son sus tesis. ¿Fueron tesis superficiales o sorprendentes? ¿Fueron herramientas vacías o llenas de contenido?

Marco Polo comentó que no usaría la biografía escrita por el doctor Lucas para analizar los mensajes del Sermón de la Montaña, sino la escrita por Mateo, lo cual era una sorpresa, pues consideraba que el médico griego era detallista e imparcial. Sin embargo, al hacer análisis comparativos entre las biografías escritas por los biógrafos Mateo, Marcos y Juan y la de Lucas, se dio cuenta de que eran coherentes, no infladas ni dirigidas a producir un héroe social o religioso. Describían a un ser humano complejo, una mente que pasaba como un vendaval sobre la sociedad y que sorprendía a todo y a todos, incluso a sus alumnos. Sus tesis sin precedentes lo ponían constantemente en situación de riesgo.

Después vino el primer cuestionamiento:

—¿Por qué optar por el relato de Mateo, si usted siempre valoró la biografía del médico, del doctor Lucas? —indagó Berta, una profesora de lenguas de Polonia.

—El relato de Mateo sobre ese discurso es mucho más detallado que el del doctor Lucas. Muy probablemente porque Mateo era un agente de aduanas de Roma. Aunque tuviera fama de corrupto, escribía con minuciosidad. Y, por la riqueza de los pormenores, Mateo debe haber tomado nota de las tesis del Sermón de la Montaña en el momento exacto en que Jesús lo pronunciaba.

Fue una de las raras ocasiones en que la ciencia especuló que las biografías de Jesús, los llamados evangelios, que aparecieron organizadas décadas después de su muerte, habían sido escritas de forma fragmentada en tiempo real por algunos discípulos. Fragmentos que después fueron organizados.

Después de esa explicación, Marco Polo comenzó a hacer una exposición que asombró de inmediato a la audiencia de médicos, psicólogos, psiquiatras, sociólogos, educadores, estudiantes y líderes de las más diversas religiones, incluso no cristianas:

—El discurso más famoso de la historia es, en realidad, un complejo entrenamiento de gestión de la emoción, cuyas herramientas son expuestas en su preámbulo. Quería sacar a la luz de forma clara los códigos universales de desarrollo de la felicidad sustentable y de la promoción de la salud emocional.

Animada, la doctora Sofía completó con elegancia intelectual el razonamiento de Marco Polo:

—La felicidad es el fenómeno que tanto buscan los seres humanos, desde los bebés hasta los ancianos, desde los intelectuales hasta los iletrados, desde los ricos hasta los pobres, desde las celebridades hasta las personas anónimas, desde los poetas hasta los novelistas.

Pero el pensador de la psiquiatría alertó:

—Por desgracia, todos somos traicionados por la complejidad de la vida. Unos, por su pasado traumático; otros, por ser adictos al trabajo; y otros son sus propios verdugos. La felicidad real con frecuencia no es sustentable. Está en las páginas de las novelas y de los diccionarios, pero no en las páginas de la personalidad humana. ¿Está en sus páginas? —dijo provocando al auditorio.

Tomadas por sorpresa, las personas hicieron un expectante silencio. Muchos de quienes lo escuchaban estaban ansiosos, deprimidos, con el cerebro agotado.

—¿El discurso del Sermón de la Montaña contiene códigos de la felicidad y de la promoción de la salud emocional? ¿Cómo puede ser eso? —indagó el doctor Helmut, doctor en filosofía de Alemania—. ¿No traía una propuesta para un reino futuro, el reino de los cielos? ¿Está delirando, Marco Polo?

—Espera un momento, amigo. ¿El doctor Marco Polo ni siquiera ha comenzado su abordaje y ya lo estás juzgando? —dijo Michael Herman, censurando a Helmut.

Michael era un neurocientífico, amigo de Marco Polo, pero no tenía pelos en la lengua, ya fuera para defenderlo o para criticarlo. Con un bajo umbral para la frustración, su temperatura emocional era siempre alta.

Marco Polo sonrió.

—No es necesario que me defiendas, Michael. Los cuestionamientos son combustible para una mente libre.

Enseguida miró fijamente al filósofo alemán y le dijo:

—Señor, muchas gracias por su cuestionamiento. Pero no discutiré aquí de religión, ni soy especialista en esa área. No me pregunte a mí, sino a los teólogos, sobre el reino futuro o la espiritualidad. Como científico, abordaré el discurso de Jesús desde la perspectiva de su humanidad. La precisión de las herramientas de ese discurso no me deja dudas de que, hace dos milenios, pasó por aquí un hombre que tenía un proyecto psicológico muy atrevido, y no sólo religioso. En la tierra del estrés, habló valerosamente de los códigos de protección de la emoción y de una emoción libre y feliz. Si sus herramientas son eficientes, es otra cuestión. Es lo que discutiremos aquí.

—¿Estás diciendo que el Sermón de la Montaña es un cuerpo de códigos misteriosos mucho más complejo de lo que miles de millones de cristianos imaginaron o estudiaron a lo largo de las eras? —preguntó el ilustre doctor Alberto Mullen, uno de los intelectuales más brillantes del Vaticano, que acompañaba a Marco Polo.

—Lo estoy afirmando con todas sus letras —respondió Marco Polo—. Al principio del discurso, Mateo relata que los jóvenes que seguían a Jesús fueron llamados discípulos, *mathêtai*, en griego. Presten atención a estas palabras: "Vinieron a estar con él sus discípulos y, abriendo la boca, comenzó a enseñarles". El Sermón de la Montaña era, por lo tanto, un gran salón de clases. Jesús no era un líder religioso hablándole a los fieles, sino un maestro entrenando a sus alumnos.

A continuación comentó que la expresión "bienaventurados" también podía ser traducida como "felices". Marco Polo usaría esa segunda traducción.

—Para el hombre que dio su discurso en esta montaña, el ser humano no nace feliz, sino que entrena a su emoción para serlo —afirmó el psiquiatra—. Es un pensamiento revolucionario, pero tiene una línea directa con la felicidad. Hay muchos ricos emocionalmente pobres, muchas celebridades profundamente aburridas, muchos intelectuales deprimidos, muchos líderes religiosos sin encanto por la vida. Es vital descifrar los increíbles códigos de la felicidad que Jesús proclamó en el Sermón de la Montaña.

—¿Y cuáles son esos códigos? —preguntó el doctor Helmut, con la frente arrugada y los oídos atentos a la respuesta de Marco Polo, quien citó de manera muy sintética los códigos que debatiría:

—Felices los que vacían su ego, los empáticos, los que administran su ansiedad, los sedientos por transformar la sociedad, los solidarios, los transparentes, los pacificadores de la mente y los resilientes.

Era posible ver los rostros fascinados de las personas ante esas herramientas.

—¿Pero tales herramientas están en el Sermón de la Montaña? He leído ese texto decenas de veces y nunca percibí nada de eso —comentó atónito el doctor Thomas Hilton, el intelectual de Harvard.

—¿Estás diciendo que el Sermón de la Montaña es un tratado sobre el tratamiento de los traumas humanos? —inquirió el doctor Alberto, el teólogo del Vaticano.

—No, doctor Alberto. No hay que confundir prevención con tratamiento, algo que las religiones hacen muchísimo —afirmó Marco Polo, antes de completar—: Quien debería tratar los trastornos psíquicos son los psiquiatras y los psicólogos. El discurso de Jesús es el conjunto de códigos para promover la prevención de los trastornos emocionales y sociales.

—¡Qué conclusión tan chocante! Cambia todo lo que las religiones pensaron sobre ese tema a lo largo de la historia —dijo la psiquiatra Sofía—. La prevención es vital para que tengamos sociedades, empresas, universidades y religiones saludables, no enfermizas.

—¿La gestión emocional es lo mismo que la inteligencia emocional? —preguntó la doctora Sarah, profesora de psiquiatría de Inglaterra.

Ése era un término muy nuevo, que estaba ligado al programa desarrollado por el propio Marco Polo.

—La administración de la emoción es más penetrante y aplicable que la inteligencia emocional —explicó Marco. La gente tenía muchas dudas sobre el asunto—. La emoción no puede administrarse sin madurarse a sí misma. La emoción es completamente inconsciente. Y por serlo, inspira, anima, motiva, pero nunca va a pasar de ser un bebé.

—¡Estoy más fuera que una rodilla de explorador! —comentó Nadia, una alumna de psicología de Holanda que había sido niña exploradora. Muchos sonrieron ante la sinceridad de la joven.

En realidad, casi todos quedaron todavía más confundidos con la explicación de Marco Polo, incluso algunos profesionales de la salud mental. Desconocían el universo de la emoción que utilizaban todos los días.

—La emoción, por ser inconsciente, necesita de los pensamientos para ser canalizada. Sin los pensamientos, no se ama o se odia a alguien, pues no se tiene conciencia del objeto amado u odiado. Y, además, por ser inconsciente, la emoción necesita del Yo, que representa la conciencia crítica y la capacidad de elección para ser administrada —afirmó Marco Polo, que era un investigador en esa área.

Las inmensas nubes de las dudas comenzaron a disiparse.

—Entonces la gestión de la emoción viene antes de la inteligencia emocional. En ese caso, hasta un sociópata tiene inteligencia emocional, aunque no la desarrolle, pues su Yo no fue educado para administrar la emoción y ser autor de su propia historia —concluyó de manera inteligente el doctor Michael, el neurocientífico.

—Sin gestión de la emoción no hay inteligencia emocional. No trabajamos las pérdidas y frustraciones, no filtramos los estímulos estresantes, compramos estímulos estresantes que no nos pertenecen —completó Sofía, con perspicacia.

Marco Polo explicó que la inteligencia emocional era como una montaña. A su vez, la gestión de la emoción consiste en las herramientas necesarias para explotar esa montaña, extraer las piedras y usarlas para construir los más diversos proyectos arquitectónicos. Entre las herramientas que desarrolla la gestión de la emoción están: ser el líder de uno mismo, pensar antes de reaccionar, ponerse en el lugar de los demás, tolerar las frustraciones, saber hacer higiene mental, contemplar lo bello, reinventarse en el caos... Animado por los cuestionamientos, concluyó:

—Han entendido. La gestión de la emoción es el trabajo del Yo como autor de la propia historia. Quien no hace una gestión mínima de su emoción, aunque sea de manera intuitiva, será un niño ante las pérdidas y frustraciones. Hay muchos niños de traje y corbata, aunque sean científicos, empresarios o primeros ministros. Reitero: sin gestión de la emoción, la inteligencia emocional es una utopía.

—¡Como psiquiatra, he tratado a líderes religiosos que se creían dioses y a políticos que estaban seguros de que lo eran! —afirmó lúcidamente la doctora Sarah, la profesora británica de psiquiatría.

Las personas se rieron. Comenzaron a darse cuenta de que el Sermón de la Montaña contenía enseñanzas de altísima complejidad.

—¿Las herramientas propuestas por el hombre Jesús están de acuerdo con esas técnicas de administración de la emoción? —quiso saber el doctor Robert, un profesor de sociología de California.

—Tal vez se sorprendan. La primera herramienta de gestión de la emoción que el Maestro de Nazaret enseñó es simplemente revolucionaria: "Felices los que vacían su ego, porque de ellos es el reino de la sabiduría" —interpretó Marco Polo.

Comentó que algunas versiones de las Escrituras decían: "Felices los que empobrecen en su espíritu". Según él, Jesús no hacía una apología de la pobreza, de la miseria material, sino de un vaciamiento de sí mismo.

—Él entrenaba a sus alumnos para que desinflaran el ego, desocuparan la mente de los prejuicios y desobstruyeran el propio intelecto de las falsas creencias, de las verdades absolutas, de la arrogancia y de la autosuficiencia. Es imposible liberar la creatividad sin esa primera herramienta de gestión de la emoción.

—¡Sorprendente! Jamás analicé la primera tesis del Sermón de la Montaña desde ese ángulo —afirmó el doctor Alberto—. Es esclarecedor saber que todo ser humano debería vaciar su propio ego para reinventarse y madurar. ¿Pero qué escuela o universidad enseña a sus alumnos a vaciarse a sí mismos?

Profundamente inspirado, Marco Polo abundó:

—Sentimiento de venganza, crisis de celos, homicidios, violencia contra las mujeres, atrocidades contra los niños y *bullying* en las escuelas; todo eso es fruto de egos inflados de sí mismos. Quien discrimina tiene un ego enfermo. Quien desinfla el ego de sus ideologías radicales corrige su propia miopía emocional, percibe que, antes de ser blancos, negros, cristianos, musulmanes, ateos, somos seres humanos. Debemos formar parte de una sola tribu: la humanidad. ¿Ustedes son miopes o ven bien?

Las personas comenzaban a entender que el Sermón de la Montaña contenía códigos revolucionarios. Como la lengua oficial del debate era el inglés, el Primer código impactó a la juventud mundial. Cerca de 5,230 jóvenes de Europa y de Estados Unidos que seguían los debates en vivo, y que tenían la costumbre de practicar *bullying*, escribieron en las redes sociales que habían visto su propia locura y habían cambiado de comportamiento. Ellos humillaban a sus compañeros, enviaban mensajes discriminatorios, se burlaban de las actitudes de los demás, incluso de la ropa de los jóvenes musulmanes. Algunos se unieron y crearon un canal en YouTube llamado "*Bullying* nunca más". Sólo con esas acciones fueron prevenidos más de un millón de actos de *bullying* y se evitaron mil suicidios anuales. Los códigos de la felicidad estaban produciendo efectos.

Marc, de diecisiete años, un joven de Filadelfia que formaba parte de grupos de supremacía blanca —que proclaman que los anglosajones son la raza superior, destinada a dominar el mundo, y que odian a los negros y a los musulmanes—, llegó a la escuela vistiendo una chaqueta negra con los bolsillos repletos de objetos. Se paró frente a la clase con un aire penetrante en la mirada. Todos se asustaron, pues creían que portaba armas.

De repente, para asombro de todos, Marc mostró lo que tenía en los bolsillos: no eran armas, eran dulces. Antes de distribuirlos, pidió disculpas públicamente a todos los que había ofendido. Perplejo, John, un afroamericano, indagó:

—¿Por qué pides disculpas, Marc?

—Porque desinflé mi ego, John. Yo estaba enfermo.

Y se abrazaron. Marc besó a otros compañeros de color y abrazó a los jóvenes musulmanes. Todos comenzaron a formar parte de la tribu de la humanidad. Fue un momento inolvidable.

En lo alto de la montaña, los debates seguían asombrando la mente de los presentes. En eso, Hiro, un joven japonés marcadamente tímido, habló en inglés, con mucho acento y tartamudeando:

—¡Hasta las personas tímidas están... están... infladas de sentimiento de inferioridad! Yo ne... necesito vaciarme.

—Entrena a tu Yo para no disminuirse, para ser libre del juicio social —lo alentó Sofía.

Animado, Hiro elevó su tono de voz y habló con una seguridad que nunca había tenido:

—Lo haré, doctora. Ya no quiero ser esclavo de lo que los demás piensan y hablan de mí. ¡Hey, espere! ¡No tartamudeé esta vez!

Muchos lo aplaudieron.

El doctor Thomas, el pensador de Harvard, sensibilizado por las intervenciones de Nadia y Hiro comentó:

—Por no enseñar ese código, las escuelas con frecuencia contribuyen a formar un Yo defectuoso, que no se recicla, no se protege, que tiene dificultad para volverse autor de su propia historia.

—¡Concuerdo! —comentó el doctor Alberto—. Sin desinflar el ego, los conflictos se anidan en el psiquismo humano. ¡Dios mío, ese ejercicio es fundamental para producir mentes saludables, creativas y felices! ¿Por qué hasta ahora la educación no ha descubierto ese código de gestión de la emoción? ¡Es una vacuna mental!

Y de hecho ese código era una vacuna contra trastornos emocionales que había estado encubierta por dos mil años.

Marco Polo comentó que cada código expresado de forma rápida en el preámbulo del Sermón de la Montaña es explicado a lo largo del discurso. También explicó que el reino de los emprendedores pertenecía no a los ególatras, a los que se adoran a sí mismos, sino a los que se empobrecen de su propio egoísmo, a los que se vacían de sus falsas verdades y autosuficiencia. Sin eso, serían miopes, tendrían una viga en los ojos, no percibirían el mundo con otras posibilidades y, por lo tanto, no crearían, no se atreverían, no saldrían del mismo lugar. Destruirían su propio potencial.

—Para el Maestro de maestros, quien practique el Primer código con disciplina dejará de ser un humano insípido, frágil o que pasa desapercibido, y se volverá la sal de la tierra, tanto para matar los gérmenes de su estupidez o de sus pensamientos absurdos como para dar sabor a su vida, o sea, para encantar e influir en la sociedad. ¿Ustedes tienen sabor o son insípidos?

Las personas reflexionaban sobre las palabras de Marco Polo. Muchas eran insípidas, morirían sin dejar un legado social, ni siquiera en el corazón de quienes aman. Incluso los intelectuales pasaban desapercibidos, no inspiraban a sus alumnos ni a sus hijos. El pensador instigador siguió abundando:

—Los alumnos que practiquen con disciplina el Primer código, que todos los días vacíen su propio ego, crearán tantas ideas que se volverán la luz del mundo. Es algo muy poderoso ser luz para iluminar a los que están en sus casas, empresas, escuelas. El hombre más inteligente y feliz de la historia quería que sus alumnos fueran ambiciosos en forma positiva. Por eso proclamó: "¡Brille vuestra luz ante los hombres!". Los tímidos pescadores del mar de Galilea comenzaron a ser pescadores de hombres, a contribuir al bienestar social, a abrazar a la humanidad, a hacer la diferencia en el rol de la historia.

—¡Sorprendente! —exclamó Sofía—. Nunca imaginé que Jesús proclamaba a sus alumnos y a las multitudes que lo escuchaban que dejaran de ser conformistas, de estar conscientes sólo de sus propios ombligos, sus propios problemas y derrotas; a ser ambiciosos, no para nutrir al ego, sino para ser felices, altruistas; a dar lo mejor de sí mismos a la sociedad. ¿Qué maestro era ése que inspiraba a las multitudes a ser la sal de la tierra y la luz del mundo?

—Estoy perplejo —afirmó el doctor Alberto—. Yo soy líder en el Vaticano, pero me entristece ver que centenares de millones de jóvenes de hoy son conformistas, desprovistos de sabor, viven sólo por vivir, no tienen un propósito en la vida, no luchan por sus sueños, no se reinventan, no luchan por ser mejores profesionistas, científicos, intelectuales, empresarios, políticos.

—Yo también estoy atónito con el proyecto de Jesús de formar mentes brillantes hace dos milenios —afirmó el doctor Thomas, el pensador de Harvard—. El suicidio está entre las diez principales causas de muerte en Estados Unidos. Jóvenes y adultos están perdiendo el sabor de vivir, están intoxicados por el consumismo. Les falta garra, propósito, sentido existencial, pasión por la vida y por la humanidad. Necesitamos que nos instiguen a tener ambiciones legítimas.

—Jesús dijo a sus alumnos que no pusieran su propia luz debajo del sembradío. Quería decir que el ser humano no podía ser una máquina de trabajar, no podía vivir con ansiedad por la supervivencia, sino que debía brillar de alguna forma en el escenario social. El Yo que no aprende a vaciarse a sí mismo se vuelve un esclavo de las ventanas *Killer*, un prisionero de sus propios traumas, anclado en el proceso de lectura de la memoria en archivos enfermizos. Soltar el ancla de la memoria es fundamental para ser libre. ¿Ustedes son libres o siervos de su pasado? —preguntó Marco Polo, mirando a los oyentes y a las pantallas de los celulares que lo filmaban.

Tomados por sorpresa, muchos fueron honestos:

—Soy esclavo de mi pesimismo. ¡Siempre creo que va a ocurrir lo peor! Influyo en otros negativamente —confesó Jean-Paul, un padre residente de Nigeria que había vivido las atrocidades de la guerra civil.

—Mi luz está escondida debajo de la preocupación excesiva por la opinión de los demás. No logro ser espontánea. Vendo mi paz por un precio vil —dijo Juana, una mujer israelita de mediana edad.

¡Era asombroso el valor de las personas al hacer sus catarsis en aquella intrigante montaña!

—Yo tengo crisis de celos. Creo que apago el brillo de quien amo. Con frecuencia pienso que mi novia me va a abandonar, que está mirando a otros hombres, traicionándome —confesó Bill, un joven abogado de Estados Unidos.

Su novia, Elisa, estaba a su lado con lágrimas en los ojos. Bill estaba en tratamiento psiquiátrico y psicoterapéutico, pero era un paciente resistente. Su Yo era incapaz de detectar sus fantasmas mentales. Para él, el problema siempre estaba en ella. Elisa debería haberlo abandonado, pero tenía una relación maternal con él, tenía miedo de que no sobreviviera sin ella. Las personas no se envician sólo con las drogas, sino también unas con otras.

El síndrome predador-víctima producía cárceles sofisticadas en donde uno podía convertirse en prisionero del otro. Había millones de parejas que peleaban toda la vida, que vivían en un infierno emocional, pero que no lograban separarse. Si estaban apartados uno del otro, eran lúcidos, pero juntos, se atacaban hasta con el tono de la voz. Detestaban la paz, amaban la guerra. Y, por desgracia, colocaban a sus hijos inocentes en el centro de ella.

Marco Polo miró a los ojos al joven abogado y le dijo:

—Lo siento mucho, pero quien te está traicionando eres tú mismo: estás traicionando tu salud emocional, tu sueño y tu inteligencia. Quien está abandonándote eres tú mismo: abandonando tu autoestima y tu paz—. Y después, observando la cara triste de Elisa, comentó—: ¿Tú crees que es fácil soportar a un gerente de banco que te cobra tus deudas diariamente?

—No —dijo Bill, impactado, percibiendo lo que hacía su novia.

—Pero en el banco de la emoción, muchas parejas son cobradores atroces y bárbaros uno del otro. Cobran deudas que sólo están en su cabeza. Eso no es amor: es tortura mental.

Bill quedó perplejo y casi se desmayó con las palabras de Marco Polo. Y no sólo él, sino millones de personas que participaban de su clase en línea también se sorprendieron.

—¿Y qué hago? ¿Cómo resuelvo mis locuras? —preguntó Bill.

Marco Polo lo orientó:

—Hablaré de mis herramientas de administración de la emoción en los próximos códigos, como la Mesa redonda del yo, la técnica del DCD y la higiene mental, pero mientras tanto, considera esa técnica basada en el Primer código: adelgaza tu Ego, pues el problema no es la enfermedad del enfermo, sino el enfermo de la enfermedad.

—¿Cómo es eso? —preguntó Bill, confundido pero interesado.

—El problema no es la dimensión de la dolencia emocional, sino la actitud del Yo de querer o no reescribir su propia historia. La obesidad emocional es grave. Tu Yo tiene que adelgazar. Para eso, debes entrenarte todos los días para desinflar las falsas creencias, cuestionar tus verdades, poner en jaque tus ideas. ¿Conoces la técnica de gestión de la emoción del Maestro de maestros de "amar al prójimo como a ti mismo"?

—¡Claro!

—¿Estás seguro? Esa técnica produce un grito inteligentísimo, pero nadie escucha su voz.

—¿Qué grito? —indagó Bill, intrigado.

—Antes de enamorar a alguien, enamora a la vida.

—Pero... pero nunca oí hablar de eso.

—Si no aprendes a enamorarte a ti mismo, nunca sabrás enamorar a alguien de manera saludable —explicó Sofía.

—Si no te amas a ti mismo, tu amor por tu compañera será enfermizo, controlador, depredador —afirmó Marco Polo.

Bill quedó sorprendido. Tuvo muchas percepciones. Por primera vez, se acercó a Elisa y le dijo, emocionado:

—Perdóname, Elisa, por ser un cobrador voraz, un predador de tu emoción. Tienes toda la libertad de dejarme, pero dame una nueva oportunidad. Voy a tratarme de verdad. Eres lo mejor que me ha pasado en la vida.

Y se abrazaron. Algunos que estaban cerca derramaron lágrimas al contemplar la escena.

Marco Polo sabía que quien no aprende a detectar a sus propios vampiros emocionales, como los celos, la envidia, el pesimismo, el autocastigo, la dificultad de perdonar y de autoperdonarse, será sangrado por ellos toda la vida. Y la mayor parte de la humanidad, miles de millones de seres humanos, sangraba silenciosamente por los rincones de sus mentes, minando su propia seguridad, asfixiando su ánimo, agotando su alegría.

4

Continuación del Primer código de la felicidad: la era de la obesidad emocional y del estándar tiránico de belleza

Durante la intervención de Marco Polo en la historia de Bill y Elisa, estaba presente una de las modelos más fotografiadas y mejor pagadas de la actualidad. Su nombre era Kate Lenan. Un término que usó Marco Polo no salía de su cabeza: obesidad emocional. No pudo contenerse y preguntó:

—Doctor Marco Polo, soy modelo fotográfica. Estoy en Israel por unos proyectos de mi área, pero pedí una pausa en las sesiones de fotografía. Dejé a más de veinte profesionales para poder asistir a su clase. Confieso que tenía curiosidad. Pero estoy asombrada. Creo que estoy aquí por mí, por mi salud mental. Su término "obesidad emocional" me tocó mucho. He estado en más de sesenta países, pero nunca oí esa expresión.

Marco Polo no trataba a las celebridades de forma diferente que a las personas anónimas. Sin medias palabras preguntó:

—¿Te cobras de más?

—Sí, vivo castigándome, ¡soy muy exigente!

—¿Pones defectos en tu cuerpo?

Cuando Marco Polo hizo esa pregunta, muchas personas se rieron. Parecía una estupidez preguntar a una modelo bellísima, halagada a cada momento, si veía defectos en su propio cuerpo. Todos esperaban una respuesta negativa. Pero Kate fue lacónica:

—Todos los días veo mis defectos. Vivo deprimida...

Las personas estaban incrédulas. Marco Polo exhaló un leve suspiro y mirando fijamente a la modelo y después a la audiencia, comentó un dato alarmante:

—Actualmente, en todo el mundo, cuatro millones de personas mueren a consecuencia de la obesidad física. Es un fenómeno dramático. Pero la obesidad emocional destruye tanto o más que la obesidad física y, sin embargo, nadie habla de ella.

—¿Cuáles son los síntomas de la obesidad emocional? —preguntó Kate.

—Tú debes experimentar algunos de ellos: cobrarse de más, castigarse con frecuencia, reclamar mucho, ser esclavo de los estándares tiránicos de belleza, sufrir por el futuro, revolverse en el fango de las preocupaciones.

—¿Las personas se comen sus propias emociones? —preguntó Sofía, para instigar el debate.

—Sin duda. Una persona emocionalmente obesa come de acuerdo con su estado emocional. La dieta emocional es algo vital para ser líder de uno mismo, autor de la propia historia. Sin esa dieta, algunas personas desarrollan anorexia o bulimia, otras asaltan el refrigerador y suben de peso.

Sofía comentó profundamente emocionada:

—El estándar tiránico de belleza construye cárceles mentales. Sólo treinta por ciento de las mujeres se ven bellas. Más de mil millones de ellas sufren por los defectos que ellas mismas ponen en sus cuerpos. En este preciso instante, hay miles de chicas pensando en desistir de la vida porque su cuerpo no está de acuerdo con el estándar insano impuesto por la industria de la moda, de los comerciales.

Marco Polo señaló que hasta una parte significativa de la industria cinematográfica discrimina a las mujeres:

—¿Conoces alguna película en la que dos gorditos tengan un romance? Sólo en comedia. Si hay "llenitos", la película es una comedia. Hasta en las películas animadas, como *Shrek*.

Todos sonrieron, pero tenían ganas de llorar.

—¿Qué hicieron con nosotros? Estamos emocionalmente obesos —afirmó Kate, con los ojos llenos de lágrimas—. Muchas de mis amigas modelos son infelices, no pocas están enfermas. Antes de desfilar, nos quedamos seis, siete horas sin comer para no tener ninguna protuberancia en el abdomen. Somos objetos descartables en esta sociedad de consumo. ¿Qué se puede hacer, doctor Marco Polo?

El pensador de la psiquiatría recomendó:

—Los cambios en la psique no son tan milagrosos ni rápidos, dependen del entrenamiento del Yo, de la formación de una plataforma de ventanas *light*, o saludables. ¡Pero es posible cambiar el juego! ¡Diariamente, grita en el silencio de tu mente que eres libre, bella, fascinante! ¡Protesta! ¡El pueblo que no se manifiesta nunca se librará del dictador! ¡La mujer que no protesta nunca se librará de la dictadura de la belleza! —y recordó la tesis del Maestro de maestros de "amar al prójimo como a ti mismo"—: Antes de enamorar a una persona, enamora a la vida. Antes de amar a alguien, enamórate de ti.

La reacción del público fue inmediata.

—Yo soy bellísima —declaró una mujer parapléjica.

—Yo soy más —proclamó una chica gordita.

Ese momento fue una fiesta. Todos en lo alto de la montaña comenzaron a abrazarse unos a otros, celebrando la vida, elogiándose mutuamente.

Miles de mujeres se emocionaron al ver por internet el relato de Kate. Cerca de 820 adolescentes que tenían anorexia nerviosa, muchas de las cuales pesaban entre 30 y 40 kilos —cadavéricas, por lo tanto— descubrieron que eran obesas emocionales. Estaban obesas de autocobranza y de autocastigo, se miraban al espejo y se veían gordas. Eran resistentes al tratamiento psiquiátrico y psicoterapéutico, pero a través de los códigos de la montaña, comenzaron a ir a consultas más ligeras, más abiertas con los terapeutas.

Julia, hija de un juez de Argentina que medía 1.67 metros y pesaba 29 kilos estaba muriendo, pero nadie podía convencerla de que estaba flaquérrima. Era tan cerrada con su psicóloga, que se tapaba los oídos en el ambiente terapéutico. No quería escucharla, estaba obesa de sí misma, sólo quería escuchar a los fantasmas que la ensombrecían. Pero los debates de Marco Polo comenzaron a liberar su Yo, llevándolo a destapar los oídos de su corazón. Con lágrimas, le dijo a su psicóloga: "Necesito adelgazar mi ego. Ayúdeme a desinflar mis falsas verdades".

Julia descubrió que ser feliz no es tener un cuerpo perfecto, sino una emoción libre. Dejó de autodestruirse y, a partir de ahí, creó un canal en las redes sociales para ayudar a otras jóvenes con anorexia y bulimia a desinflarse de sus creencias autodestructivas.

Marco Polo había descubierto también el síndrome PIB (patrón inalcanzable de belleza), el síndrome de Barbie, que generaba insatisfacción, asfixia de la autoestima, irritabilidad, bajo umbral a las frustraciones, autocobranza y otros síntomas. Sus propuestas produjeron una luz en el oscuro túnel de las sociedades exclusivistas.

A partir de ellas, las mujeres dejaron de ser frágiles, calladas, siervas del sistema, y dieron inicio a un movimiento internacional de protesta contra el patrón tiránico de belleza llamado "¡Todas somos bellas!". Comenzaron a sabotear a las marcas de ropa, de joyas, relojes y celulares que usaban modelos delgadísimas, fuera del estándar normal. Más de mil millones de mujeres padecen el síndrome PIB. Además, setenta millones de personas sufren de trastornos alimenticios en el mundo, como anorexia, bulimia y vigorexia, un número mayor que los muertos en la Segunda Guerra Mundial.

El movimiento "¡Todas somos bellas!" comenzó a rescatar a miles de personas, incluso de la automutilación y del suicidio, porque fueron conscientes de que el patrón tiránico de belleza producía la más inhumana obesidad emocional, generando infelicidad colectiva. Empezaron a tener una historia de amor con ellas mismas.

En el salón de clases, los profesores comenzaron a declarar al menos una vez por mes, que sus alumnos eran inteligentes y bellos; incluso aquellos con defectos anatómicos, los bajitos, los que no tenían el cuerpo y el rostro del patrón "Barbie". Comenzaron a abrazar y a valorar a los que tenían obesidad y sobrepeso. Ellos debían cuidar de su cuerpo pero, para ser más eficientes como educadores, necesitarían primero amarse, valorarse, adelgazar su propio ego.

Los padres comenzaron a declararles a sus hijos que la belleza está en los ojos de quien mira. Algunos comenzaron a protestar en las redes sociales contra la dictadura de la belleza y la baja autoestima. Fue poético, bello, encantador. La humanidad se volvió un poco más feliz.

Pero, en lo alto de la montaña, no todos estaban animados con las palabras de Marco Polo. Había cuatro hombres en la periferia del público, dos de cada lado, con los cerebros obesos de rabia, odio, sentimiento de venganza. Sus rostros estaban parcialmente cubiertos con capuchas. Movían la cabeza, indignados.

—Ve cómo están fascinadas las personas con las tesis de ese psiquiatra. Se propaga como virus. Tiene que ser barrido de la superficie de la Tierra —comentó el más bajo.

Nadie había notado a esos lobos furtivos. Mientras tanto, Marco Polo hizo una más de sus afirmaciones explosivas:

—En el cerebro humano hay más basura y depósitos sanitarios que en las ciudades más contaminadas del mundo.

—Para quien entrena a vaciar su mente todos los días, el premio es altísimo: un reino. Por un lado, el premio es un misterioso reino de los cielos, que está más allá de los límites de la ciencia; por el otro, se refiere al reino de la emoción —comentó el doctor Alberto, el intelectual del Vaticano.

—Felicidades, doctor Alberto. Los códigos del Maestro de la emoción nos conducen a encontrar un tesoro que los reyes no poseen.

—Yo soy príncipe. Un día seré un rey. Y difiero de su posición —protestó un príncipe europeo. Autopromoviéndose, dijo—: Los reyes consiguen tesoros que los mortales jamás alcanzan.

Marco Polo lo miró a los ojos y lo derrumbó del pedestal de su orgullo:

—Muchos hombres quieren ser empresarios, muchos empresarios quieren ser políticos, muchos políticos quieren ser reyes y muchos reyes quieren ser dioses. Pero el único hombre que fue llamado el hijo de Dios dijo más de sesenta veces que quería ser un simple hombre, sin color, raza o nacionalidad, alguien que soñaba con hacer feliz a la humanidad. Si no encuentras ese tesoro, príncipe, jamás tendrás una corona en tu emoción. Serás paupérrimo.

Todos quedaron paralizados al escuchar esa tesis. Nunca la humanidad fue tan culta, pero nunca se infiltró tanto el individualismo en nuestra mente. La única solución sería el cambio del paradigma de la educación mundial, de la era de la información a la era del Yo como gestor de la propia mente.

Pero, por desgracia, la educación racionalista nos prepara para dirigir grandes corporaciones, pero no la única empresa que no puede quebrar: la mente humana. Aunque los maestros sean vitales en el proceso de formación de la personalidad, el sistema educativo está enfermo, formando personas enfermas en una sociedad enferma. No estamos formando pensadores.

Después de esa reflexión, un profesor de psicología de Inglaterra, el doctor David, comentó emocionado:

—Sus palabras me impactaron, doctor Marco Polo. Las potencias europeas de las cuales forma parte mi país, Inglaterra, llevaron a muchos millones de africanos a las Américas en los siglos pasados. Pero en este debate es difícil no concluir que el tiempo de la esclavitud no ha terminado, sólo cambió de dirección.

Hizo una pausa. Era posible ver tímidas lágrimas escurriendo de los ojos de ese respetado psicólogo. Él también se preocupaba por el futuro de la humanidad. Enseguida, completó su agudo razonamiento:

—Por no entrenar el vaciamiento del propio ego, hay centenares de millones de esclavos emocionales, encarcelados por el miedo, por las preocupaciones, por el sufrimiento con relación al futuro. ¡Nuestro silencio sobre esa cárcel mental es atroz!

—Correctísimo —señaló Marco Polo. Y perturbó a todos, preguntando—: ¿Y las cárceles digitales? En una de sus últimas entrevistas, Steve Jobs dijo que no les daba *tablets* a sus hijos; por lo menos no para que las usaran libremente. No hay información sobre las consecuencias de esas herramientas tecnológicas. Pero, en mi experiencia, su uso indiscriminado puede causar tanta dependencia como las drogas. Quitémosle el teléfono inteligente a un adolescente por una semana y tendremos síntomas del síndrome de abstinencia, como humor depresivo, ansiedad, insomnio. ¿Somos, entonces, una sociedad libre?

—Las redes sociales nos abarrotan con miles de contactos —agregó Sofía—, pero rara vez entramos en las capas más profundas de nuestras relaciones. Nunca la soledad fue tan dramática como en la era digital.

—La soledad es tan devastadora en la era digital, que jóvenes y adultos casi nunca logran quedarse solos por treinta minutos sin mirar las pantallas digitales que asfixian su emoción y desarrollan un tedio mordaz. No se soportan, no son amigos ni fans de sí mismos. Por eso transforman en dioses a celebridades del deporte, la música y el cine. ¡Es una locura! —expresó el líder del debate.

Marco Polo todavía agregó que ése era uno de los motivos por los que el *Homo sapiens* moderno, en general, no sabía elaborar su propio dolor, reconstruirse en el caos, atravesar crisis.

—Yo soy alumna de una gran universidad de la capital brasileña. Por favor, necesitamos aplicar técnicas de gestión de la emoción en mi curso —dijo Michaela.

Después de una pausa, lloró y contó el motivo:

—Tres amigas mías... se suicidaron.

Todos se emocionaron al oír sus palabras. Sofía fue hasta ella y la abrazó. Muchas personas estaban mentalmente agotadas y también necesitaban proteger su emoción. Marco Polo habló con claridad y convicción:

—Es fundamental vaciar el ego no sólo para crear, para liberar la imaginación y contemplar lo bello, sino también para prevenir trastornos emocionales.

—¿Cómo vaciar el ego, doctor? He escuchado cosas muy interesantes en esta montaña, algunas para quitar el aliento, pero todo me parece muy teórico —indagó Michaela, la estudiante brasileña, con sinceridad.

Marco Polo amaba a las personas que hablaban sin miedo sobre los fantasmas que las ensombrecían. Comentó sobre una poderosa técnica de administración de la emoción que abordaría múltiples veces en sus debates:

—Todos los días, el Yo debe vaciar la basura mental. Y la técnica del DCD (dudar, criticar y decidir), realizada en el silencio mental, puede ser fundamental para eso.

Y explicó que la duda es el cimiento de la sabiduría en la filosofía; la crítica, en la psicología; y la decisión estratégica, en el área de recursos humanos.

—Todos los días deberíamos dudar de nuestros prejuicios, de la autocobranza, del sentimiento de incapacidad, de la timidez. Diariamente deberíamos también criticar los pensamientos perturbadores, las ideas de autocastigo, las emociones tensas. Deberíamos administrar la emoción, impugnar nuestros miedos, no ser esclavos de nuestras falsas creencias. Hay un grito de guerra que el Yo debe dar todos los días, no contra las personas, sino contra sus cárceles mentales.

A continuación, Marco Polo habló sobre la sofisticada teoría del ancla de la memoria. Dijo que ése era un fenómeno inconsciente, el territorio de lectura de la corteza cerebral en determinado momento existencial. Si el ancla está fija en una ventana traumática, no logramos razonar y nos preparamos para luchar o huir. Vaciar el ego alarga las fronteras del ancla de la memoria, abre ventanas *light*, saludables, que contienen miles de datos para darnos respuestas inteligentes a las situaciones estresantes.

Michaela sonrió. Comenzó a ser iluminada.

—Espéreme, déjeme ver si entendí. Quien quiere morir en realidad es víctima del ancla de la memoria, de las áreas sombrías de la propia personalidad. Pero, al aplicar a diario la técnica del CDC para vaciar el ego, tenemos oportunidad de sacar el ancla de las fronteras de las ventanas enfermizas que financian el autocastigo y el suicidio, hacia las áreas de las ventanas que preservan la vida.

Marco Polo y Sofía aplaudieron su brillante razonamiento.

—Felicitaciones, estuviste fantástica —dijo Marco Polo—. Pero no olvides que todas las personas que piensan en el suicidio necesitan tratamiento. Sin embargo, la técnica del DCD es un complemento importantísimo.

—¡Bravo! —dijo un profesor de ciencias políticas de Nueva York, el doctor Bill Carson—. Finalmente comprendí por qué muchos miembros de los partidos políticos acostumbran ser tan poco inteligentes. Son víctimas del ancla de la memoria, son mentes adiestradas. Nunca entrenaron su emoción para vaciar el ego. Su Yo no es autor de su propia historia. Por eso hacen una defensa ciega de su partido y de su ideología. Quien no es capaz de criticar a su propio partido y a sus líderes no tiene una mente libre, vive bajo una dictadura intelectual, aunque defienda la democracia.

Más aplausos. El nivel de los cuestionamientos y de las inferencias de la audiencia era altísimo.

Sofía comentó de manera contundente:

—Una mente radical, prejuiciosa, impulsiva, punitiva o autopunitiva es una mente que se autoabandonó. Hacemos diagnósticos de psicosis, depresión, síndrome del pánico, pero no diagnosticamos la soledad por autoabandono. Si la sociedad nos abandona, la sociedad es soportable, pero si nosotros mismos nos abandonamos, es intolerable...

Muchos quedaron impactados con el razonamiento de Sofía.

—La era digital se transformó en la era de la soledad —señaló Richard, una mente brillante de Silicon Valley—. Por eso los robots sexuales con biotipo de mujer se están transformando actualmente en amantes de miles de hombres.

Marco Polo tenía una enorme preocupación por ese fenómeno y aprovechó para exponer lo que pensaba sobre eso.

—Las "mujeres-robots" sólo dicen lo que esos hombres solitarios quieren oír, no exigen nada a cambio, elogian a sus amantes todo el tiempo. En dos décadas, millones de seres humanos tendrán vínculos afectivos con esas máquinas. Ése es un desastre para las relaciones humanas. Quien no vacía su propio ego no construye puentes que lo liguen con personas concretas, incluso en las redes sociales.

Finalmente llegó a la exposición del Primer código de la felicidad. Millones de personas quedaron atónitas con todo lo que escucharon. No imaginaron que un discurso leído y releído exhaustivamente a lo largo de la historia contenía un tesoro inexplorado en su subsuelo. Sin embargo, antes de la conclusión, un participante cerró la cuestión con broche de oro:

—Ante esa exposición podemos afirmar, doctor Marco Polo, ¡que construimos en nuestro cerebro más cárceles de máxima seguridad que en las ciudades más violentas del mundo! —discurrió Menanhim, un judío practicante, miembro de la Inteligencia de Israel—. Como no soy cristiano, estoy contento de que usted esté debatiendo sobre la mente de Jesús, ese judío famosísimo, sin la contaminación de la religión, sino bajo la óptica de la ciencia. Jamás imaginé que ese hombre hubiera descifrado los códigos de la felicidad y de la salud mental hace dos milenios. Quiero apropiarme de esas enseñanzas. Quiero vaciar mi Yo, para juzgar menos y abrazar más, incluso a los palestinos.

Sus palabras produjeron una conmoción general. Todos los presentes le aplaudieron. Y, aprovechando el discurso del israelí, Marco Polo animó a su auditorio a abrazarse como miembros de la familia humana. Fue poético ver a psiquiatras, psicólogos, críticos literarios, intelectuales, cineastas, judíos, palestinos, europeos, asiáticos y americanos que nunca habían abrazado a desconocidos, hacerlo por primera vez. Fue un brindis a la humanidad debilitada, fragmentada, asfixiada. Pero algunos no brindaron: los enemigos de Marco Polo que hacían guardia para escucharlo, salieron silenciosamente.

5

Discursando sobre la felicidad en la tierra del estrés

Año 32 d. C.

Jerusalén celebraba una fiesta nacional anual. A pesar de las angustias de la ocupación romana, en especial debido a los pesados impuestos para sostener a la maquinaria de guerra y administrativa del Imperio, la nación de Israel intentaba sonreír, relajarse e inclinarse en agradecimiento a su Dios por la vida y por las cosechas. Judíos de varios lugares se trasladaban a la ciudad de David. Seguían a pie o a lomo de animales durante semanas. Las calles no pavimentadas, sin baños públicos, con pocos sitios para hospedarse, hacían de la travesía una jornada extenuante. ¿Pero quién controla la esperanza? El sueño de festejar con su pueblo los alimentaba.

El viaje anual a Jerusalén era una metáfora de la jornada que todos los seres humanos deberían hacer, pero no realizaban: un viaje a la ciudad más importante del planeta, la mente humana, hacia los rincones más insólitos del cerebro, para renovar el ánimo en el caos, traer consuelo en las tormentas, nutrir el sentido pleno de la vida en las tempestades existenciales. Muchos murieron en todas las generaciones sin haber nunca encontrado una dirección dentro de sí mismos. Se volvieron máquinas de trabajar, de resolver problemas, de ascender en la carrera. ¡Vivieron en la periferia de su propia historia!

Un sacerdote, Samuel, al ver a los miles de personas, gente de todos los lugares, ricos y pobres, le dijo a un estudioso fariseo, Gamaliel:

—Gamaliel, somos un pueblo sufrido, pero no abatido; herido, pero no destruido. Mira cuántos vinieron a festejar en Jerusalén. No nos rendimos al dolor ni a la miseria.

—Pero son tiempos difíciles —dijo Gamaliel a su amigo sacerdote—. Transformar lágrimas en esperanza es un ejercicio que sólo los fuertes logran hacer.

Samuel estuvo de acuerdo con el ilustre fariseo, pero quería llamar la atención no hacia las habilidades individuales, sino a la grandeza de su pueblo. Corrigió:

—En estos cáusticos tiempos, en que muchas naciones están dominadas por el tiránico Tiberio César, somos el único pueblo que vuelve a la capital de su nación para festejar y celebrar a nuestro Dios por la existencia. Volver a Jerusalén nutre nuestra identidad.

Sólo siglos más tarde, después de que se formara el Islam, otro pueblo peregrinaría, suplicando a sus miembros que visitaran la Meca por lo menos una vez en la vida. Gamaliel era un maestro dado a la reflexión, un notable profesor que tenía muchos alumnos, entre ellos un joven resuelto, inteligente, pero inquieto y radical, cuyo ego estaba súper inflado: Saúl, de la ciudad de Tarso. Posteriormente, Saúl besaría el lienzo de su orgullo, atravesaría los valles dramáticos de las angustias humanas, y encontraría las fuentes notables de la sensibilidad, y entonces se transformaría en Pablo.

Gamaliel comentó, en sintonía fina con Samuel:

—Sin identidad social, diluiremos nuestra cultura como agua en tierra seca, disiparemos nuestros valores bajo el sol abrasador del sistema que intenta controlarnos, dejaremos de ser un pueblo y nos convertiremos en un ayuntamiento, una audiencia de espectadores en el rol de las naciones. Sin identidad social, nos convertiremos en esclavos, aunque proclamemos que somos seres libres.

El tirano Calígula, sobrino del emperador Tiberio César, que años más tarde asumiría el trono de Roma, descubriría lo que es dominar un pueblo con identidad. Israel era su dolor de cabeza, el único pueblo que no se sometía al control de Roma.

Había radicalismos en Israel, como en cualquier pueblo cuyos líderes no detectan sus propios fantasmas mentales, pero la cultura judaica estaba viva, su deseo de unidad nacional era un ejemplo de resiliencia. Los parientes que hace años o décadas que no se veían, se regocijaban al encontrarse. Un padre debilitado y enfermo, cuyo nombre era Alón —que significa "roble"—, al ver a Ezequiel, su hijo más joven que se había ido a Egipto veinte años antes a probar suerte, estalló en lágrimas:

—Ezequiel, Ezequiel, mi hijo, mi hijo... ¡Sin ti mi cielo no tiene nubes! ¡Soy una tierra seca!

Y corrió con dificultad para abrazar a su hijo. Ezequiel comentó, con la voz embargada de emoción:

—¡Padre mío! No hay un sólo día que no piense en ti... Nuestras largas conversaciones bajo la luna de Israel alimentaron mi fuerza en mis días tristes.

—¿Cómo está la vida en Egipto, hijo mío? —indagó el padre, intentando rehacerse.

Las noticias no eran buenas. El nombre "Ezequiel" quiere decir "Dios me fortalecerá", pero hubo momentos en que el joven quiso desistir de todo.

—Soy un extraño en el seno de la tierra. La desesperación me visita a diario.

No había control de plagas ni técnicas para producir alimentos en abundancia. Y peor todavía, el proceso de almacenamiento de alimentos era precario, un verdadero caldo de cultivo para que proliferaran los hongos, fermentándolos. El hambre era epidémica.

—Pero ¿y tú, padre? ¿Por qué necesitas el apoyo de tus amigos?

—Mis extremidades ya no me sostienen, hijo. Estoy próximo a despedirme de la vida. Pero no quería irme sin darte un último beso —expresó el padre. Alón siempre había sido fuerte como un roble, pero el tiempo es cruel, lleva a todos los humanos a doblegarse en su fragilidad.

—Vivirás todavía mucho tiempo. ¿Y mi madre? —preguntó Ezequiel, sin querer escuchar la respuesta.

—Mi querida Sara se durmió hace cinco años —dijo Alón, con un aire de tristeza—. Sus últimas palabras fueron tu nombre, hijo mío.

El hijo estalló en llanto y dijo:

—Es amargo ser un inmigrante. Se gana poco, pero se pierde todo, sobre todo lo mejor que tiene la vida. ¡Qué nostalgia siento por mamá!

Padre e hijo lloraron juntos.

Después de ese emotivo encuentro, el padre preguntó:

—Pero alegrémonos. ¿Dónde están tus hijos?

Ezequiel señaló a su esposa y a los cinco hijos que estaban detrás de ella. A su señal, todos corrieron a abrazar al abuelo. Fue un brindis a la alegría. Alón se inclinó lentamente y, felicísimo, besó el rostro de cada uno. Ahora podría morir contento: nunca imaginó que tendría tantos nietos para continuar su descendencia.

A cincuenta metros de ahí, ocurría otro reencuentro emotivo, ahora entre dos hermanos gemelos, José y Simón. Pocos hermanos se amaban y se divertían juntos como ellos. Pero la vida tiene giros imprevisibles, y ellos fueron separados a los ocho años, cuando murieron sus padres. En aquella época no había antibióticos. Infecciones simples segaban vidas. Una amigdalitis llevaba a la muerte; una gastroenteritis, a la deshidratación.

Así, José fue criado por un tío en Judea, en la ciudad de Arimatea, y Simón fue criado por otro tío en Galilea. Pero éste, procurando escapar del hambre, se había aventurado por regiones distantes de Grecia. Sobrevivir era una tarea ardua, y los dos hermanos nunca más se vieron. Pasaron treinta años. El primero pasó a ser llamado José de Arimatea. Noche y día, José soñaba con reencontrar a Simón. No sabía si todavía estaba vivo.

De repente, en medio de la gran multitud que hervía en Jerusalén, sus miradas se cruzaron y algo mágico aconteció. Sus cuerpos y sus rostros resecos por el sol denunciaban que ahora eran muy diferentes, pero una vibración inusual ocurrió en la médula de sus mentes. Se reconocieron. Salieron gritando el nombre del otro como náufragos buscando maderos flotantes, como los solitarios en busca de las fuentes del amor.

—¡José! ¡José! —gritaba Simón, delgado y abatido. La vida le había sido difícil. No había tenido éxito, como su hermano. El trabajo era escaso. Cosechaba aceitunas, cargaba pesados canastos sobre su cabeza.

—¡Simón, Simón, mi hermano! ¿Eres tú? —gritó José, corriendo a su encuentro. Él sí había tenido éxito. Era dueño de viñedos y campos de trigo. También era un negociante.

Dos hermanos, dos destinos. Al comienzo de su existencia, creían que serían inseparables, pero la vida es un contrato de riesgo. Después de beber las lágrimas uno del otro, José apartó su rostro y preguntó, eufórico:

—¿Dónde están mis sobrinos, Simón?

Simón hizo una larga pausa. Se quedó sin aliento. Tendría que recapitular los textos más difíciles de su vida.

—Tuve tres hijos. Dos niños y una niña. Pero murieron... el hambre, la fiebre...

Estalló en llanto.

Enseguida, casi sin voz, José indagó:

—Lo siento mucho. ¿Y tu esposa?

—Ruth, mi dócil esposa, no soportó tamaño dolor. Se durmió una noche y nunca más despertó.

Las palabras siempre fueron insuficientes para describir los desiertos emocionales de los mortales. El sufrimiento es inenarrable. Sobrevivir siempre fue un arte. José miró a los ojos de Simón y comentó:

—Yo podría intentar consolarte, pero mis palabras son débiles. Conozco a alguien que revigoriza a los cansados, trae alegría a los abatidos y esperanza a los que pasaron por los valles de la sombra de la muerte.

—¿Quién? —inquirió curioso Simón.

—El maestro de Nazaret.

—¿Nazaret de Galilea? Yo crecí cerca de esa región y ahí no había nada. ¿Cómo puede un ambiente donde sólo había piedras y arena producir a un sabio?

José de Arimatea sonrió.

—Lo verás con tus propios ojos.

La fiesta en Jerusalén era una brisa de aire fresco ante las dificultades de la vida. Algunos extranjeros, como griegos y egipcios, también participaban. Una escolta romana estaba apostada para intentar controlar posibles tumultos. Uno de los comandantes de la Guardia Pretoriana, Lucius, montado en su inquieto caballo, le dijo a su lugarteniente, Flavio:

—Es incomprensible la motivación de este pueblo.

—El pueblo judío insiste en alegrarse porque cree que la muerte es un brevísimo sueño a la espera del amanecer de la eternidad —comentó.

—Su Dios es un anestésico para aliviar sus insoportables dolores —confirmó Lucius.

Los festejos transcurrían sin interrupciones ni tumultos, pero he ahí que, en el último día de la gran fiesta de Jerusalén, un grupo extraño, irreverente, comenzó a aproximarse a la ciudad. Eran jóvenes entusiasmados, con la autoestima elevadísima, hablando alto. Parecían seguir a un superhéroe, un líder capaz de hacer una gran revolución. Sin embargo, para espanto de sus seguidores, su líder se comportaba como un antihéroe. Se vestía como un andrajoso, raramente elevaba el tono de voz, evitaba la ostentación social y prestaba especial atención a los que vivían al margen de la sociedad.

Lo más complicado era que, aunque no amara ser el centro de atención, cuando abría la boca en público, aparecía la confusión.

Ésa era la parte que hacía que sus alumnos sintieran escalofríos. Era imposible ser indiferente a sus ideas. Lo amaban o lo rechazaban. Pero cerca de los muros de Jerusalén, los más simples lo recibieron como a un rey. Tiraron palmas al suelo, extendieron sus mantos. Mas era un rey extraño, diferente a todos los demás, no quería el trono político, sino un lugar en el territorio de la emoción humana.

Él podría haber aprovechado el momento y entrado con gran estilo en la magna ciudad, dentro de un carruaje, seguido por una escolta elegante. Pero para asombro de los que aman el poder, incluso de los líderes que más tarde se proclamarían cristianos, él montó en un humilde jumento.

Jesús sonreía, feliz de la vida, mientras que los discípulos, amantes del estatus social, no sabían dónde meter la cara. No había pompa. Sus piernas se arrastraban en el suelo. Pero para él, todo estaba bien. Era de esa manera que había programado entrar. No necesitaba poder, ya lo tenía. No necesitaba oro, ya lo poseía en el territorio de la emoción. Saludaba con la mano a los transeúntes. De vez en cuando interrumpía la marcha y besaba a un leproso, le hacía gracias a un niño tímido o tocaba a una persona desfigurada por la vida.

Al llegar al pórtico de la ciudad, descendió con buen humor del animal y comenzó a recorrer las calles. Saludaba con placer a las personas en el camino. Las abrazaba con alegría. Cuando entró en la gran fiesta judía, no pocos cuchicheaban unos al oído de los otros: "¿Será él?". Jesús, aunque no lo deseara, era una celebridad. Juan, su discípulo más joven, estaba eufórico:

—Maestro, vea cuántas personas hay en esta fiesta. Han venido de muchas naciones.

Pedro, el más fuerte, siempre queriendo llamar la atención de su líder, dijo:

—Mire a aquellas personas. Por sus vestiduras, parecen importantes. ¡Es buen momento para pescar hombres, y de los grandes!

—Claro, con discreción —sugirió Judas Iscariote, el más culto de la tribu de los zelotes, anticipando tempestades.

—Estoy hablando de un gesto sobrehumano. No necesita hablar mucho —comentó Pedro, provocando a Judas.

Jesús se divertía con la ingenuidad de sus discípulos. Sabía que estaban viciados por el estatus social, amaban los aplausos, les gustaba ser el centro de atención. Él seguía tocando a las personas, abrazando incluso a los desconocidos. Su sociabilidad les chocaba a sus discípulos. ¿Pero qué se podía esperar de un hombre que convertía a prostitutas en reinas y a leprosos en príncipes? Súbitamente, el Maestro de la emoción vio a una pobre niña de cinco años pidiendo limosna en medio de la multitud.

Los discípulos querían desviar su atención hacia blancos más importantes:

—Mire, maestro —señaló Mateo.

—Vea aquel círculo de fariseos —mostró Juan.

Pero la niña había cautivado su mirada. Para él, era la persona más importante del mundo en ese momento.

—Hija, eres linda. ¿Por qué estás triste?

Ella estaba al lado de una joven, su madre, viuda hacía quince días. Con su marido, se había ido su única fuente de supervivencia. Casi no había tenido tiempo de llorar su luto y tenía que saciar el hambre de su hija. Pero las personas no le daban importancia. El Maestro se aproximó a la pequeña, se inclinó y la abrazó delicadamente.

—Tengo hambre —dijo ella, con los ojos hundidos. Eran las dos de la tarde y ella todavía no había comido siquiera un bocado de pan.

Al Maestro se le llenaron los ojos de lágrimas.

—¿Hasta cuándo abandonaremos a los que no son privilegiados? —dijo, en voz alta. Y llamando al discípulo que guardaba el dinero del grupo, Judas, le ordenó—: Dale la mitad del dinero que tenemos.

—Pero maestro, es mucho.

Jesús miró a Judas con firmeza, y éste cedió. La madre quedó sorprendida. Jesús tomó a la niña por el cuello y le hizo cosquillas. Ella sonrió.

—Ve a comerte dos panes completos —le dijo y jugó con ella, poniéndosela en sus espaldas.

Su comportamiento no dejaba dudas en los más cercanos: "¡Es él!". La mayor celebridad de aquel tiempo no necesitaba un equipo de marketing; sus gestos y sus palabras eran inconfundibles. Para él, la fama era inútil, ser feliz era hacer a los otros felices. Algunos lo abrazaban, otros lo besaban. Sus discípulos se animaron. Más adelante, encontraron a una pareja de ancianos que también pedían limosna, pero lo hacían con la cabeza baja. Avergonzados, no tenían valor de mirar a las personas a la cara.

Viendo que su maestro iba en dirección a la pareja, Judas, preocupadísimo, solicitó:

—Maestro, vamos al otro lado de la plaza. El pueblo está más concentrado allá.

Quería contactos más nobles, pero no existía esa posibilidad. Jesús veía lo intangible. Se aproximó paso a paso a los ancianos y les preguntó:

—¿Dónde están sus hijos?

Escuchando la voz suave de quien les preguntaba, el anciano respondió:

—Tuvimos seis hijos. Tres murieron antes de cumplir los dos años. Dos fallecieron en la juventud. El sexto, dándose cuenta de que era difícil cuidarnos en la vejez, desapareció —dijo el hombre de setenta y un años, algo rarísimo en una época en la que la expectativa media de vida era de treinta y cinco años.

—No tenemos nietos, no tenemos nueras, nadie que cuide de nosotros —dijo la esposa, de sesenta y siete años, piel deshidratada, rostro arrugado por el sol, cabellos blanquecinos y quebradizos. Y completó con tristeza—: ¡La vejez, para quien no tiene hijos o para quien no es amado por ellos, es la fase más amarga de la vida!

Los hijos eran el seguro social de los padres en aquellos tiempos difíciles, y aun hoy en muchos países. Esa pareja moriría por carencia. El Maestro de maestros se compadeció de ellos. Los abrazó. Enseguida, se volvió hacia Judas, que instintivamente intentó esconder la bolsa del dinero.

—Dales el resto del dinero, Judas.

—Pero maestro, pasaremos hambre —replicó, preocupado.

—Pero nos saciaremos con lo que la riqueza no puede comprar —dijo Jesús, con una sonrisa. Después alzó la mirada al cielo. Cerca de cien personas lo escucharon cuando gritó en voz relativamente alta—: Los padres dejan de dormir para que sus hijos duerman bien, dejan de comer para alimentarlos, posponen sus sueños para que ellos puedan soñar. ¡Nadie es digno de la juventud si no se inclina en agradecimiento ante sus padres, ante su fuente!

No hizo milagros, pero usó el más grande de todos los milagros: las palabras. Los dos hermanos, José de Arimatea y su hermano Simón, estaban entre los que escucharon sus pensamientos. Sus padres habían muerto tan temprano que no habían tenido tiempo de rendirles homenaje.

—¿Qué palabras sabias son ésas? —indagó Simón.

—¡Es él! —dijo José.

—¿Quién es ese extraño sujeto? ¿Lo conoces? —preguntó Simón.

—Lo conozco lo suficiente para que se haya metido en mi cabeza. Es el maestro del que te hablé —afirmó José.

—¡José de Arimatea, mi amigo! —gritó Jesús—. ¡Qué bueno verte! ¿Estás bien de salud? ¿Y la familia?

A él le importaba el bienestar de las personas. Y "que los demás te importen" era uno de los códigos de la felicidad. A diferencia de los líderes que hablan a las masas pero no saben lo que pasa con los individuos, al contrario también de los intelectuales, que dan clases y orientan a sus alumnos en las universidades, pero no tienen la menor idea de si están sufriendo o no, Jesús penetraba en la historia de cada uno de ellos. A él le importaba el dolor de los excluidos, de los heridos por la vida, de los debilitados por el miedo al futuro. Nunca alguien tan grande dio tanta importancia a los pequeños.

—Maestro, su alegría es contagiosa —dijo José de Arimatea, animado—. Éste es mi hermano, Simón.

—Mucho gusto, Simón.

Jesús lo saludó, honrado. Enseguida fue cautivado por otras personas y se dirigió a ellas. Poco después de eso, José de Arimatea fue llamado con urgencia para una reunión con los líderes de

Israel. Simón, extasiado con aquel hombre cautivante, comenzó a seguirlo, aunque a la distancia. Una pequeña multitud se formó alrededor de Jesús, pero él intentaba moverse, salir de la cárcel del asedio social, encontrar a otros heridos. Después de una hora, José de Arimatea volvió, jadeante. Como era de las clases acaudaladas, tenía información privilegiada.

—¡Maestro, usted corre riesgo de muerte! ¡Designaron guardias para aprehenderlo!

—¿Cómo pueden los que están presos aprehender a los que están libres? —preguntó Jesús.

—¿Cómo? No entendí —reaccionó José.

—Yo mucho menos —expresó Tomás, el más desconfiado e inseguro de sus discípulos.

Eran demasiado lógicos. Les era difícil liberar su imaginación para ver más allá de las imágenes que estaban delante de sus ojos. No escrudiñaban las capas más profundas de la mente.

—¿Por qué nunca lo dejan en paz, maestro, si usted es luz para el mundo, si hace tantas cosas buenas? —indagó el joven Juan, confundido.

Creían que "en tierra de ciegos, el tuerto es rey", no entendían que la tesis reinante era la opuesta: "En tierra de ciegos, el tuerto es rechazado, quien tiene dos ojos es odiado". Jesús era un revolucionario. Denunciaba el sistema social, la corrupción, la necesidad enfermiza del poder por el poder. Defendía la tolerancia, la generosidad y el amor incondicional. En cualquier sociedad y en cualquier época, incluso en la digital, causaría un terremoto social. El Maestro respondió a su alumno:

—¡Nadie da lo que no tiene! ¿Qué pueden ofrecer si no tienen paz? Yo les doy mi paz.

Mientras tanto, miles de personas se apiñaban en la plaza central de Jerusalén, tropezando unas con otras. Los sacerdotes hacían sus oraciones, los fariseos hacían sus debates, los saduceos, otra casta de intelectuales, hacían sus proclamas. Eran muchos grupos los ahí reunidos. Después de la advertencia de que aprehenderían a Jesús, Mateo murmuró al oído de Andrés:

—Es recomendable que el maestro guarde silencio.

—El maestro es sabio, ciertamente será discreto en este evento —comentó Santiago con su hermano Juan, en tono bajo. Pero Jesús se callaba cuando todos querían que hablara, y discursaba cuando todos esperaban que se silenciara.

—Maestro, sería bueno que partiéramos —dijo Pedro, siempre tenso, pero generoso. Era fuerte cuando el mundo conspiraba a su favor, pero frágil cuando los vientos soplaban en sentido contrario.

De pronto, aparecieron a menos de cien metros los guardias de la cúpula sacerdotal encargados de encarcelarlo, una tropa formada por más de cincuenta hombres portando armaduras y espadas, todos con un semblante tenso, agresivo, como predadores en busca de su presa. Pero la misión era difícil. Jesús era amado por el pueblo. Tenían que atacarlo con un mínimo de tumulto.

Los discípulos se asombraron cuando vieron a los guardias. Era el momento de ocultar a Jesús, de protegerlo, pero miraron a su alrededor y preguntaron:

—¿Dónde está el maestro?

Casi se desmayaron al verlo encima de una pilastra, listo para dar un discurso más.

—Dios mío, ¿qué va a hacer ahora? —preguntó Pedro.

Los guardias seguían acercándose, ya estaban a cincuenta metros. El corazón de los soldados y de los discípulos galopaba descontroladamente. Era posible percibir su ventilación pulmonar. El arresto era inminente. Judas se puso las manos en la cabeza. Pedro trató de esconderse. Juan temblaba. Todos sabían que las palabras de Jesús podrían dar a sus jueces munición para eliminarlo.

Las personas, al verlo con las manos extendidas pidiendo silencio, se fueron aquietando. De pronto, la mirada del Maestro se cruzó con la de los guardias. Nunca fue tan fácil localizar a un criminal. En ese momento, para espanto de sus verdugos y de dos mil personas, Jesús abrió los brazos y gritó, a pleno pulmón:

—¡Muchos tienen motivos para llorar, pero están aquí valerosamente para festejar! ¡Ustedes buscan agua en el desierto de la existencia! ¡Una actitud digna de aplauso! —y, enseguida, miró fijamente a los guardias que estaban apostados para capturarlo—: Pero en el calor de la jornada, esa agua se va secando. ¡Sin embargo, quiero hablarles de una fuente inagotable de placer, que fluye como un río en la tierra seca de la emoción!

Todos quedaron impresionados, incluyendo a los guardias, que ahora estaban a diez metros de distancia.

—¿Qué fuente es ésa? —preguntaban unos.

—¿Cómo puede haber una fuente de placer inagotable? —cuestionaban otros.

En ese momento, "los alcanzó un torpedo". Por primera vez en la historia, un hombre invitó públicamente a una multitud a beber de su propia fuente de felicidad.

—¡Quien tenga sed venga a mí y beba! —dijo, con alegría exuberante.

Los grandes pensadores de la historia, con raras excepciones, tuvieron tendencia al humor depresivo. Newton era cerrado; Schopenhauer era pesimista; Einstein era depresivo; Freud, aunque sociable, llegó a decir que trabajaba por pura necesidad. Pero he aquí que el pensador de pensadores, a punto de morir, proclamaba altisonante las fuentes de la alegría. Locura total, hasta para los guardias encargados de aprenderlo, y que quedaron impactados por esas palabras. Ammón, cuyo nombre quiere decir fiel, jefe de la escuela sacerdotal, había oído que Jesús era un personaje poco común, que arrebataba a sus oyentes, pero jamás se imaginó que hablaría sobre el placer bajo riesgo de morir. Su prisión ya había sido encomendada varias veces. Ya había escapado en otras oportunidades. Por lo tanto, debía estar escondido en las montañas o cavernas, preocupado por salvar su propio pellejo. Pero estaba ahí, en el centro de la multitud, haciendo una invitación inexplicable. Perplejo, Asser, uno de los guardias, le expresó a su líder, Ammón:

—¿Cómo puede alguien hablar de placer cuando está siendo perseguido?

—No sé, no sé... —dijo Ammón, pensativo—. O es un lunático o un personaje de otro mundo, saturado de secretos. Nunca oí a alguien decir que tiene una fuente de alegría. Ni a Tiberio, a Julio César o a César Augusto, que alegaba ser divino.

Si Jesús se colocaba como víctima, daría con timidez la espalda al predador y, en ese caso, sería atacado por él. Si, al contrario, lo agredía, invertiría los papeles, sería el predador, mientras que el agresor sería la víctima, y también acabaría siendo atacado. Al revelar una capacidad increíble de administrar su propia emoción en los focos de estrés, Jesús sorprendió a sus verdugos, desplazó el ancla cerebral de las fronteras de las ventanas traumáticas, instintivas, animalescas, hacia las áreas que oxigenaban la conciencia crítica. Ellos se quedaron boquiabiertos.

Enseguida, el Maestro continuó, ratificando y aclarando su tesis.

—Del interior de quien crea en mí fluirán los ríos de agua viva. La tranquilidad y el placer les pertenecerán.

Rara vez alguien tuvo tanto autocontrol bajo tanta presión. El hombre que proclamara los códigos de la felicidad y de la salud emocional en el Sermón de la Montaña estaba viviendo uno de ellos. ¡Fue un hombre fascinante, mentalmente libre y liberador de las cárceles mentales! Pero sus discípulos todavía estaban aprisionados por el miedo. Al escuchar estas palabras, un sacerdote, Nasón, le dijo a un fariseo, Manasés:

—Soy un hombre triste, Manasés. Ver a nuestra nación ocupada me roba la tranquilidad. Intento reunir migajas de alegría para no morir deprimido. ¿Pero ese hombre gritó, en este caótico clima político, que de mi interior puede fluir una alegría inagotable? ¿Qué delirio es ése?

Un judío llamado Josafá, dueño de un campo de trigo, dijo a su esposa, Sara, al escuchar también esa tesis:

—¿Qué palabras son ésas, Sara? Sufro por anticipación, vivo con miedo de que no tengamos buenas cosechas para sobrevivir al invierno, ¡pero ese hombre propone que, en esta tierra de infelices, conquistemos un placer que atropella nuestros miedos, que se renueva como las fuentes de un río! ¡Pellízcame, mujer, para saber que no estoy soñando!

Era una tesis perturbadora en cualquier época y en cualquier nación, aún más cuando era proferida en una tierra ocupada por el Imperio Romano. Mateo dio un paso al frente y les comentó a sus amigos:

—No entiendo al maestro. Esas personas están intentando relajarse, tomar vino, sonreír, pero él discurre sobre la alegría que viene de adentro hacia afuera. Explícame, Pedro.

—¿Yo? Cuanto más ando con él, menos lo entiendo y más lo admiro.

Sus seguidores se sorprendían a diario con el Maestro. Su valor y su sensibilidad eran impresionantes.

—No imaginaba que el maestro fuera tan feliz —expresó Tomás, siempre pesimista.

—¿Cómo no? —indagó Juan, que aunque tuviera una emoción que fluctuaba entre los polos de la tranquilidad y la ansiedad, era muy observador—. ¿No te has dado cuenta de que todos los días juega con los niños, dialoga con los ancianos, se divierte con nuestras tonterías? ¿No has observado que contempla los troncos carcomidos, la danza de las hojas, el retumbar de los truenos?

—Sí... Pensando así... Yo lo veo con mis ojos. Yo soy el temeroso, el cerrado.

—Pero él es un optimista incontrolable —afirmó Mateo.

Muchos creen que, por ser intelectuales, tienen que ser depresivos, pesimistas, malhumorados, encerrados en el calabozo de sus propias ideas. Ni ellos mismos se soportan. Pero el psiquismo de Jesús era incomprensible. Como pocos intelectuales, él disecaba a diario las penurias humanas. Como rarísimos pensadores, criticaba el prejuicio, la exclusión social, el odio, la envidia, la hipocresía. Por lo tanto, debería haber sido como mínimo pesimista, intimista, con aire de superioridad. Pero reunía en una misma personalidad características en apariencia irreconciliables.

Nunca alguien tan crítico fue tan optimista; jamás alguien tan lúcido fue tan alegre. Era un contador de historias.

—¿Nunca percibes la alegría burbujeante del maestro, Tomás? —recordó, también, Mateo—. El maestro hace fiestas al encontrar a un leproso. ¡Inspira a los miserables a sentirse seres humanos!

Pedro completó con una noble observación:

—De hecho, el maestro nos enseñó a ver campos fértiles donde sólo había piedras y arena: "Abran los ojos y vean los campos de trigo blanqueando". ¿Qué hombre es ese que tiene la responsabilidad de cambiar al mundo, pero declara que es súper feliz?

De repente, cayó la venda de los ojos de Tomás. En sintonía con sus amigos, comentó:

—De hecho, él es un hombre libre. Miles que se aproximan a él con el corazón contrito salen con una sonrisa en el rostro. Él es un jardinero de la emoción. ¡Seguimos al hombre más feliz del mundo!

Al mismo tiempo que los discípulos de Jesús conjeturaban sobre el misterioso maestro al que seguían, Ammón, el jefe de la escolta, conjeturaba sobre el hombre al que debía arrestar. El jefe de la tropa era un hombre ensombrecido por los problemas de la vida. Su esposa estaba en cama, tenía cinco hijos que criar y alimentar. La preocupación lo perseguía de día y sus pesadillas lo secuestraban en la noche.

—¿Qué alegría es ésa que las monedas del César no pueden comprar? ¿Qué seguridad es ésa que mi autoridad romana no logra conquistar?

Ammón descubrió a duras penas que la seguridad y la tranquilidad de un ser humano provienen de lo que es, no de lo que tiene. Hay muchos hombres riquísimos atormentados en sus mentes.

Los guardias intercambiaron miradas, perplejos con las tesis de Jesús. Era imposible encarcelar a ese apóstol de la felicidad. Causarían un motín social y, peor todavía, provocarían un motín en su propia conciencia. Regresaron con las manos vacías a los líderes que habían encomendado su arresto. Fue un escándalo. Tuvieron ataques de ansiedad.

—¿Cómo que no aprehendieron a ese... ese nazareno? —demandó uno de los sacerdotes, Jeconías.

—¡Nadie profirió nunca palabras como ésas!

El Maestro de Nazaret causaba más perplejidad por los pequeños gestos que por los grandilocuentes. Las religiones aprecian los actos solemnes, pero la ciencia celebra la grandeza de las actitudes imperceptibles.

—¿Pero acaso son también estúpidos? ¡El nazareno es un charlatán! —afirmó Jeconías, lleno de rabia.

—Inspira sueños y arrebata nuestra emoción —expresó Ammón.

No eran palabras típicas de un soldado, pero los iletrados ganaban estructura intelectual al escuchar al Maestro. Lo mismo sucedería con sus discípulos, como Pedro, hombre inculto e inflexible que escribió un pequeño tratado de psicología social en sus dos epístolas.

—¡Estás loco, Ammón! ¡Ve si alguno de los fariseos o escribas se rindió a sus ideas insanas!

—¡No estoy loco, señor! ¡Ese hombre nos instiga a tener un alma libre! —reviró Ammón con la voz exaltada, intentando justificar su omisión.

—¡No te permito que me levantes la voz, Ammón! Dejarás de ser el jefe de mi guardia —decretó Caifás, el sumo sacerdote, casi infartado.

Aún humillado, Ammón concluyó:

—Disculpe, señor. ¡Si lo escuchara, vería que es imposible capturarlo!

Y salió perturbado de aquella fatídica reunión. No fue posible aprehender a un hombre que no tenía miedo de morir, que no se sometía al control del sistema social, que discursaba sobre la felicidad sustentable.

Angustiado e inconforme con la actitud de Ammón, Jeconías aseguró:

—El carpintero de Nazaret está contagiando al pueblo. No basta con encarcelarlo. Las barras de hierro no serán suficientes.

—¿Por qué? —preguntó alguien.

La respuesta era simple.

—El jefe de escolta tiene razón. Él seducirá a los guardias de la prisión —afirmó el sumo sacerdote, intentando preservar no sólo su cargo, sino también el bienestar social. Enseguida agregó—: Si ese hombre de poco más de treinta años debilitó a la nación, imaginen lo que no hará a los cuarenta. Tenemos que cortarlo de raíz de la tierra de los vivos; en caso contrario, Roma nos tratará como a rebeldes. La nación sufrirá. ¡Es mejor sacrificar a un ser humano que a todo un pueblo!

Jesús fue sentenciado a muerte. Es fácil juzgar a los líderes de Israel de aquel tiempo por sus actitudes. Es muy probable que los que un día lo admiraron no apoyarían sus tesis. Un Maestro que llamaba a la sociedad a dar lo mejor de sí a los que poco tenían, que aplaudía a las personas anónimas más que a los poderosos, que denunciaba las injusticias sociales, que declaraba la hipocresía humana por detrás de una ética aparente, que corría riesgo de muerte para proteger y exaltar a los que vivían al margen de la sociedad, incomodaría muchísimo a cualquier pueblo en cualquier época.

El Maestro de maestros no podría vivir con tranquilidad en ninguna nación del mundo. En nuestros días, no pocos líderes cristianos, sobre todo políticos, serían los primeros en desterrarlo del teatro social.

*

Marco Polo daba vueltas en la cama como si estuviera viviendo una dramática pesadilla. Y lo estaba. Soñó con los comportamientos de Jesús en el último día de fiesta en Jerusalén. De pronto despertó y dijo, a los gritos:

—¡No lo sentencies, Caifás! ¡Él es inocente!

Se sentó en la cama. Con taquicardia, sudor excesivo, manos temblorosas. Su película mental, basada en hechos reales, era tan rica y emocionante que se sintió como si hubiera sido transportado en el tiempo. Las intrigantes biografías escritas por Lucas, Marcos, Mateo y Juan lo impactaron de forma tan penetrante que casi todas las noches tenía un sueño como ése.

Encendió la luz. Eran las cuatro de la madrugada. Respiró profunda y lentamente. Necesitaba descansar un poco más, pues el día sería extenuante: tendría que continuar analizando la sofisticada personalidad del hombre que sorprendiera a la humanidad. Entraría en terrenos a los que ningún otro científico se atrevió a entrar.

Puso la cabeza en la almohada pensativo. No imaginaba las sorpresas que el día le traería. Sus tesis causarían un terremoto. Los sofismas no quedarían en pie. Los prejuicios se desmoronarían.

6

La era del síndrome predador-víctima

Eran las siete de la mañana. Marco Polo se apresuró a tomar un baño. Vistió su camisa polo azul con rayas rojas y un blazer negro. Era un intelectual desapegado, desmañado, daltónico, cualquier cosa servía para vestir. Era capaz de usar un calcetín de cada color. Sofía intentaba ser su asesora de imagen personal, pero él se resistía. Fue a desayunar con ella, como siempre hacía cuando estaban en Jerusalén.

—Marco Polo, tu ropa está...

—Está perfecta, gracias —interrumpió él—. Sofía, relájate, si mi mente no funciona, no habrá ropa que funcione...

Sofía respiró hondo. Lo intentaría otra vez en otra oportunidad. Ella había sido la gran incentivadora de esa compleja y arriesgada jornada para estudiar la mente de Jesús. Lo admiraba profundamente. Amaba a ese psiquiatra que veía al mundo bajo ángulos que pocos observaban. Momentos después, Marco Polo relató que había tenido otro sueño sorprendente con el personaje que estaba analizando.

—Es particularmente extraño, un fenómeno psicológico que aún no logro develar —dijo Sofía, intrigada—. Durante nuestra investigación has soñado con Jesús adulto y yo, con su infancia. ¿Habrá alguna conexión metafísica? ¿Habrá algo sobrehumano en este proceso?

Esa observación le provocó escalofríos a Marco Polo.

—Sofía, tú eres religiosa, pero yo no. Aun cuando los suelos de mi mente estén siendo sacudidos por terremotos, a medida que estudio la mente de ese hombre misterioso, tengo más asco de la superstición —comentó el psiquiatra, con convicción.

—Okey, okey, doctor ateo —criticó ella, inconforme con su razonamiento—. A veces pienso que eres un candidato a dios.

—¿Yo? ¿Un dios? ¡Todos los días critico mis locuras! ¡Todos los días intento tratar el virus incurable del orgullo y el egocentrismo! No soy un dios, Sofía, sólo soy un crítico. Puedo cambiar mi opinión, mis ideas, mis tesis, pero ellas tienen que pasar por el filtro de mi conciencia —rebatió él, con rapidez.

Al contrario de muchas mentes brillantes, y aunque Marco Polo fuera un pensador aplaudido en diversos países, y sus libros impactaran a millones de personas, no tenía miedo de identificar a sus propios fantasmas mentales.

De repente, por detrás de Marco Polo apareció Robert Dunkis, un genetista respetado en todo el mundo, que había escuchado la conversación de ambos psiquiatras.

—¿Cómo está el instigador Marco Polo?

—Robert Dunkis, ¿qué haces aquí?

—Como siempre, daré una plática sobre la genética y la teoría de la evolución, querido —respondió Dunkis y, enseguida, interpeló a Marco Polo—: ¡Eres muy atrevido!

—¿Ya sabes lo que estoy haciendo en Jerusalén?

—¡Claro! Tus estornudos agripan a millones en internet —dijo, metafóricamente—. Pero no entiendo. Muchos te consideran un ateo más crítico que yo. ¿Cómo te metiste en la jornada de estudiar la mente de Cristo? Pienso que Jesús fue un hombre inteligente, pero creo que tú estás perdiendo tu tiempo.

—¿Perdiendo mi tiempo? No, yo amo los desafíos —afirmó Marco Polo.

—La ciencia no existe sin desafíos —concordó Dunkis—. Pero estudiar los genes, las mutaciones, la adaptación de las especies, es un desafío más grande que los tuyos, Marco Polo.

—Creo que te estás engañando, Dunkis. En mi opinión, la última frontera de la ciencia no es estudiar los genes, sino el pensamiento, sus tipos, su proceso de construcción y administración.

—¡Difiero! —rebatió Dunkis.

—Entonces vamos a hacer un análisis —sugirió el pensador de la psiquiatría—. ¿Cómo construiste la palabra "difiero"?

—Bueno, accedí a ella en mi memoria.

—¿Podrías tomar un arma, dispararle a una mosca que esté a una milla y darle al blanco?

—¡Difícilmente! ¿Pero a dónde quieres llegar, Marco Polo?

—Espera. ¿Podrías disparar un arma con los ojos vendados en Jerusalén y acertarle a una mosca volando en Nueva York?

—Imposible.

—Pero, al entrar en tu memoria con los ojos vendados y rescatar, en milésimas de segundo, en medio de miles de millones de opciones, las palabras "imposible" o "difiero", realizaste una tarea tan compleja como disparar y acertarle a una mosca volando en Nueva York.

—Nunca había pensado en el pensamiento —dijo Dunkis, intrigado.

—Por desgracia no pensamos en el pensamiento. Pero si lo estudiáramos con detalle, nunca más seríamos los mismos. Juzgaríamos menos y abrazaríamos más. Tendríamos la convicción de que la mente de cualquiera de nosotros es de una complejidad extrema. Sin los pensamientos no hay conciencia, sin la conciencia no existen el científico, la ciencia y mucho menos los objetos de estudio. Por lo tanto, mi amigo, la última frontera de la ciencia es estudiar "la ciencia de la ciencia", o sea, la ciencia de la conciencia.

Dunkis, siempre sociable y parlanchín, reflexionó y dijo:

—Necesito pensar en la conciencia.

Marco Polo corrigió:

—Y, hablando de la conciencia, ¿sabes que estás en una burbuja virtual?

—¿Burbuja virtual? ¿Cómo es eso?

—La conciencia es virtual, lo que indica que estás solo, dramáticamente solitario, pues entre tú, las personas y tu objeto de estudio, los genes, existe un espacio infinito, un antiespacio, pues la conciencia nunca incorpora la realidad del objeto pensado. Si la conciencia es virtual, la verdad esencial y científica es un fin inalcanzable.

—¿Estás usando todos esos elementos para estudiar el intelecto de Jesús?

—Exactamente. Sin usar la religión.

El brillante genetista se levantó, respiró hondo y comentó:

—Impresionante. Tal vez tu objeto de estudio sea más profundo que el mío, pero no te dará credibilidad científica. La academia es muy prejuiciosa.

En ese momento intervino Sofía:

—¿Pero por qué ama combatir a los religiosos? ¿Esa actitud tiene una motivación científica o busca el espectáculo social?

—¿Quién es esta joven? —indagó Dunkis.

—Sofía, mi asistente, y una brillante psiquiatra —dijo Marco Polo.

—Amo desbaratar a los creacionistas, los apóstoles del diseño inteligente.

—Discúlpeme, doctor Dunkis —dijo Sofía—. Me inclino ante su cultura científica. Pero tanto la religiosidad como el ateísmo radicales producen dioses, egos inflados que no abren su mente a otras posibilidades.

Dunkis esbozó una leve sonrisa. Adoraba escuchar a las personas inteligentes.

—Si pensar el pensamiento es la última frontera de la ciencia, dejar de pensar críticamente es una estupidez. Yo pienso en forma crítica, pero estoy siempre abierto a otras posibilidades, mi joven amiga. He dicho, incluso en entrevistas, que no tengo el cien por ciento de certeza de que Dios no exista—. Enseguida, preguntó: —¿Y cómo está tu ateísmo, Marco Polo?

—Sólo soy un ser humano en construcción. Estudiar la mente de Jesús me ha hecho repensar quién soy y lo que soy. Para espanto de la psiquiatría y de la neurología, cuando el cuerpo del Maestro de maestros sufrió en la cruz, él logró producir un pensamiento muy sofisticado: "Perdónalos, porque no saben lo que hacen". Parece que, para él, la vida humana, por más seria que sea, es una broma en el tiempo. Los científicos, profesores, empresarios, religiosos, en fin, todos los actores sociales, en el fondo están jugando en el teatro del tiempo, no saben de hecho lo que están haciendo.

—¿Qué tesis es ésa, Marco Polo? Nunca la oí —dijo el evolucionista, con honestidad. Enseguida tosió y expresó—: Pero tomo tus palabras como mías: "Soy un ser humano en construcción". ¿Y quién sabe si algún día tú y yo podamos hacer un gran debate sobre la mente de Jesús, el desarrollo de la humanidad, la formación de mentes brillantes y la teoría de la evolución?

—Reto aceptado —aseguró Marco Polo.

Y así se despidieron. En cuanto el evolucionista salió, Sofía comentó:

—Sería muy bueno que el doctor Dunkis participara de los debates del Sermón de la Montaña.

—Podría hacer una importante contribución —concordó el psiquiatra. Y de nuevo habló metafóricamente—: Pero sólo escalan las montañas los que están dispuestos a ver más allá de los límites de su prejuicio. No ha sido fácil para mí, Sofía. Yo vuelvo a construirme todos los días.

Después de ese diálogo, Sofía quiso saber cómo había sido el último sueño de Marco Polo. Sabía que él poseía una creatividad sin paralelo para crear personajes, ambientes y escenas.

—Soñé con el hombre que quería inaugurar la era del placer en la tierra del estrés.

—¿Inaugurar la era del placer en la tierra del estrés? ¿Qué quieres decir con eso?

—Toda persona con un exceso de exposición social, o con un gran trabajo intelectual, como las celebridades, los ejecutivos, los científicos, médicos y magistrados, tienen la tendencia a disminuir su propio placer, experimentar las llamas de la ansiedad. Pero Jesús, aunque estaba muy expuesto socialmente, con el proyecto intelectual estresante de rescatar a la humanidad, se puso como el personaje más bien resuelto emocionalmente de la historia.

—¿Cómo? Estoy confundida —indagó la psiquiatra, curiosa.

—Él habló sobre el placer sustentable, una alegría renovable, como las fuentes renovables de energía. Observa el discurso en el último día de la gran fiesta judaica: "¡Quien tenga sed, venga a mí y beba!".

—¿Qué atrevimiento es ése? —cuestionó ella—. Freud, Jung, Piaget, Adler, Skinner o cualquiera de los padres de la psiquiatría jamás tuvieron el valor de decir esas palabras, bajo riesgo de ser tachados de psicóticos. Los grandes filósofos, como Agustín, Descartes, Kant, Hegel, Kierkegaard, Nietzsche, Sartre, jamás invitaron a las personas a beber de su felicidad, incluso porque muchos eran depresivos. ¿Jesús vivía los códigos de la felicidad o estaba teniendo un brote psicótico, un delirio de grandeza?

Aunque sintieran un gran respeto mutuo, ninguno de los dos psiquiatras tenía miedo de cuestionarse. Iban más al fondo que los teólogos, los filósofos y otros pensadores. Marco Polo sonrió, y sin demora comentó:

—Pensé en eso detalladamente. Sin embargo, quien está en un brote psicótico tiene la mente afectada en cuatro niveles: 1) fragmenta su Yo y su identidad psicosocial; 2) pierde los parámetros de la realidad; 3) no piensa en las consecuencias de sus comportamientos; y 4) no desarrolla empatía ni inclusión social. Pero Jesús era de una coherencia y una serenidad impresionantes. No quería ser un gran personaje, un rey, un dictador, un héroe, como los que tienen delirio de grandeza. Entró en Jerusalén a lomos de un pequeño animal, sin pompa, convocando a las personas, incluso a sus discípulos, a que se despojaran de sus máscaras, a tener una identidad no artificial. Su empatía e inclusión social eran notables. Su Yo era de una lucidez jamás vista, por eso, al ayudar a alguien, le decía: "No se lo cuentes a nadie".

Sofía quedó tan maravillada con la exposición de Marco Polo, que cuestionó:

—¿Entonces Jesús fue más sensible que los poetas, más penetrante que los filósofos, más osado que los psicóticos y más sereno que los sabios?

—Tú sabes que mi teoría no sólo estudia el proceso de construcción de pensamientos, sino también el proceso de formación de pensadores. Estudié mentes brillantes, desde Einstein hasta Freud. Pero "el carpintero de la emoción" me confunde, me perturba... ¡todo el tiempo! —exclamó Marco Polo.

—Me alegra verte confundido, Marco Polo. Siempre te admiré, te consideraba intangible, tanto como tu alumna como tu asistente.

Marco Polo se ruborizó ante el comentario, y trató de desviar el tema:

—No sólo en el Sermón de la Montaña, sino también en sus breves palabras en la gran fiesta, Jesús desarmó la cárcel del síndrome predador-víctima, actuó con maestría en los fenómenos inconscientes que secuestran nuestro Yo.

—¿Cómo es eso? —indagó Sofía, confusa y fascinada.

Marco Polo había descubierto varios síndromes psicológicos, entre ellos el síndrome predador-víctima, que estaba en la base de la violencia, de la discriminación, de las guerras, de los suicidios y de los homicidios. Era un síndrome que manchaba la historia humana, que denunciaba que la humanidad tiene tendencia a ser autodestructiva, con bajos niveles de viabilidad. El psiquiatra estaba consciente de que sólo una educación socioemocional profunda, que nos lleve a pensar antes de reaccionar, a ponernos en el lugar de los demás, a proteger nuestra mente, a filtrar estímulos estresantes, a pensar en las otras personas como una familia humana, en fin, que sobrepase los límites del racionalismo, nos puede rescatar. Parecía que el Maestro de maestros estaba plenamente consciente de eso. Los códigos de gestión de la emoción que profería eran un grito de alerta, un intento desesperado de tornar viable a la humanidad.

El pensador dio una clase a Sofía sobre algunos de los fenómenos más complejos de la ciencia. Aunque fuera psiquiatra y conociera buena parte de las teorías de Marco Polo, nunca había visto a la mente humana desde esa perspectiva tan sorprendente. Él comentó que nuestro Yo no está sólo piloteando la aeronave mental. Hay cuatro copilotos, los fenómenos inconscientes, auxiliándolo a producir el universo de los pensamientos y emociones: el gatillo mental o de la memoria, las ventanas de la memoria, el ancla de la memoria y el autoflujo. Y usó los comportamientos del Maestro de la emoción para ejemplificarlos. El cielo de la mente de Sofía se abrió.

—Los guardias designados para aprehender a Jesús, al verlo, detonaron el primer fenómeno inconsciente o copiloto: el gatillo mental. Una vez disparado, el gatillo encontró al segundo fenómeno, una ventana o archivo traumático, o *Killer*. Esa ventana tenía la información de que él debía ser apresado y que, si se resistía, debían matarlo. El volumen de tensión de la ventana *Killer* hizo que entrara en acción el tercer fenómeno inconsciente, el ancla de la memoria, que cerró el circuito cerebral de los soldados, impidiendo el acceso a miles de ventanas con millones de datos. En ese momento, el *Homo sapiens* se convirtió en *Homo bios*, un animal instintivo. Enseguida, entró en escena el cuarto copiloto, el fenómeno del autoflujo, que leía y releía el contenido de la ventana *Killer*, preparando a los guardias para el ataque. Se convirtieron en predadores ante la víctima. Su Yo, por lo tanto, no razonaba, no sabía tomar decisiones, sólo ejecutar órdenes: arrestar o matar a Jesús.

Después de eso, Marco Polo comentó que el Maestro de maestros, con sus actitudes sin precedentes e imprevisibles, soltó el ancla de la memoria de la mente de sus verdugos. Fascinados, ellos dejaron de ser sus predadores, se dieron cuenta de que él no era una víctima a ser abatida.

—Esas tesis son sorprendentes —dijo la psiquiatra, reflexiva—. Los guardias accionaron los mecanismos primitivos del cerebro, mecanismos que encarcelan al Yo y que se accionan también cuando un hijo desafía a su padre, un alumno enfrenta a un maestro o los colaboradores están en desacuerdo con su jefe. El síndrome predador-víctima libera al animal dentro de lo racional.

Marco Polo explicó también que el amor es más profundo que la justicia. Una computadora puede señalar millones de fallas del ser humano, puede ser tremendamente justa, pero ninguna será capaz de tener compasión, generosidad, tolerancia. Y por eso, los robots con inteligencia artificial podrían un día convertirse en los mayores enemigos de la humanidad. Podrán eliminar a sus creadores, saturados de fallas. Actuarán por el fenómeno de acción-reacción, no les darán una segunda o tercera oportunidad.

—Gran parte de los conflictos humanos es enfrentada por el fenómeno acción-reacción, por los mecanismos primitivos del cerebro. Muchos padres y maestros actúan como predadores de quienes aman, devoran su autoestima, su tranquilidad, su salud emocional. Por eso nuestra especie tiene bajos niveles de viabilidad.

—Dios mío, eso pasó conmigo... —dijo ella, sorprendida, repasando su propia infancia.

En ese momento, Sofía recordó episodios muy tristes en que fuera la víctima de alguien muy cercano que ella amaba mucho: su padre. Relató con lágrimas sus recuerdos a Marco Polo, quien puso una mano en su mano en señal de solidaridad.

El doctor Leonardo, su padre, era médico, pero no tenía mucha habilidad socioemocional. Alcohólico, hombre implacable, duro, inflexible, rápido para juzgar, lento para abrazar. Su madre, Mary Jones, era trabajadora social, pero no tenía autocontrol. Impulsiva, ansiosa, vivía en pie de guerra con su marido. Y en el caldero del estrés, estaba la pequeña Sofía.

—¡Estás loco! —gritaba la madre.

—¡Eres una esquizofrénica! —bramaba el padre.

Enviciados en pelear, como dependientes de drogas, no les importaba que la pequeña Sofía creciera bajo un fuego cruzado. La niña, para neutralizar su ansiedad, asaltaba el refrigerador. Intentaba retirar el ancla de la memoria de las áreas de conflicto hacia las áreas del placer oral, lo que aumentaba su ansiedad todavía más.

—¡Comiendo de nuevo, niña! —vociferaba el padre. Y, peor todavía, sentenciaba—: Vas a explotar de tan gorda.

El padre de Sofía, por no entender el funcionamiento de la mente, estimulaba al biógrafo inconsciente dentro del cerebro humano, llamado fenómeno RAM *(registro automático de la memoria) a registrar en la mente de su hija poderosas ventanas traumáticas, llamadas ventanas* Killer *doble P, que tenían el poder de ser inolvidables y de poder ser retroalimentadas. Esas ventanas traumáticas pueden encarcelar al ser humano dentro de sí mismo. Y apresaron a Sofía. Ella leía y releía los comportamientos agresivos de su padre y, de ese modo, biografiaba a diario en su personalidad las cobranzas, las desavenencias y la intolerancia, volviéndose tímida, fóbica, insegura y autopunitiva.*

La muchacha era obesa emocionalmente, saturada de pensamientos perturbadores. La obesidad emocional la llevó a ser obesa físicamente en su preadolescencia. Compensaba su ansiedad comiendo en exceso. Y, para empeorar su drama, cierta vez le fue mal en la prueba de una maestra con la que había tenido un pequeño roce antes. Ella se convirtió en su predadora. Alzó la voz y dijo:

—¡Gordita estúpida! ¿No estudiaste la materia?

Una vez más, la niña registró ventanas Killer *doble P, doblemente traumáticas. A partir de ese momento, cada vez que iba a hacer un examen con esa maestra, detonaba el primero copiloto intelectual, el gatillo mental, que abría en milésimas de segundo el copiloto siguiente, las ventanas de la memoria. Pero por desgracia eran las ventanas equivocadas, no las que contenían la materia que había estudiado, sino las ventanas traumáticas que contenían la ofensa de la profesora. Errar el blanco es algo muy serio.*

El volumen de ansiedad de la ventana Killer *era tan grande que hacía que el ancla de la memoria, el tercer copiloto, cerrara su circuito. El* Homo sapiens *se convertía en* Homo bios. *Ella era la víctima y el examen era su predador. ¿El resultado? Bajo rendimiento intelectual, aunque en los exámenes de otros maestros se destacara mucho. Su padre, autoritario, le pedía ver las calificaciones del bimestre. Ella se las mostraba, temblando.*

—¡Niña burra! ¡Me avergüenzas! —decía el médico, en un arranque de rabia.

—Cállate la boca, estúpido —atacaba la madre, intentando defender a su hija, pero haciéndolo de la peor manera.

Los predadores en las inmensas sabanas africanas prefieren devorar a las víctimas más frágiles; el ser humano también. Los dictadores dominan con armas a su pueblo, los ejecutivos con el bolígrafo, los hombres con su machismo, los padres con su autoritarismo, los maestros con su poder de aprobación. Sofía lo aprendió en carne propia. Llorando, intentaba explicarse:

—Pero sí... estudié... papá...

Necesitaba sus abrazos, pero él le arrojaba piedras. Se irritaba todavía más al verla llorar:

—Además de gorda y burra, eres mentirosa. ¡Y además de mentirosa, débil!

El infierno emocional está lleno de educadores bienintencionados; piensan que están educando, pero en el fondo están encarcelando. Piensan que están corrigiendo errores, pero están traumatizando. A partir de ese momento, Sofía comenzó a empeorar en todas sus notas. Siempre aislada, sufría en silencio. Se sentenció a la baja autoestima, a la depresión y al fracaso.

—¡Me quiero morir! —le dijo a su madre.

Su madre se deshizo en lágrimas. Pero no sabía cómo ayudarla. Al día siguiente, por la mañana, Sofía fue a otra clase más. Estaba profundamente abatida. Sin embargo, un nuevo profesor de física, Humberto, observando la timidez y la tristeza de la chica, se salió de la curva. Decidió hacer un alto en su clase. En vez de enseñar física clásica, resolvió enseñar la "física de la emoción", o sea, hablar de su propia biografía. El profesor era parapléjico.

Abordó uno de los capítulos más difíciles de su vida. Dijo que era un deportista, practicaba futbol, tenis y basquetbol. Pero a los catorce años sufrió un accidente automovilístico. Quedó inconsciente. Lo llevaron al hospital y, al despertar, ya no sentía las piernas. Quedó devastado, desesperado, depresivo, perdió el ánimo de vivir.

—Yo gritaba y lloraba dentro del hospital: "¡Quiero caminar! ¡Sáquenme de la cama!".

Dijo que todos escuchaban sus clamores, angustiados. Ya no podría jugar tenis, futbol, voleibol. El miedo lo controló, el desánimo lo asfixió, el sentimiento de incapacidad lo dominó.

"Soy el joven más infeliz del mundo", se decía a sí mismo. Y comentó que fue a dos psiquiatras y a tres psicólogos, pero cada vez estaba más angustiado, deprimido, ansioso. Le recetaban medicamentos, pero él quería un medicamento que no existía: la libertad. Por fin, lo animaron a que consultara a otro psiquiatra. Se resistió mucho.

—Mi madre también estaba abatida. También había perdido la alegría al ver mi profundo desánimo y mi angustia.

Después de mucha insistencia, decidió ir a ver a ese tercer psiquiatra.

—"¿Por qué estás deprimido?", me preguntó él. Yo le respondí con rabia: "Soy un lisiado. ¿No está viendo o es ciego? ¡Nunca más podré practicar deportes!" "¿Y quién dice que no puedes practicar deportes?", replicó el psiquiatra, desafiándome.

Emocionado, Humberto contaba su historia:

—"¿Está loco?", pregunté, indignado. Y llorando, le aseguré: "Nunca más podré caminar. No quiero saber de las paralimpiadas".

A lo que el psiquiatra me dijo: "¿Sabías que puedes caminar, correr y hasta volar?". Pensé que tal vez estaba loco, pero tenía una voz dulce. No dejaba que yo lo agrediera. Y, sorprendiéndome, dijo: "Muchos tienen piernas saludables, pero no salen de un lugar". "¿Cómo es eso?", pregunté. Él me explicó: "Ellos caminan con las piernas, pero son prisioneros de su mente. No saben correr en sus pensamientos ni volar en sus ideas. Una persona libre no es quien tiene piernas saludables, sino quien tiene una mente saludable y atrevida. Piensa en grande, sueña en grande y lucha por tus sueños, e irás a lugares a los que muchos jamás fueron. Nada te va a detener. Ahora, indígnate, sumérgete en el fango de la desesperación, embriágate con el sentimiento de impotencia, y serás infeliz, un prisionero de ti mismo...".

Humberto se había emocionado con esas palabras.

—"Nunca pensé en eso...", dije al psiquiatra. Esa tesis se me quedó en la cabeza. Dejé de usar mi energía mental para reclamar y rebelarme y la usé para soñar y luchar por mis sueños.

Después de contar esa historia, Humberto comentó con Sofía y sus compañeros:

—Ya nunca fui el mismo. Me convertí en profesor de física. Hice una maestría. Quiero hacer un doctorado y ser un científico. Mis pensamientos son libres, vuelan para explorar el universo, mi mente corre para que yo me convierta en un triunfador. ¿Y ustedes? ¿Son libres o prisioneros de sí mismos? Sepan que no existen personas exitosas o fracasadas, sino personas que sueñan o que dejan de soñar.

Sofía quedó muy animada con la historia de su maestro. Decidió abrir la boca y habló en voz alta.

—Yo quiero cambiar mi historia, maestro. Quiero soñar y hacer cosas increíbles.

El maestro quedó fascinado con la actitud de la niña. Pero algunos alumnos se rieron de ella. Algunos dijeron cosas como: "No vas a cambiar nada en la vida". Al escucharlos, Sofía se deprimió, pero el maestro Humberto intervino con rapidez:

—¿Se están riendo de Sofía? Quien se burla de los demás paraliza su propia imaginación, es esclavo de sus propios prejuicios. Cuidado, el mundo da muchas vueltas. Las personas que ustedes derrumban hoy podrían ser aquellas que un día les ayudarán a levantarse.

Los alumnos que hacían bullying tragaron en seco al escuchar las palabras del sabio profesor, quien enseguida dijo:

—Felicidades, Sofía. Ten muchos sueños. Nunca debes olvidar que los sueños sin disciplina producen personas frustradas, y que la disciplina sin sueños produce personas que sólo obedecen órdenes. ¡Sueña y esfuérzate!

Eufórica, la chica concluyó:

—¡Claro que haré cosas grandes!

Y lo hizo. Sofía se superó. Tenía todo para equivocarse, pero soltó el ancla de la memoria de las áreas traumáticas hacia las áreas saludables, de los archivos Killer de su cerebro, que financiaban el autocastigo, hacia los archivos light, que producían pasión por la vida. Poco a poco dejó de ser víctima de su pasado y se convirtió en líder de sí misma.

Soñó con adelgazar, ser una excelente alumna. Batalló con disciplina por sus proyectos, y así adelgazó y se volvió una de las mejores alumnas del colegio. Comenzó a enseñar a los alumnos que se burlaban de ella. Soñó con ser médica y científica para ser útil a la humanidad. Por fin, entró en la facultad de medicina y se convirtió en una brillante alumna y después en una notable psiquiatra. A *sus veintiocho años, ya había defendido su tesis de doctorado. Sus investigaciones estaban causando un impacto internacional. Y el mundo sí era redondo, como le había enseñado su maestro de física. Quien hoy está abajo, mañana estará arriba. La chica que estaba abajo, el patito feo de la clase, se transformó en una brillante psiquiatra. Por fin, ayudó a los tres alumnos que más la molestaban en el colegio. Ellos sufrieron depresión y enfermedades psicosomáticas. No lograron nada en la vida.*

Después de oír la historia de Sofía, Marco Polo tomó sus manos con firmeza.

—Eres resiliente. Quien pasa por el caos y lo supera, mejora. Eres bellísima —dijo, un tanto avergonzado.

—¿Estás ligando conmigo? —bromeó ella.

—No, no —intentó disculparse él.

Marco Polo no era muy diestro con las mujeres.

—Estoy bromeando, tonto. Tus tesis me hicieron reciclar mi historia. Necesito descifrar los códigos de la felicidad. Quiero ser, cada vez más, una persona más ligera, contemplativa, menos cobradora, menos obesa emocionalmente.

—Tenemos un arsenal poderoso de antidepresivos, pero no tenemos medicamentos que produzcan alegría —comentó Marco Polo—. Ni las drogas, como la cocaína, producen alegría. La excitación emocional que causan es seguida por una depresión de rebote. El Maestro de la emoción fue más penetrante que Freud en la descripción del principio del placer, más poderoso que Marx en socializar la calidad de vida, más democrático que Abraham Lincoln en la divulgación de los derechos humanos.

Después de ese rico diálogo, Marco Polo comentó que había

dos ecuaciones emocionales que le quitaban el sueño, y que probablemente se lo quitarían también a médicos, psicólogos, educadores, filósofos, sociólogos, teólogos en las décadas por venir.

—¿Qué ecuaciones son ésas? —indagó ella, curiosa.

—Ecuación uno: ¿por qué estamos ante la generación más triste de todos los tiempos, aunque hayamos construido la mayor industria del placer de la historia, capitaneada por la televisión, por los deportes, por el cine, por la música, por los videojuegos y por las redes sociales? Aumentamos en cuarenta por ciento el número de suicidios entre los niños de diez a quince años en la era digital. ¡Un drama inenarrable! Los jóvenes ya no saben contemplar lo bello, reinventarse, divertirse, crear. Los adultos se transformaron en máquinas de trabajar, de resolver problemas. Son verdugos del placer de vivir.

—Es preocupante. Parece que estamos durmiendo sin percibir el caos emocional de los tiempos actuales —comentó Sofía, preocupada.

Marco Polo respiró hondo y continuó:

—Ecuación dos: ¿por qué estamos ante la generación más enferma emocionalmente, aunque la medicina, la psiquiatría y la psicología hayan dado saltos sorprendentes? Las estadísticas indican que la mitad de la población mundial padece o va a desarrollar algún trastorno psiquiátrico a lo largo de su vida. La mitad de los alumnos, los padres, los maestros, los ejecutivos... Un drama indescriptible. Y ni el uno por ciento se tratará. ¿Prejuicio? ¡Sí! ¿Negación de su enfermedad? ¡También! ¿Alto costo del tratamiento? ¡Con toda certeza!

—Muchos hacen higiene bucal, pero no saben hacer la higiene mental. ¡Las mentes calmadas son raras como diamantes!

Pocos eran los que escapaban de la epidemia de la contracción del placer y de los trastornos emocionales, fueran religiosos o ateos, celebridades o personas anónimas, ricos o pobres.

De repente, Sofía recibió un mensaje en su celular. En ese momento, detonó el gatillo mental, abrió una ventana *Killer* y asfixió su propia tranquilidad. Se puso las manos en la cabeza, preocupada.

—¿Qué pasa?

—¡Recibí un mensaje extraño, sin identificación! —dijo, con el semblante contraído.

—Debe ser falso.

—Pero citó mi nombre. ¿Será que mi exmarido descubrió otra vez mi número celular?

—¿Puedo saber qué dice? —preguntó Marco Polo, preocupado.

Ella dudó, pero después leyó el mensaje:

—"Sofía, todavía besarás mis pies."

El psiquiatra dijo con seguridad:

—No compres lo que no te pertenece. E, intentando distraerla, le preguntó—: ¿Qué tal si esta mañana recorremos las calles del mercado árabe de Jerusalén? Nuestro debate será mañana en la mañana. Hoy tenemos el día libre.

—¡Excelente idea! —dijo ella, intentando relajarse.

Sofía se había separado de su exesposo de forma dramática. Marco Polo, por otro lado, había perdido a su esposa de manera trágica. Eran dos pensadores aplastados por la vida, dos seres humanos heridos en el teatro del tiempo, dos mentes brillantes que sabían que la soledad ligera estimula la creatividad, pero que la soledad intensa es tóxica.

Estaban comenzando a enamorarse. Pero Marco Polo era paradójico: muy atrevido para debatir sus ideas, perspicaz para producir análisis críticos, pero tímido para hacer declaraciones de amor. Sofía tenía que tomar la iniciativa.

Se acercó a él y lo besó en los labios.

—Gracias —dijo él.

—Nadie dice "gracias" cuando lo besan, Marco Polo —dijo Sofía, dándole un golpecito cariñoso.

—¿Qué debo decir entonces?

—Nada. El silencio y el tacto son declaraciones de amor más poderosas que las palabras... —respondió ella, poéticamente.

Marco Polo había amado profundamente a Anna, su esposa. Vivieron un romance rico, refrescante como el rocío de la mañana, hasta que ella cerró los ojos a la vida. Ahora, Marco Polo estaba reaprendiendo a amar. Era el maestro de Sofía en la psiquiatría; ella era su maestra en el amor.

Sin embargo, después de que la joven Sofía superara sus traumas, no todo habían sido flores en su vida. Por desgracia, quien no recicla su propia historia familiar está condenado a repetir los errores, incluso los de sus padres. Durante la facultad, en vez de buscar un novio que la inspirara, la valorara y la aplaudiera, Sofía se involucró con una persona que era la imagen y semejanza de su padre: era dependiente del alcohol y de las drogas ilegales, era impulsivo, autoritario, celoso y controlador. Ella sufrió muchísimo, hasta que reunió valor y terminó la relación. Sin embargo, su marido jamás aceptó la separación. La perseguía de múltiples formas.

Ahora, ella amaba a Marco Polo. El amor debería ser tranquilo como las lagunas plácidas. Pero el sentimiento entre Sofía y

Marco Polo necesitaba ser poderoso como las cataratas de Iguazú o del Niágara, pues fuerzas ocultas acechaban cada paso de esta inteligente pareja y querían destruirla a toda costa. ¿Seguiría fluyendo el amor? ¿Sobrevivirían?

7

María, la más famosa y discreta de las mujeres

Después de tomar un baño y cenar, Sofía tomó algunos libros que hablaban sobre María y sus técnicas educativas. Quedó intrigada por la ausencia de elementos biográficos sobre la mujer más admirada de la historia, la única mujer cuyo nombre se cita en el Corán. Cuestionadora, cuando no había alguien para discutir sus ideas, Sofía exponía sus pensamientos para sí misma, en voz audible:

—Ninguna mujer ha sido tan exaltada como María y ninguna otra es tan desconocida como ella.

Marco Polo había comentado la fascinante capacidad que tenía María de ser discreta. Pero Sofía, inquieta, quería más información. Agitada, llamó al doctor Alberto, el intelectual del Vaticano. Él también estaba sumergido en los libros, preparándose para los debates del día siguiente.

—Buenas noches, doctor Alberto. Estoy intentando investigar la historia de la vida de María, pero las referencias biográficas son ínfimas. ¿Por qué?

—Hola, Sofía. Quizá porque un excelente educador ama quedarse en los bastidores para que su alumno brille en el escenario.

—Discúlpeme, pero eso no me satisface. Ya habíamos llegado a esa conclusión en nuestros debates. Me gustaría saber cómo educó María a su hijo, en qué ambientes, qué herramientas utilizó, qué reacciones tuvo en los focos de estrés, de qué metáforas se apropió.

—Yo también tengo esa curiosidad, mi querida Sofía. Pero los secretos de la infancia de Jesús están guardados bajo siete llaves —comentó el doctor Alberto.

La investigadora de la psiquiatría estaba inspirada y ansiosa, pero su ansiedad era saludable, generaba un fuerte sentimiento de exploración, de querer saber más.

—¿Cómo pudo, en un ambiente tan simple, depreciado política y culturalmente, crecer un niño que revolucionó el pensamiento humano? ¿Era inquieto? ¿Obedecía a sus padres? ¿Rompía límites? ¿Hacía travesuras? ¿Era un explorador? ¿Fue sociable o tímido? ¿Fue sorprendente desde la infancia o sólo en la madurez? —y, después de una pausa, elevó sus cuestionamientos a las alturas—: ¿Cómo pudo el niño Jesús, que no frecuentó los pupitres de una escuela clásica, reunir características de personalidad rarísimas y difíciles de conciliar: valor con contemplación, elocuencia con discreción, conciencia crítica con amabilidad, determinación con delicadeza? ¿Qué intelectuales de las universidades reúnen esas características? ¿Qué teólogos las poseen?

El doctor Alberto no las poseía, así como tampoco la mayoría de ellos. Era uno de los más brillantes teólogos del catolicismo, pero los cuestionamientos contundentes de Sofía y de Marco Polo conducían su mente a lugares donde nunca había estado.

—Sus cuestionamientos me perturban de manera positiva. Los teólogos no hacen esas preguntas. Pero es admirable saber que el niño Jesús creció en el anonimato, en una aldea marginada, en una nación sin relieve; su padre no era letrado, su madre era muy discreta.

El doctor Alberto continuó su explicación. Contó que los padres de Jesús no lo prepararon para abrazar al mundo, sino para ser un hijo notable. La propia madre quedaba atónita con sus comportamientos.

—Bajo los ángulos de las ciencias de la educación —completó el doctor Alberto, con notoria intelectualidad—, Jesús tenía todos los elementos para que sus ideas quedaran confinadas en su ciudad o región. En fin, para que cayeran en la insignificancia. Pero él creció pensando en la humanidad, queriendo abrazar a la familia humana. ¡Es increíble que reyes, presidentes y generales un día se hayan inclinado a sus pies!

—Por eso, si develáramos las reglas de oro de su educación, podríamos educar mejor a nuestros hijos y alumnos hoy en día —afirmó la doctora Sofía—. La educación clásica está completamente perdida en la era digital, mira con perplejidad la ansiedad de abrazar a sus alumnos. Para aliviar su conciencia, profesores, médicos y psicólogos dan diagnósticos rápidos y equivocados de hiperactividad.

Enseguida se despidieron. Sofía seguía insatisfecha. Llamó a otro debatiente de la intrigante mesa redonda conducida por Marco Polo, el doctor Thomas.

—Doctor Thomas, buenas noches. Acabo de tener una agradable conversación sobre María con el doctor Alberto, pero aún estoy llena de dudas.

—Buenas noches, doctora Sofía. Le ayudaré en lo que pueda contribuir.

—Usted es un estudioso de las escrituras. ¿Por qué hay tan pocos elementos sobre la relación madre-hijo de María y Jesús? ¿Qué misterio es ése?

—A mí me salieron canas tratando de entender esa educación. Confieso que, para mí, parecía que la relación entre María y Jesús era fría. Interpretaba el pasaje de las bodas de Caná de Galilea, cuando María le dice: "Se acabó el vino", y Jesús respondió: "Mujer, ¿qué tenemos que ver tú y yo?", como si fueran distantes. Pero el doctor Marco Polo trajo elementos innovadores y hasta perturbadores a la luz de la psiquiatría y de la psicología.

Sofía se acordó del día de ese debate.

—Recuerdo bien. La respuesta del hijo era una señal para su madre. Ella tendría la difícil misión de posicionarse no como su madre, sino como la "mujer de las mujeres". No fue seco, frío, insensible, sino afectuoso. Ella tendría que prepararse para perderlo.

En su consultorio, Sofía atendía a innumerables familias en conflicto. Sabía que muchos padres no percibían las dramáticas angustias de sus hijos porque no se comunicaban con palabras. Por eso comentó con el doctor Thomas que la mejor forma de liberar la creatividad de los hijos y alumnos era usar no códigos lingüísticos, sino el pensamiento imaginario.

—Marco Polo ha hablado con frecuencia que el pensamiento antidialéctico, también llamado pensamiento imaginario, es mejor que el pensamiento dialéctico o lógico, que usa las palabras para desarrollar la cognición, la inventiva, el razonamiento complejo. Usar el pensamiento dialéctico hasta el cansancio, asfixia la creatividad. Las palabras son importantes, pero la imaginación es esencial en la formación de la personalidad. ¿María y José habrán usado el pensamiento antidialéctico o imaginario en la educación del niño? —indagó la psiquiatra.

El doctor Thomas quedó confuso con el cuestionamiento de Sofía.

—Sofía, usted está abusando de mi ignorancia. No sabía que había más de un tipo de pensamiento en la mente humana. Nunca estudié eso en Harvard. Y mucho menos que podemos usar el pensamiento más pobre, el dialéctico, o lógico, en la educación y, de ese modo, asfixiar el raciocinio.

Sofía reforzó la idea de que, por desconocer una de las últimas fronteras del conocimiento, la ciencia que estudia los tipos y procesos de construcción y administración de los pensamientos, las universidades intoxican a sus alumnos con el pensamiento dialéctico, simbólico, lógico, lineal. Los alumnos salen de la escuela sabiendo resolver fórmulas matemáticas, pero no las ecuaciones emocionales. Saben lidiar con el éxito, pero no tienen resiliencia para lidiar con los fracasos. Saben señalar las fallas, pero no anticiparse a los errores.

—Esa falta en la educación emocional comprometerá el futuro de la humanidad —afirmó ella, de forma categórica—. Nuestros hijos y nietos no sabrán resolver los problemas de inseguridad alimentaria, calentamiento global... —y después, ponderó—: Si el pensamiento antidialéctico es el pensamiento más noble, es la fuente de las metáforas, es muy probable que el niño Jesús haya crecido nutriéndose de él. Enseñar por metáforas o historias es la mejor forma de educar.

—Interesante —dijo el doctor Thomas—. Jesús era un genio de las metáforas, de las parábolas.

Se despidieron después de ese diálogo. Sofía se fue a acostar, eran las once de la noche. Tenía que reponer las energías, tener un sueño reparador. Pero su sueño fue tan inquieto y productivo que pareció que había sido transportada en el tiempo...

8

Un niño súper feliz y sociable

Un pequeño de seis años corría debajo de las vides. Le encantaba ver los racimos coloridos de uvas maduras. Experto, intentaba cortar las uvas con un palo largo. Los frutos caían y él se llenaba la boca. De las comisuras de sus labios escurría la sangre de las uvas. De repente apareció el dueño del viñedo, el señor Mordecai, un hombre de edad avanzada, con una cara cerrada y furiosa. Atrapó al niño en flagrancia.

—¿Quién te dio orden de cortar los racimos? ¡Te voy a atrapar!

El niño, irreverente, desafió al anciano:

—¡Entonces venga y atrápeme! —dijo, entre risas.

Mordecai quedó perturbado. No dudó. Salió corriendo detrás del niño, quien se detuvo de repente; parecía que quería ser atrapado. Y, cuando el dueño del viñedo estaba a punto de alcanzarlo, comenzó a correr de nuevo. Después se volteó de frente y bailó ante el anciano, que se puso más furioso todavía.

—¡Si te atrapo te arranco la piel!

—Usted no aguanta correr —se burló el atrevido muchachito.

Mordecai era alto. Tenía las piernas largas, pero el peso de la edad lo vencía. Estaba jadeante. Fingió que no se estaba sintiendo bien. El niño se acercó y el viejo intentó agarrarlo, pero el chico escapó de nuevo. Corría muy rápido, pero he aquí que se tropezó con un pedazo de madera y se llevó una gran caída. Mordecai saltó encima de él. El niño, revolviéndose, gritaba:

—¡No, no! ¡No me pegue!

Pero a Mordecai no le importaban sus súplicas.

—¡Me las vas a pagar! —decía en voz alta el dueño del viñedo.

De pronto, el niño comenzó a reírse. En realidad, Mordecai no le pegaba, le hacía cosquillas. Entonces el chiquillo empujó al dueño del viñedo, que se dejó caer, y se puso encima de él, haciéndole cosquillas también. Parecían dos payasos felices de la vida. El viejo y el niño eran grandes amigos. El niño era Jesús. Mordecai miró al chiquillo de seis años que casi todos los días lo animaba ante las intemperies de la vida y le dijo:

—Chiquillo, yo te amo. Me alegras más que mis hijos.

—Yo también lo amo, señor Mordecai. No tengo abuelo, pero usted es el mejor abuelo del mundo.

El anciano besó suavemente a su nieto postizo en la frente.

De repente llegó María. Viendo al niño encima de la barriga del dueño del viñedo, gritó:

—¿Qué estás haciendo, hijo mío? Estás lastimando al señor Mordecai...

—No se preocupe, María. Este niño es lo mejor que me ha pasado en la vida. Nadie me hace pensar, me motiva y me hace sonreír como él.

María se detuvo para pensar en su muchacho. De hecho, su hijo era sorprendente. Era imposible no notar su sensibilidad, sus bromas, su buen humor, su generosidad, por donde pasaba. El niño Jesús era un coleccionador de amigos, una fábrica de sonrisas.

—El señor Mordecai es un abuelo increíble. Sus uvas son las más dulces de Nazaret. Además... son gratis —bromeó el pequeño Jesús.

—Experto, ¿eh? —dijo Mordecai. Enseguida se levantó y mirando fijamente a María, le dijo, con los ojos húmedos—: Muchos ancianos se ven descartados por sus hijos. Mis hijos rara vez me visitan, me ayudan o procuran saber si estoy vivo.

Viendo la tristeza del viejo, el niño Jesús le dio un abrazo en las piernas y le dijo:

—Yo me preocupo por usted. Le voy ayudar a cosechar todas esas uvas.

Mordecai se inclinó y, con trabajos, lo puso en su regazo.

El niño lo despeinó.

—Hijo, no despeines al señor Mordecai.

—Pero a él le gusta, mamá.

—Sí, sí me gusta.

—Ven, mamá. Siéntate con nosotros —dijo Jesús, señalando una pequeña banca en medio del parral—. El señor Mordecai nos va a enseñar cómo hacer que la viña dé muchos frutos.

Una vez que se sentaron, el sabio anciano les comenzó a enseñar:

—Ves la espina de la vid, el tallo central. Ella tiene sus costillas, que son sus tallos. Tomas un cuchillo y cortas los tallos que salen de la espina de la vid.

—¿Los corto todos? —preguntó el niño, curioso.

—¡No! Siempre deja tres o cuatro yemas en cada rama.

—Pero ¿por qué la vid da más frutos después de cortada? —preguntó el niño Jesús.

Como vitivinicultor, el señor Mordecai comentó:

—La savia deja de ir a los tallos cortados y nutre en cambio los pequeños tocones que quedaron, sobre todo las yemas que restaron. Además, el dolor de la vid cortada es muy grande. Creyendo que podría morir, las yemas estallan, renovando sus ramas para que la vida continúe. Cada nueva rama trae sus uvas.

—Qué bien —dijo Jesús, pasándose las manos por la cabeza, cuyos cabellos eran ligeramente largos—. Cortar duele mucho, pero es importante. ¿Así es la vida, mamá? —le preguntó a María, provocándola.

El niño Jesús parecía un director de orquesta, coordinando a los instrumentos, extrayendo de ellos el conocimiento. Era un genio de la emoción. La madre, animada, abrió el abanico de su mente y le dijo:

—Al ser cortados por la vida, podemos ganar más experiencia y producir más frutos.

El chiquillo sonrió.

—¿De qué te ríes, hijo mío? —preguntó María, confundida—. No me digas que ya lo sabías.

Mordecai también estaba perplejo con las reacciones del niño Jesús, que sacaba muchas conclusiones fascinantes de las cosas simples. Cada vez que le enseñaba, su razonamiento era tan rápido que daba la impresión de conocer las enseñanzas. Ora se comportaba como un alumno sediento, ora como un pequeño maestro.

Después Jesús cuestionó:

—Cuando la vida nos corta, ¿qué frutos podemos dar?

María miró a Mordecai y habló después de suspirar:

—Alegría, paciencia, amor, humildad... ¿Sabes de eso, hijo? —preguntó ella, curiosa.

—Mi maestro, el señor Mordecai, también me ha enseñado esas cosas —dijo él, mirando de reojo al anciano.

—Ah, sí. Yo le enseño algo a este niño todos los días —dijo Mordecai, también mirando al chiquillo con una suave sonrisa en el rostro. Y agregó, bromeando—: Pero es duro para aprender. Y de vez en cuando, este niño me enseña también...

Y revolvió ahora los cabellos del pequeño y fascinante chiquillo de seis años. Después de decir esas palabras, Mordecai sintió un fuerte dolor en el pecho. Su rostro comenzó a ponerse rojo. Su tórax vibraba, sentía que le faltaba el aire, una sensación de desmayo... Parecía estar teniendo un infarto.

—¡Ay, qué dolor...!

El niño comenzó a preocuparse.

—Señor Mordecai, ¿qué le pasa?

—Mi pecho... quema... —dijo él, con dificultad.

—Ay Dios mío, vamos a sacarlo de aquí —sugirió María, desesperada.

La madre y el niño comenzaron a arrastrar al anciano hacia debajo de las parras, pero era muy pesado.

—Ve a buscar ayuda, mamá. Yo me quedo con el señor Mordecai —dijo el niño que amaba al anciano.

—No, hijo mío. Yo me quedo con él —respondió María.

—Mejor ve tú, las personas te van a escuchar... —razonó el niño Jesús, mostrando un autocontrol poco común, aún más para su edad.

María dejó a su hijo por unos instantes y se fue, gritando, a buscar ayuda. Mientras tanto, el niño apoyó la cabeza de Mordecai en su regazo y comenzó a cantarle una bellísima canción, desconocida para el anciano. La letra decía: "No hay noche a la que no siga el amanecer, no hay invierno que no anuncie a la primavera, no hay lágrimas que no se conviertan en tranquilidad... Las uvas de la vid que sufren producen los mejores frutos".

Parecía que había compuesto la canción en ese momento. Escuchándola, y observando la tranquilidad del chiquillo, poco a poco el viejo se fue calmando hasta cerrar los ojos. Minutos después, María, José y otros dos hombres llegaron apresurados. Mordecai tenía los ojos cerrados, estaba inmóvil, parecía que lo peor había sucedido. El ambiente estaba calmo, y para espanto de todos, Jesús seguía cantando. Parecía estar en otro mundo.

—El viejo parece estar muerto. Pero ese niño debería estar llorando, no cantando —cuchicheó uno de los hombres al oído del otro. ¿Estará mal de la cabeza?

De repente, el niño interrumpió su canción y les dijo:

—Cálmense, el señor Mordecai sólo está dormido.

Ansioso, José colocó la mano en el pecho del anciano para sentir el latido de su corazón. Y de hecho, todavía latía. Y he aquí que Mordecai despertó. Y en vez de estar angustiado o quejarse del dolor, se levantó con rapidez y se mostró muy animado para volver al trabajo del campo.

—¿Quién me va a ayudar a cosechar uvas? ¡Quiero hacer el mejor vino con ellas!

María, José y los dos hombres intercambiaron miradas sin entender nada.

—¡Yo quiero ayudar! —gritó Jesús, súper alegre.

Y, viendo la disposición del anciano y la alegría contagiosa del niño, todos comenzaron a ayudarlos. En medio de la cosecha, y ya cansado, José tomó a su hijo, rodó con él en la hierba que había debajo del parral y comenzaron a jugar. Padre e hijo eran amigos. El carpintero no tenía dinero para comprarle regalos a su hijo, pero le daba el mejor de todos los presentes, algo que millones de padres se niegan a dar: a sí mismo, su tiempo, su buen humor, el capital de su historia de vida.

—¡Se van a ensuciar! —reclamó María.

—¿Y cuál es el problema, María? —preguntó José.

El niño, sorprendiéndolos una vez más, fue más lejos:

—¿Qué vale más, mamá: mantener la ropa limpia o ser feliz? Habrá un tiempo en que los niños ya no ensuciarán su ropa, ya no tendrán infancia —dijo el chiquillo, para asombro de todos.

Y ese tiempo llegó. En la era digital, nunca los niños tuvieron ropas más limpias y, al mismo tiempo, nunca su emoción estuvo tan sucia por sufrimientos por anticipación, autocastigo, preocupaciones innecesarias, lamentos por sus penurias. Estamos en la era de la ansiedad y de los placeres rápidos y superficiales.

María se quedó de nuevo pensativa acerca de su hijo. El niño comenzó a correr detrás de ella. Le tiraba algunas uvas que estaban en el suelo. Ella intentó escapar, pero el chiquillo la alcanzó. La abrazaba y la besaba y le hacía cosquillas. Ella moría de risa.

—No molestes a tu madre —dijo José, corriendo tras de ellos.

Eran una familia feliz. No tenían mucho, pero lo tenían todo. Sabían que un día el mundo podría derrumbarse sobre ellos, pero no infectaban el presente con el miedo al futuro. Mordecai quedó encantado al observarlos.

—¡Vamos, a trabajar! —gritó, en medio del viñedo.

Enseguida regresaron para colectar los racimos. El niño animaba a todos a cantar. Era una fiesta. Felices, recolectaban las uvas, llenaban los canastos y los depositaban en un pequeño lagar. Algo interesante sucedió. Al ver el lagar casi lleno, el niño preguntó a Mordecai si podía pisar las uvas para poner el jugo a fermentar. El amigo anciano lo permitió. Por fin Jesús participaría en la producción de vinos.

Después de bañarse, pisaba aquí y allá. Cantaba mientras lo hacía. Y, de vez en cuanto, lanzaba uvas hacia arriba para atraparlas con la boca. Era muy alegre. Sus huesos y músculos crecían, su inteligencia tomaba cuerpo. Revelando un hambre incontenible de sabiduría, preguntó a su madre:

—¿Cuál es la lección, mamá? —dijo, sin dejar de pisar los racimos.

—¿Lección?

—Sí. ¿Cuál es la lección que sacamos al pisar las uvas?

—Cuando somos exprimidos por la vida, podemos producir lo mejor de nosotros —respondió María, con serenidad.

—¡No tengas miedo de que la vida te lastime, hijo! —completó el padre.

—Lo sé, papá. De mis heridas sale el mejor vino —concluyó el niño. Y, feliz de la vida, dio un grito—: ¡Eeehhhhh! ¡Haremos el mejor vino!

Era una de las criaturas más alegres de esta sinuosa existencia. Enseguida cantó una canción más, extraída de esa historia: "Si no pisas las uvas, vino no verterán; si no aplastas la aceituna, aceite no producirá. Quien usa su dolor, se vuelve más fuerte después del temor...".

Sus padres desconocían la canción.

—Ese niño es demasiado. Pienso qué va a ser de él... —dijo el señor Mordecai. Y mirando a María y a José, continuó—: Felices los senos que lo amamantaron y el padre que lo cargó en sus brazos.

*

Sofía despertó de pronto de su sueño. Tenía una sonrisa estampada en el rostro. Se sentó en la cama en estado de éxtasis. No podía creerlo. Estaba casi sin aliento. Se dio cuenta de que había vuelto a soñar con la historia de la formación de la personalidad del niño Jesús. Se levantó y fue a tomar un vaso de agua. Eran las dos de la madrugada, pero estaba tan eufórica que tuvo unas ganas irresistibles de llamar a Marco Polo.

—Marco Polo, perdón que te despierte.

—No te preocupes, todavía estoy despierto. La mente que estoy estudiando me está quitando el sueño —bromeó, aunque hubiera una parte de verdad en sus palabras—. ¿Qué pasa, Sofía?

—Soñé de nuevo con el niño Jesús. Fue increíble.

Y le contó el sueño.

—Interesante, interesante —dijo él—. Centenares de millones de personas festejan la Navidad. Si sólo una parte de esa historia fuera real, el niño más conmemorado del mundo es el menos conocido por quienes lo admiran.

—Nunca vi a un niño tan feliz, tan alegre, tan comunicativo —afirmó Sofía—. Ya sé que fue un sueño, pero lo extraño es que mis sueños nunca fueron tan productivos. María y José le enseñaban con metáforas. Y el niño se deleitaba en aprender. Era un especialista en usar el pensamiento antidialéctico, imaginario.

Provocaba a todos a pensar. No se podía saber quién era el maestro: él o los adultos.

Marco Polo estaba sorprendido con la creatividad de Sofía. Enseguida, ella agregó algo más extraño todavía:

—Lo que es perturbador es que no entiendo nada de la poda de los viñedos, jamás estuve en uno, nunca vi a nadie cortando sus racimos. Pero Mordecai, un hombre anciano, uno de los personajes de mi sueño, le enseñaba al niño cómo cortar los racimos.

—En mi infancia, mis padres tenían un lugar que tenía parras. Entiendo un poco de la poda de la viña. ¿Qué enseñaba ese personaje?

Ella le explicó los detalles. Marco Polo quedó impresionado.

—Existen varios tipos de poda, pero es extraño que ese tipo haga sentido.

—¿Será que...?

—Es mejor no especular en el área de la espiritualidad, Sofía —dijo Marco Polo, volviendo a la ciencia—. Nuestra mente es de una inventiva sorprendente. Los sueños son producidos por el pensamiento antidialéctico. Es a través de él que construimos personajes, ambientes y situaciones. Pero por desgracia no usamos el estado de vigilia de manera productiva.

—¿Cómo es eso? —indagó Sofía.

—Sufrir por el futuro o remover frustraciones, por ejemplo, no son frutos del pensamiento dialéctico, lógico, sino del pensamiento antidialéctico, imaginario. Pero esa construcción, aunque sea compleja y creativa, agota al cerebro, asfixia la salud emocional —afirmó el investigador de la mente humana.

La psiquiatra se sorprendió con ese abordaje. Pensativa, indagó:

—¿Quieres decir que el pensamiento antidialéctico no puede

ser abortado? Si no lo usamos de manera constructiva, ¿lo usaremos de forma destructiva?

—Exacto. Es imposible silenciar al imaginario humano. Si no está entrenado, educado para inventar, reinventar, ser resiliente, atreverse, será usado para castigarnos, crear nuestros monstruos, fomentar nuestros miedos. Por desgracia, la educación clásica usa ese tipo de pensamiento de manera inadecuada.

—Aprendí algunos fenómenos esta madrugada —aseguró ella—. Pero dame un ejemplo práctico de cómo la escuela asfixia el pensamiento imaginario.

—¿Los niños hacen muchas o pocas preguntas antes de entrar a la escuela? —preguntó Marco Polo.

—Muchas.

—¿Y después de la escuela, con el correr de los años?

—Pocas. Interesante, no había observado eso.

—Las preguntas tienen como fuente primaria el pensamiento imaginario o antidialéctico. Cuando los niños entran a la escuela, la enseñanza clásica poco a poco sofoca el pensamiento antidialéctico e irriga en exceso el pensamiento lógico, lo que bloquea la curiosidad, la sed de preguntar y el deleite de aprender. ¿El resultado? Un atraso enorme en la evolución de la humanidad, una formación colectiva y atroz de repetidores de información. Raros son los que se vuelven pensadores, como puede verse, por ejemplo, en las tesis de maestría y doctorado.

—Estoy en shock. No se enseña a través de metáforas ni se transfiere el capital de las experiencias, tal como Jesús en mi sueño. Nunca pensé que el sistema educativo mundial estuviera asfixiando la evolución de la humanidad —dijo la psiquiatra, emocionada—. Nunca imaginé que una madrugada en Jerusalén, después de un sueño fascinante, lloraría por la familia humana. Necesito dormir, Marco Polo. Necesito pensar...

Por desgracia, la humanidad había tomado el camino equivocado. Las dos grandes ecuaciones psicológicas que angustiaban a Marco Polo así lo denunciaban. Los presidios se multiplicaban en las sociedades, así como el uso de antidepresivos y ansiolíticos. Marco Polo, el Indiana Jones de las ciencias humanas, exploraba los fenómenos que estaban agotando los recursos naturales del más delicado de todos los planetas: ¡la mente humana!

9

Segundo código de la felicidad: "Felices los empáticos, porque serán confortados"

Marco Polo estaba en lo alto del monte, descifrando el Segundo código de la felicidad. Muchos creían que era un código fácil de entender, pero no lo era. Y en la práctica era más difícil aún. Algunas versiones de ese Segundo código decían: "Felices los que lloran, porque serán consolados". Otras eran traducidas como: "Felices los que están de luto, porque serán confortados", comentó el psiquiatra a su enorme audiencia, que se esforzaba por escucharlo.

—Después de analizar con detalle todo el discurso del Sermón de la Montaña y, en especial el Segundo código de la felicidad contenido en la biografía escrita por Mateo, concluí que debe ser interpretado como "Felices los empáticos, porque serán confortados" —luego de decir esas palabras, Marco Polo provocó a los participantes—: Piensen conmigo: el hombre que pretendía ser el Maestro de maestros de la emoción, que estaba enseñando los códigos de oro para que la humanidad conociera la felicidad en forma sustentable, ¿en vez de aplaudir la alegría, aplaudía las lágrimas: "Felices los que lloran, porque serán consolados?". ¿No es una paradoja?

—Sin duda alguna —dijo Sofía, que ya había leído varias veces ese texto—. Pero nunca lo había pensado así.

Marco Polo continuó:

—¿Es necesario llorar para ser verdaderamente feliz? ¡Extraño! En realidad, su discurso era sobre un llanto saludable, altruista, solidario, no sobre el llanto depresivo, masoquista, autopunitivo. Se refería al más notable entrenamiento emocional: la empatía, la capacidad de preocuparse por la humanidad, de tomar en cuenta los sentimientos y necesidades de los demás. ¿A ustedes les importan sus semejantes? Para el Maestro de la emoción, los que se revuelven en el fango del egoísmo son infelices, aunque tengan una sonrisa en el rostro, pero los que se entregan en forma concreta para aliviar las angustias ajenas, son felices. A nadie le importó tanto como a él el dolor de las personas. Él era muy feliz.

El pensador de la psiquiatría comentó que los que frecuentan hoteles de lujo, complejos turísticos, parques de diversiones, pueden tener un placer efímero, aunque millonario, pero a quienes les importan las penurias sociales o la destrucción de la naturaleza tienen más oportunidad de desarrollar una emoción saludable, aunque viertan lágrimas. Los que participan en organizaciones como Greenpeace y Médicos Sin Fronteras, así como los que donan su tiempo, sus habilidades y su dinero para preservar la salud humana y la del planeta, entrenan su emoción para ser felices. En realidad, son más felices que los que viven para contar su dinero o que se sientan en el sofá conectados a celulares y dispositivos multimedia.

Después de esa exposición, Marco Polo comenzó a entrar en capas más profundas de la mente humana.

—Ser feliz es proclamar: "¡A mí me importa!". Ser infeliz es ser indiferente. Y existen fenómenos de muy alta complejidad que sustentan esa teoría. En primer lugar, tenemos que preguntar: ¿la emoción es la misma en todo el mundo? ¿Nacemos emocionalmente iguales? ¿La emoción se puede contraer o expandir a lo largo de la vida? ¿La emoción puede envejecer o rejuvenecer en desacuerdo con el cuerpo? —inquirió, antes de proseguir—: Existen diferencias de sensibilidad entre los niños al nacer. Unos son más sensibles al dolor, a los cólicos y al hambre, otros menos; unos se adaptan más, y por lo tanto son más resilientes a las adversidades, como la soledad y la ausencia de los padres; otros menos. Pero en realidad, todo bebé nace con la misma capacidad de dilatar la propia emoción y desarrollar sus habilidades para amar, para alegrarse, contemplar, motivar, adaptarse, atreverse, ser curioso, tener buen humor, seguridad.

—¿Entonces nadie nace psicópata, impulsivo, poeta, romántico? —indagó David, un ingeniero de Harvard.

—En realidad no. Esas experiencias dependen no sólo de la carga genética y del metabolismo cerebral, sino en especial de miles de experiencias existenciales archivadas a lo largo de la vida, que forman una plataforma de ventanas. Las ventanas solitarias no sustentan las habilidades emocionales. Se necesitan miles de ventanas, una plataforma, para que un ser humano exprese una habilidad, como ser seguro, tranquilo, contemplativo. Así como un vecindario necesita de muchas casas, farmacias, mercados para ser sustentable, los vecindarios del cerebro necesitan una cantidad enorme de experiencias para expresar sus habilidades.

—¿Es por eso que la intencionalidad no muda la personalidad? —cuestionó Michael, el neurocientífico.

—Exactamente, Michael. Imagina que la memoria es una gran ciudad y que una persona súper ansiosa proclame: "De hoy en adelante, seré la persona más tranquila de Jerusalén". Ella registró una ventana *light*, pero en una dirección solitaria en la corteza cerebral. Su intención funcionará por una hora o menos. Al toparse con un estímulo estresante, el gatillo mental se disparará y encontrará los inmensos "vecindarios" que contienen las ventanas que financian la irritabilidad. Tendrá una nueva crisis. Hay una guerra de ventanas en la mente humana, que determina nuestras características.

—¿Y las inteligencias múltiples de Gardner? —indagó el mismo ingeniero—. ¿Nacemos con dones?

—La teoría de Howard Gardner es inteligente, pero debe ser analizada y ampliada a la luz de la teoría de las ventanas de la memoria y del proceso de formación del Yo como autor de su propia historia. La carga genética determina algunas habilidades, pero no enyesa al psiquismo. Para el programa de gestión de la emoción, el destino no es inevitable, sino una cuestión de entrenamiento emocional y formación del Yo. Existen determinadas habilidades que poseen una expresividad genética más densa, pero también ellas necesitan de la educación para desarrollarse, o sea, necesitan de la formación de ventanas *light* para soportarlas. En realidad, alguien que no nació con un don genético puede desarrollarlo si se somete a un entrenamiento disciplinado. Por ejemplo, mis redacciones no eran tan buenas en la enseñanza media, pero entrené mi escritura con intensidad. Hoy soy leído por decenas de millones de personas.

—La educación de la emoción puede crear más talentos que la carga genética —afirmó Sofía.

—Estoy de acuerdo —comentó Michael, de nuevo—. En caso contrario, la vida sería injusta. Algunas personas serían privilegiadas genéticamente, mientras que la gran mayoría de los mortales permanecería en la mediocridad. Hay personas tímidas que se convierten en grandes profesores, hay jóvenes con pésimos rasgos conductuales que se vuelven grandes artistas plásticos. Hay pésimos alumnos, como yo era, que se transforman en científicos inteligentes. —Y, bromeando, completó—: Pero yo no soy uno de ellos.

Marco Polo no se colocaba como dueño de la verdad. Para él, la verdad era un fin intangible, sin embargo defendía sus ideas de manera clara:

—La emoción determina la calidad del registro de las ventanas o archivos cerebrales. Cuanto mayor sea la carga emocional, más intensas serán las ventanas y con más fuerza se expresará una característica de la personalidad. Muchos no desarrollan habilidades porque su emoción es frágil, sin sabor, sin condimento.

Y el psiquiatra comentó también que la emoción es como un balón de futbol. Pero la carga genética, el estrés en el útero materno, la adaptación a los estímulos estresantes, hacen que cada niño nazca con balones de tamaños y densidades diferentes. Para que ese balón se transforme en el gran planeta de la emoción, necesitará de muchos estímulos paternos, celebración de sus aciertos, entrenamientos educacionales, experiencias existenciales. Felices los que entrenan la propia emoción en la infancia para reír, aventurarse, reinventarse, explorar, tener buen humor, pues desarrollarán las más ricas habilidades.

—¿Estás diciendo que a lo largo de la formación de la personalidad, la emoción se dilata? —quiso saber el doctor Alberto.

—Sí, eso es lo que estoy afirmando. La emoción se dilata o se contrae, envejece o rejuvenece, se libera y se aprisiona. El planeta emoción es misterioso e inenarrable en su plenitud, pues no tiene respeto por las leyes de la física y de la biología.

—¿Los psicópatas tienen la emoción contraída? ¿El balón de futbol se les quedó pequeño, no se desarrolló a lo largo de sus vidas? —indagó el doctor Thomas, el intelectual de Harvard.

—¡Así es! Los psicópatas, sea por el metabolismo cerebral, pero en especial por traumas, abusos y privaciones en la infancia, o por falta de estímulos educacionales, no dilatan ni refinan su emoción. Por eso no desarrollan empatía. Lastiman, pero no sienten el dolor ajeno. El poder es capaz de gestar psicópatas que antes eran personas razonablemente sensibles, transformándolas en dictadores que dan mil excusas para presionar, controlar y extraer lágrimas a su pueblo. La necesidad neurótica de ser el centro de atención y de perpetuarse en el poder también puede generar psicopatía y asfixiar la emoción de los líderes políticos en las sociedades democráticas.

Marco Polo abordaba tantas ideas innovadoras, que era difícil seguir su razonamiento. Muchos tomaban notas que servirían de temas para sus tesis de maestría y doctorado. Era sorprendente que el poder y las necesidades neuróticas pudieran dejar al planeta de la emoción en un estado caótico. Hitler se inscribió en la escuela de bellas artes de Viena. Era un joven que tenía sensibilidad, pero se convirtió en uno de los más grandes psicópatas de la historia.

El psiquiatra explicó que los sociópatas no son diferentes a los psicópatas. Los sociópatas, los que transgreden las reglas sociales, no necesariamente son psicópatas. Al contrario de éstos, los sociópatas pueden tener una emoción dilatada, ser sensibles, pero esa emoción es distorsionada y enfermiza, por eso le faltan el respeto a las leyes de tránsito, arriesgan su propia vida, explotan cuando son contrariados.

—Los generosos y los altruistas también tienen la emoción dilatada —continuó Marco Polo—. Ése era el entrenamiento que el Maestro de la emoción estaba enseñando en el Sermón de la Montaña. Pero no siempre los generosos son saludables. Hay personas empáticas que tienen emociones enfermizas, pues son hipersensibles. Los sensibles se preocupan por el dolor de los demás, los hipersensibles lo viven. Los sensibles son excelentes para los demás, los hipersensibles son verdugos de sí mismos.

Millones de personas son hipersensibles, están predispuestas a la enfermedad emocional. Por eso necesitan trabajar con urgencia las herramientas de gestión de la emoción. Los debates sobre el Segundo código de la felicidad sustentable comenzaron a disipar las nubes intelectuales de la audiencia y de los seguidores en línea. Estaban comenzando a conocer el más complejo e inexplorado de los planetas: la emoción.

De repente, Ma Xiao, un rico empresario de Shanghái, comentó:

—China, mi amado país, pasó las últimas décadas por el mayor desarrollo económico de la historia de la humanidad. Pero el precio ha sido alto. Tenemos una epidemia de enfermedades psicosomáticas, depresión, ansiedad, soledad. Todos los años, más de un millón de personas intenta suicidarse, doctor Marco Polo. Necesitamos con urgencia de la gestión de la emoción, del desarrollo emocional, para ser no sólo la nación más rica del mundo, sino también la más feliz.

Marco Polo miró fijamente al empresario chino y le dijo:

—¡Lleve los códigos de la felicidad a su país!

—Pero no puedo llevar una religión a China.

—¿He hablado de alguna religión en estos debates?

—No, por el contrario —admitió el empresario.

—Entonces reitero: no lleve una religión a China, lleve los códigos de gestión de la emoción del Maestro de maestros. Forme grupos de estudio sobre ellos en las escuelas, en las universidades, en las empresas. Su país nunca volverá a ser el mismo.

El rostro de Ma Xiao se abrió en una gran sonrisa.

—Lo haré. Tengo un equipo de cinco personas filmando estos debates desde todos los ángulos.

Marco Polo se dio cuenta de que cada uno de sus gestos se volvía público. No podía disimular, preocuparse por su imagen social, ser un pensador artificial. Tenía que ser sólo un ser humano en busca de una dirección dentro de sí mismo.

Mientras Marco Polo pensaba en eso, Sofía extrajo una conclusión.

—El Segundo código de la felicidad, "Felices los empáticos, porque serán confortados; felices los que lloran, porque serán consolados", trata del entrenamiento emocional para la superación de la soledad. La soledad brinda estímulo a la creatividad; la soledad intensa aborta la felicidad y la salud emocional.

Marco Polo asintió con la cabeza, concordando con Sofía, y pasó a explicar en detalle los tipos de soledad que contagian al *Homo sapiens*. El último tipo era dificilísimo de entender. No era estudiado en las facultades de psicología, sociología, pedagogía, ni en la especialidad de psiquiatría. Era tan complejo que probablemente sólo sería explorado dentro de un siglo.

—Hay tres tipos de soledad: la soledad social, la soledad del autoabandono y el tercer tipo, la soledad de la conciencia virtual —y ponderó—: Para descifrar el Segundo código propuesto por Jesús, debemos estudiar los tres tipos de soledad. Pero al estudiarlos, tenemos que analizar la última frontera de la ciencia: la naturaleza de los pensamientos y de la conciencia existencial. Y debemos saber que, al estudiar la naturaleza de la conciencia, estaremos estudiando la naturaleza de la ciencia misma, incluso sus distorsiones.

Pocos entendieron lo que Marco Polo había dicho, incluyendo a la doctora Sofía, el doctor Michael, el doctor Alberto y el doctor Thomas, en fin, los debatientes más cercanos. El pensador de la psiquiatría y de la psicología sacudía a cada momento sus cimientos. Estudiar la naturaleza de la conciencia humana era un atrevimiento sin precedentes, todavía más en público. Se metía con la esencia del *Homo sapiens*. Pero siendo un didáctico, intentó explicar:

—La soledad social es aquella en que los demás nos abandonan. La soledad del abandono es aquella en que renunciamos a nosotros mismos o nos ponemos en un lugar indigno de nuestra agenda. La tercera soledad es la que está patrocinada por la naturaleza virtual de los pensamientos conscientes. Los dos primeros tipos de soledad son enfermizos y tóxicos, pueden generar depresión, angustia, baja autoestima, agotamiento cerebral. Pero el tercero, la soledad de la conciencia virtual, es inevitable y saludable. Indica que, a pesar de estar cercanos, estamos infinitamente distantes de quien amamos y de todo a nuestro alrededor.

—No entendí nada sobre esa tercera soledad —comentó Álvarez, un físico de Argentina.

—Sí, es un concepto difícil. Por el hecho de que tenemos una conciencia, ella nos acerca a todo. Tú eres consciente de la luna, del sol, del océano, de las personas, de los objetos. Pero, al mismo tiempo que nos aproxima al mundo, la conciencia nos aparta infinitamente de él.

—¿Pero por qué existe ese distanciamiento entre nosotros y el mundo que nos rodea? No comprendo —cuestionó, confuso, el doctor Thomas. Era un teólogo brillante, pero ese fenómeno le erizaba los cabellos.

—Porque la naturaleza de la conciencia es virtual. Aunque ésta defina y conceptúe el objeto concientizado, nunca incorpora su realidad esencial. Aunque hables sobre tu hijo y analices sus comportamientos, entre tú y él hay un espacio infinito.

La niebla comenzó a disiparse de la mente de los participantes. Pero seguía siendo densa. Marco Polo continuó con su explicación:

—Ustedes producen miles de pensamientos por día sobre innumerables cosas, pero el pensamiento no asimila la sustancia del objeto pensado. Un padre, un profesor, un psiquiatra, puede estar físicamente a dos metros de un hijo, de un alumno o de un paciente, pero psíquicamente hay entre ellos un antiespacio, un espacio insuperable, pues se concientizan virtualmente de ellos.

—¿Entonces yo me concientizo de otro siempre a partir de mí misma? —preguntó Sofía.

—Exactamente —afirmó Marco Polo.

—Luego entonces, si no aprendemos a vaciarnos de nosotros mismos, a desinflar nuestros egos, como dice el Primer código de la felicidad, no podremos vivir el segundo, ser empáticos, o sea, ponernos en el lugar de los demás —concluyó Helen, una socióloga de Noruega.

—¡Bravo! —aplaudió Marco Polo—. Un código está íntimamente ligado con el otro. Pero además tienen vínculos con los fenómenos más complejos que están en los bastidores de la mente humana. En ese caso, vínculos con la naturaleza de la conciencia. Aunque seamos amados, valorados, aplaudidos, aunque no vivenciemos el primer tipo de soledad; aunque nos apoyemos y apostemos por nosotros mismos, sin autocastigarnos cuando nos equivocamos, o sea, que no vivenciemos el segundo tipo de soledad; en fin, aunque no tengamos soledad social y soledad por autoabandono, todos somos solitarios, todos estamos solos, todos vivimos en una burbuja virtual.

La mayoría de los psicólogos y psiquiatras nunca había oído hablar del tercer tipo de soledad, a no ser en los escritos del propio Marco Polo, pues fue el primer investigador en describir la soledad de la conciencia virtual. Era difícil para las personas entender la dimensión de lo que él quería decir.

—Parece angustiante estar en una burbuja virtual —dijo el doctor Michael, el neurocientífico—. Yo no vivo la realidad de mi esposa y de mi hija.

—Parece angustiante, Michael, pero no lo es. Por el contrario: es esencial para que el *Homo sapiens* se convierta en *Homo socios*, una especie sociable. Sin esa burbuja virtual generada por la conciencia, la emoción, que es real, concreta, no sería excitada y provocada a desarrollar una ansiedad saludable, llamada ansiedad vital, que impulsa a nuestro Yo a sentir nostalgia, amar, tener hijos, enamorarse, coleccionar amigos. Tendríamos un aislamiento atroz, mordaz, bárbaro. Seríamos como zombis.

El doctor Davison, un profesor de psiquiatría de Toronto, comentó:

—¡Su tesis sacudió mi cerebro, doctor Marco Polo! Déjeme ver si entendí. La emoción real es la conciencia virtual. La conciencia, por ser virtual, nos hace estar profundamente solos, lo que provoca a cada momento la emoción, que es concreta, la necesidad de socializar, impeliéndonos a investigar, dar clases, besar a nuestros hijos, tener una compañera, construir puentes para nuestros colaboradores.

—Exactamente —confirmó Marco Polo.

Y el profesor canadiense de psiquiatría prosiguió:

—Entonces el motor de la motivación del *Homo sapiens* es más complejo de lo que yo imaginaba. No es el deseo consciente en primer lugar, sino la órbita compleja del planeta real de la emoción en torno a la órbita del sol virtual de la conciencia.

Las personas quedaron confundidas con esa conclusión, pero era correcta.

Ante eso, Marco Polo explicó:

—La motivación, sea de niños o de adultos, tiene dos grandes impulsos. El primero es imperceptible. Construimos relaciones y realizamos tareas porque la conciencia virtual genera una ansiedad y una motivación incontrolablemente exploratoria. Sin ese muelle propulsor, no habría artistas, actores, poetas, matrimonios, escuelas. El segundo es perceptible. Por ejemplo, realizamos actividades porque percibimos la necesidad de ellas.

Marco Polo sabía que muchos de los que lo escuchaban no entenderían el cien por ciento de lo que estaba diciendo, pero estaría satisfecho si entendieran el diez o veinte por ciento. Después de eso, entró en un territorio riquísimo. Relató una de las mayores razones por las cuales el ser humano es en extremo creativo, incluso los pacientes psicóticos, portadores de obsesión, depresión, aunque esa creatividad sea destructiva: casi todos somos constructores de fantasmas mentales.

De repente, un joven de buen humor, que estaba cerca de Marco Polo, entró en escena. En voz alta declaró:

—He aquí al mayor de los genios. Nadie construye más fantasmas que yo.

Muchos se rieron de la gracejada.

Marco Polo y Sofía conocían esa voz, ese modo despreocupado de ser y de vivir.

—¿Óscar? ¿Tú aquí? —se sorprendió Marco Polo.

—En carne y hueso, mi doctor —y le dio un abrazo efusivo.

Óscar era paciente de Marco Polo y de Sofía. Esquizofrénico, era atendido en la universidad donde enseñaban.

Enseguida, llamando la atención hacia sí, el joven comentó:

—Ya fui Napoleón queriendo dominar al mundo. Ya fui víctima de una conspiración internacional. Ya le di consejos a Bill Gates sobre cómo ganar dinero. En mi mente tengo una colección de obras de arte.

Más sonrisas. Óscar tenía una alegría contagiosa. Sofía intentó controlarlo. Se acercó a él y le dijo en voz baja:

—Óscar, ¿estás tomando tus medicamentos?

Satirizando la pregunta, él dijo:

—¿Tiene miedo de que supere la inteligencia del doctor Marco Polo?

Ella le lanzó una mirada firme y él corrigió:

—Claro, doctora. Como usted los prescribió.

Entonces Marco Polo continuó con su explicación:

—La conciencia humana, por ser virtual, libera el más complejo de los pensamientos, el pensamiento antidialéctico o imaginario, permitiéndonos pensar en el futuro, aun cuando este sea inexistente, o rescatar el pasado, aunque éste sea irrecuperable.

—Increíble. Si la conciencia no fuera virtual, no seríamos una especie que produce artes plásticas, poesía, literatura —afirmó Nubia, la curadora de un museo de Finlandia.

—Correcto. La burbuja virtual en la que todos vivimos genera una creatividad exuberante para que intentemos alcanzar la realidad del mundo concientizado del que jamás nos apropiamos. Crear es intentar resolver la ansiedad vital. Por eso, quien es más inquieto e inconforme, crea más. Crear es aproximarse a la realidad inalcanzable —comentó Marco Polo que, enseguida, afirmó—: Y, en cierto sentido, todos somos en extremo creativos.

—Disculpe, doctor Marco Polo. Yo no soy creativo —habló Giulio, en su mal inglés. Él era un estudiante de turismo de Roma.

—Te voy a probar que todos somos creativos. ¿Quién es cineasta aquí? —indagó Marco Polo.

Tres personas levantaron la mano.

—¡Equivocado! Todos son cineastas.

—¿Cómo es eso? —se preguntaron unos a otros—. ¿Marco Polo está delirando?

El psiquiatra, que adoraba provocar a sus alumnos, lanzó otra pregunta:

—¿A quién le gustan las películas de terror?

Más o menos el cinco por ciento de las personas levantó la mano. Enseguida, hizo la pregunta fatal:

—¿Quién crea una película de terror en su mente de vez en cuando?

Casi todos levantaron la mano.

—Por lo tanto, todos son cineastas. Algunos son directores de cine más creativos que los más creativos de Hollywood.

La audiencia rio.

—Yo hago una película de terror al día en mi mente. Creo problemas que no existen —dijo Giulio, iluminado.

—Yo también. Todo el tiempo creo películas de ficción científica en mi cerebro. Sufro por el futuro, por cosas que sólo están en mi cabeza. Hago el velorio antes de tiempo —comentó Melissa, una educadora de Suecia, con una sonrisa en el rostro. Estaba aprendiendo a reírse de sus propias locuras.

La audiencia estalló en carcajadas también. Marco Polo comentó.

—Esa creatividad sólo es posible porque la construcción de pensamientos y, en consecuencia, el movimiento de la conciencia, ocurren en la esfera de la virtualidad... No necesitas tener fantasmas reales para asustarte, tú los creas. No necesitas tener problemas concretos que te perturben, tú los inventas. Nunca disminuyen. Ustedes son extremadamente creativos, aun cuando sean autodestructivos. Nunca menosprecien a las personas obsesionadas, deprimidas o psicóticas, pues son espectacularmente creativas.

Las personas se quedaban casi sin aliento intentando descifrar las tesis de Marco Polo. Sofía alimentaba una profunda admiración por él. Con frecuencia se preguntaba de dónde sacaba esas ideas. Creía que él era un súper genio. En ese momento, él la miró y pareció leer sus pensamientos.

—Mis libros son utilizados en un instituto de genios para estimularlos a generar la emoción y ser productivos. Pero yo no soy un genio. Sólo soy un pensador empecinado —dijo, burlándose de sí mismo—. Produzco esas ideas porque a diario libero el pensamiento imaginario o antidialéctico.

—Por eso transformamos un ratón en un dinosaurio —afirmó Óscar, interviniendo otra vez.

—¡Exactamente, Óscar!

—¡Mi mente está llena de dinosaurios! —bromeó el paciente de Marco Polo.

Más risas, más relajamiento. Óscar tenía salidas increíbles, era un ejemplo vivo de que aun las personas que han sido devastadas por enfermedades mentales eran seres humanos que merecían el máximo respeto y consideración. Pero somos una sociedad clasificatoria e injusta, nos etiquetamos de ricos o pobres, intelectuales o iletrados, celebridades o personas anónimas, "normales" o insanos. En el fondo, todos estamos enfermos y no lo sabemos.

10

Continuación del Segundo código de la felicidad: la soledad es tóxica

Marco Polo comentó que tanto el pensamiento dialéctico o lógico, como el pensamiento antidialéctico o imaginario, tienen una naturaleza virtual. Pero el antidialéctico es el más complejo, rebelde, flexible y multiangular de los pensamientos conscientes. Deber ser ejercitado para explorar a quienes amamos, pues nos lleva a abrazar, a ser generosos, solidarios, comprensivos, tolerantes. Pero somos especialistas en usar el pensamiento más pobre en las relaciones sociales: el dialéctico, o lógico. Por eso señalamos los errores, criticamos, somos intolerantes, impulsivos, cartesianos.

La educación mundial evolucionó sin conocer los tipos de pensamiento, su naturaleza y sus trampas. Las guerras, la violencia, las atrocidades, la discriminación fueron fomentadas por la utilización equivocada de los pensamientos. Marco Polo afirmó que las personas creían que el problema era la falta de ética de la calidad de los maestros, la falta de cultura, pero, en realidad, el cáncer era más profundo.

Ante toda esa exposición, Peter, un astrofísico famoso, comentó, perplejo:

—Soy especialista en la teoría de la relatividad. Entender la naturaleza de la conciencia, de la mente del observador y del objeto observado, pone en jaque a nuestro proceso de producción científica. Es muy probable que Einstein desconociera la idea de que un científico estaba próximo, y al mismo tiempo, infinitamente distante de su objeto de estudio. Pero él tuvo una mente brillante, porque intuitivamente liberó el pensamiento antidialéctico, por eso se veía sentado en un rayo de luz y observaba lo que ocurría con el tiempo y el espacio. Parecía un loco... pero fue en extremo creativo.

Enseguida, Peter hizo un cuestionamiento que perturbó a muchos:

—Entendí que en las relaciones sociales hay un antiespacio entre mis hijos y yo; entre mi esposa y yo; pero eso debo desinflar mi ego, vaciarme de mí para entenderlos; en caso contrario, los juzgaré y los condenaré basado en mí mismo. Me voy a convertir en un antiempático inhumano, como millones de padres y maridos. Pero me surge una duda. En la física cuántica, hay investigaciones que demuestran que el observador interfiere en la experiencia concreta. Un electrón, cuando es bombardeado en determinados lugares, puede cambiar su trayectoria sólo por la mirada del observador. ¿Cómo es posible que el pensamiento virtual cambie la trayectoria del electrón, que es real?

El debate entró en profundidades inimaginables: "¿Y ahora, Marco Polo?", pensaron muchos. Pero él sabía la respuesta.

—Excelente pregunta. El pensamiento es virtual, pero la emoción es real, concreta. La mente del *Homo sapiens* es un sofisticadísimo binomio virtual-real. El Yo está en ese limbo: es real, y es virtual. El pensamiento consciente es virtual, pero el emocional es real. El pensamiento es el vehículo de la emoción. Quien cambia la trayectoria del electrón no es el pensamiento virtual, sino la emoción sustancial transportada por él. Pensar en el futuro no genera desgaste al cerebro, pero cuando la emoción está involucrada, si hay tensión, angustia, el cerebro se agota.

—¿Entonces lo que nos destruye es la carga emocional implicada en los pensamientos discriminatorios, en los ataques de celos, en la rabia, en las ofensas? —cuestionó el doctor Alberto.

—¡Siempre! —afirmó Marco Polo—. Cientos de millones de personas podrían tener ataques de pánico, la sensación súbita de que van morir o a desmayarse, pues producen pensamientos ligados a la muerte. ¿Pero por qué no lo hacen? Por varias causas. Porque el cerebro no está estresado, porque el gatillo de los neurotransmisores no se dispara, porque no está presente el síndrome de predador-víctima y, por lo tanto, no hay crédito emocional. Si piensas que alguien te está apuntando con un arma en ese momento, y no dieras crédito emocional a ese pensamiento, éste será estéril. Pero si se lo dieras, tu cerebro tendrá una crisis de ansiedad, entrará en estado de alerta máxima.

En ese exacto momento, un hombre que vestía un largo saco negro apuntaba a Marco Polo con un arma oculta. Usaba un silenciador. Iba a dispararla. Pero al oír esas palabras, jadeó, pensó que había sido identificado. Tuvo una crisis de estrés y guardó el arma, preocupado. Marco Polo, sin embargo, no tenía la mínima noción del peligro que estaba corriendo.

—Por ser virtual, ¿el pensamiento viaja en el tiempo? —indagó Jonathan, un físico que trabajaba en uno de los laboratorios de aceleración de partículas más grandes del mundo.

—En mi opinión, el pensamiento viaja en el tiempo, pero en la esfera de la virtualidad —explicó el psiquiatra—. El pensamiento y, por extensión, la conciencia humana, rompen los parámetros del tiempo. No están sujetos a las leyes de la física. Si no fuera así, usted no crearía personajes en segundos ni aceleraría o desaceleraría sus pensamientos a su antojo.

—¿Pero la emoción está sujeta a las leyes de la física? —volvió a cuestionar Jonathan.

—Lo está. El pensamiento es atemporal; sin embargo, la emoción es temporal, está circunscrita al presente. Usted cambia de pensamiento como quiera, pero no cambia la emoción como desea. Si eso fuera posible, los psiquiatras y los psicólogos quedarían desempleados de la noche a la mañana. El Yo sería plenamente autor de su historia emocional. Todo ser humano ordenaría a su emoción ser feliz, alegre, tranquila, y ella obedecería. Nadie necesitaría entrenarse en los códigos de la felicidad.

—Interesante. La ecuación razón-emoción que nos convierte en una especie inteligente es más compleja de lo que imagina nuestra vacía ciencia. ¿Y la máquina del tiempo? —preguntó Peter, el astrofísico.

—Disculpe, ésa no es mi área ni el foco de este Segundo código de la felicidad. Pero he pensado en eso. En mi opinión, si en la física cuántica los pensamientos logran transmutar la emoción para cambiar la trayectoria de un electrón, en teoría la teletransportación es posible y, ¿quién sabe?, el viaje en el tiempo. Pero eso es ficción científica. Volvamos a nuestra clase.

—¡Yo he viajado en la máquina del tiempo! —afirmó el simpático Óscar, sin titubear.

Sofía lo miró y le recomendó, con un susurro:

—¡Sé discreto!

—Es verdad, doctora, usted nunca viajó porque nunca tuvo un brote. Nosotros, que tuvimos un brote psicótico, fuimos más lejos que Einstein. ¿O él también tuvo un brote? —dijo Óscar, riéndose de sí mismo. Algunas personas se relajaron al escuchar lo que decía.

Ante toda esta exposición, Michael, el neurocientífico ateo, divertidísimo, comentó:

—Los físicos están dominando esta clase. ¡Me perturban! Pero, por lo que entendí, todo ser humano es un ser solitario. Sin embargo, los científicos lo son mucho más. Y los más creativos de entre ellos no son los más inteligentes, sino los que más desarrollaron la ansiedad por explorar el mundo.

—Los humanistas, los ambientalistas, los pacifistas, también tienen una soledad de la conciencia virtual exaltada, son inquietos, quieren ayudar a la humanidad, al planeta, a la naturaleza —afirmó el doctor Alberto, el intelectual del Vaticano—. Ellos entendieron ese complejo fenómeno. Sin la soledad de la conciencia virtual, no habrá empatía, no existiría el Segundo código de la felicidad, no tendríamos ánimo para preocuparnos por los dolores y necesidades de los demás. Seríamos fríos, como las computadoras.

Ante esto, Marco Polo concluyó:

—Hay personas que se aíslan para fines místicos, como los monjes. Ese aislamiento puede ser saludable si es temporal y no radical. Hay otros que se aíslan porque sufrieron *bullying*, abusos, o porque son tímidos, fóbicos sociales, depresivos o víctimas de una bajísima autoestima. ¡Cada persona que sufre debería de abrir la boca, hablar, gritar, comentar su caos, sin miedo y sin cobranzas! El aislamiento social es enfermizo, le hace más difícil al Yo administrar la emoción, reeditar las ventanas *Killer*, dialogar, soñar, reinventarse, trabajar en grupo, hacer amigos.

Y Sofía completó la conclusión de Marco Polo:

—Por otro lado, hay personas que quieren ser hipersociables, como millones de jóvenes conectados a las redes sociales. Son hiperinquietas, quieren ser amigas de todo el mundo, desean ser el centro de la atención social. Se angustian cuando los amigos no les dan "me gusta". Son neuróticas. En el fondo, se autoabandonaron. En psicología, todos los extremos tienden a ser enfermizos.

Entre lágrimas, Giulio confesó:

—Yo no logro estar a solas conmigo por media hora sin usar el celular.

—Yo tampoco. Detesto mi propia compañía. No me sé interiorizar. Si me quedo cinco minutos sin actividad, les grito a mis padres: "¡No tengo nada que hacer en esta casa!" —afirmó Déborah, una joven de quince años que vivía en Jerusalén. —Ya no aguanto el aburrimiento.

Conmovido, Marco Polo pensó y después sugirió:

—Dense un abrazo a ustedes mismos y quédense abrazados. Díganse: yo te estreso, me olvido de ti, te causo muchos problemas, pero prometo que, de hoy en adelante, aprenderé a tener una historia de amor conmigo mismo, me entrenaré para enamorarme profundamente de mí.

Todos aplaudieron y rieron, incluso millones de personas que asistían en vivo. Muchos de ellos estaban al límite.

—Necesitamos desarrollar el código de la empatía —gritó Marco Polo—. Pero, en primer lugar, tenemos que ser empáticos con nosotros mismos, ser más tolerantes con nuestras fallas, ser menos exigentes. Sólo una persona relajada y feliz puede contribuir a que los demás sean felices también. Una vez que sean empáticos consigo mismos, séanlo con sus verdaderos amigos. Así, ellos devolverán su empatía, los consolarán, los abrazarán, los apoyarán. No se engañen con las redes sociales. Si tuvieran un número de amigos reales que pudieran contar con los dedos de una mano, dense por satisfechos.

—¡Pero convivir con el ser humano es frustrante! —afirmó Mila, una profesora de artes de Grecia.

—Pero es mejor convivir con personas frustrantes que convivir con los vampiros que creamos en nuestra mente cuando nos aislamos. Aquellos pueden decepcionarnos, pero éstos pueden hacer sangrar nuestra emoción.

Y era una realidad. Los predadores más voraces eran los creados por nosotros mismos. Marco Polo continuó:

—Sólo es empático quien rompe la cárcel del individualismo y siente, aunque sea en forma mínima, el dolor del otro, aunque sea a partir de sí mismo. Sólo es empático quien es capaz de llorar o de emocionarse por sus propios hijos, alumnos, por su compañero o por su compañera. Sólo es empático quien rompe el presidio del egocentrismo y percibe lo invisible. ¿Usted se emociona con el dolor ajeno? Como la conciencia es virtual, vivimos en la burbuja de nuestro egoísmo. No percibimos el dolor ajeno, sólo el nuestro. Somos superficiales, no penetramos en las capas más profundas de la mente de quien está a nuestro lado. Sólo nos emocionamos cuando estamos al límite, cuando muere quien amamos, cuando alguien querido entra en bancarrota, cuando vemos sus heridas expuestas, cuando atravesamos el caos. Yo fui una de esas personas —afirmó Marco Polo, de manera transparente.

Las personas no podían creer lo que oían. Se quedaron congeladas con esas palabras. Él todavía tuvo el valor de decir:

—Con frecuencia, muchos intelectuales no saben llorar ni emocionarse. Los psiquiatras y psicólogos son entrenados para lidiar con el dolor ajeno, mantener la distancia, pero no pocos de nosotros nos psicoadaptamos a las penurias de los demás. Saber proteger la emoción, vaciar nuestro ego e interpretar de forma distante los conflictos de los otros no debería transformarnos en seres humanos fríos, secos, insensibles. Pero no pocos de nosotros asfixiamos nuestra sensibilidad. Nos volvemos máquinas de resolver problemas. Nos deshumanizamos, incluso ante las personas que nos son más queridas. No sabemos jugar, relajarnos, aceptar nuestros errores, confesar nuestras derrotas, hablar de nuestras necesidades, penetrar en el mundo de quien amamos... —y, después de una pausa, confesó—: Yo no logré darme cuenta de los dolores de mi hijo.

Marco Polo volvió a hacer una pausa. Estaba emocionado.

—Lo que nos convierte en seres humanos no son nuestras teorías, sea la psicoanalítica, la conductual, la cognitiva, la existencial, la multifocal, ni son nuestros títulos, ni nuestra cultura académica. Son nuestras emociones, son nuestras lágrimas... —hizo otra pausa—. Sólo pude llorar por mi hijo cuando enfermó visiblemente. No vi los dolores callados y silenciosos que lo secuestraban porque no fui lo bastante empático. Sólo me angustié cuando Lucas desarrolló una grave depresión y una dependencia química.

Las lágrimas atraparon su voz. Después de algunos segundos, todavía con la voz embargada, completó:

—Hoy lloro por mi hijo... Lloro porque quiero verlo feliz. Lloro porque quiero verlo romper su cárcel mental. Perdí a mi esposa, Anna, de manera trágica. Lloré su pérdida y lo superé. Pero hoy lloro porque no quiero perder a mi único hijo. Lloro también por mis errores. Soy un psiquiatra que está aprendiendo a llorar. Lloro porque, aunque sea un intelectual, descubrí que no soy autosuficiente, soy un padre carente.

Muchos médicos, jueces, promotores, ejecutivos, ingenieros, de los más diversos orígenes, fueran asiáticos, europeos, norteamericanos, latinos o africanos, que nunca lloraron o que rara vez lo hacían, se emocionaron con las palabras de Marco Polo. Descubrieron que las actrices principales del teatro del rostro, las lágrimas, eran fundamentales para escenificar la obra más importante de la vida: la de ser sólo seres humanos. Quien tiene miedo de sus lágrimas, tiene miedo de ser un ser humano.

Nadie hubiera imaginado que Marco Polo, un pensador reconocido en todo el mundo, fuera capaz de revelar su historia en público.

—Lloro no porque sea depresivo, lloro no porque me esté autocastigando, lloro porque dilaté mi emoción, expandí mi sensibilidad, porque me volví más humano después de mis inenarrables pérdidas.

Todos estaban sin aliento escuchando las palabras de Marco Polo. Más de cien millones de personas alrededor del planeta lo estaban viendo y oyendo desnudarse honestamente.

—Si hubiera vivido los códigos de gestión de la emoción para tener una felicidad inteligente y una salud emocional y social rica, todo habría sido más fácil —siguió diciendo Marco Polo—. Habría desinflado mi ego, procurado salir de mi burbuja virtual y me hubiera colocado en el lugar de mi hijo. Habría mirado lo invisible antes de que él eclosionara. ¿Ustedes lo miran? Habría explorado el planeta de la emoción de Lucas. Habría preguntado: "¿Qué lágrimas derramaste y nunca me contaste?". ¿Ustedes exploran a sus hijos, a su cónyuge, a sus alumnos? Somos hipócritas. Es fácil juzgar, señalar las fallas...

Y después de enjugarse con las manos las lágrimas de su rostro, terminó su exposición con estas palabras:

—El propio autor de los códigos que estamos estudiando dijo, en forma atrevida, en el Sermón de la Montaña: "No juzguen para no ser juzgados. La medida con la que juzguen será la misma que se use para juzgarlos". ¡Qué sabiduría! ¿Pero quién escucha? Somos jueces rígidos de quien amamos, pero tolerantes con nuestras propias locuras. El carpintero de la emoción también recomendó: "Pon la otra mejilla cuando te contraríen". Pero estamos viciados en reaccionar por el fenómeno "me pegas, me desquito", acción-reacción. Autoritarios, queremos arreglar los errores, no formar pensadores. Si hubiera aprendido a poner la otra mejilla, habría indagado, ante la rebeldía de mi hijo: "¿Qué pesadillas, dramas, *bullying* has sufrido, hijo mío? ¿En qué me equivoqué contigo y no lo supe? ¿Qué puedo hacer para volverte más feliz?" —y, después de un profundo suspiro, miró a la audiencia y confesó—: Muchos me aplauden en diversos países, pero, sinceramente, yo desconocía los códigos que estoy analizando. Me faltó vivirlos. Sobre todo con las personas más importantes...

Sofía se acercó a Marco Polo y lo abrazó, intentando consolarlo. Sus amigos hicieron lo mismo.

El profesor de psiquiatría canadiense, el doctor Davison, que había hecho algunas intervenciones, se aproximó a Marco Polo y, emocionado, se abrió también:

—Hace dos días tomé un vuelo de Toronto para conocerle, doctor Marco Polo. Quería ver de cerca quién era el psiquiatra que estaba causando tanto impacto social. Me alegré porque nosotros, los psiquiatras, vivimos enclaustrados en nuestras universidades, hospitales y consultorios. Es vital ser un psiquiatra social. Quería estar aquí para conocer técnicas para impartir clases vibrantes, para escribir libros brillantes, para comunicarme mejor. Pero salgo de aquí desnudado ante mí mismo. No sé qué decir... Vivo aislado en mi burbuja virtual, no soy empático. Logro llevar a mis pacientes a construir puentes, pero mis puentes para mis dos hijos están destrozados. Soy crítico en extremo, juzgador, implacable. Gracias... gracias.

De repente, otro participante, más sombrío, con un saco negro, como el que quería asesinar a Marco Polo en silencio, se aproximó y habló a los gritos:

—¡Usted me apuntó! Usted me alcanzó, Marco Polo.

Todos se asustaron con sus gritos. Parecía estar teniendo un brote psicótico.

—¿Yo? ¿Cómo es eso? —indagó el psiquiatra.

Un hombre que estaba a su lado intentó calmarlo.

—¡No me toque! —dijo él. Enseguida se explicó, pero todavía hablando alto—: ¡Usted le lanzó un proyectil a mi emoción! Quedé sin aliento. Sus palabras lo... lo...

No pudo terminar. Pero quería decir "lo salvaron". Ese misterioso personaje también estaba ahí para asesinar a Marco Polo, pero al verlo exponerse de esa forma, quedó desarmado... Él era un destructor de puentes, no un constructor. Nadie entendió nada.

Después de terminado el debate, Óscar se acercó a Sofía y le advirtió:

—No me gustó ese último sujeto.

—¿Por qué?

—Conozco el mal cuando lo veo. Ese tipo es peligroso. Y había otro igual a él.

—¿Dos iguales? —preguntó Sofía, desconfiada y temerosa.

*

Cuando descendieron de la montaña, los dos criminales recibieron una llamada telefónica.

—¿Asesinaron a Marco Polo?

Hubo un silencio y después la negativa:

—No pudimos.

—¿Y por qué no? —preguntó la otra voz, en un ataque de furia.

—¡Porque él nos disparó primero!

—¿Cómo?

Ellos explicaron los hechos y la sentencia fue implacable:

—¡Ustedes dos están fuera de la organización! ¡Serán eliminados!

Salieron de escena con rapidez. Se volvieron fugitivos de la misteriosa organización criminal que quería silenciar al pensador. Difícilmente vivirían.

Y así, Marco Polo terminó la exposición de otro intrigante y complejo código. Muchos quedaron conscientes de que tendrían que estudiar diez veces todo lo que había sido dicho para asimilar una mínima parte.

Sólo habían entendido los fenómenos más evidentes: que era mejor ser un ser social que vivir aislado, y que era mejor estar motivado por la ansiedad vital, que nos impulsa a explorar el mundo, que ser víctima de la ansiedad enfermiza que nutre los fantasmas mentales que nos ensombrecen. De hecho, el aislamiento, en teoría, no es saludable, pero para Marco Polo era recomendable: para su propia protección, sería mejor que se escondiera...

11

El hombre empático que transformaba prostitutas en reinas

Cuando falta alimento, la mente no se anima a filosofar. Cuando la supervivencia es ardua, el síndrome predador-víctima prevalece sobre el arte de pensar. Will Durant, el famoso historiador de la filosofía, sabía eso muy bien. Para justificar el hecho de que Estados Unidos no tiene una filosofía madura, compleja y extensa como los países europeos, Durant defendió la tesis de que Inglaterra había demorado ochocientos años desde su fundación hasta Shakespeare; Francia tardó también lo mismo desde su fundación hasta sus más agudos pensadores; en cuanto a Estados Unidos, era un país joven, que tuvo que labrar sus tierras, explorar sus minas y adelgazar los cuerpos de su gente para sobrevivir. El mundo de las ideas, como el vino, tarda en ser destilado.

Sin embargo, el mayor maestro de la historia había roto el gran paradigma de Will Durant, rompiendo también la cárcel del predador-víctima. Él inspiraba la sed de conocimiento en la tierra del hambre, nutría la pasión por las ideas durante las intemperies de la existencia. En los tiempos actuales, el último lugar en que la mayoría de los alumnos quiere estar es dentro del salón de clases. Pero el Maestro de maestros era tan apasionante que sus alumnos lo buscaban, no al contrario.

AÑO 31 d. C.

Era una mañana fría en Jerusalén. El sol estaba iniciando los primeros actos de su espectáculo en el teatro del día. Los gorriones, las aves más resilientes y menos melodiosas del mundo, estaban comenzando su algarabía. En las familias judías, los escasos panes comenzaban a servirse en la mesa. Los privilegiados tenían leche de cabra o de oveja para alimentarse. Los niños dormían todavía. No había escuelas a las cuales asistir. Los comerciantes tenían que prepararse para negociar, los agricultores para arar la tierra, los vitivinicultores para la poda, los segadores, para segar el trigo. Pero hoy ellos dejarían sus tareas, algo rarísimo. Tenían una mente sedienta. Intentarían buscar al primer maestro del mundo que no decía dónde daría su clase ni qué sería lo que enseñaría. En la era de la escasez, él inauguró el arte de soñar. Ellos lo buscaban, como el sediento busca las fuentes de agua.

—Vamos, estamos atrasados —dijo Levi, un vitivinicultor, a su esposa.

—¿A dónde vamos? —preguntó Enia, preocupada.

—Vamos a escuchar al maestro más increíble que ha pasado por estas tierras.

—Pero ¿y las uvas? Necesitamos recolectarlas para hacer el vino.

—Lo haremos mañana. Hoy vamos a beber del mejor de todos los vinos —afirmó Levi.

Pero no todos apreciaban sus ideas. Algunos las tomaban como una hiel que amargaba el cerebro. Cerca de donde él daría otra de sus clases, había un grupo de diez hombres con caras rabiosas, semblantes tétricos, ávidos por segar la vida. Se enteraron de que una mujer adúltera se había acostado con un hombre, pasando toda la noche con él. Era la ocasión perfecta para eliminar al intrigante maestro, al que le importaba muchísimo el dolor ajeno.

—¡Esa prostituta tiene que morir! —gritó el más viejo de los segadores del terror.

—¡Vamos a hacerla sangrar en la plaza pública! —dijo el radical más joven.

De pronto, una idea surgió de los escombros del más culto, un fariseo:

—Esperen. Vamos a aprovechar y a usarla para cortar de la tierra de los vivos al hereje de Nazaret. Así eliminaremos dos llagas de Israel.

La mayoría de los judíos era pacífica y altruista. Pero el orgullo y la envidia son virus que están siempre presentes en la mente humana. El Yo puede y debe asfixiarlos y disminuirlos, pero no es capaz de eliminarlos. Ante las presiones, el ser humano que no es líder de sí mismo asume la condición de predador, acciona áreas primitivas del cerebro, haciendo aflorar su odio y fomentando la exclusión social. Asesinarían a una mujer, un ser humano fascinante, la expulsarían del teatro de la existencia. Su nombre: María Magdalena.

—¡Excelente idea! Ese aglutinador de mentes incautas necesita ser barrido de Judea. ¿Pero cuál es la estrategia? —preguntó un predador de mediana edad, salivando ante la posibilidad de atrapar a la presa.

—Piensa conmigo. Él es muy admirado. Si lo eliminamos sin motivos plausibles, el pueblo nos atacará. Sabemos que él habla sobre el amor incondicional. Llegó al colmo de proclamar que debíamos amar a nuestros enemigos. Vamos a poner a la adúltera ante el público y a presionarlo para que dé su veredicto delante de todos.

—¿Pero si no quisiera perdonarla? —indagó el más joven.

—Asesinándola, destruiremos su conciencia, debilitaremos su proyecto —afirmó el fariseo.

—Excelente. Y, si él la perdona, destruiremos su cuerpo. Él muere con ella —comentó nuevamente el mayor de los verdugos.

—Y por lo tanto, saldremos vencedores en las dos situaciones —reflexionó otro participante del macabro plan.

¡La trampa era infalible!

—¿Y qué haremos con el hombre que se acostó con ella? —indagó otro falso justiciero.

—¡Le daremos una advertencia, pero lo liberaremos! Los hombres no tienen la culpa de la seducción de las mujeres livianas —sentenció el fariseo.

Los hombres siempre tuvieron una deuda impagable con las mujeres a lo largo de la historia. Ellas fueron silenciadas, quemadas, apedreadas. En la actualidad se les apedrea de forma sutil, pero no menos atroz. El estándar tiránico de la belleza apedrea a centenares de millones de mujeres, debilitando su autoestima y destrozando su placer de vivir. Las mujeres ganan treinta por ciento menos que los hombres por el mismo tipo de trabajo. La violencia contra ellas en todo el mundo es otra prueba elocuente de que los hombres nunca dejaron de tirarle piedras a la parte más afectuosa, altruista e inteligente de la humanidad.

Destilando sangre, los hombres irrumpieron en el cuarto donde estaba María Magdalena. Dispararon el gatillo mental, abriendo ventanas *Killer*. El ancla se instaló, el volumen de tensión cerró el circuito de la memoria, millones de datos dejaron de ser accedidos para dar respuestas solidarias. El *Homo sapiens* se transformó en *Homo bios*, una fiera lista para devorar a una víctima frágil. Desconociendo los códigos de la inteligencia, se rindieron al odio, al prejuicio, a la envidia.

—¡Prostituta! ¡Meretriz! ¡Hoy será tu fin! —dijo el más viejo de los verdugos. Y abofeteó a la mujer con violencia, aventándola al suelo sin piedad.

Ella, semidesnuda, no sabía si proteger su rostro o su cuerpo. La vida siempre le había sido amarga; ahora se volvía insoportable.

—¡Por favor, tengan compasión, no me maten! —clamaba María Magdalena, intentando cubrir sus piernas.

Pero ellos no escuchaban sus súplicas.

—¡Sangrarás delante del pueblo, criatura despreciable! ¡Servirás de ejemplo para que otras mujeres no sigan tu camino infiel! —dijo el justiciero fariseo, propinándole otro golpe en la cara.

El hombre que había dormido con ella dejó caer sus monedas.

—Protégeme —le suplicó ella.

Pero él se encogió en la esquina derecha del pequeño cuarto con una sonrisa sarcástica. Los verdugos lo empujaron y le dijeron:

—¡Bátete en retirada!

Para seducir a María Magdalena, él le había hecho varias promesas. Frágil, hambrienta, solitaria, sin amigos y sin dinero, ella se dejó cautivar.

—Tú... me prometiste... matrimonio —dijo ella, arrastrándose por el suelo, llorando.

—Todas las prostitutas son falsas... —respondió él antes de abofetearla también. Fue cruel.

Muchos hombres con el ego inflado y enfermizo consideraban a las mujeres no como seres humanos complejos, un mundo sofisticado y encantador a ser explorado, sino sólo como cuerpos para satisfacer sus instintos. El que se acostara con María Magdalena destrozó su corazón antes de marcharse para siempre. Traicionó su propia conciencia, era un infeliz haciendo a otros infelices. La dejó a merced de los predadores que habían invadido su aposento. Ellos la arrastraron cientos de metros hasta encontrar al revolucionario maestro de la emoción, el poeta de la libertad.

María Magdalena sangraba durante el trayecto. Los minutos parecían más largos que la eternidad. Asustada, seguía suplicando:

—Por favor, tengan compasión.

Pero ellos no la escuchaban. Era el fin de otra María más entre millones de Marías que fueron cegadas en la infancia, que pasaron por los valles de las privaciones sin que a nadie le importara. Ella tuvo que ir hasta las últimas consecuencias, incluso vender su propio cuerpo para sobrevivir en esta injusta existencia. Los buitres sólo ven la piel, nunca el corazón. No escuchan lo inaudible, no escrutan lo intangible. ¿Cuántos buitres existen en las sociedades? ¿Cuántos buitres visten el manto de la ética y de la religiosidad?

De pronto llegaron a la clase al aire libre del Maestro de maestros. Más de quinientas personas dispuestas en media luna lo escuchaban con atención. Mientras lo hacían, viajaban dentro de sí mismas, ventilaban sus mentes. Los discípulos más íntimos estaban a cerca de cinco metros del maestro. Juan, el más joven de sus alumnos, cuando fue anciano dijo que, si todas las palabras e ideas de Jesús se hubieran escrito, no habría libros en el mundo que pudieran contenerlas.

De pie, Jesús se movía en medio de su audiencia. Reunía sus enseñanzas y encantaba a las personas. Enseñaba con buen humor e impecable oratoria.

—Ustedes son la sal de la tierra. Pero, si ella se quedara sin sabor, ¿de qué serviría? —comentó, con calma y paciencia. Y después de una pausa, miró a sus alumnos, preguntándoles su nombre e indagando—: ¿Tú eres insípida, Enia? ¿Y tú, Levi, te dominas ante las personas que amas? ¿Eres un padre paciente, tolerante y lleno de compasión? ¿O eres el juez de tus hijos? No olviden que las peores cosas no entran por la boca, sino que salen del interior del ser humano.

A diferencia de lo que los fariseos imaginaban, para él los peores gérmenes estaban dentro de nosotros. El Yo, como representante máximo del libre albedrío, o de la capacidad de elección, debería convertirse en sal para preservar a la personalidad humana de los gérmenes del orgullo, de la impulsividad, de la envidia, del sentimiento de venganza, de la necesidad enfermiza de ser el centro de atención. Pero el Yo, en general, era insípido, frágil, incapaz de desprenderse de su soberbia y del juicio rápido. Un Yo insípido es incapaz de vaciar su propio ego.

En cuanto Jesús se apartó de la pareja, ellos conjeturaron:

—¡Podo las vides, pero no sé podar mi orgullo! —confesó Levi, inspirado.

—Yo también necesito criticar menos y abrazar más —comprendió Enia.

El Maestro de la emoción seguía impactando a sus alumnos.

—Sus ojos son la lámpara de su cuerpo. Si la luz que está dentro de ustedes fuera tinieblas, ¿qué tan grandes serían esas tinieblas? Primero saquen la viga de su ojo para poder ayudar a sus hijos a ver mejor. Juzguen menos y abracen más. ¡Encanten a aquellos a quienes aman!

Los ojos de la mente son el Yo, pero el Yo es ciego o severamente miope para mapear la propia personalidad. ¡Por eso las personas lastiman a quienes más aman! Millones de padres y profesores bienintencionados asfixian y traumatizan a sus hijos y alumnos. Millones de parejas comienzan la relación en el cielo del romance y lo terminan en el infierno de las reclamaciones. Prometieron amarse en la salud y en la enfermedad, en la riqueza y en la pobreza, pero su Yo defectuoso se especializó en ver con una lupa los defectos de su cónyuge, y no los suyos.

—¿Cómo tratan ustedes a quien los decepciona? —indagó el Maestro de la emoción. Y advirtió de muchas maneras—: ¡Cuidado! La medida que usen para juzgar a su prójimo será la misma con la que ustedes serán juzgados. Háganse un favor a sí mismos, disminuyan la regla al juzgar a los demás, sean tolerantes y generosos y alcanzarán la tolerancia y la generosidad de mi Padre.

Los códigos de Jesús eran claros y explosivos, pero la humanidad nunca los aprendió, por lo menos de manera colectiva. Por eso la historia humana estaba manchada de guerras, asesinatos, suicidios, discriminación, exclusión social. No eran lecciones de moral, sino herramientas simples y eficientes para desarrollar la felicidad y la salud emocional e interpersonal. Mientras él hablaba, las personas tocaban sus manos, los niños lo abrazaban, los ancianos lo aplaudían.

Él no exigía que hubiera un silencio absoluto en su aula al aire libre, como los profesores actuales. Les exigía que pensaran. Él usaba la técnica "cocina del conocimiento". Él era el chef y sus alumnos, los cocineros aprendices. Todos cocinaban juntos el conocimiento. Era una técnica tan revolucionaria que, si fuera usada en universidades, escuelas, empresas, iglesias, se formarían millones de pensadores, y no repetidores de datos. La técnica "cocina del conocimiento" estimulaba a las personas a manifestarse mientras él hablaba.

—¡Soy intolerante con mis ancianos padres, maestro! —admitió Judith, una joven judía. Era excelente para pelear, pero pésima para elogiar—. No soporto que me lleven la contraria. Golpeo con mis palabras a quien más amo.

—Yo confieso: soy experto en elevar mi tono de voz con mi esposa —relató un judío de mediana edad, Asser—. Soy herrero. Llevo la vida a hierro y fuego. No sé amar, maestro.

Jesús elogió su honestidad, así como hizo con la mujer samaritana en relación a su promiscuidad, cuando dijo: "En verdad te digo, el hombre que está contigo no es tu marido".

—Felicidades por ser transparentes. Si amaran a quien responde a todas sus expectativas, ¿qué recompensa tendrían? Hasta los hombres violentos lo hacen. Si abrazaran y elogiaran a quien se porta bien, esto no tendría mérito.

Las personas quedaban pensativas, algunas pasmadas. Él completó:

—Pongan la otra mejilla, elogien a quien los decepciona. ¿Locura? Sí, para quien no sabe amar. Abracen, incluyan y amen a todos los que los contrarían, pues ellos aprenderán con ustedes a abrazar, a incluir y a amar. Preocúpense por el dolor ajeno.

Escuchar a Jesús era un regalo inimaginable para las mentes abiertas. Era revolucionario. No era sin razón que las multitudes se olvidaran de comer para seguirlo apasionadamente. No era sin razón que hombres y mujeres en la era del estrés económico y político fueran arrebatados para emprender un viaje hacia el interior de sí mismos.

En presencia del Maestro de maestros, las personas respiraban el oxígeno de la libertad. Revelaban los fantasmas que las asustaban en los rincones de sus mentes. Se exteriorizaban las fobias; se expresaban las angustias; se comentaban los conflictos. Las personas se entrenaban para la felicidad, pues perdían el miedo de ser sólo seres humanos, con sus defectos y sus locuras. Él era sorprendente, exhalaba empatía, sonrisas, abrazos, comprensión. El mayor milagro no era lo que él hacía, sino lo que él era.

Muchos creían que el principal trabajo de Jesús desde la adolescencia era pulir la madera, encajar las piezas, pero no sabían que su oficio más importante era ser un carpintero de la emoción. Día y noche él tallaba la mente humana, develaba sus cárceles y penetraba en las mazmorras de la emoción. ¿El objetivo? Construir herramientas para que el ser humano fuera libre de verdad. Los hombres adoran ser dioses, pero Jesús adoraba ser humano.

El mundo se derrumbaba sobre él, pero todavía era capaz de hacer poemas. Las tormentas de arena venían del horizonte devastando todo a su paso, pero, como un artista plástico notable, él no abandonaba su lienzo, era capaz de pintar una obra de arte. Todavía vendría la ocasión en que sería probado al extremo. Los hombres que arrastraban a María Magdalena interrumpieron su clase y la pusieron al centro. Y decían, a los gritos:

—¡Adúltera! ¡Adúltera!

Los jueces destilaban odio, ella destilaba penuria, la multitud exhalaba pánico. Se instaló el espectáculo del terror. María Magdalena sangraba física y emocionalmente. Todos se asustaron con la violencia de aquellos predadores ante su frágil presa. Un murmullo seguido de un silencio expectante se apoderó del ambiente. Sin tardanza, los jueces instalaron el tribunal de la Inquisición. Sin medias palabras, exigieron la sentencia a Jesús. Como sinuosas serpientes, ocultaron su veneno y fueron sutiles, llamándolo "maestro".

—Maestro, esa mujer fue atrapada en adulterio. Según la tradición, debe ser apedreada en forma sumaria. ¿Cuál es su veredicto?

Era posible escuchar los latidos del corazón de los alumnos del maestro. Si les preguntaran, de inmediato agarrarían sus piedras. Era posible percibir los pulmones jadeantes de la multitud. Si le preguntaran a ella, tampoco dudaría. Pero la pregunta fue dirigida al carpintero de la emoción. El público estaba atento a la figura más importante del tribunal, el juez. Pero el Maestro estaba atento a la rea. Todos veían lo trivial; él, lo esencial. Vislumbró a una mujer increíble.

Era de esperar que Jesús estuviera preso en las ventanas *Killer*, que fuera víctima del síndrome predador-víctima, entrara en pánico, apto apenas para huir o luchar, no para pensar. Sabía que la trampa que sus enemigos le habían preparado era de un ingenio sin precedentes, la más malévola y compleja de todas. Podría destruir su proyecto de vida si diera el permiso para matarla, podría morir en forma prematura si intentaba protegerla.

La situación era gravísima. No podría usar actos sobrehumanos. La única salida era usar la inteligencia. ¿Pero quién escapó, en la historia, de la furia de los linchadores? ¡Nadie! ¿Quién ha podido hacer que los agresores se inclinen hacia la generosidad durante el acto de crueldad? ¡Nadie! ¿Qué gobiernos y autoridades contuvieron a los vándalos en las calles o en los estadios? Ninguno, a no ser que usara la fuerza.

Sería el fin del Maestro de maestros. ¿Qué respuesta dio? Todos saben que dijo: "Quien no tenga errores ni fallas, que tire la primera piedra". Pero ésa no fue la primera respuesta; fue la segunda.

Sin asomo de piedad, los psiquiatras alemanes en los tiempos de Hitler enviaron a la muerte a miles de enfermos mentales. Los jueces deshonraron su toga y sentenciaron a judíos de manera injusta. Los judíos sabotearon a sus pares en los campos de concentración. Cuando la vida está en riesgo, cometemos errores inimaginables. Nadie defendería a María Magdalena en aquel ambiente de terror, so pena de ser apedreado junto con ella.

Pero el Maestro de maestros se vació del miedo a morir, del juicio precoz, de la salida instintiva; liberó su pensamiento imaginario, desvió el ancla de la memoria de las fronteras del miedo a las zonas de la sensibilidad y de la empatía. La primera respuesta fue una de las más notables expresiones de autocontrol de la historia. Para espanto de la psiquiatría y de la psicología, comenzó a escribir poemas cuando el mundo se le derrumbaba encima. Escribía en la arena.

¿Pero qué estaba escribiendo? ¿Qué misterio era ése? Debía estar escribiendo: "¿Qué hombres son ésos que quieren apedrear a esa mujer, sin saber qué lágrimas lloró ella o qué lágrimas nunca escenificó en el teatro de su rostro? ¿Qué jueces son ésos que quieren privarla de la vida sin conocer sus inviernos existenciales, los abusos, abandonos y pérdidas dramáticas que sufrió?".

Él fue líder de sí mismo, gestor de su emoción, promotor de los derechos humanos en los más dramáticos focos de tensión. Jesús reveló que fue el hombre más inteligente, el más feliz y mejor resuelto emocionalmente de la historia. El público también quería saber su veredicto. Pero la primera respuesta fue no someterse a la dictadura de responder. Fue hacer un silencio proactivo: callar por fuera, pero gritar por dentro. No era un silencio servil, tímido, frágil, sino un silencio poderoso, un silencio que ponía al Yo como autor de su propia historia. Los educadores, las parejas, los ejecutivos, se someten a la dictadura de la respuesta. Reaccionan sin pensar.

Freud expulsó de la familia psicoanalítica a Jung y a Adler por contrariar sus ideas. Lenin, Stalin y tanto otros fueron atroces con los amigos que los frustraron. Pero él pensaba en todos. Estaba preocupado por proteger a María Magdalena, por proteger a otras personas que podrían salir heridas; quería poner la otra mejilla a sus verdugos para rescatarlos de su radicalismo. Su actitud sorprendente los perturbó en forma positiva. Impactados por su comportamiento, los inquisidores preguntaron otra vez:

—Maestro, ¿cuál es su veredicto?—. El tono fue más suave, menos ofensivo. La boca de los predadores ya no salivaba tanto.

En ese momento, en que tenía abierto el abanico de su mente y había accedido a millones de datos, Jesús estaba preparado para levantarse y dar a aquellos verdugos el golpe fatal de la gestión de la emoción. La segunda actitud fue más que sorprendente, fue arrebatadora.

—Quien esté libre de pecado, que tire la primera piedra. Quien no tenga errores ni fallas, que sea el primero en ejecutar la sentencia.

Como autor de los códigos de la felicidad y de la salud emocional, él sabía que si agredía a los jueces, sería devorado; si se intimidaba ante ellos, la mujer sería devorada. María Magdalena observaba, atónita, su comportamiento. Mientras él escribía en la arena, abrió las matrices de su mente y debilitó a los verdugos con su reacción. En una única y compleja respuesta reunió tesis sofisticadas de las ciencias jurídicas, de la psicología y de la sociología:

—Quien no tenga errores ni fallas, que tire la primera piedra.

Él no impidió el juicio. Los llevó a la cima de las ciencias jurídicas, elogió a sus verdugos, elogió su capacidad de juzgar, pero cambió las bases del juicio. Los llevó al ápice de la psicología a través de la capacidad de pensar antes de reaccionar cuando los animó a reconocer sus propios errores y fallas. Los condujo a las alturas más nobles de la sociología al instigarlos a tener empatía, preservando los derechos humanos en los focos de tensión.

Ninguna gacela ha convencido a un león de tener empatía con ella, ninguna oveja ha convencido a una manada de lobos a ser generosa con ella cuando la tiene cercada. Pero él lo consiguió. Su hecho fue extraordinario. Todos los verdugos salieron del tribunal sorprendidísimos, comenzando por los más viejos. ¿Por qué? Porque vivir es coleccionar errores, no sólo aciertos. Los más ancianos tenían más conciencia de sus deudas sociales.

María no podía creer en lo que había ocurrido. Los discípulos de Jesús y la multitud tampoco. De repente quedaron él y la mujer en el centro de su aula. ¿Qué hacer? ¿Regañarla? ¿Criticar sus errores? ¿Darle sermones? ¿Preguntarle con cuántos hombres había dormido? Nada de eso. De nuevo sorprendió a la sociología, la psiquiatría y la psicología:

—Mujer, ¿dónde están tus acusadores?

En primer lugar, le dijo "mujer" a la prostituta. La exaltó como ser humano, como un mundo a ser explorado, sin importar su historia ni sus fallas. Ella era una actriz importante en el teatro de la existencia. En segundo lugar, de nuevo no buscó una respuesta rápida, sino que llevó el arte del interrogatorio a alturas que extasiarían a Sócrates. Era el único capaz de juzgarla, pero se abstuvo de ser juez; fue su padre, su maestro, su amigo. Sabía que ella había sido traumatizada y que, por eso, ninguna otra carga debería serle colocada encima. Los hijos se equivocan, los alumnos fallan y, sin ninguna sensibilidad, los educadores los masacran. No logran escrutar su dolor. Pero el Maestro lo conseguía.

Preguntar "¿dónde están tus acusadores?" fue de una delicadeza sin precedentes. Era innecesario hacer la pregunta, pues ellos ya se habían marchado. Su especialidad no era enseñar una religión, sino enseñar a pensar. Quería formar seres humanos libres, no adiestrados.

Perpleja con tamaña generosidad, ella dijo:

—Se fueron.

Él sonrió. El carpintero de la emoción hizo un autoanálisis capaz de dejar atónito a Freud. Él se conocía al detalle y conocía minuciosamente el psiquismo de las personas. Era un experto en develar mentes clausuradas. Sus discípulos se sorprendían con su madurez y su desapego al poder.

—Entonces eres libre. No me debes nada. No tengas el mismo comportamiento. Ve y reescribe tu historia.

¿Qué hombre es ese que no aprovecha el rescate de las personas para reclutar más discípulos? Al contrario de la gran mayoría de los políticos, él no quería otro seguidor. Al contrario de la gran mayoría de los líderes religiosos, nunca usaba su poder para conquistar a otro fiel. Él era más discreto, altruista y empático que los miles de millones de personas que lo admirarían a lo largo de la historia. Dos milenios después, Mahatma Gandhi decía: "No me volví cristiano a causa de los comportamientos de los cristianos".

Cerca de noventa y nueve por ciento de las personas, incluyendo a los intelectuales, no son agradables, pero hubo un hombre agradabilísimo, que aplaudía a los que estaban al margen de la sociedad: Jesús.

María Magdalena hubiera podido marcharse. Era el momento ideal. Ella dijo en voz baja, pero era posible leer sus labios:

—¿Cómo apartarme de un ser humano tan agradable? ¿Cómo dejar a un maestro tan admirable? ¿Cómo dar la espalda a un poeta de la emoción tan sorprendente? Imposible.

Ella descubrió que el verdadero amor nace en el terreno de la libertad. Muchos padres y amantes presionan y chantajean para tener a quien aman a su lado. Cobran, reclaman, proclaman sus hazañas. Desconocen el código: "Felices los empáticos, porque alcanzarán la empatía".

Muchas celebridades, políticos y empresarios coleccionan aduladores. Son aplaudidos y admirados cuando están en el ápice de la fama y del dinero, pero son olvidados cuando caen en desgracia. El hombre más feliz de la historia era un coleccionista de amigos. Por eso, cuando sufría en una cruz como el más grande hereje de aquellos tiempos, había una multitud de personas llorando a sus pies. María Magdalena estaba en la primera fila de aquel teatro de terror.

12

La era de la ansiedad: una invitación a hablar para los billonarios

Marco Polo acababa de desayunar con Sofía. Dentro de treinta minutos saldría para sus intrigantes debates. Era necesario relajarse un poco en el lobby del hotel. Se sentó en el asiento acolchado, respiró profundamente y le dijo a su asistente.

—¿Estás animada? ¡Hoy será un día intenso!

Antes de que ella le respondiera, el día inició de forma intensa. Un extraño personaje gritó el nombre del psiquiatra en medio del ruidoso lobby.

—¿Doctor Marco Polo? ¿Doctor Marco Polo?

Preocupada, Sofía preguntó:

—¿Quién será?

El psiquiatra miró hacia atrás. De repente, un hombre de unos cuarenta años, vistiendo un traje negro Armani impecable, con corbata de seda beige, portando un reloj de oro con piedras preciosas engastadas, se aproximó y habló en voz baja:

—Doctor Marco Polo, mi nombre es Steve Galman.

—¿Lo conozco?

—¡No! ¡Pero yo a usted sí! Por lo menos conozco algunas de sus ideas, a través de sus libros, de la prensa y de los debates transmitidos por internet. ¿Aceptaría una invitación de última hora?

—¿Invitación? ¿Para qué? ¿Cuándo?

—Pasado mañana en la noche, a las ocho —y se acercó a él como si fuera a decir algo secreto—: ¡Para hablar a los hombres más ricos del mundo!

Tomando el brazo de Marco Polo, Sofía intentó expresar una advertencia: "¡No caigas en ésta!".

—¿Está bromeando? —replicó Marco Polo.

—¡Nunca hablé más en serio! Se está realizando en Jerusalén, en secreto, un encuentro de los hombres más ricos del planeta, según la lista de *Forbes*, incluyendo a sus familias. Soy uno de los organizadores.

El gobierno de Israel había invitado a la casta de billonarios a visitar su país y conocer sitios arqueológicos, algunos recientemente descubiertos y que solamente los investigadores estaban autorizados a explorar.

—Israel tiene un aparato de seguridad inigualable para recibir a los billonarios —dijo el hombre, en voz baja. Y agregó—: ¡Quiere promover el país!

—¿Pero no había nadie programado para dar esa conferencia? —indagó Sofía, desconfiada.

—Sí, claro. Pero sufrió un infarto ayer y está internado. Alguien como usted podría sustituirlo a su altura. ¡A los billonarios les gusta escuchar a las personas polémicas!

—¿Y quién dice que soy polémico? —preguntó Marco Polo.

—¡Muy polémico! —confirmó Sofía, interrumpiendo la conversación.

—Necesito que me responda ahora —insistió el organizador del evento.

—Pero...

—Son treinta mil dólares.

Era mucho dinero para tan poco tiempo. Aun así, Marco Polo se negó:

—No tiene que ver con dinero, señor. Estoy aquí en esta misteriosa ciudad haciendo una investigación que está sorprendiendo mi cerebro. Lo siento mucho. Necesito concentrarme.

—Yo sé lo que está haciendo aquí.

—¿Lo sabe?

—Sí. Sus debates se viralizaron como la peste negra, pero en el buen sentido, claro —dijo, con una pícara sonrisa—. Usted es tremendamente atrevido en intentar estudiar la mente del hombre más famoso de la humanidad. ¡Si fuera hace algunos siglos, estaría ardiendo en una hoguera! —bromeó el organizador.

—¡Entonces usted comprende por qué no puedo ir!

Pero Steve Balman no se dio por vencido. Sintiéndose rechazado, él, que era un líder entre los hombres más acaudalados del capitalismo, fue arrogante:

—¡No, no entiendo! —y, para convencer a Marco Polo, intentó empequeñecer su investigación—: A ver, ¿no es incoherente que un intelectual de su nivel estudie la mente de Jesús? ¿No es un desperdicio de tiempo estudiar religión?

Marco Polo reaccionó a la provocación:

—¿Quién dice que estudio religión? El mal de los expertos es creer que los que piensan diferente son estúpidos.

—No... yo no quise...

—¿Usted está en la lista de *Forbes*?

—¡No! Soy millonario, pero billonario todavía no. Tal vez en tres o cuatro años, quién sabe...

—¿Cuántas horas trabaja usted?

—De doce a catorce horas por día. ¿Pero por qué pregunta?

—¿Qué edad tiene? —Marco ensartaba una pregunta con otra.

—Cincuenta años... Pero...

—Para ser un mortal que está descendiendo la curva de la existencia, que en breve irá a la soledad de la tumba, que ya vivió sesenta por ciento de la vida media de un ser humano de su sociedad, ¿no es incoherente querer ser uno de los hombres más ricos del cementerio?

—Tal vez pero...

—¿Sabe cuántas células tiene el cuerpo humano?

—No tengo idea —dijo apenado el organizador del evento de los billonarios.

—Más de diez trillones —comentó Marco Polo—. ¿Sabe cuántas de ellas están preparadas para morir?

—No me lo imagino... —respondió Balman, perturbado.

—Ninguna. Por eso el corazón parece salírsenos por la boca cuando estamos en peligro, los pulmones aumentan su frecuencia para absorber y quemar más oxígeno, y una nube de sustancias invade la corriente sanguínea para prepararnos a huir del riesgo de morir. ¿Cree incoherente que las células tengan una "inteligencia existencial" para la preservación de la vida?

—Nunca pensé en eso... Pero de ningún modo... —balbuceó el hombre, que parecía haber quedado intelectualmente desnudo ante Marco Polo que, enseguida, le asestó el golpe fatal:

—Si las células tienen una inteligencia existencial inscrita en el ADN para luchar o huir de situaciones de riesgo, la mente humana tiene mucho más. ¡Los católicos, protestantes, musulmanes, budistas, judíos, brahmánicos, no están desperdiciando el tiempo al tener una religión, ni son incoherentes por usar su inteligencia existencial para creer en la continuación del espectáculo de la vida!

—No pensé que...

—Entonces piense. Mucho menos yo me siento incoherente al atreverme a investigar, sin el sesgo religioso, la mente del hombre que sorprendió al mundo, incluso a los más ricos de la historia, ¡y sin derramar una gota de sangre!

Steve Balman tragó en seco. Nunca había sido tan bombardeado en tan poco tiempo.

De repente, un muchacho se aproximó a ellos y le dio un gran abrazo a Marco Polo. Era un joven árabe llamado Hassem, de diecisiete años, que había sufrido *bullying* en la escuela, pues tenía una inmensa mancha oscura en el lado derecho de la cara. Era un hemangioma, generado por una hipervascularización. Había participado en el debate en que Marco Polo comentara el estándar tiránico de la belleza. Ese día, al bajar de la montaña, Hassem fue a hablar con el psiquiatra. Sus palabras denunciaban una profunda tristeza. Pero lo que Marco Polo escuchó lo impactó.

—Yo me creía un monstruo, doctor —dijo Hassem—. Tenía miedo de mirarme en el espejo.

En aquella ocasión, Marco Polo le había dicho: "La belleza está en los ojos de quien la mira".

—Quiero agradecerle por animarme a enamorar a la vida antes de enamorar a una muchacha —dijo el joven.

Hassem había salido de los escombros de la emoción. Respiraba con alivio.

—La peor soledad es la que existe cuando nosotros mismos nos abandonamos —dijo, repitiendo una frase que escuchara de Marco Polo.

El padre de Hassem trabajaba en el hotel en el que estaba hospedado Marco Polo. Quería saber quién era el psiquiatra que había ayudado a su hijo a tener una sonrisa en el rostro. Al verlo, el padre también le agradeció.

—Pasé noches en vela llorando y buscando soluciones para ayudar a mi hijo, Pero era incapaz —dijo, con los ojos húmedos—. Hoy, viéndolo con autoestima, creyendo en la vida y teniendo el deseo de hacer una carrera, me salen las lágrimas de nuevo, pero de alegría. Muchas gracias.

Hassem completó:

—No soy bello como los modelos y otros muchachos, pero soy bello porque soy un ser humano. Estoy enamorando a mi vida —comentó, con inteligencia.

Marco Polo sonrió y le dijo:

—Soy un gambusino. No creo el oro, sólo remuevo las piedras.

Enseguida, el padre y el hijo se marcharon. Steve Balman quedó impresionado con lo que había presenciado. Sintió las llamaradas de emoción de aquellos gestos. Se convenció todavía más de que Marco Polo debería hablarles a los billonarios. Astuto, cambió de estrategia:

—Piense fuera de la caja, doctor Marco Polo. ¡Hablar a los líderes mundiales ayudaría a difundir sus ideas! A final de cuentas, el mayor error de los científicos es encerrarse en el templo de las universidades.

Marco Polo era sensible al asunto, y estaba de acuerdo en que los científicos deberían intervenir más en el teatro social en vez de quedarse en los bastidores: salones de clases, laboratorios. Pero primero pensó y preguntó:

—¿Tendría libertad plena para hablar?

El psiquiatra sabía que podría decir palabras que estresarían más que aliviar a los billonarios. Como observaba las penurias humanas con una lupa, sus tesis podrían causar un terremoto en mentes enclaustradas por el estatus social y por la cuenta bancaria.

—Total. Diga lo que quiera.

—¿Aunque los escandalice?

—Doctor Marco Polo, usted no conoce a esa casta de seres humanos. Los hombres y mujeres billonarios son fuera de la curva y adoran con ansia conocer a quien también lo es. Yo le garantizo que ellos aman lo diferente, están desesperados por aventurarse, son afectos a correr riesgos, ansiosos por invertir en *startups*.* Nada de lo que diga los sorprenderá.

—¡Ese hombre no te conoce! —dijo Sofía, cuando Steve Balman se alejó. Ella sabía que Marco Polo aceptaría la invitación.

Era muy probable que el pensador de la psiquiatría sacudiera el ambiente. En ese momento, el sol se levantaba, dejando estrías doradas en el horizonte. Sofía se sentía ligera, feliz; estar al lado de Marco Polo era una invitación a salir de la cárcel de la rutina. Estaban iniciando un romance. La ciencia necesita de la predicción de fenómenos a partir de hipótesis para tener validación. Pero la vida no es científica, la imprevisibilidad forma parte

* En inglés, en el original. Se refiere a empresas o negocios que comienzan. *(N. de la T.)*

de su diccionario. La pareja de científicos era un ejemplo de lo imprevisible.

Marco Polo hizo un rápido recuento de su trayectoria de vida. Su historia siempre había estado pautada por el atrevimiento. Ya había causado polémica cuando entró en la facultad de medicina. En la primera clase de anatomía, demostró que no era un repetidor de datos, sino un pequeño pensador. Pensaba fuera de la caja. Cuestionó a su respetadísimo y rígido profesor:

—¿Cuál es el nombre de las personas que vamos a diseccionar?

Pero el profesor detestaba las intervenciones de los alumnos mientras daba sus clases. En un alarde de autoritarismo, dijo:

—Esos cadáveres no tienen nombre, son mendigos, psicóticos, desconocidos sin familia, encontrados en la periferia de las ciudades.

Pero Marco Polo preguntó, atrevido:

—Pero, profesor, ¿cómo puedo diseccionar arterias, nervios y músculos sin conocer la historia de esos hombres y mujeres, sin develar sus sueños y pesadillas?

El profesor, en vez de aplaudir a Marco Polo, casi lo expulsó del salón. Elevó el tono de voz:

—¿Usted quiere ser médico o policía? Esos cadáveres no tienen historia, ya dije y reitero. Si usted no cree en mis palabras, vaya y busque sus identidades. Quién sabe si pueda animarnos con sus historias.

Los alumnos se burlaron de Marco Polo. Instigado y desafiado, fue a buscar. Como un Indiana Jones de la medicina, comenzó a buscar las identidades de aquellos cuerpos sin vida. Fue una ardua y sorprendente jornada. Después de casi desistir, encontró a un mendigo que otrora fuera un filósofo y notable profesor universitario. Su apellido era Falcão. Los brotes psicóticos lo habían llevado a ser expulsado de la universidad. En las calles, reescribió su propia historia. Al encontrar a Marco Polo, comenzó a enseñar filosofía y tesis sociales sin precedentes. Marco Polo y Falcão se hicieron grandes amigos, hicieron viajes increíbles al interior de sus propias mentes. Se burlaban de sí mismos, de la locura social y de la hipocresía de la sociedad.

Poco a poco, Marco Polo entendió que las salas de anatomía de las facultades de medicina eran una metáfora del futuro de la humanidad. Éramos cada vez más como aquellos cuerpos desnudos, inertes y sin identidad en la sociedad consumista. Nos trataban como a meros números de tarjeta de crédito y pasaporte, no más como seres humanos completos y complejos.

Marco Polo se formó, se convirtió en psiquiatra, produjo teorías, defendió tesis, escribió libros, orientó a los alumnos de posgrado, consiguió reconocimiento internacional pero, a diferencia de muchos que alcanzaron la fama, la desdeñaba, por eso casi no daba entrevistas. Algunas personas le preguntaban: "¿Por qué no le gusta dar entrevistas?". Y él respondía: "Porque la existencia es brevísima para vivir y larguísima para equivocarse. Y uno de los errores más estúpidos es querer ser el centro de la atención social. Doy algunas entrevistas, pero amo el anonimato".

Sin embargo, es imposible pasar desapercibido en la era de las redes sociales, aún más siendo alguien con intelecto explorador y emoción animadísima para contribuir con la humanidad.

De pronto, Sofía preguntó, sacándolo de su trance:

—Marco Polo, ¿estás bien?

—Sí, discúlpame. Viajé en el tiempo cuando dijiste que Steve Balman no me conocía.

Apareció un camarero trayendo un sobre en una bandeja.

—Señor, un hombre me pidió que le entregara este mensaje.

Marco Polo pensó que eso era extraño. Abrió el sobre. En él había un recado fatal: "¡Cuidado! ¡Quien explora los suelos puede encontrar bombas! ¡Regrese urgentemente a Estados Unidos antes de que alguna de ellas explote!".

—¿Quién entregó este sobre? —le preguntó al camarero—. ¿Acaso fue un huésped?

—No, señor. Fue alguien que entró rápidamente en el hotel y me dio una buena propina. Salió tan rápido como entró.

—¿Qué dice el mensaje, Marco Polo? —preguntó Sofía, viendo que el semblante de él perdía la tranquilidad.

Él le pasó la misiva. Ella la leyó y se tensó.

—¿Quién será, Dios mío, que te odia tanto?

—Cálmate, Sofía. Vamos a llamar a la policía local. Ellos tomarán providencias.

¿Estaría el pensador a punto de encontrar una bomba enterrada en los suelos rocosos de la sociedad? ¿Qué bomba sería ésa? Si explotara, ¿sólo quedarían piedras sobre piedras?

13

Tercer código de la felicidad: "Felices los pacientes, porque heredarán la tierra de la emoción"

Marco Polo comenzó a debatir el Tercer código proclamado en el Sermón de la Montaña. El Maestro de Nazaret, después de declarar que felices los que vacían su ego y son empáticos, gritó con convicción: "Felices los pacientes, porque heredarán la tierra".

—¿Qué tierra heredarán los calmados? —preguntó Marco Polo a la audiencia.

Las respuestas fueron innumerables e inusitadas.

Unos dijeron que el reino de los cielos; otros, la vida eterna; otros, la sabiduría.

Marco Polo respondió:

—Es la tierra de la emoción. La felicidad sustentable pertenece a los pacientes, no a los ansiosos. Una persona ansiosa puede ser feliz, pero su felicidad es fluctuante, alterna placer y angustia con facilidad. En la mañana está alegre, en la tarde está irritada, en la noche ni ella se soporta. La salud emocional sustentable pertenece a los calmados, no a los agitados, que quieren todo rápido y son intolerantes a las frustraciones.

Michael, el inteligente neurocientífico que participaba de los debates, aseguró:

—No quiero comparar a los ratones con los seres humanos, pero estudios controlados en laboratorios demuestran que los ratones sometidos a estrés intenso asfixian el aprendizaje, la solución de problemas y promueven la violencia y hasta el canibalismo...

Después de ese comentario, Marco Polo miró al horizonte, contempló los campos y los viñedos y dijo:

—Por increíble que parezca, en el discurso en esta montaña, Jesús, diecinueve siglos antes de que la psicología surgiera como ciencia, se anticipó al tiempo y discurrió sobre una de las más insidiosas e importantes enfermedades psicológicas: la ansiedad. Diferenció la ansiedad saludable de la enfermiza y habló sobre sus causas más agudas.

El doctor Thomas era un teólogo que había estudiado, incluso en griego, el Sermón de la Montaña, pero su religiosidad se había convertido en un velo que le impedía observar la psicología detrás de ese discurso.

—¿En qué texto del sermón describe Jesús la ansiedad enfermiza y la diferencia de la saludable? —preguntó.

Marco Polo recordó el diálogo:

—"No andéis ansiosos por la vida, sobre qué comer, beber, vestir." Andar ansioso es vivir ansioso, es revolcarse en el fango de la agitación mental, y embriagarse con las preocupaciones, es vivir bajo el control de las llamas de la irritabilidad. Esa ansiedad es enfermiza, controladora, asfixiante.

—Andar ansioso es diferente a tener una ansiedad eventual, esporádica, motivante —ponderó Sofía, con claridad—. Es un error creer que una persona ansiosa es más productiva.

—Superar la ansiedad enfermiza es vital para ser feliz y realizado. Pero hay dos polos de la ansiedad a los que debemos prestar atención: quien tiene ansiedad enfermiza vive en la cárcel de la inquietud, mientras que quien no tiene una ansiedad saludable vivirá en la cárcel del conformismo. Por eso, ser pasivo en exceso genera personas lentas, acomodaticias, que no salen de su lugar —afirmó Marco Polo.

—Yo, que siempre fui un ateo que desdeñaba la historia de Jesús, creía que era un personaje ficticio o un religioso que no valía la pena de ser estudiado, pero descubrí que su inteligencia es increíble. ¿Cómo pudo haber discurrido hace tanto tiempo sobre un trastorno psíquico que hoy afecta a la humanidad? —preguntó el neurocientífico Michael. Y, volviéndose hacia Marco Polo, continuó—: ¿Pero Jesús señaló las causas que alimentaban la ansiedad de esa época? ¿Son las mismas de la ansiedad actual?

—Él señaló dos causas vitales: la primera era sufrir por anticipación, y la segunda no contemplar lo bello —y enseguida el psiquiatra indagó—: ¿Quién sufre aquí por anticipación?

Casi todos levantaron la mano.

—Deberíamos pensar en el futuro sólo para programarnos en el presente —alertó Marco Polo—. Pero sufrir por el futuro es una forma excelente de aumentar el índice GEEI.

—¿Índice GEEI? Desconozco el término —apuntó el doctor Alberto.

He aquí que una voz respondió por Marco Polo.

—Gasto de energía emocional inútil —dijo Óscar, de pronto.

—¿Cómo conoces ese término? —preguntó Michael.

—¡Yo leo a mi maestro! Tengo un cerebro de genio, pero gasto mucha energía emocional pensando bobadas. Si la gastara mejor, superaría a Marco Polo.

Todos se rieron del modo despreocupado de ser y de hablar de Óscar, incluyendo el propio Marco Polo. Él lo admiraba, a pesar de que Óscar lo colocaba a veces en situaciones difíciles. Poco a poco se convertía en la alegría del ambiente.

El pensador de la psiquiatría comentó:

—Los ansiosos no conquistan la tierra de su propia emoción, son desterrados dentro de su propia casa, exiliados por los callejones de su mente, viviendo en la periferia de su propia historia. Nada es tan triste. Sus cerebros viven agotados, expoliados por los altos índices de GEEI.

Marco Polo siguió diciendo, para explicar el Tercer código de la felicidad —felices los pacientes, porque heredarán la tierra de la emoción—, que Jesús fue contundente a lo largo del Sermón de la Montaña. Comentó que la ley prohibía matar, pues quien lo hiciera estaría sujeto a juicio, pero su ley de gestión de la emoción iba mucho más lejos.

Para Jesús, no deberíamos encolerizarnos, tener ataques de ansiedad, de rabia. Quien se encoleriza sin motivo, algo tan común en las empresas y familias hoy en día, sería censurado. No deberíamos siquiera decirles "tontas" u ofender de cualquier forma a las personas con las cuales convivimos. Para él, los pacientes y empáticos debían contagiar el ambiente social.

—El Maestro de los Códigos de la Felicidad quería que los derechos humanos fueran exaltados, y que el índice GEEI fuese minimizado. Sus tesis adquirieron cuerpo en los tiempos modernos.

Pues, en la actualidad, muchos seres humanos están fatigados, incluso sin hacer ejercicio físico en extremo. Los dolores de cabeza, la hipertensión arterial, los dolores abdominales, son gritos suplicando relajamiento. Pero una mente encarcelada es sorda. ¿Sus mentes son sordas?

Después de esa exposición, el psiquiatra usó una vez más los mecanismos que están en los bastidores de la mente para explicar la formación de las cárceles mentales. Su objetivo era formar pensadores, no repetidores de información, por eso no bajaba el nivel intelectual, sólo cambiaba la forma de explicar. Pidió a las personas que recordaran que el Yo no está solo mientras dirige la aeronave mental.

—Hay cuatro copilotos ayudando al yo —y recordó—: El gatillo mental, la ventana de la memoria, el ancla y el autoflujo. Los cuatro copilotos del Yo son vitales para que vuele la aeronave de la mente humana. Pero pueden perder su función y controlar, aprisionar y asfixiar al Yo.

Marco Polo ya había comentado que el síndrome predador-víctima es una de las formas de aprisionamiento, ahora debía expandir ese conocimiento.

—Piensen en una persona que tiene miedo de hablar en público o fobia social. En el momento exacto en que va a dar una plática, detona el gatillo mental. Y si en vez de abrir las ventanas que contienen el asunto de la charla, abre una ventana equivocada, traumática o *Killer*, que tiene el miedo a la crítica, el ancla se instala y cierra el circuito de la memoria, bloqueando el acceso a miles de datos. Enseguida, el cuarto fenómeno, el autoflujo, comienza a leer con desenfreno ese archivo, produciendo pensamientos incapacitantes y fóbicos. En ese caso, la persona deja de ser un *Homo sapiens*, pensante, y se convierte en un *Homo bios*, instintivo, como un indio amazónico ante un predador.

—Pero no estamos en la selva, doctor Marco Polo. No hay predadores en las ciudades —ponderó Esteban, un médico de Centroamérica.

—Pero, en nuestra imaginación, los creamos a millares. Transformamos nuestras escuelas, casas y empresas en peligrosas selvas de concreto —afirmó Marco Polo—. Y el miedo al futuro, reitero, es uno de los mayores predadores de la actualidad. El Maestro de maestros pidió a las personas que no se autodestruyeran por lo que no ha acontecido. Más de noventa por ciento de nuestras preocupaciones no se materializan. Sufrimos inútilmente.

Marco Polo continuó diciendo que Jesús tocó asuntos delicadísimos. Vivir preocupado es ocuparse antes de que ocurra el hecho, es hacer el velorio antes de tiempo, es elevar a las alturas el gasto de energía emocional inútil, el índice GEEI. E incluso alertó a sus oyentes que, por más preocupados que estuvieran, no agregarían nada a sus vidas ni un día a su historia:

—Las preocupaciones no agregan tiempo a nuestras vidas, más bien nos quitan días o años. Somos la única especie pensante, pero pensamos sin calidad ni administración.

El doctor Alberto, conmovido por esas palabras, comentó:

—Jesús usó muchas metáforas para enseñarnos. Su pensamiento antidialéctico era de una creatividad impresionante. Dijo que deberíamos observar a los pájaros. Ellos no siembran, no cosechan ni guardan en graneros, sin embargo encuentran tranquilamente su sustento. Él no pedía que fuéramos irresponsables ni que no trabajáramos o no nos preocupáramos por nuestras necesidades, sino que lo hiciéramos de la manera más libre posible de nuestras cárceles emocionales. De hecho, felices son lo que se entrenan para ser tranquilos, porque heredan la tierra de la salud mental.

—Tienes razón, Alberto —intervino el doctor Thomas—. Nosotros, los teólogos católicos y protestantes, pasamos por encima de los códigos de Jesús. Espiritualizamos lo que son prácticas psicológicas. Muchos líderes son una fuente de ansiedad. No saben que una mente ansiosa sufre mucho, pero da pocas respuestas inteligentes a sus problemas. Una mente ansiosa crea fantasmas y fatalidades. Quien es ansioso muere emocionalmente antes de estar muerto físicamente.

—¡Estoy frito! ¡Piense en una persona ansiosa, soy yo! Estoy muerto y aún no me entierran —dijo Óscar, relajando al público.

—Muchos millonarios tienen miedo de ser secuestrados, pero sin saberlo, el miedo al futuro los secuestra por dentro. Muchos habitantes de las ciudades tienen miedo de las serpientes, las arañas y otros predadores, pero no tienen la menor conciencia de que ellos se vuelven los mayores predadores de sí mismos. Las mentes ansiosas libran guerras contra los demás y contra sí mismas —comentó Sofía.

Marco Polo se alegraba con todas esas intervenciones y conclusiones. Las personas estaban aprendiendo la necesidad vital de la gestión de la emoción. La mente humana no podía ser ya un vehículo sin control, una empresa sin un directivo, una aeronave sin un piloto inteligente, como siempre ha sido a lo largo de la historia, lo que casi nos convirtió en una empresa inviable.

La educación mundial tenía que someterse a una cirugía, cambiar su paradigma: de la era de la información a la era del Yo como gestor de la mente humana. Los alumnos deberían ser menos retacados de datos y aprender más habilidades para administrar sus pensamientos. Así serían más creativos y saludables. Los más de siete mil millones de habitantes deberían descubrir que pensar es bueno, pensar con inteligencia es excelente, pero pensar de más, sin administración, es un terrorismo silencioso.

Después de estas cuestiones, surgió una de las preguntas más inteligentes en aquella misteriosa montaña:

—¿Todos los pensamientos y emociones se inician siempre con el gatillo mental, con las ventanas, con el ancla y con el autoflujo? O sea, ¿el primer acto del teatro mental es siempre inconsciente o el Yo puede iniciarlo? —preguntó la doctora Rebeca, una psiquiatra de Israel.

—Exceptuando los casos de uso de drogas y de alteraciones de los neurotransmisores y del metabolismo cerebral, el proceso de construcción de pensamientos no se inicia con el Yo, con la capacidad de elección consciente, sino con los pilotos o los fenómenos inconscientes. ¡Lo consciente siempre surge de lo inconsciente!

—¿Pero en dónde entra el Yo, Marco Polo? ¿Después de armado el circo? —quiso saber Michael, curioso.

—Sí. El Yo entra segundos después del gatillo mental y de la apertura de las ventanas o archivos. Si no aprende a dirigir su propio guion, a confrontar las ventanas *Killer*, a impugnar el circuito cerrado de la memoria, a discordar con cada pensamiento perturbador o emoción tensa, va a ser víctima del drama que se ha instalado, sea la claustrofobia, la fobia social, el ataque de pánico, la crisis de celos o el sentimiento de venganza.

—Espera. ¡Entonces nadie debe ser responsabilizado, culpado o condenado por tener una reacción de celos, de envidia, de rabia! ¡Sólo debe ser responsabilizado por no reciclarla en cuanto surja! O sea, ¡antes de que se convierta en un acto o comportamiento! —concluyó Sofía.

—Correcto —apuntó Marco Polo.

—¡Fantástico! No puedo impedir que un pájaro se pose en mi cabeza, pero puedo y debo impedir que construya un nido. Si mi Yo no actúa sobre los pensamientos y emociones angustiantes, será víctima de la ansiedad —concluyó el doctor Alberto.

—Eso mismo.

—Mi mente está llena de nidos de gavilanes, águilas, lechuzas —dijo Óscar, riéndose de nuevo de su trastorno mental.

—¿Pero qué técnicas puedo usar para proporcionar musculatura al Yo para que tenga autocontrol de la ansiedad, impidiendo que esos pájaros mentales se aniden en el territorio de la emoción? —indagó Dolores, una culta profesora de psicología de Barcelona—. Muchos de mis alumnos son ansiosos, tensos, con bajo umbral a las frustraciones.

Marco Polo recordó una técnica vital:

—Recuerden lo que les dije: la técnica del DCD es una herramienta muy poderosa para administrar y reeditar las ventanas *Killer.* Tú no borras los traumas, sino que injertas nuevas experiencias en su lugar y los reescribes. A diario debemos dudar de las cárceles mentales, de la mazmorra de los celos, de la envidia, del autocastigo, de la baja autoestima. Debemos también criticar nuestras falsas creencias y determinar estratégicamente nuestras metas de vida.

Dolores se puso radiante y comentó:

—Su enseñanza es sorprendente. Uno de los errores de la psicología fue no haber producido herramientas preventivas eficaces.

La práctica del DCD puede darle poder al Yo, convertirlo en líder de sí mismo y prevenir trastornos emocionales.

Y, tomando sus notas de clases pasadas, las leyó:

—La duda es el cimiento de la filosofía. Si no dudamos todos los días de nuestras cárceles psíquicas, seremos controlados por ellas toda la vida. La crítica es el fundamento de la psicología. Si no criticamos nuestros pensamientos débiles, acumularemos basura cerebral. La determinación es el cimiento de los recursos humanos. Si no determinamos a dónde queremos llegar, seremos prisioneros del conformismo —después levantó la mirada y dijo—: No fuimos programados para ser enfermos e infelices, sino saludables y felices. Por fin encontré una técnica de higiene mental diaria.

Marco Polo y Sofía aplaudieron. Después de eso, el pensador de la psiquiatría completó las tesis relativas al Tercer código de la felicidad. Dijo que Jesús, en medio de sus tesis sobre la ansiedad, recomendó una técnica eficiente para liberar y enriquecer la emoción: contemplar lo bello.

—El Maestro de maestros, además de alentar la administración de los pensamientos y de las preocupaciones, nos sorprendió con la más penetrante técnica antiansiedad: el *mindfulness*: hacer de las pequeñas cosas un espectáculo para los ojos.

Después de tejer estas palabras, Marco Polo hizo un largo silencio. Contempló a la audiencia, al sol poniente, las cadenas de montañas. De hecho, a nuestro alrededor hay un mundo maravilloso que las mentes ansiosas no logran percibir.

—¿Cuándo nos recomendó él contemplar lo bello? —indagó Mary, una artista plástica de Inglaterra.

Marco Polo no le respondió. Recordó que su amigo Falcão le

había enseñado la canción de Louis Armstrong "What a wonderful world" ("Qué mundo tan maravilloso"). Entonces Marco Polo comenzó a cantarle a la multitud con su voz grave. Fue bellísimo. Muchos lo acompañaron, emocionados.

Enseguida discurrió:

—Cuando Jesús llamó la atención y dijo "Mirad los lirios del campo, ved qué bellos son" en medio de la turbulencia y del asedio social, estaba siendo el mayor gestor de la emoción de que se tuviera noticia. ¿Pero quién tiene tiempo para las pequeñas cosas?

Sofía, entendiendo la técnica a la perfección, comentó con sensibilidad:

—¿Quién tiene tiempo para sentarse alrededor de una mesa y conversar sin usar el celular? ¿Quién le cuenta a sus hijos cuáles son sus sueños? No sabemos contemplar los más variados tipos de lirios que están ante nuestros ojos. Estamos viciados en ver los productos en las tiendas, los mensajes en las redes sociales, las informaciones de los medios digitales.

Marco Polo completó su pensamiento:

—La sociedad se volvió psicótica. No educamos la emoción de nuestros hijos y adultos para que contemplen lo bello, se alegren con las pequeñas cosas, se reinventen. Producimos una cosecha de jóvenes que mendigan alegría, que necesitan de muchos productos para sentir migajas de placer.

Enseguida recordó la personalidad de Salomón; sabía que debía hablar sobre él para explicar su tesis.

—Cuando Jesús entrenaba la mirada de sus alumnos para contemplar lo bello, citó a uno de los hombres más sabios que haya pisado esta tierra, el rey Salomón. Y afirmó categóricamente que ni él, en toda su gloria, se vistió como uno de los lirios. ¡Le hizo una crítica muy seria! ¿Exageró el Maestro de la emoción? ¿No tenía Salomón vestimentas tejidas con hilos de oro? ¿Su majestad no era reconocida como tal?

—Parece que Jesús exageró en su crítica a Salomón —afirmó Klaus, un ingeniero alemán.

—No, no exageró. Su gloria era notable, pero Salomón fracasó en su emoción cuando detentó el poder.

—¿Pero cómo es posible concluir eso? —preguntó Demosteclis, un padre de Grecia.

—Salomón fue el ejemplo más solemne de que el poder puede infectar, empequeñecer, contaminar y empobrecer. Principalmente si no estuviera acompañado del arte de contemplar lo bello. Un hombre sabio también puede perderse en el poder.

—Explícate mejor, por favor —solicitó el doctor Alberto.

—El poder puede enviciar al ser humano con productos, aplausos, glorias y reconocimientos. No sabe ya pasar desapercibido, ser un mortal simple y feliz. Por eso muchos quieren perpetuarse en el poder a cualquier precio bajo el pretexto de que están preocupados por la sociedad. Los mortales deberían dejar el poder político después de cuatro o máximo ocho años en el poder, que corresponden a diez por ciento de su vida media. Pero el poder envicia como las drogas. Y cuando más enviciada está en una droga, más se psicoadapta a ella la persona, más infeliz es y más busca nuevas dosis de droga con desesperación.

—Nunca pensé en eso —apuntó el doctor Alberto.

Marco Polo completó:

—Salomón se olvidó de contemplar lo bello, de percibir qué asombrosamente rápida y efímera es la vida. Debería haber entrenado sus ojos para hacer de los eventos pequeños y anónimos de la existencia un espectáculo para la propia emoción. Pero el poder no sólo lo envició, sino que también lo empobreció y, por fin, lo convirtió en un tremendo psicópata.

Silencio general en la audiencia. Todos parecían congelados con esa conclusión. He aquí que una voz discordante apareció. Marco Polo adoraba eso.

—No es posible. Usted está exagerando ahora. El rey más sabio de la Tierra jamás podría haber desarrollado una sociopatía —ponderó, perplejo, Khouri, un obispo de la Iglesia Católica Ortodoxa de Líbano.

Marco Polo reafirmó que un sociópata rompe las reglas sociales, pero no necesariamente es un psicópata frío y calculador.

—Salomón era humano y sensible, pero se volvió un hombre inquieto, emocionalmente inestable, despojado de autonomía. ¿Qué piensan del hecho de que tenía setecientas mujeres y concubinas? ¿Eso es fruto de una emoción saludable?

—¿Mil suegras? ¡Está loco! —profirió Óscar—. ¡El sujeto debe haber necesitado cien psiquiatras!

Muchos se rieron a carcajadas al escuchar la salida del joven Óscar. El pensador de la psiquiatría comentó:

—Fue una falta de respeto a las mujeres. Él rompió su derecho a ser libres. Ellas eran tan importantes como el rey. Jesús correría el riesgo de morir por cada una de ellas, como lo hizo por María Magdalena.

—Tengo que reconocer que usted tiene razón —dijo el teólogo Khouri.

—Salomón era un hombre brillante. Los libros que escribió, como los Proverbios y el Cantar de los Cantares, están impregnados de inteligencia, pero él perdió su autonomía, dejó de ser líder de sí mismo, autor de su propia historia. Su trastorno emocional fue tan grave que de hecho asfixió su emoción, llevándolo a deprimirse de gravedad. Por eso escribió que no tenía ya placer de vivir, ningún encanto por la vida: todo es vanidad, vanidad de vanidades, nada hay nuevo bajo el cielo. Pero para el Maestro de maestros de la emoción, para el hombre más feliz de la historia, hasta un lirio era motivo de aplauso, lo encantaba. ¿Y ustedes? ¿Su emoción es rica o está en bancarrota?

Muchos estaban en bancarrota. No sabían contemplar lo bello. Estaban enviciados en productos, no en aplaudir a sus hijos, a su compañera, a los acontecimientos de la vida. Ante eso, Sofía agregó:

—Si hasta Salomón falló emocionalmente, ¿quién está libre de esa carencia? El éxito es más difícil de trabajar que el fracaso.

—¡Cuidado! —advirtió Marco Polo—. Bajo el ángulo del programa de la gestión de la emoción existe, en el éxito financiero, intelectual, espiritual y político, un riesgo altísimo de embriagarse de poder, perder la simpleza, asfixiar la mirada, dejar de contemplar lo bello, aumentar los niveles de exigencia para ser feliz.

Todos quedaron paralizados con esa exposición. Una celebridad mundial de la música preguntó:

—¿La calidad de vida de todos empeora con el éxito?

—Sí, de todos. De cien por ciento de los seres humanos.

—¿Incluso líderes religiosos notables y ejemplares? —preguntó un líder que era seguido por diez millones de personas.

—¡También ellos! —afirmó categóricamente el investigador del funcionamiento de la mente—. El "síndrome de Salomón" no perdona a nadie. O intentas entrenar a vaciar el ego, a ser empático para valorar a cada ser humano anónimo, refinar la mirada para aplaudir a los pequeños lirios del campo, o serás infeliz.

Un deportista que había ganado el premio al mejor del mundo quedó pasmado.

—Pero... ¿Pero no hay nadie que escape del riesgo del éxito?

Marco Polo fue contundente:

—Sólo con gestión de la emoción. El éxito trae ganancias financieras y sociales innegables, pero poco a poco registra en la corteza cerebral ventanas que fomentan la fluctuación emocional, la inquietud existencial, la ansiedad, las preocupaciones, la necesidad de perpetuarse en el poder.

Después el psiquiatra comentó que el peor problema no eran esas ventanas traumáticas subliminales, sino el más penetrante e inconsciente fenómeno emocional: la psicoadaptación. Dijo que sólo explicaría el fenómeno de la psicoadaptación después de comentar los otros códigos. Sólo adelantó que, si las personas que tienen éxito no se reciclan, serán envenenadas con el fenómeno de la psicoadaptación, necesitarían muchos acontecimientos para tener las mismas experiencias de placer. Con el tiempo, el equilibrio e inconsciente entre estímulo y placer se descompensaría, lo que las llevaría a necesitar cada vez más de muchos eventos, como aplausos, elogios o reconocimiento para tener unas míseras experiencias de placer.

—¿Debemos entonces evitar el éxito? ¡No! ¡Debemos luchar por nuestros sueños! ¡Nuestra luz tiene que brillar! Pero jamás debemos olvidar que el mayor de todos los éxitos es ser feliz... Y ser feliz no es tener una vida perfecta, sino tener el placer de reinventarse. Es descifrar los códigos que estamos estudiando.

Después de esa exposición, Marco Polo ya no dijo nada. Todos descendieron de la montaña en silencio. Reflexionaban sobre ese código de la felicidad: felices eran los calmados, felices eran los que administraban sus pensamientos, felices eran los que entrenaban sus ojos para buscar las cosas bellas y anónimas enterradas en los escombros de la rutina. La felicidad era un espejismo para la mayoría de los seres humanos...

14
Mendigos emocionales entre los hombres más ricos

Llegó el día en que Marco Polo entraría en el nido de los hombres financieramente más exitosos del planeta. Osado y espontáneo, hablaba de improviso y, a veces, sólo descubría el tema de su conferencia cuando subía al estrado. Abarrotado de conocimiento, si usaba el apoyo multimedia se perdía. El propio Steve Balman lo presentaría, pero antes exaltó la grandeza de los participantes:

—Esta magna audiencia está formada por los más grandes banqueros, por empresarios de Silicon Valley, por los mejores nombres del comercio mundial y de la industria internacional. A pesar de constituir un número reducido, ustedes son tan competentes que detentan noventa por ciento de la riqueza mundial. Emplean a más de diez millones de personas. Y, a pesar de ser billonarios, no son egocéntricos. Muchos aquí se han convertido en los mayores filántropos de la humanidad.

La multitud lo aplaudió con entusiasmo. Marco Polo observaba la escena callado. Estaba compenetrado, organizando sus pensamientos.

Motivado por los aplausos, Steve Balman continuó:

—Ustedes, señoras y señores, han llegado a la cima de la lista de las personas más ricas de la Tierra por su visión emprendedora, su espíritu competitivo, su razonamiento intuitivo, su perspicacia, su osadía, su argucia. Bueno... faltan adjetivos para calificar a mentes tan notables —más aplausos—. Muchos dicen que tuvieron suerte en la vida. ¡Es un engaño! Los perdedores creen en el binomio suerte-azar, los emprendedores creen en la capacidad de aprovechar las oportunidades con disciplina táctica, en la habilidad de reinventarse ante las intemperies de la vida. ¡El éxito no heredado es fruto de mentes inteligentes! ¡Felicidades!

Además de más de ochenta y dos billonarios, había cerca de cien familiares y amigos presentes. El ambiente era glamoroso. Butacas confortables, cada una con una pequeña mesa donde había una *notebook* para anotaciones y un micrófono para intervenir, debatir, plantear dudas.

Al presentar a Marco Polo, Steve Balman no ahorró en elogios:

—Y para halagarlos en esta noche mágica y muy especial, trajimos a un pensador que hablará sobre la gestión de la emoción y la salud mental en el siglo XXI. Además de ser un psiquiatra reconocido, es un científico que desarrolló conocimientos sobre una de las últimas fronteras de la psicología, la construcción de pensamientos y la formación del Yo, y también sobre una de las últimas fronteras de la educación, el proceso de formación de pensadores. ¡Con ustedes, el doctor Marco Polo!

Estallaron los aplausos. Era un motivo de orgullo ser aclamado por la audiencia de billonarios, pero Marco Polo no se entusiasmó. Y no sólo él: algunos de los participantes tampoco se motivaron. Hicieron comentarios ácidos entre sí:

—¿Un psiquiatra en el club de los billonarios? ¡Qué elección tan estúpida! ¿Qué puede decirnos que no sepamos? —dijo Henry, un hombre del sector agrícola, con una fortuna de cinco mil millones de dólares, que estaba en la primera fila.

—¡No voy a aguantar escuchar dos minutos a ese tipo! —se quejó otro billonario, David, del sector de hotelería, que tenía siete mil millones de dólares—. Además, creo que va a temblar como una vara verde al hablar con nosotros.

Luego de tomar el micrófono, Marco Polo miró fijamente a la audiencia y, para espanto de todos, hizo un minuto de silencio. El público se inquietó por completo. Un murmullo se apoderó del ambiente. Muchas preguntas viajaron de unos a otros:

—¿No te dije? ¡El tipo tembló! —comentó David.

—¡Creo que al psiquiatra le dio un brote psicótico! —dijo Henry, a las carcajadas.

—Tal vez sea estúpido —opinó David.

—Otro que no aguantó la presión —dijo Georges, un magnate de la comunicación.

Steve Balman estaba perturbadísimo, pensó en intervenir. Sólo se hace un minuto de silencio por un motivo serio, como un grave accidente o alguna fatalidad. Pero, para Marco Polo, estábamos en la era de los mendigos emocionales, y ése era un motivo lo bastante serio. El silencio era un veneno para un público impaciente. Cuando el organizador estaba a punto de manifestarse, Marco Polo abrió la boca.

—No hice silencio porque tenga miedo o me sienta inseguro ante hombres y mujeres de éxito, sino por respeto a los que constituyen la más notable audiencia de mendigos del planeta —comentó el psiquiatra, causando un alboroto.

De inmediato, un mega empresario lo confrontó:

—¿Está usted loco, señor? Somos los hombres y mujeres más ricos del mundo.

—¡Yo lo sé, señor! Ustedes son los más ricos del mundo, pero ¿bajo qué parámetros? Los mendigos físicos suplican por el pan de trigo, los mendigos emocionales suplican por el pan de la tranquilidad y de la alegría. Sean honestos: ¿hay aquí billonarios que forman parte de esta última casta? ¿Quién tiene escasez de placer de vivir o carencia de tranquilidad? Quien no es honesto en detectar sus cárceles mentales será aprisionado por ellas toda su vida. ¡Morirá hambriento!

Se hizo el silencio. Algunos se ruborizaron. Nunca imaginaron que, en el ring de la vida, pudieran ser noqueados en el primer asalto. Instigados a explorar sus propias mazmorras psíquicas, he aquí que aparecieron las primeras manifestaciones:

—Yo vivo encarcelada por mucha tristeza, y los antidepresivos no la han resuelto. Tengo todo lo que cualquier mortal desearía, pero no sé, me falta algo, me falta ánimo, me falta tener una mente más ligera y libre... —dijo con perspicacia Helena, una mujer del club de los billonarios. Las mujeres siempre han sido más transparentes que los hombres.

—Yo tengo miedo de todo. Miedo de tener cáncer, de infartarme, de perder a mi marido —confesó Lucy, la esposa de un mega empresario.

El intrigante psiquiatra movió la cabeza, satisfecho por la honestidad de las mujeres. Recorrió al público con la mirada. Recordando el discurso del Maestro de la emoción en lo alto de la montaña sobre contemplar lo bello, dijo algo que sorprendió a los presentes:

—Hay personas tan pobres, pero tan pobres, que sólo tienen dinero. ¡Hay otras, riquísimas, que, aun sin dinero, son capaces de hacer un espectáculo de una flor o tesoros inestimables de simples palabras como "Te amo" o "Gracias por existir"! ¿Cuál es su tesoro? Ahí donde esté su tesoro, estará su corazón.

Hubo un barullo en la audiencia. Tenso, un empresario dueño de una cadena de tiendas cuya fortuna personal sumaba más de dieciséis mil millones de dólares, gritó en un ataque de furia:

—¡Un comunista en nuestro medio! No voy a formar parte de este circo —y amenazó con levantarse.

Steve Balman, en una crisis de ansiedad, intervino:

—Deje de ser tan enigmático y hable claro, doctor Marco Polo. El público está perturbado.

—No entiendo, señor Balman. Usted me garantizó que nada de lo que yo dijera sorprendería a estos notables. ¿No son resilientes? Apenas comienzo a hablar.

Ante estas palabras, el propietario de la cadena de tiendas se aquietó por unos instantes. Sofía sentía taquicardia y tenía las manos frías. Marco Polo fue más lejos:

—Imaginen que de la noche al día perdieran por completo sus miles de millones de dólares. ¿Quién se quedaría a su lado? ¿Sus hijos? ¿Sus amigos? ¿Quién se encantaría o sería influenciado por sus ideas?

Todos se quedaron congelados. El empresario que lo había llamado comunista quedó atónito, pues Marco Polo había tocado las raíces de su gran temor. Él sentía que las personas vivían a su alrededor por lo que tenía, no por lo que era.

Enseguida, el pensador de la psiquiatría lanzó un desafío inimaginable para los presentes:

—A ver, como su maestro de gestión de la emoción, les voy a dar un ejercicio. Permanezcan una semana sin dinero, tarjeta de crédito o ropa de lujo. Sólo tengan dinero para comer y dormir. Vístanse como mendigos o como personas simples y convivan con personas que no los conozcan. Procuren cautivarlas, construir puentes, impactarlas con sus ideas e inteligencia. Si llaman la atención y encantan a algunas de ellas, ustedes serán verdaderamente ricos.

—¡Eso es una locura, señor Marco Polo! —afirmó Henry, sorprendido.

—¿Quién haría eso? ¿Quién se despojaría de su estatus y se convertiría en un mendigo? ¿Quién tendría el valor de volverse un ser ordinario después de ser una celebridad? ¡Es una locura! —exclamó David, el billonario que dijera que Marco Polo era estúpido.

Fue entonces que Marco Polo reveló un secreto que ni siquiera Sofía sabía:

—¡Yo hice esa locura, señor! Soy un intelectual reconocido, publicado en decenas de países. Tal vez mi nombre entre en la historia en lugar de muchos de esta noble audiencia. Yo podría ser intocable, pero me desprendí del estatus de intelectual y me vestí de mendigo. ¿El resultado? Descubrí que los virus del orgullo, del egocentrismo y de la necesidad neurótica de poder me estaban infectando sin que me diera cuenta. Comencé a luchar por lo que el poder no puede comprar y por lo que las tesis académicas no pueden conquistar... ¿Y ustedes? ¿Por qué luchan? ¿Por qué vale la pena vivir?

Algunos billonarios quedaron sensibilizados con esas palabras. Nunca imaginaron que un intelectual de ese nivel fuera a revelar sus debilidades en público.

—Estoy perpleja con sus ideas, doctor Marco Polo. La sociedad moderna, incluyendo las redes sociales, se volvió un escondrijo perfecto para que las personas maquillen sus propias miserias. Somos hipócritas, disimulamos nuestros dolores. Decimos que todo está bien cuando estamos angustiados o llorando lágrimas secas. Pero usted... usted me dejó pasmada. ¿Qué herramientas de gestión de la emoción debemos aplicar para ser verdaderamente ricos? —preguntó Helena.

Marco Polo procuró ser más claro, pero no menos perturbador:

—Primera herramienta: los ricos en felicidad son los que no compran lo que no les pertenece, como frustraciones, ofensas, críticas, mientras que los pobres en felicidad hacen de la propia emoción un cubo de basura, se dejan invadir por esos estímulos estresantes.

—Soy pobre —se dijeron unos a otros.

Algunos habían perdido el encanto por la vida, pero nunca tuvieron el valor de abrirse. Eran actores sociales envidiados, pero vivían en silenciosas mazmorras mentales.

—Segunda herramienta: los ricos emocionales son empáticos, les importa el dolor ajeno, penetran en las capas más profundas de quienes aman. Por ejemplo, preguntan a sus hijos con frecuencias cosas como "¿Qué puedo hacer para hacerte más feliz?", "¿Dónde me equivoqué y no lo supe?", "¿Qué pesadillas te asustan?", mientras que los pobres emocionales se quedan en la superficie de la relación, son antiempáticos, abastecen su cuenta bancaria, pero dejan vacía su cuenta emocional.

Algunos billonarios tenían los ojos húmedos. Vivían en la superficie de la relación. No eran personas admiradas por su gente más cercana.

—¿Qué está diciendo ese científico? —preguntó asombrada, la esposa de un billonario a su marido—. Somos mendigos y no lo sabíamos. Nunca les preguntamos a nuestros hijos si son felices o qué podemos hacer para aliviar su dolor. Incluso ayer nuestro hijo mayor me dijo... —hizo una pausa. Derramando lágrimas, confesó—: ...¡que me detesta!

El psiquiatra habló de otra herramienta de gestión de la emoción con gran estilo:

—Tercera: los ricos en el territorio de la emoción son los que vacían su propio ego, los que abren la mente a otras posibilidades y aprenden a hacer mucho de poco, mientras que los pobres hacen poco de mucho, necesitan muchos acontecimientos, como aplausos, reconocimiento social y cosas, para sentir migajas de placer...

Las tesis eran penetrantes. No pocos billonarios vivían de migajas de alegría. Algunos vivían esperando la relación anual de los más ricos para saber si habían subido o descendido en la lista. Estaban abarrotados de su propio éxito. Eran obesos emocionales. Habían perdido la ligereza y la aventura de la existencia.

Marco Polo completó:

—Cuarta: los ricos en su mente son autores de su propia historia, tienen autocontrol, no elevan el tono de voz, no son repetitivos cuando corrigen a alguien, saben elogiar antes de criticar; pero los pobres tienen un bajo umbral para las frustraciones, cobran de más a los otros y cobran todavía más a sí mismos. Sean honestos: ¿ustedes son ricos o pobres?

—Dios mío, soy verdugo de mí mismo —dijo un billonario del sector comercial a sus pares.

—Me falta humildad para ser diferente —comentó otro del mismo ramo de actividad.

Marco Polo corrigió al hombre, asombrándolo:

—Equivocado, señor; les falta ambición.

—¿Ambición?

—La ambición correcta, poderosa, impactante. ¡Su Yo, que representa la capacidad de elección, debe ser súper ambicioso por ser feliz, tranquilo, relajado, empático, creativo! Debe tener un deseo irrefrenable de ser admirable para sí y para quien ama. Tal vez, en el más importante y complejo de los bancos, el banco de la emoción, muchos están dramáticamente endeudados.

Un megaempresario del sector bancario enmudeció. Era un hombre irritable, intolerante, experto en criticar a quien amaba. Insoportable hasta para él mismo. Estaba tan endeudado en el banco de la emoción que, si se quedaba pobre, moriría solitario. Nunca transfería el capital de sus propias experiencias, jamás habló de sus lágrimas para que sus hijos aprendieran a llorar las suyas. Quedó tan perturbado que se levantó y tuvo un ataque de furia.

—¡Protesto! ¡Protesto! ¡Protesto!

Sus labios temblaban como si hubiera visto a un fantasma. Marco Polo debía calmarlo, en caso contrario podría tener un colapso, un ataque cardiaco. Pero cuando iba a abrir la boca, de repente avistó a Óscar. Nadie sabía cómo había burlado el sistema de seguridad y entrado ahí. Pero era inteligente. Óscar apareció en el momento más inoportuno, tenía el cabello despeinado y estaba mal vestido para los estándares del ambiente. Se aproximó de frente al público y, en un tono de voz elevado, intentó proteger a Marco Polo:

—¿De qué protesta? ¡No proteste de nada!

—Espere un momento... —dijo el empresario con la voz embargada—. ¿Y tú quién eres?

—Soy el gran Óscar, asesor especial de Marco Polo...

Los billonarios observaron las trazas de Óscar y se escandalizaron. Marco Polo miró a Steve Balman y vio que se llevaba las manos a la cabeza, desesperado. La conferencia, que estaba siendo única, se convirtió en un verdadero caos. Sofía, con los ojos atónitos de estrés, llamó a Óscar a un lado.

—¿Cómo entraste?

—Soy experto, doctora. Muy experto.

—Entonces, por favor sé discreto.

—¿Por qué? ¡Marco Polo dijo que ellos son una audiencia de mendigos!

Sofía lo miró a los ojos y afirmó:

—Habló en sentido figurado, metafórico.

—¿Metafórico?

—¡Óscar, ellos son los hombres más ricos del mundo!

Fue entonces que Óscar, tragando en seco, se volteó hacia el billonario en crisis y le dijo:

—¡Puede protestar lo que quiera!

Varios elementos de seguridad lo agarraron. Estaban listos para sacarlo de ahí.

—¿Él es su asesor especial? —indagó Steve Balman.

Marco Polo tenía que proteger a su antiguo paciente.

—Sí. Yo trabajo con jóvenes inteligentísimos para mostrar que el contenido es más importante que la estética.

Muchos de los presentes no entendieron nada de lo que había pasado. Por fin, los de seguridad soltaron a Óscar.

El billonario del sector bancario retomó su protesta y fue contundente:

—¡Vivimos en palacios! ¡Nuestras camas son comodísimas!

¡Tenemos aeronaves particulares! ¡Podemos hospedarnos en los mejores hoteles! ¡Siempre estamos rodeados de personas! Luchamos para llegar adonde llegamos. ¡Somos privilegiados! ¡Y ahora viene un científico que vive encerrado en el pequeño mundo de su laboratorio a tratar de destruir mis creencias!

Marco Polo lo miró a los ojos y respondió:

—Felicidades por sus conquistas, señor. Pero el dinero compra la cama, no el sueño. ¿Usted duerme bien? Compra aeronaves, pero no sabe pilotear la más compleja aeronave, su mente. Adquiere paquetes turísticos, pero no relajamiento. ¿Su mente es relajada o ansiosa como un océano turbulento? Compra aduladores, no amigos. El dinero es bueno, pero sin gestión de la emoción, los ricos se vuelven miserables...

Aunque el pensador hubiera abierto los recovecos de la mente de muchos participantes, ellos de hecho estaban fuera de la curva. Tenían sed de autoconocimiento. El banquero se calmó y le pidió disculpas:

—Perdón, doctor Marco Polo. Siga diseccionando mi personalidad, pero por favor, use anestesia.

Muchos sonrieron. Enseguida, Marco Polo, en un ambiente más tranquilo, discurrió sobre el funcionamiento de la mente, los tipos de pensamiento, el síndrome predador-víctima, los papeles del Yo, los copilotos del psiquismo y muchos otros fenómenos. Como siempre enseñaba provocando a su auditorio, a cierta altura hizo una pregunta intrigante:

—Si los invitaran a visitar la casa de un amigo, ¿tendrían el valor de entrar directo a la cocina y meter la cabeza en el cubo de basura?

—Claro que no —dijeron colectivamente.

—Pero, si consideraran la personalidad humana como una gran casa, ¿cuántos de ustedes fijan su Yo en el cubo de basura de la mente, removiendo pérdidas, penurias, decepciones, ofensas?

Los billonarios comenzaron a percibir que eran emocionalmente antiecológicos.

—Perdí a mi único hijo en un accidente automovilístico. Un año después, algunos ejecutivos de mi empresa me traicionaron. Rumio tanto mis pérdidas y angustias que hay momentos en que parece que mi cabeza va a explotar... —confesó, entre lágrimas, un billonario de la industria del petróleo.

Viéndolo abrumado, el científico se sensibilizó y le ofreció una poderosa herramienta de gestión de la emoción:

—Señor, su pérdida es inimaginable. Pero deprimirse, angustiarse, culparse, son la peor forma de honrar a quien perdemos. Por favor, haga un homenaje a su hijo no deprimiéndose ni rumiando su pérdida, sino entrenando a su Yo para ser más feliz y para dar lo mejor de sí para hacer felices a los demás. Y, en cuanto a la traición, nunca se olvide de que miles de personas pueden decepcionarnos, pero nadie puede traicionarnos tanto como nosotros mismos. Traicionamos nuestro sueño, nuestra salud y nuestro placer de vivir. La mente humana es la única empresa que no puede quebrar; en caso contrario, todo el resto se desmorona.

Marco Polo fue aplaudido con entusiasmo. Enseguida, los tocó en un punto neurálgico:

—Cierta vez estaba dando una plática para médicos, psicólogos y empresarios en Rumania y comenté sobre la leyenda de Drácula que existe en Transilvania. Les aseguré que no hay vampiros fuera de nosotros, pero que en los recovecos de la mente humana existen vampiros que succionan lo mejor que tenemos.

Los billonarios fruncieron la frente. Ahora sí creían que el osado y penetrante Marco Polo estaba con un brote psicótico. Pero él iría todavía más lejos.

—¿Cuántos de ustedes son agiotistas de la emoción?

Nadie entendió lo que quería decir.

—¿A qué se refiere con eso? Conocemos agiotistas financieros, usureros que prestan y cobran intereses altos, pero nunca escuchamos hablar de agiotistas de la emoción —dijo otro banquero, Donald.

Después de una respiración profunda, Marco Polo explicó:

—¡Los agiotistas de la emoción son los usureros de la mente humana! Son los padres que se dan a sus hijos, pero los critican demasiado cuando se equivocan. Son los maestros que exigen, que imponen silencio absoluto en el salón de clase, sin saber que todos los alumnos están ansiosos, agitados, inquietos. Quien impone silencio pleno en clase exige lo que sus alumnos no pueden dar, no sabe usar la ansiedad a favor de la creatividad. Son las parejas que se entregan, pero que son especialistas en cobrar, comparar, señalar fallas. Quien cobra en exceso a sí mismo y a otros es apto para trabajar en un banco, pero no para tener una bella historia de amor. ¿Ustedes son agiotistas de la emoción?

Donald casi se cae de su butaca. Era un hombre implacable. En el hotel, una hora antes de salir para la conferencia, había cobrado diez cosas a su esposa, Susan:

—Habla en voz baja, eres muy escandalosa —le había dicho.

—¿Cómo escandalosa? ¡Estoy hablando en voz baja! —reviró ella, indignada.

—¿Escuchas tu tono de voz? ¡Todos te miran! —afirmó Donald, en forma neurótica.

—Tú siempre me criticas, no puedo ser espontánea. ¡Le das más importancia a la opinión de los demás que a mi bienestar! —había comentado ella.

El marido, en vez de responder, vampirizó aún más su alegría:

—¡No exageres, mujer! ¡Mientras más reclamas, más arrugas te salen! Mírate al espejo. Tu botox ya se está venciendo. Y tu cabello... ¿Por qué no fuiste con el estilista?

—Tú sólo ves mis defectos.

—¡Yo sólo quiero lo mejor para ti, Susan! Ve tu vestido. ¡Es muy escandaloso!

El billonario del sector bancario le cobraba intereses justos a sus clientes, pero era un atroz agiotista de la emoción de su esposa y de sus dos hijos. Rara vez los elogiaba. Nunca les había dicho: "Estoy orgulloso de ustedes. Felicidades por su inteligencia".

Deprimida, la mujer había dicho:

—¡No soporto más esta cárcel, no soy libre! Nada te alegra. Tu pesimismo nos destruye...

Vivir con Donald era una invitación a perder el placer de vivir y la libertad. Susan estaba al borde de un colapso. Al escuchar a Marco Polo, le habló en voz baja a su marido con la mirada triste y los ojos llenos de lágrimas:

—Tengo un agiotista de la emoción todos los días tras de mí. Tú me cobras todos los días. ¡Tus intereses son impagables! Me marcho.

Donald quedó abrumado por primera vez. Dijo, con las manos en la cabeza:

—Por favor, espera. Yo no sabía que era un vampiro emocional. También me cobro muchísimo a mí mismo. Estoy sangrando por dentro. Dame una nueva oportunidad...

—Hay más cárceles en el cerebro humano que en las ciudades más violentas del mundo —afirmó el psiquiatra poco después, ajeno a la crisis de la pareja.

Los hombres y mujeres más ricos del mundo juraban que eran libres y se sorprendieron con esa tesis. Marco Polo, penetrante, indagó sobre otra cárcel mental:

—¿Quién se repite más de una vez cuando corrige a alguien?

—Muchos billonarios y sus familiares eran repetitivos, tenían ventanas *Killer* que cerraban los circuitos de la memoria. Algunos decían diez o veinte veces lo mismo, incluso a sus colaboradores.

—Ya que son repetitivos, repitan conmigo esta tesis social: "¡Quien repite dos veces la misma corrección es un poco pesado!".

Los billonarios, cautivados por el profesor de psiquiatría, repitieron entre risas:

—"Quien repite tres veces es medianamente pesado."

Y Marco Polo agregó:

—"Quien repite cuatro o más veces lo mismo es insoportable."

Todos estallaron en carcajadas. Se dieron cuenta de que el mundo está lleno de padres, maestros, amantes, incluso millonarios, insoportables. Enseguida Marco Polo terminó su conferencia diciendo:

—Tener alergia no es bueno, pero espero que ustedes tengan un tipo: alergia a ser personas pesadas, aburridas, repetitivas o cobradoras.

Más aplausos y carcajadas. Muchos entendieron por fin el lenguaje de Marco Polo. Sin saberlo, tropezaban en casi todos los Códigos de la Felicidad proclamados en el Sermón de la Montaña.

De repente, un empresario de Silicon Valley, nervioso por

observar sus propias locuras, interrumpió el final del discurso, intentando desdecir al psiquiatra.

—Con un billón de dólares, hasta las personas pesadas se vuelven interesantes. El dinero no trae la felicidad, la compra.

Algunos sonrieron y dijeron en voz alta: "¡Eso sí!".

El cerebro de Marco Polo funcionaba mejor en los focos de tensión.

—Vamos a reciclar su pensamiento. El dinero no garantiza la felicidad, pero su falta garantiza la infelicidad. Estamos en una sociedad consumista, entender esa ecuación revela sabiduría... —Y alertó—: Siempre pregúntense a sí mismos: ¿queremos ser ricos o felices?

—¡Yo quiero ser rico! —gritó Óscar—. Pues feliz ya soy.

Todos rieron. Marco Polo declaró, con buen humor:

—He aquí a mi asesor.

En ese momento miró a Sofía, que estaba en la primera fila, y después al auditorio y cerró su charla. Agradeció la presencia de todos, pero cuando las personas iban a aplaudirle, una mujer, Katherine, una de las más poderosas del mundo, se levantó y comentó altisonante:

—Tengo veinte fábricas, ¡pero con sus tesis aprendí que la humanidad se ha convertido en una fábrica de personas ansiosas! Estamos en Jerusalén, una ciudad mágica. Parece que en ella nos quitamos nuestras máscaras, nos desvestimos de nuestras personas y nos volvimos sólo seres humanos. ¿Usted se despojó aquí de su maquillaje? ¿Qué lo trajo a Israel? ¿Qué está buscando en este misterioso país?

Marco Polo sonrió ante su atrevida inteligencia. Dijo, después de una pausa:

—¡Es difícil desnudarse en público! Estoy estudiando la mente de un hombre que ha derrumbado mis convicciones y me ha llevado a develar mis fragilidades y mis cárceles mentales. No soy tan libre como pensaba. He cuestionado quién soy, qué soy, cuál es el legado que estoy dejando a la humanidad. ¡He reflexionado sobre la biografía viva que vale la pena vivir! He buscado mi esencia.

—¿Pero quién es ese personaje que lo sacudió tanto? —preguntó Susan, la esposa del banquero que era un vampiro emocional.

—Un artesano de la emoción, un hombre que los intelectuales se niegan a estudiar.

De nuevo, el auditorio quedó confuso ante el instigador Marco Polo. Él no enseñaba; provocaba el arte de pensar. Algunos ya sabían de quién se trataba, pues habían oído hablar del impacto de sus ideas en las redes sociales.

—¿Quién? ¡No nos deje en suspenso! —pidió Katherine.

Marco Polo miró a la audiencia y comentó:

—Un personaje que vivió hace dos mil años y que, a pesar de ser indefinible, me atreveré a definir con la siguiente tesis: "Nunca alguien tan grande se hizo tan pequeño para volver grandes a los pequeños". Si desean conocer más los complejos códigos de gestión de la emoción que él trabajó, sigan mis debates. ¡Pero hay riesgos! Podrán entender que no vale la pena ser el más rico de un cementerio, que la vida es dramáticamente corta para vivirse y tremendamente larga para cometer locuras, que debemos aprender a comprar lo que el dinero no puede conquistar.

El público enmudeció. Bajo el ángulo de la gestión de la emoción, muchos ansiaban los perfumes de las flores, pero pocos estaban dispuestos a ensuciarse las manos para cultivarlas. Marco Polo les enseñó a cultivar lirios en los suelos inhóspitos de la emoción.

15

Cuarto código de la felicidad: "Felices los que tienen sed de justicia, porque serán hartos"

Marco Polo tenía que volver a la universidad en Estados Unidos, pero permaneció en Israel por algunas semanas. Su hijo, Lucas, estaba internado en una clínica de rehabilitación para dependientes de drogas. Cuando saliera, soñaba con reescribir la relación padre-hijo. Pero conquistar a Lucas era un desafío mayor que conquistar a una audiencia de billonarios o a millones de personas por internet.

Era un jueves algo nublado. Las nubes escasas, pero oscuras, presagiaban lluvia. Habría llegado otro día de análisis de los códigos del Maestro de maestros. Marco Polo se demoró mirando a su audiencia y comentó:

—El Cuarto código es emblemático: "Felices los que tienen sed de justicia, porque serán hartos". Tener hambre y sed es algo visceral, intenso, que brota del núcleo de nuestro psiquismo. ¡Los que tienen hambre y sed de justicia son inconformes! ¿Con qué? Con la corrupción en las empresas y en los gobiernos, con la violencia social, con el hambre mundial, con el terrorismo y el autoritarismo. Se inconforman también con el *bullying* en las escuelas, con el asesinato de la infancia en los niños, con la violencia contra las mujeres. ¡Los que tienen sed y hambre de justicia, están también inconformes con la desigualdad de oportunidades y con el desempleo! Piensan como humanidad, luchan por los derechos humanos, abrazan a los desprotegidos, defienden a las minorías.

—Pero, Marco Polo, ¿quién no es mínimamente corrupto de vez en cuando? —preguntó el doctor Michael, el neurocientífico ateo—. ¿Quién respeta las filas siempre? ¿Quién no se da su maña para pasar al frente cuando tiene prisa? ¿Quién respeta los lugares de estacionamiento de los ancianos y los discapacitados cuando está estresado? ¿No habrá exagerado Jesús al exigir a la humanidad una integridad imposible?

—Antes de responder, Michael, déjame poner más combustible en tus cuestionamientos —y, dirigiéndose a la audiencia, preguntó—: ¿Quién es injusto con su propio sueño?

Muchos levantaron la mano. El mismo Marco Polo levantó la suya.

—¿Quién no traiciona su calidad de vida trabajando los fines de semana? ¿Quién no traiciona el tiempo que debería pasar con quien ama, entrando a las redes sociales? ¿Quién no traiciona a su propia familia al usar el celular en la mesa durante la cena?

Casi todos levantaron la mano de nuevo. Comenzaron a descubrir que el virus de la injusticia corría por sus arterias. Marco Polo continuó provocando al público:

—¿Quién traiciona la educación de sus propios hijos al ser especialista en reñirles, y en no celebrar sus aciertos? Esos padres son ingenieros de ventanas *Killer* que asfixian la personalidad de sus educandos, aun con la mejor de las intenciones. ¿Quién traiciona su propia relación al no saber elogiar ni inspirar los sueños del ser amado? Esos compañeros son sepultureros del romance.

—Es duro reconocerlo, pero he sido un sepulturero de mi matrimonio —afirmó el doctor Thomas, valerosamente, inspirado por la osadía de Marco Polo en desnudarse—. No aprendí la gestión de la emoción, soy un marido tosco, por más que me digan intelectual. Quiero tener sed de elogiar a mi esposa y hambre de inspirar sus sueños.

—Yo traiciono la educación de mis hijos —confesó Herbert, un director de escuela de Finlandia—. Pensaba que educar era señalar los errores, pero veo que esa ética es grotesca, ha asfixiado a mis hijos. Uno de ellos es súper tímido, no dialoga, no sonríe, no tiene sueños. Quiero tener sed de aplaudir sus aciertos. Quiero ser gestor de mi emoción, un ingeniero de ventanas *light*, saludables.

Marco Polo se puso muy feliz al escuchar estas muestras de honestidad. Estaban desarrollando sed de justicia.

—A pesar de las fallas que permean la historia humana, Jesús, el más complejo entrenador de la emoción, proclamó a los cuatro vientos, probablemente sobre esta montaña, que debemos inconformarnos con la injusticia. Debemos tener sed de crear una sociedad justa y hambre de ser maestros, padres, amantes y profesionistas más inclusivos, generosos, solidarios y equilibrados.

—Nunca imaginé que existiera un código tan vital para el funcionamiento de la sociedad y, al mismo tiempo, para la salud emocional del individuo. Jesús ligó la justicia a la felicidad —comentó Sofía—. Para él, la felicidad y la corrupción están en extremos opuestos. La felicidad y la mentira están en avenidas contrarias. Y, pensándolo bien, eso tiene bastante fundamento.

Quien ama los derechos humanos se harta de alegría. Los países corruptos son más infelices, las empresas corruptas son más depresivas y autodestructivas, las familias injustas están saturadas de tristezas y conflictos.

—Ahora entiendo. Parece que Jesús, en ese código instigador y provocativo, no estaba exigiendo que sus alumnos fueran perfectos, sino que usaran los códigos anteriores, como vaciar el ego, ser empáticos, pacientes, para despertar el hambre y la sed de autocontrol —concluyó Michael, con argucia.

De repente, el doctor Homero, un técnico de la FAO, la organización de la ONU que cuida de la agricultura y la alimentación, comentó emocionado:

—Estoy de acuerdo con el doctor Marco Polo. El código del hambre y la sed de justicia no habla, simplemente, de tener conciencia de la injusticia; sino de estar inconforme con ella. Las escuelas de todo el mundo no enseñan ese tremendo código, como máximo una ética conformista, no inconformista. La humanidad sería otra si los niños, los adolescentes y los adultos desarrollaran hambre de justicia. El hambre de alimentos sería resuelta. Pero hay ochocientos millones de personas víctimas del dolor del hambre. Y hay alimentos suficientes para satisfacer las necesidades de toda la humanidad.

—De hecho necesitamos estar inconformes con nuestras locuras; en caso contrario, nuestra historia no será reescrita. Pero ¿dónde están los políticos que le tienen aversión a la necesidad neurótica de poder? Sólo es digno del poder quien tiene sed de justicia, quien se inclina ante la sociedad para servirla, quien no usa a la sociedad para servirse a sí mismo —dijo Marco Polo, bajo los aplausos de la concurrencia.

A lo largo del debate, Marco Polo no sólo contribuía a abrir la mente de los participantes, sino que oxigenaba su propia mente. Comenzaba a ver una luz al final del túnel en relación con Lucas, su hijo. El muchacho ya había tenido paros cardiacos por sobredosis de drogas. Perder a su hijo era un fantasma que lo perseguía de día y de noche.

No bastaba con desear rescatarlo y ansiar reciclar la relación entre ellos. Era necesario tener hambre y sed de cambios. Habría problemas, tropiezos, crisis, momentos insoportables en apariencia, pero si tenía hambre y sed de reciclar su propia biografía, tendría la fuerza para escribir los capítulos más importantes de su vida en los momentos más dramáticos de su historia. Muchos desisten de sus rescates, son frágiles, no tienen hambre de reescribir su historia. Marco Polo tenía sed de resolver una ecuación emocional injusta: excelente psiquiatra, padre defectuoso; notable para hablar con los extraños, impedido para dialogar con quien amaba.

Desde que Marco Polo llegara a Jerusalén, padre e hijo se hablaban casi todas las noches por el celular. Tan pronto Lucas saliera de la clínica, comenzarían un nuevo capítulo de su historia.

Después del debate del Cuarto código de la felicidad, él y Sofía regresaron al hotel. Durante la cena, ella observaba al hombre que amaba. Era seguro, atrevido, resiliente, pero no invencible. Viéndolo en silencio, preguntó:

—¿Algo te perturba, Marco Polo?

—Leí un texto de la biografía de Mateo, en el capítulo veintitrés, que me sorprendió y me dejó intrigado. El hombre cuya mente estamos estudiando, dijo sin medias palabras: "Ay de vosotros, escribas y fariseos hipócritas... guías ciegos, que coláis al mosquito y os tragáis el camello".

—Interesante —comentó Sofía—. ¿Quiénes son los escribas y fariseos de la actualidad?

—¡He ahí la cuestión! ¿Son sólo los religiosos radicales? Con sinceridad, no. Son, sobre todo, los intelectuales y educadores como yo. Somos hipócritas. Nos preocupamos por las calificaciones de los alumnos, pero no nos preocupamos por ellos como seres humanos. Hablando en metáforas, colamos un mosquito, pero nos tragamos un camello. No buscamos saber si nuestros alumnos son felices, saludables, deprimidos, al borde de un colapso nervioso o están en riesgo de cometer suicidio. Detrás no sólo de las peores calificaciones, sino también de las más altas, pueden esconderse graves conflictos.

Marco Polo hizo una pausa, y continuó:

—¡Qué crítica tan severa le hizo Jesús al sistema educativo! Debería existir una "Seleccione gestión de la emoción" o "Seleccione calidad de vida" en cada escuela o universidad. Un canal de diálogo y de herramientas para la prevención de trastornos emocionales. Sería una prestación de servicio fascinante. ¿Cuántos jóvenes evitarían el uso de drogas, cuántas fobias, crisis de ansiedad y cuánto *bullying* serían prevenidos? ¿Cuántos suicidios serían evitados?

Enseguida declaró con honestidad:

—Los educadores insensibles son los fariseos de la actualidad. He ayudado a miles de personas, pero quien era más importante se me escapó entre los dedos. No logré entrenar a mi hijo para ser líder de sí mismo, para tomar sus decisiones y, principalmente, para administrar su propia emoción.

—Pero descubriste muchas técnicas de gestión de la emoción en los últimos años. Lucas ya era adolescente. La decisión fue suya, Marco Polo. Él eligió usar drogas, él eligió permanecer en las drogas, él es quien debería decidir salir.

—Sí, sólo él debe decidir ser libre. Sin embargo, todo ser humano necesita impulsar a su propio Yo a tomar decisiones sustentables; en caso contrario, será víctima de las cárceles mentales, incluso de la dependencia. El infierno emocional está lleno de personas bien intencionadas. No basta tener la intención de ser libre, es preciso entrenar todos los días a un Yo protagonista, un Yo que impugne el sentimiento de incapacidad, un Yo que no hurgue en los cubos de basura de nuestro pasado, un Yo resiliente, que no se incline ante las derrotas ni ante el dolor.

Para Marco Polo, el Yo en la sociedad consumista y digital tenía una desnutrición severa. Muchas religiones confundían el Yo, que representa la autonomía, que jamás debería morir o adelgazar, con el ego enfermo, inflado, orgulloso, autosuficiente. En los hospitales psiquiátricos había muchas personas que destruyeron su propio Yo, que perdieron la identidad y pensaban que eran Jesucristo, Barack Obama, Trump, Hitler, Einstein.

—El Yo está muriendo colectivamente en esta sociedad. Estamos siendo robotizados en esa civilización, que se dice moderna —afirmó Sofía.

—El libre albedrío casi no existe ya, Sofía.

—¡Perdón, pero no estoy de acuerdo! —reviró ella—. ¿Cómo aceptar que el libre albedrío está muriendo? Nuestro Yo todavía puede elegir. Podemos ir y venir. Podemos elegir las palabras, expresar nuestras ideas, seguir nuestro camino en las sociedades democráticas.

La conversación de ambos pensadores era profunda. Uno difería del otro sin miedo a represalias o críticas.

—Somos libres sólo en apariencia, pero nuestra libertad está confinada a patrones insanos de comportamiento. ¿Tienes libre albedrío para elegir tu ropa?

—Sinceramente, creo que no. No podría elegir cenar en pijama o usar un vestido largo amarillo con lunares verdes.

Él se rio.

—No escogemos con plena libertad nuestra ropa, nuestros celulares, nuestros autos ni nuestros comportamientos o las palabras a ser expresadas. Reitero: ¡el libre albedrío está enfermo!

De pronto, Sofía dijo:

—Escucha esa canción. Frank Sinatra está cantando "New York, New York". Me gustaría bailar contigo ahora.

—¿Estás bromeando?

—¿Y por qué no? —lo desafió Sofía.

—Pero yo...

Sofía, levantándose, tiró de él para bailar. No le dio tiempo a Marco Polo de pensar. Y así, se pararon en medio del restaurante. Era la primera vez que alguien bailaba en ese espacio sobrio del hotel. Algunos se escandalizaron, pero otros se animaron a bailar también.

Al día siguiente por la mañana, Marco Polo tuvo otro compromiso fuera de agenda. Había sido invitado para hablar ante más de trescientos profesores y científicos en una importante universidad judaica. El tema de la plática era una de sus especialidades: el proceso de formación de pensadores. Y fue profundo. Abordó el tema de que el sistema educativo, por desconocer el proceso de construcción de pensamientos, había producido mucho más repetidores de datos que pensadores a lo largo de la historia. Afirmó categóricamente:

—El mayor paradigma del sistema educativo está equivocado: el "recuerdo". Las escuelas y las universidades enseñan a los alumnos millones de datos, para que los asimilen y los repitan en los exámenes. Pero no hay recuerdo puro del pasado. Recordar el pasado no es repetirlo, sino reconstruirlo con creatividad. El ambiente emocional (cómo estoy), social (dónde estoy) y la propia personalidad (lo que soy) abren y cierran ventanas de la memoria, agregando colores y sabores del pasado. Por eso los exámenes racionalistas, que exigen exactitud, destruyen la formación de pensadores, atrasando la evolución de la humanidad.

Los educadores de la universidad judaica quedaron impresionados con esos nuevos paradigmas. Marco Polo fue contundente:

—La mente humana clama por creatividad, pero la educación presiona por repetitividad, destruyendo millones de genios en todos los pueblos y culturas —y añadió—: No sólo el sistema educativo se equivocó en la evaluación de los alumnos, sino que, por no conocer la última frontera de la ciencia, usó hasta el cansancio el más pobre de los pensamientos, el pensamiento lógico-dialéctico, asfixiando el más complejo de ellos, el imaginario-antidialéctico. La materia prima de las habilidades socioemocionales, como pensar antes de reaccionar, ser paciente, tolerante, resiliente, empático, flexible, proactivo, es el pensamiento imaginario-antidialéctico. Y la materia prima para señalar errores, reaccionar, agredir, excluir, ser impulsivo, es el pensamiento lógico-dialéctico.

Los profesores y científicos quedaron asombrados con esa tesis. Como la educación no estudió la naturaleza de los pensamientos, no se sabía que había tipos diferentes. Nadie sabía que el uso de instrumentos educativos inadecuados en un salón de clases o en casa formaría características de personalidades enfermizas. Por ser racionalistas, las escuelas y universidades en todo el planeta, a pesar de su papel fundamental, nutrían, sin darse cuenta, lo que había de peor en los alumnos. Casi todos los dictadores, sociópatas, corruptos y líderes inescrupulosos se sentaron por años en las bancas de las escuelas. Sin gestión de la emoción, cerca de setenta por ciento de los alumnos estaba presentando síntomas de timidez, incluso en la era de las redes sociales.

—Todo ser humano es un genio en su imaginación, incluso los pacientes obsesivos, ansiosos, depresivos o en brote psicótico, pero esa genialidad puede ser destructiva —afirmó el pensador de la psiquiatría. Y completó—: Si el pensamiento imaginario-antidialéctico no es usado para construir ideas inteligentes, sueños, proyectos de vida, será usado en forma inevitable para construir nuestros fantasmas mentales. Los peores enemigos de un ser humano no están fuera de él. Nadie puede sabotear tanto su grandeza intelectual y emocional, como él mismo.

Después de discurrir sobre la soledad de la conciencia virtual, la ansiedad vital en el proceso creativo, el síndrome predador-víctima y el síndrome del pensamiento acelerado, por fin concluyó:

—Sin trabajar los papeles del Yo como gestor de la emoción, la especie humana raya en los límites de la inviabilidad. Una cucaracha se convertirá en un monstruo, mi opositor se volverá un enemigo para ser abatido, los que me decepcionan serán puestos en el borde de mi historia. Pero debemos estar convencidos de que en los bastidores de nuestra mente compleja no hay blancos o negros, palestinos o judíos, y mucho menos intelectuales o iletrados, sino una única familia: la familia humana. Todos deberíamos ser apasionados de la humanidad.

Con estas palabras, terminó su conferencia. Fue ovacionado de pie. Enseguida abrió la sesión de preguntas. El doctor Josef, director de la facultad de medicina de la universidad, fue el primero en ofrecer comentarios:

—Estoy casi sin voz, doctor Marco Polo. Son tantos los elementos nuevos que nos ha traído. Nuestras verdades deben ser recicladas, nuestras trampas mentales tienen que ser desarmadas. Pero voy a enfocarme en un punto específico. Aprendí que administrar el delicado territorio de la emoción es la solución para pacificar a los pueblos, prevenir el terrorismo, evitar trastornos mentales y psicosomáticos. Pero ¿qué herramientas usar? Usted diagnosticó la enfermedad y nos dio pistas, pero siento que faltan técnicas simples y prácticas que los maestros y alumnos puedan usar.

—Concuerdo, doctor Josef —afirmó el psiquiatra doctor Benjamín, catedrático de psiquiatría de la universidad—. Doctor Marco Polo, sé que estudia la formación de pensadores. Grandes mentes como Descartes, Nietzsche y Schopenhauer fueron notables en la producción de ideas, pero no supieron proteger su propia emoción. Vivieron graves angustias. Hoy la situación es todavía peor. El índice de depresión y enfermedades psicosomáticas es alto entre los intelectuales. ¿Acaso ha estudiado a algún pensador que haya sido un modelo de protección emocional?

Marco Polo hizo una pausa y miró a su público. Respiró profunda y lentamente. Hablaría sobre el psiquismo del hombre más famoso de la historia. Prevenido, estaba receloso de que la audiencia pensara que hablaba de religión, no de ciencia. Después de la notable conferencia, no quería causar un motín. El error de la acción es tolerable, pero el de la omisión es insoportable. No se podía callar.

—Sí. ¡He estudiado la mente de un hombre que protegió su emoción y promovió la salud emocional de forma sorprendente y sustentable!

E hizo otra pausa, más larga. Silencio general en el auditorio. Después vinieron las preguntas.

—¿Qué mente es ésa que parece estarle quitando el aliento, doctor Marco Polo? ¡Lo conozco hace diez años y pensé que un científico como usted no se impresionaría con nadie más! —indagó el doctor Benjamín.

—Él es judío —dijo Marco Polo, dando una pista sobre quién sería el hombre misterioso.

En ese momento vinieron las respuestas; muchos querían dar en el blanco.

—¿Einstein? —preguntó el doctor David, un famoso jurista israelita.

—No.

—¿Sabin? —indagó otro participante.

—Tampoco.

—¿Freud? —cuestionó otro.

Y así mencionaron más de diez nombres. Pero no era nadie de la lista de los intelectuales. Por fin, Marco Polo aclaró:

—¡El hombre Jesús! Estoy investigando no a la figura religiosa exaltada por dos mil millones de católicos y protestantes, y por más de mil millones de islámicos, ya que Jesús es citado en prosa y verso en el Corán.

Los profesores de la universidad se alborotaron. La mayoría

estaba constituida por judíos practicantes, aunque no ortodoxos. Pero, para sorpresa de Marco Polo, los intelectuales judíos eran más abiertos que los pensadores de muchas naciones, incluyendo a Estados Unidos. No era sin motivo que los pensadores judíos, aun viviendo en diversos países, probablemente fueran los que más premios Nobel habían ganado en el mundo, sea en literatura, economía, medicina o física.

—Háblenos sobre la mente de Jesús —solicitó el doctor Josef.

—Jesús protegía su propia emoción de una forma que nunca vimos en la psicología y la psiquiatría modernas —explicó Marco Polo—. En primer lugar, no compraba lo que no le pertenecía. Ofensas, rechazos, críticas injustas, nada de eso se anidaba en su mente. Metafóricamente, ¿la emoción de ustedes tiene una tarjeta de crédito ilimitado? ¿Ustedes compran lo que no les pertenece?

Algunos asintieron con la cabeza. El propio doctor Josef había comprado el día anterior una ofensa de un colega que le quitó el sueño.

—En segundo lugar, él se daba, pero disminuía al máximo la contrapartida de regreso, pues sabía que los más próximos son los que más pueden herirnos. Para asombro de la psicología, ni cuando fue traicionado o negado, ese Maestro de la protección de la emoción se dejó debilitar. Y, por eso, para espanto de las ciencias de la educación, nunca desistió de sus alumnos. ¿Ustedes esperan reconocimiento? ¿Saben filtrar los estímulos estresantes? ¿Desisten de quien los traiciona o hiere? —indagó Marco Polo.

—¿Pero qué autocontrol es ése del que jamás oímos hablar? —preguntó Ezequías, doctor en filosofía.

—Debido a mi pasado ateo, pensaba que ese hombre celebrado en Navidad y aplaudido por miles de millones de personas tenía una personalidad empequeñecida, fragilizada, fabricada como héroe social sin grandiosidad. Pero quedé atónito. Y no me refiero al Jesús mesiánico, porque sé que la nación de Israel no cree en él desde esa perspectiva. Hablo del hombre detrás del cristianismo.

—¿Pero los cristianos lo conocen desde esa perspectiva? —preguntó el doctor Benjamín.

—No. En caso contrario, ellos también protegerían su emoción y tendrían índices más bajos de trastornos psíquicos. Pero enferman como cualquier mortal. En tercer lugar, el hombre Jesús consideraba que atrás de una persona que hiere, hay una persona herida. Por eso no exigía lo que los demás no podían dar. ¿Ustedes exigen? Él tampoco reaccionaba según el fenómeno de acción-reacción. No reviraba, no perdía la paciencia, no elevaba su tono de voz. Era un educador delicadísimo, elogiaba en público, pero siempre corregía en privado. Y ustedes, ¿son educadores delicados? ¿Elevan el tono de voz? ¿Son pacientes?

Los profesores judíos se sorprendieron con la exposición de Marco Polo. Comenzaron a entender que de hecho la mente más festejada por los turistas en Jerusalén era desconocida, incluso por ellos mismos.

—¿Pero Jesús no comandaba una banda de fanáticos? —inquirió Priscila, una catedrática en psicología.

—El fanatismo es el cáncer de la religión. Excluye, hiere y reprime el derecho ajeno. Los fanáticos viven secuestrados en su corral ideológico. Pero el Maestro de la emoción entrenaba a sus alumnos radicales a no discriminar, a vaciar su ego, a tener empatía, a tener sed de justicia y a ser tranquilizadores de la mente de los demás. Impactados, lo veían transformar prostitutas en reinas y leprosos en príncipes. Hoy se habla de *coaching*. Pero en aquel tiempo, él realizó el *coaching* de los *coachings*.

La audiencia quedó pensativa. Comenzaron a contemplar al hombre Jesús con una mirada sociológica y psicológica. Y, con estas palabras, el doctor Marco Polo terminó su sesión:

—La tesis de René Descartes: "Pienso, luego existo", debería sufrir cambios y transformarse en: "Pregunto, luego pienso. Pienso, luego existo". Quien tiene miedo de cuestionar tiene miedo de la ciencia, y será para siempre estéril. Muchas gracias por ser cuestionadores.

Muchos profesores se emocionaron con la exposición de Marco Polo. No se habló de religión, no se habló de misticismo, se respetaron las creencias. Después de las despedidas, él y Sofía se marcharon. Pero ambos estaban felices de ver que el virus del prejuicio no había dominado la escena en aquella universidad. Sin embargo, fuera de aquel ambiente había enemigos de otros países acechando los pasos de la pareja.

16

El hombre que saboteaba a Marco Polo

Sofía, influenciada por su inconsciente, seguía soñando con la infancia del niño Jesús. Él era un niño alegre, sociable, que festejaba la vida. Crecía en medio de la naturaleza, irrigado con metáforas, nutriendo en forma poderosa el pensamiento imaginario-antidialéctico. Cuando Sofía salía de los límites de sus sueños y recordaba la triste realidad de la educación actual, se frustraba. Poco después de que salieran de la conferencia en la universidad, fueron a caminar por las calles de Jerusalén. Durante el paseo, ella dijo:

—Estuve pensando, Marco. No podemos cansarnos de repetir que estamos ante una esclavitud infantil legalizada. Los niños tienen tiempo para todo, menos para tener infancia. Somos conformistas, no tenemos sed de justicia para rescatar a la Generación Z. Aceptamos que sea esclava viviendo en sociedades libres.

La Generación Z surgió de la Generación Y, también conocida como la generación de los *millenials*. Falta consenso al respecto del periodo que corresponde a la Generación Y, pero en teoría son personas nacidas entre los años 1980 y 2000. Esa generación no se desarrolló antes ni durante la explosión de bombas y cañones de la Segunda Guerra, ni tampoco durante la Guerra de Vietnam, sino en la época de la explosión del multimedia, de la accesibilidad de la comunicación, del uso de computadoras personales, del acceso a internet y de la cosecha de los teléfonos inteligentes. La Generación Y tuvo hijos: la Generación Z. Marco Polo estaba muy preocupado por esa generación, que era la de su hijo, Lucas.

—Somos injustos con la Generación Z. Muchos de esa generación nacieron en pleno siglo XXI. Son jóvenes súper rápidos, tienen las antenas bien puestas, están súper conectados. Crecieron en la era de internet y de los medios digitales, se embriagaron con las redes sociales. Pero viven paradojas peligrosas —apuntó el pensador, y describió esas paradojas—: Navegan por internet con increíble facilidad, pero no saben navegar en las aguas de la emoción. Tienen millones de datos en su memoria, pero no saben elaborar sus propias experiencias. Se conectan con muchos, pero rara vez en profundidad con alguien o con ellos mismos.

—En mi consultorio, percibo con claridad el caos emocional de esos jóvenes —dijo Sofía—. No tienen paciencia ni para los tratamientos. No soportan esperar, quieren todo rápido y pronto. Son tan frágiles que entran en pánico cuando sufren. No saben qué hacer con sus crisis.

Por tener más información y ser más rápidos para razonar, los niños de esa generación dieron un salto cognitivo. Sus padres les aplauden diciendo: '¡Mi hijo es un genio!'. Pero el genio desaparece en la juventud. Con frecuencia se convierten en mentes agitadas, insatisfechas, irritables, infladas e influenciables. No saben dar respuestas inteligentes a las situaciones estresantes."

Marco Polo ponderó también:

—Y, además, se aburren con facilidad. Cinco minutos sin actividad y ya gritan: "¡No tengo nada que hacer en esta casa!". Detestan la soledad. Tienen que estar pegados al celular a cada momento. No saben que existe una soledad creativa y una ansiedad productiva. Los narcisistas se aman de manera enfermiza, pero esos jóvenes de la generación Y son antinarcisistas, se autoabandonan. Es triste detectar que no son fans de sí mismos, no pueden quedarse solos.

Marco Polo siempre decía que si la sociedad nos abandona, la soledad es amarga, pero soportable, pero si nosotros mismos nos abandonamos, es insoportable. Después de ese diálogo, hizo una pausa y suspiró.

—Ah, Lucas, mi hijo. ¡Lo que no daría para que fueras fan de ti mismo! ¡Lo que no haría para que tuvieras un romance con tu salud emocional!

Sofía lo miró y estrechó sus manos. En ese momento colmado de sensibilidad, ella procuró conocer mejor al hombre que amaba.

—Y, hablando de romance, hace pocos días me abrí contigo. Me equivoqué al no penetrar las capas más profundas de mi exmarido, pero no quiero equivocarme de nuevo. Quiero saber quién eres tú, Marco Polo. ¿Cómo te defines?

El psiquiatra dejó de caminar, miró hacia lo alto como si estuviera recordando los capítulos vitales de su historia como ser humano. Enseguida se sentó en un banco de una plaza que estaba a menos de cinco metros de ellos. Sofía también se sentó. El pensador abriría textos del libro de su vida que jamás había abierto. Como un artesano de la vida, intentó definirse con poesía.

—Soy un simple gambusino. No creo el oro: remuevo las piedras, sobre todo las mías. Soy un hombre consciente de que los éxitos y los fracasos, las risas y las lágrimas, los aplausos y los abucheos forman parte de la biografía del ser humano, en especial de la mía. Soy un amante que cree en el poder de las diminutas simientes, en el amor que es calmado y creciente, no en las llamaradas de la pasión. La pasión es fuerte como madera seca, produce calor inmediato, pero la madera se acaba y el frío regresa. Las pequeñas semillas producen un bosque. Nunca faltará madera para calentarnos. Es ese el amor en el que creo, y con ese amor quiero amarte a ti.

Y la besó prolongadamente. Enseguida, ella declaró:

—Hablé de mí, de las crisis con mi padre, de la elección equivocada de mi exmarido, de las penurias emocionales que sufrí. Sé que tú, al debatir los códigos del Maestro de maestros, te abriste públicamente, pero me gustaría conocerte de manera más íntima y profunda. ¿Qué dificultades enfrentaste con Lucas? Claro que nadie fabrica una personalidad, pero, ¿qué ocurrió para que una mente brillante como la tuya entrara en ruta de colisión con tu hijo? ¿Por qué no pudiste evitar que se autodestruyera?

Marco Polo no esquivó la pregunta:

—Faltó hablar de mis lágrimas para que mi hijo llorara las suyas, faltó hablar de mis fracasos para que él entendiera que no hay cielos sin tempestades, que nadie es digno del éxito si no usa sus propios fracasos para conquistarlo. En fin, faltó transferirle el capital de mis experiencias.

—¿Pero no trataste de hacer esa transferencia?

—Lo intenté. Lo intenté... no es disculpa, sé que los mayores enemigos están dentro de mí, pero hubo una obstrucción, un sabotaje en la relación con mi hijo.

—¿Quién? —indagó Sofía, espantada.

—El padre de Anna, mi esposa.

Sofía hizo una pausa y, curiosa, preguntó:

—Antes de hablar de ese hombre, dime, ¿cómo era Anna?

—Ella era increíble, amable, generosa, entregada, colaboradora, aunque fuera hipersensible y un poco ansiosa. Perdóname por hablar de ella.

—No, no, no te limites. Si fuiste bien resuelto con ella, ciertamente tendrás más oportunidad de ser bien resuelto conmigo. ¿Ustedes eran grandes amigos?

—Sí, Anna y yo éramos amantes y grandes amigos.

Sofía quedó admirada.

—¿Y el padre de ella? ¿Qué tipo de hombre era? ¿Por qué te saboteó?

—Él es uno de los hombres más ricos del mundo.

—¡No me digas! ¿Pero estaba entre la audiencia cuando hablaste ante los billonarios?

—No. Él no se mezcla. Sólo anda con una corte de aduladores.

—¿Pero qué fue lo que hizo tan mal en tu relación con Lucas?

—Rara vez me verás juzgando a alguien, pero no me puedo callar. El doctor Amadeus Lucio Fernández es un hombre impulsivo, arrogante, frío, voluble, autoritario, ególatra. Tiene sed y hambre de poder, elimina a quien lo contraría. Imagina cómo se sorprendió cuando un psiquiatra se casó con su única hija.

—¡Pensó que ibas a diagnosticar su locura! Anna tuvo un padre problemático, como yo.

—Intenté conquistarlo de diversas formas, pero fue imposible. Él se resistía con fuerza a entrar en las capas más profundas de su mente. Creo que su trastorno mental empeoró cuando la madre de Anna se suicidó...

—Válgame. ¿Él tuvo alguna culpa?

—Tú conoces mi posición. En teoría, nadie es responsable por el acto de suicidio de otra persona, aun si quien se quitó la vida dejó notas condenatorias. Sin embargo, él fue un factor estresante. Todos los días la humillaba, la criticaba, transformándola en una sierva emocional. Pero ella podría haberse librado de ese hombre en vez de atentar contra su propia vida.

—Por desgracia, como tú mismo dices, no sólo las drogas, sino las personas también envician.

—Sin duda. Hay millones de parejas que pelean toda la vida y no se separan. No sólo se aman, sino que están enviciados uno con el otro. Enviciados en pelear, señalar faltas, crear rencores. Fue en ese ambiente que Anna creció.

—¿Intentaste tocar el tema del suicidio?

—Con Anna sí. Cuando el suicidio de su madre dejó de ser un tabú, ella dio un salto. Se volvió más segura, recicló el sentimiento de culpa y dejó de pensar que podría haber hecho algo para impedirlo... Pero con él fue un parto. Más bien, un aborto. Un día intenté tocar el asunto de la muerte de su esposa. El doctor Amadeus elevó el tono de voz y me dijo, a los gritos: "¡No te contraté como psiquiatra! ¡Cállate! ¡No me hables de esa loca! ¡Tienes prohibido entrar en mi intimidad!". Y me dio la espalda.

—¡Qué hombre! ¡Parece un psicópata!

—Prefiero no dar un diagnóstico, Sofía. A final de cuentas, él era el padre de quien yo amaba y sigue siendo el abuelo de mi hijo.

Y fue así que Marco Polo le contó a Sofía algunos episodios secretos de su historia. Dijo que durante la infancia de Lucas, el doctor Amadeus intentaba destruir su imagen como padre, sólo que Marco Polo no lo sabía, y mucho menos Anna. Él chantajeaba al niño de manera sutil.

—Hoy entiendo que el sueño de mi suegro era que yo me separara de Anna y que Lucas quedara bajo su cuidado. Sería el heredero de su imperio.

Sólo más tarde, cuando Lucas se volvió un dependiente químico, esa estrategia maligna salió a la luz. Lucas guardó el secreto de las acciones del abuelo porque era chantajeado por él. Cuando tenía ocho años, el doctor Amadeus le dijo:

—Estás destinado a ser un dios, Lucas.

—¿Un dios? ¿Cómo es eso, abuelito? —preguntó el niño, curioso.

—Ser un dios del capitalismo es tener mucho, mucho dinero. Tú serás más que mi nieto, serás mi sucesor. Serás el heredero de mi imperio. Tendrás mi inteligencia. Los reyes se inclinarán ante ti, los presidentes extenderán alfombras rojas para que pases. ¡Harán lo que hacen conmigo!

—¿Así de importante eres, abuelito?

—Muy importante. Todos me admiran.

—Mi papá también es admirado.

—¿Tu papá? Tu papá no tiene dónde caerse muerto. Es un pobre diablo.

—Pero es inteligente. ¿Por qué no te cae bien? —preguntó Lucas, con los ojos húmedos.

—Tu padre es un débil, depende de tu madre. Piensa que, sólo por tener alguna fama, tiene algún valor. Pero no es nada,

nada... —afirmó con agresividad, sin que le importaran los sentimientos del pequeño.

El doctor Amadeus no tenía escrúpulos, hacía pedazos la infancia y la ingenuidad de su nieto a propósito. Lucas pasó de los ojos húmedos a las lágrimas.

—Pero mi papá... me ama... —dijo, enjugándose el rostro.

Marco Polo era el héroe de Lucas, un héroe saludable, de carne y hueso, con todos sus defectos. Al mismo tiempo, era un contador de historias, un cantante desafinado. Enseñaba a su hijo a pensar y a vivir. Pero el doctor Amadeus desfiguraba su imagen. Era un vampiro que succionaba la sangre de Lucas poco a poco, no un predador voraz que engulle rápidamente a su víctima.

—¡No llores! Un hombre tiene que aceptar la realidad. Acepta que él prefiere a sus pacientes, a sus conferencias, más que...

—¡Es mentira!

—¿Mentira? Piensa conmigo. ¿Él viaja mucho?

—Sí —respondió el niño, sollozando y limpiando de nuevo sus ojos.

—No te engañes. Si fueras importante para Marco Polo, ciertamente él te pondría más atención, así como yo.

Y volvió a sembrar dudas en la cabeza del niño.

—No es verdad. No es verdad... Él me ama... —afirmaba Lucas, llorando.

Astuto, el abuelo decía:

—Okey, okey. Está bien. Pero piensa en lo que te dije. Y no le cuentes nuestras conversaciones a tu padre ni a tu madre. Y, para demostrar cuánto te amo, te voy a dar no sólo un regalo, sino diez.

—¿Diez regalos?

—Sí, diez. ¡Y todo lo que escojas!

—¿De veras? ¿Todo lo que yo quiera?

—Sí, cualquier cosa.

Marco Polo siempre comentaba que los abuelos eran importantísimos en la educación de los nietos, aun cuando sobrepasaban algunos límites. Pero cuando su suegro se quedaba con el nieto durante las vacaciones, rompía todos los límites. Destruía la imagen del padre y después aliviaba el dolor del niño sobreprotegiéndolo. Era un asesinato planeado de su infancia. Marco Polo intentaba hablar con Anna de las sutilezas de su padre. Pero Anna, ingenua, decía:

—Mi padre no le hace daño a nadie. Él es hijo único, Marco Polo. Lucas necesita a su abuelo.

Y así pasaron los años. El doctor Amadeus compraba el silencio del nieto dándole una libertad irresponsable. Y todo ocurría lejos de los ojos de los padres, pues él vivía en Miami, mientras que Marco Polo y Anna vivían muy lejos, en Los Ángeles.

Después de contarle a Sofía toda esa historia, Marco Polo lloró.

—¿Cómo no me di cuenta de que me estaba saboteando? Claro que percibía algo extraño, sabía que el doctor Amadeus no era un buen educador, pero jamás imaginé que tratara ingeniosamente de destruirme.

—¡Dios mío, cómo hay personas malas en este mundo! —comentó Sofía, emocionada.

Cuando el doctor Amadeus supo del éxito de la conferencia de Marco Polo para los billonarios en Jerusalén, en un arranque de rabia le dijo a un amigo: “Si yo hubiera estado presente, hubiera desenmascarado a ese científico de segunda categoría, habría ahuyentado a ese crápula. Estoy seguro de que él mató a mi hija

Anna, o por lo menos contribuyó a su muerte". Era un hombre paranoico, que creía en teorías de conspiración.

Enseguida, Marco Polo miró a los ojos de Sofía y confesó, algo temeroso:

—Soy un hombre sin miedo, lo sabes, pero le temo a mi suegro. Él está tramando algo peligroso para la humanidad.

—¿Algo como qué? —preguntó la psiquiatra, preocupada.

—Sabes que tenemos drogas que tratan la depresión, pero no tenemos drogas que produzcan alegría.

—Sí, claro. Del mismo modo, tenemos drogas para tratar la ansiedad, pero no tenemos drogas para producir paz, tranquilidad.

—El doctor Amadeus dice que está produciendo esa droga en su mega laboratorio.

—¡Estás bromeando, Marco Polo!

—Quisiera estarlo, Sofía quisiera estarlo.

El doctor Amadeus tenía muchas empresas que facturaban decenas de miles de millones de dólares anuales. Pero la más lucrativa era un gigantesco laboratorio farmacéutico. Él sabía desde hacía muchos años las cuestiones que le quitaban el sueño a Marco Polo: la humanidad estaba ante la generación más triste y emocionalmente enferma de las que ha pisado esta Tierra, aunque estuviera expuesta a la más poderosa industria de ocio de la historia.

Cierta vez, cuando Anna y Marco Polo lo visitaban en Miami, él pasó por la oficina del doctor Amadeus y lo escuchó hablar de forma histriónica al teléfono con el presidente de su industria farmacéutica sobre su proyecto ultra secreto.

—Así como inventaron drogas para la disfunción sexual, para controlar la epilepsia, para combatir infecciones, para tratar dolencias psiquiátricas, ¡yo estoy produciendo la droga de la felicidad! Liberaré a la humanidad de la angustia, del desánimo, de la tristeza. ¡Los jóvenes ya no usarán cocaína ni heroína! ¡Los índices de violencia se van a despeñar! ¡El número de policías y de presidios disminuirá! Cualquier persona pobre será feliz y, en consecuencia, me hará mucho más rico, como ningún ser humano. Seré un hombre con centenares de miles de millones de dólares...

Y terminó con una risotada macabra. El doctor Amadeus era un hombre loco. Loco por dinero, loco por estatus, loco por poder político. Marco Polo, perturbado con su proyecto, entró en la oficina y lo cuestionó:

—¿Qué droga es ésa que su laboratorio está desarrollando?

—No te diré nada. ¡Sal de mi oficina!

—Usted ya intentó lanzar una droga revolucionaria una vez. Y la usó en mí para impedir que me casara con Anna —acusó Marco Polo, recordando un hecho ocurrido hacía dos décadas.

—Tú eres un loco, no un psiquiatra.

—Su nueva droga podría ser un desastre mundial. Podría producir zombis emocionales.

—Ustedes los psiquiatras son aprovechados. Quieren que el ser humano siga enfermo, triste, deprimido, para poder cobrar el tratamiento. La humanidad será libre de esa casta. Libre de ustedes.

—Esa droga podría aislar al ser humano todavía más de lo que las redes sociales lo tienen aislado. Los niños ya no juegan, los adolescentes ya no se aventuran y los adultos ya no sueñan. Por favor, no arroje una palada de cal sobre el ataúd de la libertad humana.

—Tonto. Seré el salvador del mundo. Seré más reverenciado que Jesús, más admirado que Abraham Lincoln, más aplaudido que Martin Luther King y más innovador que Steve Jobs... —dijo, antes de estallar en carcajadas.

—Cuidado. Usaré mi prestigio como científico para oponerme a ese proyecto.

—Sal de esta casa ahora.

Y así expulsó a Marco Polo. Nunca más se hablaron.

Por desgracia, Anna murió un año después. La eterna novia de Marco Polo fue víctima de una grave enfermedad pulmonar autoinmune.

Después de ese episodio, el rechazo que el doctor Amadeus alimentaba por Marco Polo se convirtió en odio. Lucas, por desgracia, nunca pudo aceptar la pérdida de su madre. Marco Polo intentaba conquistarlo, pero su estrategia no fue eficiente. El abuelo, al sabotear la educación del psiquiatra sin que éste lo supiera, dejaba a disposición de Lucas una tarjeta de crédito ilimitada. La sobreprotección continuaba a gran escala.

Después de que Sofía escuchó con atención la historia de Marco Polo, entendió mejor el drama del hombre que estaba cautivando su emoción. Comenzó a admirarlo todavía más.

—Ningún educador es señor del proceso de formación de la personalidad de sus educandos. Los hijos desarrollan su propia mente fuera del control de los padres, y Lucas todavía más, porque sufrió la pérdida trágica de su madre y un terrorismo psicológico inimaginable por parte del abuelo.

—Pero si yo hubiera sido eficiente en transferir mis experiencias, si hubiese tenido la capacidad de llevarlo a que hablara de los fantasmas emocionales que lo asustaban... Lucas tuvo algunas sobredosis. La posibilidad de perderlo es un vampiro que me desangra el corazón...

E hizo una pausa antes de completar su pensamiento con notable inteligencia:

—No cambio el pasado para reconstruir el presente; reconstruyo el presente para cambiar el futuro.

—Excelente. Los mejores días están por venir, Marco Polo —dijo ella, emocionada.

Después de eso, Sofía acercó sus labios y lo besó con suavidad. Abrió sus brazos y lo acogió. Todo hombre consciente de las intemperies de la vida tarde o temprano necesita ser acogido, abrazado, acariciado. Detrás de los gigantes hay pequeños seres humanos suplicando afecto. Había llegado el turno del pensador de la psiquiatría.

Cada día de ese intrépido pensador era una jornada épica para develar los misteriosos códigos de la felicidad proclamados en el Sermón de la Montaña. De hecho, Marco Polo tendría que descifrarlos, no sólo para contribuir a la mejoría de la humanidad ansiosa y entristecida, sino también para él mismo reciclar los terremotos emocionales que lo debilitaban y las dramáticas tormentas sociales que todavía se precipitarían sobre él.

17

Quinto código de la felicidad: "Felices los que tienen compasión, porque serán abrazados"

El sol de las diez de la mañana era penetrante en la montaña donde acontecía el análisis del más largo y enigmático discurso de Jesús. Algunos se cubrían el rostro con pañuelos o sombreros, otros se ponían las manos sobre las cejas para soportar la luminosidad. Aunque fuera un ambiente desagradable físicamente, era emocionalmente refrescante.

Hombres y mujeres de todos los países se apiñaban para escuchar a Marco Polo y a sus amigos, así como a todos los que se atrevían a discutir, opinar y compartir sus experiencias. Las cámaras y celulares transmitían ese caldo de conocimiento a todo el mundo. Millones de personas del otro lado del planeta estaban despiertas para ver el evento en vivo. Todos querían conocer las intrigantes herramientas del hombre más feliz del mundo.

Descubrieron la más simple y más vital de las verdades: el verdadero éxito es ser feliz. Sin embargo, la felicidad estaba en las páginas de las novelas, en las letras de las canciones, en las tesis de filosofía, en las homilías de los teólogos, pero rara vez en la biografía de la personalidad humana. Los códigos de la felicidad del carpintero de Nazaret explicaban algunas de las causas de esa paradoja.

—El Quinto código de Jesús es explosivo: "Felices los que tienen compasión, porque serán abrazados". Más tarde o más temprano, todos necesitarán compasión. ¿Lo dudan? No hay intelectuales que a ciertas alturas no tengan sus propias locuras, no hay personas calmadas que no tengan brotes de ansiedad, no hay líderes que no sean derrotados, no hay celebridades que no caigan en el anonimato, sin aplausos, aun en el pequeño escenario de un sepulcro.

Marco Polo continuó diciendo que, de acuerdo con el Maestro de maestros de la emoción, la felicidad no pertenece a los justicieros, sino a los generosos; no son los que juzgan quienes la conquistan, sino los que abrazan; no son los que gravitan en su propia órbita quienes se la apropian, sino los que tienen compasión de los demás.

—El aislamiento social quita el oxígeno a la emoción; la compasión lo provee. Muchos intelectuales son infelices porque se quedan enclaustrados en sus universidades o en sus laboratorios, no saben darse a sus alumnos ni a sus personas cercanas. Muchos líderes católicos, protestantes, judíos ortodoxos, budistas, también son depresivos porque gravitan en torno de la órbita de su historia y de sus dogmas, sin importarles el dolor ajeno. Quien se preocupa por las masas, pero no individualiza al ser humano, es infeliz. Jesús vivió sus códigos de la felicidad a plenitud. Se salía de su agenda para aliviar a un leproso.

Sofía se sensibilizó con la introducción de ese código. Comentó algo gravísimo:

—Las personas en las redes sociales tienen una falsa sociabilidad. Patrocinan un aislamiento subliminal. Tienen contacto con muchos, pero rara vez es profundo. El egocentrismo está en franca ascensión.

—Bajo el ángulo de la gestión de la emoción, los que practican el culto al propio ego son infelices. Están mal resueltos, son frágiles, pésimos pilotos de su vehículo mental —afirmó el psiquiatra.

Era la primera vez que se hablaba de que las personas autoritarias y ególatras eran frágiles. El debate rompía paradigmas.

—Bajo esa óptica, los dictadores como Hitler y Stalin, antes de ser verdugos de la sociedad, lo eran de su propia felicidad. Sólo una persona desprendida del poder es capaz de ser feliz —concluyó el doctor Thomas, el profesor de Harvard.

—Estoy perplejo con esos códigos —comentó el doctor Robert Dunkis, el famoso especialista en genética evolutiva que muchos creían ateo por sus constantes ataques a los creacionistas.

—Dunkis, ¿tú aquí?

—No aguanté la curiosidad, Marco Polo. Vi algunos de tus debates y decidí comparecer.

—¿Pero qué despertó tu curiosidad, mi amigo?

—Así como tú, no voy a entrar en el terreno religioso. Pero ese Jesús analizado por la psiquiatría y por la psicología perturba los parámetros que permean a la humanidad. Perturba incluso las tesis más importantes de la teoría de la evolución. Los más fuertes y adaptados son los que tuvieron los beneficios de mutaciones aleatorias privilegiadas y fueron capaces de transmitir a su prole, y sólo a ella, sus habilidades de supervivencia. En fin, el gen es marcadamente egoísta. Pero es increíble saber que, para ese Maestro de la emoción, los más adaptados son los que usan sus habilidades para promover a los diferentes, los más evolucionados son los que lloran por las necesidades ajenas, los más fuertes y felices son los que piensan menos en su propia supervivencia y más en los que viven al margen de la sociedad. ¿Qué locura es ésa? Charles Darwin se sorprendería, quedaría muy sorprendido con esas tesis... Y creo que los religiosos más fanáticos también.

—Yo también me quedé pasmado con ese hombre tan famoso y tan desconocido en su mente. Él estaba profundamente preocupado por la evolución intelectual y emocional de la humanidad. A través de sus herramientas, esa evolución deja de ser un don o un privilegio de una sola casta y pasa a ser un ejercicio diario de quien quiere ser protagonista del altruismo, de la solidaridad, de la generosidad, del amor —afirmó el pensador de la psiquiatría—. Era de esperar que quien tiene más contacto con la muerte y con los dolores ajenos fuera más infeliz, pues está expuesto a más estímulos estresantes, pero, al desarrollar esos códigos, puede volverse más seguro, resiliente, realizado, feliz.

—Entonces Jesús no exaltó, como me enseñó el cristianismo, la miseria, la pobreza material, a los excluidos. Quería que todos fueran felices, realizados, bienaventurados. Él luchaba por la evolución del ser humano, por el crecimiento intelectual, por la salud emocional de la humanidad —ponderó Yelena, una profesora rusa de pedagogía.

Las personas comenzaron a pensar en forma crítica.

—¿Cómo podía Jesús enseñar a la sociedad si él mismo era bizarro, atípico, un cuerpo extraño en el tejido social? —indagó Marco Antonio, un empresario de Roma.

—Por el contrario —afirmó Marco Polo—. Él era crítico de las locuras sociales, pero era de una sociabilidad sorprendente.

Los teólogos fruncieron la nariz ante esa afirmación. El doctor Alberto comentó:

—¿Qué base tiene para afirmar que Jesús era sociable?

—¿Cuál es uno de los apodos más fascinantes que Jesús recibió? —preguntó Marco Polo.

Muchos ni siquiera sabían que él había recibido un apodo. Nadie respondió. Ante eso, el propio psiquiatra respondió:

—¡El apodo de bebedor y glotón!

El doctor Robert Dunkis dio largas carcajadas.

—¿Bebedor y glotón? No es posible.

—¡Es verdad! —confirmó el teólogo del Vaticano, el doctor Alberto.

—Puede ser un apodo injusto, pero como psiquiatra, me alegra, pues indica claramente que Jesús era sociable, no un sujeto extraño. No vivía enclaustrado; por el contrario, adoraba estar con las personas, le gustaban las fiestas y las cenas. Luchaba contra la pobreza emocional y física. Fue el maestro de la felicidad, el poeta del placer de vivir, el apóstol de la salud mental.

—Estos debates me dejan sin aliento —dijo un profesor de filosofía de la Universidad de Florida.

Herbert, perito en historia de la ciencia, confirmó:

—Cuando usted comentó el Primer código, vaciar el ego, entendí por qué los grandes descubrimientos científicos ocurrieron antes de los treinta años, incluso la teoría de Einstein, que por entonces tenía veintisiete años. Quien no se vacía de sí mismo adquiere vicios interpretativos, asfixia su propia imaginación, se vuelve un repetidor de datos. Ahora, quien no acoge a los diferentes, quien no tiene compasión por las fallas de los demás, será perseguido por sus propias fallas.

—Tiene razón, los justicieros viven solos —dijo Marco Polo—. Hay personas justicieras que me dicen: “¡Yo resuelvo las cuestiones ahí mismo!”. Y yo respondo: “Claro. ¡Usted es un desequilibrado, no tiene autocontrol!”. Quien reacciona por el fenómeno de “me pegas, te la regreso” es predador de quienes lo contrarían.

—Las personas maduras no resuelven las cosas ahí mismo, pero no porque quien las hirió lo pague con la misma moneda, sino porque aprenden a proteger su propia emoción, a no comprar lo que no les pertenece —comentó Sofía, con argucia.

Personas de todos los pueblos bebían las palabras de los pensadores. Chinos que eran impulsivos, aprendían a ser más tolerantes. Japoneses que eran ensimismados, se volvieron más sociables. Rusos que eran explosivos, atemperaban su ánimo. Estadunidenses que eran altivos, se posicionaban como seres humanos en construcción.

Después de eso, Marco Polo comentó otra vez el síndrome que está en la base de la violencia social, de las guerras, del autoritarismo, del terrorismo, de los prejuicios, de los suicidios y homicidios: el síndrome predador-víctima. Los cuatro copilotos del Yo (el gatillo mental, las ventanas de la memoria, el ancla y el autoflujo), que son vitales para el funcionamiento de la mente y para transformarla en una fábrica de pensamientos y emociones, podían cerrar el circuito de la memoria, encarcelar el Yo, hacerlo reaccionar por instinto, como un predador voraz o una víctima incapaz de reinventarse.

Dijo que era fascinante saber que, a través de sus códigos, Jesús estaba intentando no sólo viabilizar a la especie humana, sino hacer que evolucionara. No sólo quería sacrificarse por ella, sino enseñarle a pensar, a ser noble, inteligente.

Al enseñar los códigos de la felicidad, él estaba intentando evitar el racionalismo agresivo. Hasta en la más famosa oración de la historia, el Padrenuestro, también proferida en el Sermón de la Montaña, él estaba previniendo el síndrome predador-víctima.

—Cuando habló del "pan nuestro de cada día", se refería también a hacer de los códigos de la felicidad un nutriente diario. Todos los días, sus alumnos debían vaciarse de sí mismos, inconformarse, bañarse de paciencia, tener hambre y sed de justicia, estar repletos de tolerancia y compasión. ¿Pero quién se nutre con esos códigos? Hay ochocientos millones de hambrientos físicamente y miles de millones de hambrientos de las herramientas de gestión de la emoción.

—En la oración del Padrenuestro, Jesús enseñó: "Perdonad a los que os ofenden y seréis perdonados". Todos los días era el momento de perdonar y perdonarse —discurrió el doctor Alberto.

—Ahora, a la luz de la psicología entendí ese texto que tanto leí —afirmó el doctor Thomas—. Para Jesús, quien no ejerce el perdón a los demás no sólo no recibirá el perdón de Dios sino que, todavía peor, no recibirá su propio perdón.

—Quien es radical con los demás es implacable consigo mismo. Como estamos aprendiendo aquí, quien cobra de más a los otros es un agiotista de su propia emoción —agregó el neurocientífico Michael, arrancando aplausos del público.

De pronto, el doctor Kleber, un médico canadiense, comentó:

—Soy neurocirujano. Opero el cerebro, extirpo tumores, diseco aneurismas, pero no sabía que el cerebro tenía tantos secretos. Siempre critiqué a los teóricos de la psiquiatría y de la psicología que eran muy filosóficos, pero aquí, a pesar de que los fenómenos abordados alcanzan la compleja frontera de la construcción de pensamientos, son lógicos, comprensibles y tienen herramientas prácticas. —Mirando a su esposa, confesó—: No logro controlar mis celos.

—Es verdad —afirmó ella.

—¡Ahora sé lo que pasa cuando pierdo el autocontrol! —afirmó el marido—. El gatillo se dispara, encuentra una ventana *Killer*, el ancla se instala y cierra el circuito. Enseguida, el autoflujo comienza a leer y releer esa ventana. En vez de nutrirme con esos códigos, me nutro con mi basura mental. Pero antes de enamorar a alguien, necesito enamorar a la vida...

Los presentes aplaudieron la inteligencia y sinceridad del neurocirujano.

Marco Polo comentó que estamos en la era de la saturación del cerebro. En el pasado, el número de informaciones se duplicaba cada doscientos años; hoy, se duplica cada año. Es insoportable.

Entonces una ejecutiva japonesa llamada Kiome comentó:

—En Japón hay muchos profesionistas que no tienen compasión de sí mismos. Viven para trabajar en vez de trabajar para vivir. —Enseguida derramó algunas lágrimas y contó su conmovedora historia—: Mi hermano menor trabajaba catorce horas diarias. Su jefe le decía: "Vete a descansar", pero descansar le provocaba un sentimiento de culpa. Quería ser el mejor, el ejemplo máximo, el que más temprano llegaba y el que más tarde salía. Era excelente para la empresa, pero pésimo a la hora de cuidar de la única empresa que no puede quebrar: su mente. Su cuerpo no lo soportó. Al final, le dio un infarto en su trabajo. Dejó dos hijos.

—Por desgracia estamos en la era del agotamiento cerebral. Y eso no es sólo a causa de exceso de trabajo en términos laborales, sino en especial por el trabajo mental, en gran parte causado por el uso excesivo de internet y de los teléfonos inteligentes. Muchos tienen una AT alta —dijo Marco Polo, sin dar mayores explicaciones.

Pronto surgió el cuestionamiento. Una joven de veintinueve años, actriz de Hollywood, preguntó:

—¿AT alta? ¿Qué es eso?

—AT es la abreviatura de "aversión al tedio". ¡Son las personas que no logran ser amigas de sí mismas, sus mayores fanáticas, sus mejores payasos, sus más inteligentes contadores de historias! No se interiorizan, no se relajan, no aquietan su mente. Tienen, en fin, aversión a la práctica de la atención plena.

—Síiiiiii... Mi AT es altísima —replicó la actriz.

Prácticamente todos tenían AT alta, incluso los científicos presentes.

—Si eres incapaz de quedarte a solas por lo menos una hora al día, sin hacer una actividad profesional, sin usar el celular, sin entrar a las redes sociales, eres un inmigrante en tu propio planeta cerebro, un forastero de la propia personalidad —explicó Marco Polo—. Las personas así no se aman, no cuidan de su salud emocional, piensan en exceso y sin control, por eso tienen un alto índice de GEEI, gasto de energía emocional inútil.

El público casi no respiraba de tan atento que estaba. Marco Polo parecía usar un bisturí para extirpar las locuras humanas, incluso la suya.

—Dios mío, esta generación no sabe convivir consigo misma. ¿Qué estamos haciendo con nuestros hijos? Ellos no se están quietos, no disfrutan, detestan el silencio... —comentó Thereza, una empresaria. Desesperada, preguntó—: ¿Y esa agitación tiene cura?

—No hablamos de cura en psiquiatría y psicología, hablamos de reescribir nuestra historia, de reorganizar nuestros conflictos, de rescatar el liderazgo del Yo.

Entonces Sarah, una profesora de psiquiatría de Inglaterra que había estado presente en todos los debates, comentó, profundamente conmovida:

—Tengo una hija de catorce años. Cinco minutos sin actividad, y grita, angustiada: "¡No tengo nada que hacer en esta casa!". Vive fatigada, desanimada, secuestrada en su mundo. No tiene grandes conflictos, no ha pasado por pérdidas ni privaciones. No soy sólo yo la que afirma eso; todas las psicólogas que la atendieron opinaron lo mismo. Yo, como profesora de psiquiatría, sé que ella no está deprimida, por lo menos en la forma clásica. Hoy entendí que ella está agotada, con una AT alta y un alto índice de GEEI. Los padres de la psiquiatría y de la psicología no previeron ese agotamiento cerebral en la actualidad, ese... ese autoabandono en la sociedad de consumo, esa contracción del sentido existencial en la era de las redes sociales; esa epidemia de desánimo y de suicidios.

Marco Polo se impresionó con la exposición clara y honesta de Sarah. De hecho, los padres de la psiquiatría y de la psicología fueron notables en estudiar el proceso de formación de la personalidad, en analizar los traumas y clasificar las enfermedades; pero no estudiaron de manera sistemática la formación del Yo como autor de su propia historia y como gestor de la emoción. Eso impidió la producción de herramientas para la prevención de los trastornos psíquicos y la promoción de la homeostasis del cerebro. A la luz de ese conocimiento, entendemos que millones de seres humanos pueden tener una vida emocional miserable, aun sin haber pasado por traumas en la infancia o por averías en la formación de la personalidad. Era un nuevo concepto, un nuevo paradigma.

La psiquiatría y la psicología tienen sed de encontrar diagnósticos, de detectar enfermedades mentales, sin saber que el mayor problema psiquiátrico y psicológico no son las enfermedades, sino dejar de desarrollar un Yo que dirija con inteligencia crítica el vehículo mental, un Yo capaz de reeditar las ventanas de la memoria, de proteger la emoción, de administrar sus pensamientos y reescribir su historia.

Sin gestión de la emoción, las parejas sabotean sus romances, los jóvenes agotan su cerebro y los niños asfixian su creatividad y su capacidad de jugar. Sin gestión de la emoción, las personas no tranquilizan la mente, tienen aversión al aburrimiento y a la soledad. El aburrimiento y la soledad ligeros son fundamentales para la interiorización, la reorganización del pensamiento y la creatividad. Quien no logra quedarse a solas consigo mismo no crea, no concibe nuevas ideas, se convierte en un zombi social. Por desgracia, los dramáticos zombis de Hollywood parecen haber salido de las pantallas del cine y entrado en las pantallas de la sociedad real.

18

Vivir el Quinto código: un hombre dotado de compasión

Año 33 d. C.

Después de algunos años de exponer sus ideas, Jesús se volvió famosísimo. Sus palabras estimulaban la imaginación, sus ideas liberaban el pensamiento, sus tesis rompían patrones. Un hombre que corría riesgo de muerte para proteger a las personas consideradas como escoria social era un caso único en el teatro de la humanidad. Las personas comunes ganaban el estatus de notables. Los letrados escribas hacían guardia para escucharlo. Los pensadores fariseos lo acechaban para capturar sus ideas. El Maestro de maestros era un poeta de la vida; no escribía poemas, pero vivía su vida como una poesía.

Cierta vez fue invitado por Simón, un respetado fariseo, a cenar en su casa. Los invitados estaban a la mesa. Unos, porque lo respetaban; otros, porque querían vigilarlo y otros, porque estaban perplejos con sus ideas.

—Maestro, estamos felices de recibirlo en mi casa. Un hombre con su sabiduría ilumina este ambiente.

Él movió la cabeza en agradecimiento. Sin embargo, enseguida vino un "pero"...

—Pero sus ideas no son aceptadas por algunos líderes de Israel, expresó Bartolomé, un escriba, viejo amigo de Simón.

—Los que no se consideran enfermos no necesitan médicos —ponderó Jesús.

Entonces surgió otro "pero" en el escenario. Simón se atrevió a sugerir:

—Pero usted podría moderar...

Sabio, Jesús entendía lo que las palabras no traslucían. Tenía la capacidad de ver lo invisible. Era elegante, pero no disimulaba. Era generoso, pero no doraba la píldora. Era flexible, pero riguroso en cuanto a sus valores. En algunos momentos no quería opinar, optaba por el silencio; no entraba en discusiones que no creara ni en conflictos que no produjera. Pero ése era el momento de expresar con claridad sus ideas con relación a los cultos religiosos.

—¿Moderar mis palabras? Quien no es fiel a lo que piensa tiene una deuda impagable consigo mismo. He enseñado a todos los que me siguen, que deben ser como la sal de la tierra. Pero si la sal se volviera insípida, perdería su función, se volvería estéril y sin sabor.

El Maestro silenció a los presentes.

—Pero usted ha escandalizado a mentes incautas —comentó Simón.

—¿Lo he hecho? No puedo cambiar lo que soy en función de lo que quieren que sea. Si les enseño que ustedes son la luz del mundo, ¿por qué debería esconderme? Muchos hombres esconden su luz debajo de sus miedos y de sus necesidades. ¿Ustedes los esconden?

—Bueno... tal vez...

—Respóndanme: ¿qué es más importante, limpiar el exterior del vaso o su interior?

—El interior, claro.

—Pero el ser humano acumula basura en su interior todos los días y, simplemente, no la limpia. Por eso las personas disimulan, mienten, se disfrazan. Cuidan su apariencia y niegan su esencia. ¿Ustedes cuidan de su interior? Siempre hubo una línea tenue entre el amor y el odio, la admiración y el rechazo, el aplauso y el escarnio. Quien odia hoy puede amar mañana. Quien aplaude hoy puede abuchear mañana. Cuanto más inestable, más oscuro es el ser humano para sí mismo, menos se conoce.

Los que estaban en la mesa con Jesús no se conocían, estaban perplejos, no sabían si aplaudirle o rechazarlo.

Y otro "pero" surgió en la casa del fariseo.

—Pero, maestro, su tesis de amar incondicionalmente al ser humano ha escandalizado a Israel —dijo Simón.

—De hecho, pienso que su comportamiento escandalizaría a cualquier pueblo, incluso a los romanos —observó correctamente Bartolomé.

—¿Nunca oyeron que deberían "amar al prójimo como a sí mismos"? ¿Creen que Dios estaba bromeando cuando propuso esa ley? ¿Quién es el prójimo? ¿Sólo sus seres cercanos? ¿O sólo quienes les aplauden? ¿O sólo quienes corresponden a sus expectativas? No hay dirección, no hay nombre, todas las personas que ven son sus prójimos. ¿Y con qué amor deberían amarlos? ¡Con el mismo amor y la misma intensidad con que ustedes se aman a sí mismos! Pero, si son incapaces de amarse a sí mismos, ¿cómo amarán a su prójimo? —dijo Jesús, silenciando a todos.

De repente, durante la cena, un acontecimiento inesperado interrumpió la agenda en la casa del fariseo. Una extraña mujer invadió el espacio, con una actitud escandalosa. Ella se acercó a Jesús y, sin decir palabra, comenzó a llorar a sus pies.

¡Qué absurdo! Una mujer jamás debería tener ese comportamiento indigno, pensó Simón, sin expresar sus pensamientos.

No es posible. Es la primera vez que miro a una mujer llorando a los pies de un hombre. ¡Las mujeres deberían ser discretas! Pero ésa..., ponderó Bartolomé en su mente.

¿Sabrá él que ella es una prostituta?, reflexionó en silencio otro fariseo que estaba también a la mesa.

Y la extraña mujer no sólo lloraba, sino que enjugaba los pies de Jesús con sus cabellos.

Esos besos, esas lágrimas la denuncian. ¿Tendrá algo él con ella?, cuestionó de nuevo Simón en su mente.

El escándalo estaba armado. La admiración de la mujer generó un rechazo inmediato, el afecto se convirtió en odio. Cuando alguien está en la cresta de la ola, es asediado. Pero cuando es execrado por la sociedad, sus amigos desaparecen, sus aduladores se esfuman. Nadie se toma una fotografía al lado de un corrupto ni tiene actitudes generosas con mujeres "impuras", aún más en casa de inquisidores. Jesús podría cuestionar en su mente: "¿Qué estarán pensando de mí?". Podría ahuyentar los inconvenientes, como hacen las celebridades que no son dignas de la fama que tienen. Podría pedir a un asesor que programara una audiencia, como hacen siempre los políticos. Pero Jesús era el hombre más feliz y bien resuelto de la historia.

—Unos avientan piedras físicas; otros, las piedras del prejuicio. Unos lastiman el cuerpo; otros, la emoción. Todos son igual de linchadores —comentó.

Saturado de compasión, Jesús veía que el dolor de esa mujer era más importante que su propio estatus social. Sus lágrimas valían más que todo el palacio del fariseo. Sus actitudes demostraban que no quería el trono político, sino un trono en el corazón humano, aunque fuera de una prostituta, de un corrupto, de un débil, de un loco.

Samaria era una región despreciada por los judíos, considerada tierra de un pueblo desprovisto de ética y religiosidad. Pero Jesús se describía como un buen samaritano. Nadie podía sufrir cerca de él, nadie podía revelar algún tipo de dolor, porque él paraba el mundo, cambiaba su trayectoria, reciclaba su discurso. Sabía que lo que nos impide ver lo invisible no son nuestros ojos, sino la basura acumulada por el ego: los prejuicios, el falso moralismo, la necesidad neurótica de siempre tener razón, la voluntad incontrolable de señalar las fallas.

—Sé que tus dolores son muchos —le dijo a la mujer, con delicadeza—. ¿Cómo te llamas?

—Rebeca, señor.

—Un bello nombre, Rebeca.

Rebeca era una mujer depresiva. Ser depresiva era un riesgo en una época en que la psiquiatría no existía y el prejuicio recorría el sistema circulatorio de la sociedad como un virus. Frágiles, débiles, lunáticos, insanos, poseídos por demonios, eran algunos de los adjetivos que recibían los seres humanos fragmentados en su personalidad. Dos mil años más tarde, los robots jamás sentirían el dolor del rechazo, nunca perderían el sentido de la vida, pues estarían desprovistos de emoción. Pero, para el ser humano, el dolor del desprecio era inenarrable. Todo ser humano tiene una biografía digna de ser contada. Pero, superficiales, sólo prestamos atención a los personajes célebres. Pero ¿quién es célebre: el actor o la cámara? ¿El cantante o el técnico de sonido? ¿El psiquiatra o el paciente? Rebeca era considerada despreciable, a nadie le importaba su historia. Su padre había muerto cuando ella era un bebé; su madre, cuando tenía cinco años. Fue criada de favor en casa de unos parientes. Cuando tenía ocho años, sufrió de abuso sexual. Su victimario la amenazó de muerte si revelaba su crimen: "Si le cuentas a mi esposa que te entregas a mí, te mato".

La pequeña no tuvo infancia, no jugó, no rio, no se escondió detrás de los árboles, no tuvo cumpleaños ni padres que le dijeran: "Yo te amo", ningún maestro que la felicitara por su inteligencia. Creció como esclava sexual. Creció amordazada por el autoritarismo de su verdugo. Por fin, su fama corrió. Era una superviviente. En una época en que no había seguro social, en que los alimentos eran insuficientes para saciar las células del cuerpo, Rebeca sobrevivía gracias a sus favores sexuales. Nadie se arriesgaba a compartir su historia con ella. Fue despreciada por todos debido a su fama. Muchas promesas, ninguna cumplida.

Ahora estaba ante un hombre diferente, que no elevaba el tono de voz, que la acogía sin pedir nada a cambio, que insistía en hablar sobre el amor en la tierra del terror. Jesús la hizo sentirse un ser humano. Simón quería que él la expulsara, pero el buen samaritano la hospedó en su corazón, trató sus heridas y puso fin a sus lágrimas. Rebeca tenía dentro de sí una niña que todavía necesitaba ser amada, enseñada, acogida. Él era el padre que ella no tuvo, el maestro que le faltaba, el amigo con el que soñaba.

El Maestro de la emoción, sabiendo que aquellos fariseos eran justicieros, que no tenían el valor de remover la viga en el propio ojo para extraer el cuerpo extraño de los ojos de ella, liberó el más complejo de los pensamientos, el pensamiento antidialéctico, impulsó a su imaginario y dio respuestas brillantes a situaciones estresantes, impactando a sus opositores.

—Simón, un cierto acreedor tenía dos deudores. Uno debía una gran cantidad, el otro debía poco, pero ninguno de ellos tenía cómo pagar. Movido por la compasión, el acreedor miró fijamente a los ojos de ambos y, por fin, los perdonó. ¿Cuál de ellos amaría más a su acreedor?

El fariseo pensó, tragó saliva y después respondió:

—Supongo que el que debía más.

Con sus metáforas, Jesús "gritaba" que no debíamos clasificar, juzgar, tener preferencias, excluir personas. Pero las universidades, los líderes políticos y los líderes religiosos, con las debidas excepciones, siempre preferían a los más intelectualizados, a los que tenían éxito social y financiero. Abandonamos a los endeudados por el camino. Los maestros abandonan a sus alumnos problemáticos, los padres no prestan la debida atención a los hijos que los irritan, las parejas se cambian uno al otro por el tiempo en las redes sociales.

Decepcionado por nuestra insensibilidad, el carpintero de la emoción dijo que tenemos oídos, pero no escuchamos, tenemos ojos, pero no observamos. No sabemos escuchar al corazón. Ni siquiera sabemos preguntar: "¿Cuáles son tus sueños y tus pesadillas? ¿Dónde me equivoqué y no me di cuenta?". Somos dioses infalibles, con egos saturados de nosotros mismos.

—Respondiste con exactitud, Simón —declaró el maestro—.

Pero ve bien: entré en tu casa y no me diste un ósculo. Pero esa mujer besó mis pies.

El ósculo, un beso suave en la cara, era para muchos una señal de bienvenida a un amigo, pariente, anfitrión o visita. La sociedad de aquel tiempo era sexualizada; en la actualidad, está hipersexualizada. Jesús interpretó los besos de aquella mujer no bajo el ángulo de la sexualidad, sino de la humanidad. Como Maestro de maestros, insistía en ver al ser humano por detrás de su condición de macho o hembra. Por eso, cuando rescató a María Magdalena, no le preguntó con cuántos hombres había estado.

Para espanto de la psiquiatría, de la psicología y de la sociología, Jesús, el hombre más inteligente y feliz de la historia, consideraba a cada ser humano, sin importar su moralidad y miseria social, como un mundo a ser explorado, un tesoro insondable a ser conocido, una biografía fascinante a ser develada. Nadie era escoria social.

Los reyes y súbditos tienen el mismo valor, ricos y paupérrimos tienen la misma relevancia; psiquiatras y pacientes, incluso en brote psicótico, tienen la misma grandeza. Casi ningún líder vive de acuerdo con su discurso. Pero el líder de los líderes vivió, en ese corto episodio, todos los códigos que proclamó en lo alto de la montaña. Se vació de sí para recibir a la mujer, fue de una empatía solemne, calmo como una brisa; estaba sediento de justicia por protegerla, y lleno de compasión por su historia.

Y continuó:

—Simón, ¿estás escandalizado con el comportamiento de esta mujer? No me pusiste una bacía con agua para lavar mis pies. Pero ella los riega con sus lágrimas. Y las lágrimas valen más que los ríos.

El calor agobiante y el sudor impuestos por el desierto y por los lugares áridos eran incómodos. Lavar los pies de un visitante era un regalo refrescante que sólo las personas notables recibían. Para Jesús, las lágrimas de aquella mujer eran un presente de raro quilate, un gesto que refrescó su emoción y animó su sueño de irrigar a la humanidad con sus códigos. Y el poeta de la emoción remató su poesía:

—Ella no secó mis pies con una toalla, sino con sus cabellos. ¡Qué gesto! ¡Qué sensibilidad! ¡Nadie había hecho eso por mí! Yo soy el que te agradezco, Rebeca. —Y, después de una pausa, miró de fijo a los jueces y les dijo—: Sé lo que pasa por sus mentes. Sé que ustedes construirán un tribunal para juzgarla. Pero ella ya sufrió muchísimo: si penetraran en su mundo, se asombrarían. Ya no exijan más de ella.

El maestro que daba un hombro para que los seres humanos lloraran y el otro para que se apoyaran nunca les daba una carga que no pudieran soportar. Su fardo era ligero y sus exigencias eran suaves. Ni siquiera los locos equivocarían el camino al seguirlo.

No importaba el pasado de las personas, lo que importaba era su corazón, su disposición para seguir una nueva agenda. Para él, felices los que abrazaban, porque serían acogidos. Felices los gentiles, porque conquistarían la tierra de la alegría. Felices los que amaban sin pedir nada a cambio, pues serían amados, aunque cayeran en el descrédito y la desgracia.

19

Sexto código de la felicidad: "Felices los transparentes, porque verán lo invisible"

Marco Polo reflexionaba sobre su último sueño mientras se dirigía al lugar donde discutiría otro intrigante código. Se sentía ligero como una pluma y profundo como un océano. Rara vez había sentido tanto placer. Tenía un tesoro que los reyes no habían conquistado, que las celebridades ansiaban, que los grandes políticos deseaban. Sofía observaba su cara feliz mientras el auto avanzaba.

—¿Por qué sonríes, Marco Polo?

—Viajé en mis sueños.

—¿Cuál fue el contenido? —preguntó, curiosa.

—Es una larga historia, Sofía, muy larga... Después te la cuento. Estoy alegre porque, a pesar de todos mis defectos como científico, padre y ser humano, soy privilegiado por realizar esta empresa analítica sobre la mente del carpintero de Nazaret.

De hecho, era un privilegiado. Ahora analizaría el Sexto código proclamado por Jesús, una herramienta que penetraba como un filo en nuestra superficialidad intelectual. Separaría las debilidades del Yo. Si está mal formado, el Yo siempre será frágil para autoprotegerse, autocorregirse y autocontrolarse.

Era un código que denunciaba que no sólo pisamos en la superficie del planeta Tierra, sino también en la superficie del planeta mente. Somos la única especie que piensa y que tiene conciencia de lo que piensa, pero nunca administramos el arte de pensar de manera inteligente y colectiva. En los momentos más tensos e importantes de nuestras vidas, disparamos mecanismos primitivos del cerebro, actuamos como predadores o como víctimas, no como *Homo sapiens*, seres humanos pensantes.

Marco Polo comentó con delicadeza con la joven e inteligente Sofía:

—El hombre más inteligente y feliz de la historia, al contrario de lo que creen muchos pensadores de la sociología, de la psicología, de la psiquiatría y de la filosofía, en especial los ateos e incluso yo mismo, siempre estaba preocupado por aliviar el sentimiento de culpa y de autocobranza del ser humano. Tenía la meta de hacer que cada uno vaciara su ego, se liberara de los prejuicios y creara nuevas ideas.

—Fascinante —dijo ella—. No juzgar para no ser juzgado; perdonar para ser perdonado; tener compasión para alcanzar compasión; preocuparse por el dolor ajeno. Ésas son algunas de las herramientas que Jesús enseñó. ¿Vamos a analizar otro estruendoso código?

—Prepárate para sorprenderte —afirmó el psiquiatra.

Cuando subió a la montaña y pasó por en medio de la multitud que lo aguardaba dijo, sin demora:

—El Sexto código es un bálsamo para aliviar y reeditar la historia de cualquier ser humano: "Felices los transparentes, porque verán lo invisible". ¿Ser transparente con uno mismo y con los demás es vital para tener salud emocional? —preguntó a la audiencia.

Sofía respondió:

—Sí. Quien no es transparente es incapaz de abrir las llagas de la propia mente y tratarlas. Quien no es transparente consigo mismo no reconoce sus propias fallas, perpetúa sus fobias, su hipersensibilidad, su ansiedad, su impulsividad, su pesimismo...

—Exactamente. Preservará lo que tiene de peor. Será flagelado durante toda su historia. ¿Pero quién es entrenado en la escuela para ser transparente?

Las personas quedaron pensativas ante esas ideas. De nuevo, Marco Polo preguntó:

—¿Ser transparente es vital para tener salud social?

—Sin duda —afirmó Michael, el neurocientífico. Y agregó, de forma sincera y conmovedora—: Quien no es honesto para mapear su propia personalidad jamás reciclará sus locuras, no conquistará la sanidad psíquica e interpersonal. Soy un científico, soñé con tener un hijo o una hija científica —hizo una pausa—. Mas he aquí que tuve una hija con síndrome de Down. Lo confieso: ¡el mundo se derrumbó sobre mí! Estaba insomne, frustrado. No lograba amarla a la altura que ella merecía. Con nuestros debates, di un salto —en ese momento, las lágrimas afloraron a sus ojos—. Hoy sé que no soy un padre perfecto, pero soy el padre más feliz del mundo.

—Quien no es transparente no repara sus propias penurias. No corrige el rumbo. Quien no es transparente con sus hijos forma herederos, no sucesores.

—¿Cómo es eso? —quiso saber Josef, un empresario judío-estadunidense que vislumbraba que tendría graves problemas de sucesión en su empresa, una cadena de tiendas con diez mil empleados.

Josef tenía dos hijos jóvenes que eran alienados, consumistas, insensibles.

—Los herederos son inmediatistas, mientras que los sucesores piensan a mediano y largo plazos. Los herederos no saben lidiar con los dolores y las frustraciones, mientras que los sucesores son resilientes, elaboran su propio sufrimiento. Los herederos son ingratos, mientras que los sucesores se inclinan en agradecimiento. Los herederos creen que sólo tienen derechos, mientras que los sucesores piensan en el bienestar de los demás. ¿Estamos formando herederos o sucesores? —discurrió Marco Polo.

—Dios mío, mis hijos son herederos. ¿Cómo cambiar eso? —preguntó de nuevo Josef.

—Presten atención a este código, no importa si son cristianos, judíos, musulmanes, budistas, ateos. Para formar sucesores, tenemos que ser transparentes. No podemos darle las sobras a quien amamos, sino el alimento principal. Tenemos que abrirnos. Los padres no pueden darles a sus hijos sólo una parte de su historia. Deben darles sus capítulos más importantes.

—En caso contrario, los padres no estimularán el fenómeno RAM, el registro automático de la memoria, a crear las más importantes ventanas *light* para estructurar la personalidad de sus hijos —intervino Sofía.

—El código de la transparencia revela nuestra hipocresía. Hay padres hipócritas que son religiosos, intelectuales, médicos, profesionales de la salud mental. Como hipócritas, ellos viven un personaje, son incapaces de transferir el capital de sus experiencias. Rara vez hablan de sus días más tristes, de sus desafíos, sus tropiezos, sus pesadillas. Son excelentes para regañar, pero no para celebrar los aciertos. Son maravillosos para hablar de sus victorias, pero no comentan sus derrotas. ¿Cómo aprenderán sus hijos que nadie es digno de éxito si no usa sus propios fracasos para conquistarlo? Serán infelices.

—Hice todo mal —afirmó Josef.

—Yo también —expresó otro empresario.

—Y yo más —dijo un industrial.

Todos eran formadores de herederos, de dilapidadores de herencias, no de sucesores. Las personas estaban paralizadas con el análisis de Marco Polo.

—El hombre que tenía la misión de rescatar a la humanidad enseñó que somos especialistas en disimular. Él no tuvo miedo de llorar frente a sus discípulos ni de declarar sus angustias, mientras que nosotros, educadores, somos especialistas en disimular nuestros sentimientos hacia nuestros hijos y alumnos. Y les damos excusas, incluso yo lo he hecho, de que lo hacemos por su bien. En el fondo, queremos ocultar nuestro ego enfermo. El ejemplo no es la mejor manera de formar mentes libres; es la única.

La juventud mundial estaba desarrollando rasgos colectivos de psicopatía o insensibilidad. No sabía agradecer a los padres que les dieron la vida, a los agricultores por cultivar los alimentos, a los cocineros por elaborar los platos. No sabía que la sociedad era una tela, en la que unos dependen de otros. Un día dependerían de un sepulturero para ser enterrados. El hombre más inteligente de la historia demostraba en sus códigos que ser feliz es agradecer mucho y reclamar poco.

Sofía, sensibilizada con el Sexto código de la felicidad, comentó:

—Marco Polo, creo que el código de la transparencia también ayuda a solucionar las ecuaciones emocionales que te estaban quitando el sueño. ¿Por qué estamos ante la generación más triste y enferma, aunque la industria del ocio y la medicina hayan dado saltos sorprendentes?

Él le hizo una señal con la cabeza para que continuara su argumentación.

—Los jóvenes no son transparentes consigo mismos, no se cuestionan, no se interiorizan, no viajan a su propio interior. Los romances comienzan en el cielo de la tolerancia y terminan en el infierno de las discordias. ¿Una de las causas? La falta de transparencia. Yo me quedé años con mi exmarido en un matrimonio fallido —su voz sonó conmovida—. Si hubiera dicho de manera clara lo que no amo, lo que me hiere, lo que me perturba, habría tenido la oportunidad de sufrir mucho menos. ¡Pero nos callamos! No sabemos que hay un fenómeno que registra toda la basura mental en nuestro cerebro.

De manera serena, sin sesgo religioso, sin sacrificios rituales, muchos develaron sus propias penurias. Las personas del público y las que veían el debate por internet decidieron ser transparentes. Los padres les pedían disculpas a sus hijos. Los hijos abrazaban a sus padres. Las parejas que nunca revelaron sus sentimientos negativos, que tenían decepciones profundas uno con el otro, comenzaron a humanizarse y a hablar de sus angustias, sin acusaciones.

—Estamos en la era de la falta de transparencia. Los maestros se esconden detrás del gis, los padres detrás de la autoridad, los ejecutivos detrás de sus ganancias, los jóvenes en las redes sociales —comentó sensibilizado el doctor Lucca, un profesor de psicología de Singapur. Y afirmó—: Los celulares bloquean la melatonina, la hormona de oro que induce el sueño. Una hora en el celular puede disminuir quince minutos de sueño. ¿Quién tiene insomnio aquí? —indagó con atrevimiento.

Muchos levantaron la mano.

—Felicidades, profesor —dijo Marco Polo—. Usted puede pelear con el mundo y vencer, pero si pelea con su cama, saldrá noqueado.

Esas discusiones tocaban no sólo a millones de adultos, sino a jóvenes y adolescentes de todo el planeta. Los debates llevaron a otro movimiento mundial. Los jóvenes iniciaron uno en las redes sociales: "Un día a la semana sin celular". Chinos, estadunidenses, japoneses, europeos, latinos, africanos, eligieron un día de la semana para estar consigo mismos, pensar en la vida, interiorizarse, dialogar en forma concreta con sus amigos, penetrar en el mundo de sus padres. Era poco, pero era un comienzo. Después de meses, el movimiento comenzó a reducir la epidemia de enfermedades psicosomáticas, depresión, ansiedad y suicidios.

El doctor Thomas, el intelectual y teólogo de Harvard, ponderó con inteligencia:

—Lo asombroso es que ese código trae consigo un premio notable: Felices los puros de corazón, o transparentes, porque verán a Dios. Los transparentes reciben el premio de ver lo invisible, el Autor de la existencia. ¡Qué increíble!

—Interesante, interesante... —dijo el doctor Alberto, el intelectual y teólogo del Vaticano—. No son los más cultos, los mejores oradores, los más notables teólogos del Vaticano, sino los simples, quienes identifican sus propias penurias, serán los transparentes que verán al Altísimo.

Marco Polo reflexionó sobre el pensamiento de ambos intelectuales y dijo:

—Todos saben que comencé a analizar la mente de Jesús no bajo la óptica de la religión, sino de la ciencia, como un ateo crítico. Como investigo en una de las fronteras más complejas de la ciencia, que trata de la naturaleza, de los tipos, de la construcción y de la administración de los pensamientos, tal vez por eso he sido más ateo que Nietzsche, que escribió sobre la muerte de Dios, o Marx, que escribió que la búsqueda de Dios entorpece la mente humana. En el fondo, ellos fueron antirreligiosos. Mi ateísmo siempre fue más científico que el suyo.

Muchos se quedaron pensativos. Marco Polo agregó:

—Sigo siendo ateo, aunque un ateo cada día más sorprendido, atónito, perplejo, asombrado con el intelecto del Maestro de maestros.

—¿Hasta cuándo serás ateo, Marco Polo? —lo provocó el doctor Alberto.

—Sólo Dios sabe... —bromeó Óscar que, para variar, se estaba comportando bien ese día.

Más carcajadas. Marco Polo era muy serio y transparente. Dio un golpe a todos los que lo escuchaban:

—El hombre Jesús era de una delicadeza sin precedentes. No imponía sus ideas, las exponía. No convencía a las personas de seguirlo, las invitaba. Estaba en contra del fanatismo y del fundamentalismo que valora más las leyes que la vida.

Sofía, pensativa, concluyó:

—Los complejos Códigos de la Felicidad de Jesús señalaban que, si no eran seguidos, la religión podría convertirse en una fuente de enfermedades mentales, radicalismos y exclusión social.

La cara de las personas parecía congelada con esos argumentos. Moviendo la cabeza en concordancia con Sofía, el pensador de la psiquiatría agregó, de manera translúcida:

—Muchos preguntaban quién era Jesús, pues él no se declaraba. ¿Cuál era su respuesta?

—¡Hijo de Dios! —respondió el doctor Alberto.

No —difirió Marco Polo.

—¡El Cristo! —respondió Sung, un teólogo de Corea del Sur.

—Tampoco. Él tenía el valor de definirse por un nombre admirable, indescifrable, inenarrable: el hijo de la humanidad. Definan ese nombre. Él dijo más de sesenta veces que era el hijo del hombre. Él estaba gritando: "¡No me pongan etiquetas! ¡No me secuestren en su corral religioso! ¡No me aprisionen en sus prejuicios!". Pero los religiosos siguen secuestrándolo y aprisionándolo.

Enseguida, Marco Polo recordó lo que había dicho:

—Recuerden: muchos empresarios quieren ser políticos, muchos políticos quieren ser reyes, y muchos reyes quieren ser dioses. Pero el único hombre que fue llamado hijo de Dios sólo quería ser un ser humano. Él no pensaba como judío ni como religioso. Jesús pensaba como humanidad, respiraba como la familia humana, sin color, raza, credo o dogmas.

Enseguida cerró el debate de ese día con estas palabras:

—En el pasado, la Inquisición destruía los cuerpos, hoy destruimos la reputación de los que piensan en forma distinta, algo igual de inhumano. Para el carpintero de la emoción, el Maestro de maestros de la sociabilidad, quien no respeta a quienes son diferentes no es digno de ser llamado ser humano.

Muchos en lo alto de la montaña lo aplaudieron con entusiasmo. Millones de personas en todos los países que veían a Marco

Polo en vivo también se levantaron de sus sofás y de sus butacas y aplaudieron emocionados. No le aplaudían al pensador, sino al hombre más inteligente, feliz y apasionado por la humanidad sobre quien hablaba. Fue un momento de rara sensibilidad.

Pero no todos estaban animados. En diversos lugares, personajes extraños se revolcaban en el fango del odio, de la envidia y de la venganza. Ellos maquinaban día y noche cómo silenciar la voz del pensador de la psiquiatría. Para ellos, la existencia de Marco Polo se estaba volviendo insustentable.

20

Marco Polo y Lucas son transparentes

Era la media noche. De pronto, sonó el celular de Marco Polo, despertándolo de su sueño. Pero no tuvo tiempo de atender. Miró quién lo había llamado. Era su hijo, Lucas, que seguía internado en una clínica para rehabilitación de adicciones. Se levantó y fue a tomar un vaso de agua. Todavía estaba deslumbrado con los debates sobre los códigos y con los sueños que estaba teniendo. Se preguntó a sí mismo: *¿La personalidad de Jesús es tan fascinante como lo que he analizado y soñado?* No era una duda fatal, pues desconfiaba de que, por más que lo analizara, su grandeza no disminuiría. El Maestro de la emoción era mucho más fascinante de lo que Marco Polo imaginaba.

Enseguida llamó a Lucas y, como estaba emocionado, le contó sobre los últimos debates.

—¡Qué increíble, papá! —dijo Lucas—. ¿Será que Jesús era así de inteligente?

—Súper inteligente, súper sociable y súper feliz.

—Pero nadie habla sobre esos aspectos de él.

—Nadie lo hace porque no investigan su personalidad sin preconceptos y con herramientas analíticas prejuiciosas. Me pregunto, hijo: ¿qué hombre era ese que se entregaba sin esperar nada a cambio? ¿Qué pensador era ese que corría riesgos altísimos por personas que no conocía? —y, provocando a su hijo, dijo—: Al mismo tiempo que era generoso, también era por completo transparente. No tenía miedo de decir lo que pensaba. ¿Tú tienes miedo?

Lucas se detuvo a pensar antes de responder:

—¿Yo? Sí tengo. —Pero después preguntó—: ¿Él también cuidaba de las heridas que eran invisibles a los ojos?

—Sí, lo hacía, hijo.

—Entonces él veía lo que tú no veías. Él fue para sus alumnos lo que tú no fuiste para mí... —dijo Lucas, de manera transparente.

Marco Polo tragó en seco.

—Yo lo sé. Lo reconozco —dijo con honestidad el padre—. Por eso tengo una deuda contigo.

—¿Una deuda?

—Sí. Te debo cuatro tipos de disculpa.

—¿Cómo es eso?

—Discúlpame, hijo, por todas las veces que te critiqué sin conocerte. Discúlpame también porque te juzgué un irresponsable sin entender tus motivos. Discúlpame por no haber develado los fantasmas que te asustaban. Y, por último, discúlpame por no haber sido un gambusino profundo para descubrir las lágrimas que lloraste y las que nunca tuve el valor de llorar.

Lucas estaba impresionado. Viendo a su padre declararse con apertura y emoción, fue todavía más transparente:

—Nunca te vi pidiendo disculpas de esa manera. ¡Pensé que los psiquiatras no se equivocaban!

—¿Cómo que no, hijo?

—Pensé que el gran Marco Polo era infalible. ¿Los psiquiatras no son superhéroes? —dijo, cambiando de humor, rescatando su impulsividad.

—No, Lucas. Los psiquiatras son seres humanos y como tales, son imperfectos. Sólo deberían ser los actores más conscientes de sus fallas, sus penurias y su estupidez.

—Pero yo nunca logré percibir esa conciencia en ti —atacó el hijo.

—Tal vez por error mío, o tal vez porque tu cerebro no quería oír lo que yo tenía que decir. Pero yo asumo esa cuenta. Yo me equivoqué.

Cayendo en la cuenta, Lucas admitió:

—No, no, no fuiste sólo tú quien se equivocó. Yo también...

—Procuré mostrarte al Marco Polo, el ser humano. Recuerda que procuré contarte algunas de mis dificultades.

—Lo sé, lo sé... —Lucas recordó las conversaciones que ya habían tenido. Pero confesó—: Como tú dices, tengo muchos fantasmas que me asustan. Había una barrera entre nosotros.

—Háblame de esa barrera, hijo. Háblame sin miedo...

—Yo no lograba admirarte como todas las personas. O sea, sí te admiraba, pero no sé... Siempre fue muy confuso en mi cabeza.

—La confusión es la primera etapa de la creación. No te cierres, háblame sobre esa confusión —animó el padre.

—Pensaba que tú no me amabas, que yo estaba siempre en segundo plano en tu vida. A veces yo creía que era una piedra en tu camino...

A Marco Polo se le llenaron los ojos de lágrimas y dijo, emocionado:

—¿Un estorbo? Eres mi sol, mi alegría. Yo te besaba, te elogiaba.

A Lucas se le escurrieron las lágrimas también. Llevándose una mano a la cabeza, dijo:

—Papá, no sé qué me pasó... El abuelito toda la vida me puso en tu contra. A lo mejor eso afectó mi perspectiva.

—Lo sé, hijo. Él me saboteó.

—Él decía que tú te habías casado con mamá por interés.

—¡Qué absurdo! ¡Nunca quise su dinero!

—¿No? Pero él decía que pagaba tus cuentas, tu auto, nuestra casa.

—¡Pero es mentira!

—También decía que tú tenías muchas amantes. Que eras promiscuo. Ése era el término que usaba.

—Otra gran mentira, hijo. Tu madre fue mi eterna novia. Pero él nunca me aceptó. Los que viven en el submundo detestan la luz. Incluso el día de la boda me quiso separar de tu madre.

—Nunca me lo contaste.

—¿Cómo te lo iba a contar? ¡No podía ponerte en contra de tu abuelo! Necesitaba ahorrártelo.

De pronto, Lucas tuvo una gran *insight*, su mente fue iluminada.

—Pero abuelito nunca me protegió, ni tampoco a ti. Te criticaba, te llamaba falso, prepotente, arrogante, insensible y, al verme llorar, me aliviaba llenándome de regalos.

—Yo supe de esa estrategia. Diez veces intentó separarme de tu madre. Quería educarte, soñaba con convertirte en el heredero de su imperio.

Durante más de doce años, el doctor Amadeus había tratado de destruir la imagen de Marco Polo.

Lucas hizo una pausa para llorar. Después confesó, de nuevo con honestidad:

—No es fácil ser el hijo de un psiquiatra. No es fácil ser hijo de alguien famoso, inteligente.

—Lo entiendo, Lucas. Llora sin miedo.

—¡Cuántas veces me culpé por no corresponder a tus expectativas, papá!

—Yo tampoco correspondía a las expectativas de mi padre, hijo. Eres joven —afirmó Marco Polo.

—Parezco alienado, pero siempre me cobré de más. ¡Cuántas veces me sentí una basura humana! ¡Cuántas veces me sentí el muchacho más infeliz y solo del mundo!

—Ay, hijo. Perdóname una vez más por no haberme dado cuenta de esto y haberte abrazado.

—¡Todo empeoró después de que comencé a usar drogas! Sé que intentaste ser humano antes de ser un psiquiatra... Pero estabas muy ocupado y yo era muy callado.

—Intenté rescatarte, penetrar en tu mundo.

—Pero creo que estábamos en mundos distintos.

—No hay justificación para mí, Lucas. La verdad es que no pocos intelectuales son excelentes para cuidar a otros, pero ciegos para cuidar de quienes aman. Mis ojos veían lo visible, pero no lo esencial.

—Yo también era cerrado, distante —dijo Lucas, tratando de aliviar a su padre.

—Ser transparente es vital para que comencemos una nueva historia.

—Ya no quiero disimular, papá. Y tú tienes que saber que nunca acepté la muerte de mamá. Todos los días la lloro.

—Nunca me lo dijiste, aunque yo me di cuenta.

—Te oculté muchas cosas. Me sentía culpable por no haber dialogado con ella ni haberle dado más alegría en sus últimos meses... No fui un buen hijo.

—No digas eso, Lucas. Tu madre siempre decía que estaba orgullosa de ti.

—¿En serio?

—Muy en serio. Dos meses antes de fallecer, me dijo que era la madre más feliz del mundo.

Lucas sonrió como hacía mucho no lo hacía. Alegre, comentó:

—¿Sabes que aquí en la clínica leen tus libros? Las personas te admiran, papá.

—¿En verdad? —preguntó Marco Polo.

—Yo también he leído tus libros...

—Caramba, hijo, eres muy fuerte. Estoy muy feliz. Soy privilegiado de ser tu padre. Gracias por existir.

—Muchos hijos son explotadores de sus padres, pequeños reyes que quieren que el mundo gravite en su órbita. Yo era uno de ellos. Discúlpame. Yo también estoy orgulloso de ser tu hijo. Gracias por existir.

—Quiero hablar de mi historia. Transferir el capital de mis experiencias. Hablar de mis pérdidas, de mis fracasos, de mis aventuras, de mis sueños. Quiero hablar de mis lágrimas...

—¿Pero tú lloras?

—Estoy llorando ahora... —hizo silencio—. Siempre fui un hombre de llorar pocas lágrimas húmedas. Pero he llorado muchas lágrimas secas.

Finalmente, padre e hijo al ser transparentes por completo y estar saturados de afecto uno por el otro, estaban comenzando un nuevo capítulo en su historia. Pero las primaveras parecían ser cortas. Lucas dijo:

—Abuelito me vino a visitar.

Marco Polo se preocupó mucho.

—¿Y de qué hablaron?

—Estaba eufórico. Dijo que sería el hombre más rico del mundo. Comentó sobre una droga de la alegría, que fue probada con mucho éxito. Contó que me traería algunas píldoras para que experimentara.

—¡No las tomes! ¡No las tomes! Primero esa droga tiene que ser aprobada por el departamento de fiscalización del gobierno, la FDA.

—Pero él dijo que ya había sido aprobada.

—Está mintiendo, hijo. La felicidad no puede ser comprada o conseguida por medio de drogas. En breve te voy a enseñar herramientas poderosas para tener una alegría sustentable: los códigos de la felicidad. Y debes saber que ser feliz es alternar los inviernos con las primaveras. En los inviernos, cultivamos la sabiduría; en las primaveras, las flores —dijo Marco Polo, hablando con metáforas.

—¿Códigos de la felicidad? No sabía que había códigos para desarrollar la felicidad.

—La felicidad es un entrenamiento, no un don de una casta. Si se atienden las condiciones mínimas de habitación, acceso a la educación, movilidad social y supervivencia, podemos educar a nuestra emoción para ser felices, relajados, creativos. Son códigos increíbles.

—¡Bueno! ¡Me animas! —expresó Lucas, y agregó—: Y gracias por el regalo que me enviaste hoy.

—¿Regalo?

—Sí. ¿No me enviaste un Rolex?

—Ni siquiera uso esas cosas de marca.

—Qué raro. Había un mensaje que parecía tu letra.

—¿Qué decía?

—"¡El tiempo de tu padre en Israel está por terminar! Espera." Yo interpreté que ya estabas viniendo para acá.

—¿Habrá sido tu abuelo? O... —Marco Polo sintió que se le congelaba la sangre. Pensó que podría ser cosa de sus enemigos—. ¡No te quedes con ese reloj, hijo!

—¿Por qué no? Es un regalo caro.

—Hijo, entrégalo a la dirección de la clínica.

—Pero papá...

—Hijo, puede ser una trampa.

—¿Una trampa?

Entonces, Marco Polo fue más claro:

—He recibido amenazas. Algunas veces he corrido...

—¿Riesgo de muerte? ¿Es eso? —indagó Lucas, ansioso.

—Sí... —confirmó el padre.

—¿Pero quién te amenaza? ¿Y por qué?

—No sé bien. Los policías de la Inteligencia de Israel están intentando descubrirlo.

—Vente ya entonces, papá.

—En una o dos semanas estaré ahí. Cuando salgas de la clínica. Es tiempo suficiente para terminar mi análisis. Es muy importante.

—Muchos aquí en la clínica siguen tus debates. Están eufóricos. Eres su héroe.

—Nunca me lo contaste.

—Como dices, nunca te conté muchas cosas. Nunca vi esos debates, pero voy a comenzar a seguir tus videos.

—Te amo, hijo...

—Yo también te amo, papá —dijo el hijo. Era raro que Lucas le hiciera una declaración así a su padre. Y agregó—: Cuídate y vente ya para Estados Unidos.

—Acuérdate del reloj... pensándolo mejor, pide a alguien de la clínica que se lo envíe a la policía local para que lo evalúen —recomendó Marco Polo.

—Lo haré ahora mismo.

Las plantas necesitan nutrientes para crecer, las relaciones sociales necesitan de transparencia y afecto para desarrollarse. La más larga tempestad nocturna entre Marco Polo y Lucas pronosticaba el más bello amanecer. Todo sería maravilloso si extrañas fuerzas no estuvieran detrás del escenario. Un padre soportaría la posibilidad de cerrar los ojos a la vida, pero no admitiría que su hijo corriera el mismo riesgo.

21

¿El Dios de Israel es cruel o pacificador?

Marco Polo comenzó su día animadísimo. La conversación con su hijo fue un bálsamo para las heridas de su mente. Fue a desayunar relajado y sonriente. Mientras comía, el pensador de la psicología observaba a Sofía, que bebía placenteramente su café. Ella era fascinante. Estaba convirtiéndose en la mujer de sus sueños. Dándose cuenta de que la observaba, Sofía levantó la vista y le dijo:

—Estoy viendo que el Séptimo código de la felicidad tocó las raíces de tu emoción.

—De hecho, las tocó muchísimo. Ese código da musculatura a la viabilidad de la especie humana.

—¿Cómo es eso?

—El Séptimo código es la necesidad de ser pacificadores, una herramienta de alto poder para la prevención de trastornos emocionales y para la construcción de relaciones saludables.

—¿Me podrías adelantar algunas pepitas, mi gambusino de oro? —dijo ella, bromeando.

—Ser pacificador es el más sofisticado, vital y práctico de los códigos para apaciguar las aguas turbulentas de la emoción, para ser saludables y felices y contribuir a que los demás sean felices y mentalmente libres.

—Interesante.

—Si los practicantes del Sexto código son premiados con la capacidad de ver lo invisible, de observar la firma del Autor de la existencia, los que practican el séptimo reciben el premio de los premios —afirmó Marco Polo, antes de hacer una pausa para beber su jugo de naranja.

Sofía no se aguantó. Preguntó, curiosa:

—¿Cuál es el premio de los premios?

—Ser llamado el hijo del Arquitecto de la vida. "Felices los pacificadores, porque serán llamados hijos de Dios." Sorprendente, ¿no?

—Para la ciencia, sí, para el análisis psicológico y psiquiátrico que estás haciendo, también, pero para el hombre más inteligente que ha pisado esta Tierra, no —afirmó Sofía, fascinada.

—Aunque hablando de Dios en la esfera de la fe, un área que no es la mía, es significativo que el verbo usado sea "llamar", "serán llamados hijos de Dios", no "se convertirán en".

—Tienes razón. Cualquier psicótico, sociópata, religioso radical, puede hablar de que se convirtió en hijo de Dios, pero ser "llamado" indica la acción de alguien de afuera, no de sí mismo. Tal vez el propio Autor de la vida llame hijos a los pacificadores. Y si ellos son llamados hijos de Dios, eso indica que Dios se posiciona como el pacificador de los pacificadores.

—No puedo decir nada sobre Dios. Tú eres cristiana, eres más apta que yo para hacer esos comentarios. Lo que puedo decir es que algunos ateos consideran al Dios del Antiguo Testamento beligerante, guerrero, exclusivista.

—¡Incluso yo, Marco Polo! —exclamó Michael, para sorpresa de la pareja.

El amigo neurocientífico de Marco Polo que participaba del debate estaba de pie, cerca de la mesa, atento a la conversación de ambos.

—Michael, ¿tú aquí? Siéntate —invitó el psiquiatra.

—Mi auto se descompuso. Decidí venir al hotel y desayunar con ustedes para irnos juntos a nuestro próximo encuentro —se justificó. Y agregó—: Con nuestros debates, estoy aprendiendo a admirar a ese Jesús, su afectividad, su desprendimiento y su inteligencia, pero tengo serios problemas en relación con el Dios de las antiguas escrituras. No sólo lo considero exclusivista, sino también vengativo y cruel.

—Eso es prejuicio, Michael —dijo Sofía, en tono más seguro.

—¡Sofía, ése es mi pensamiento! Tonto o no, atrevido o no, estoy siendo transparente. ¿No es ése el Sexto código? —dijo Michael, abiertamente.

—Discúlpame —dijo Sofía. Y añadió—: ¿Pero estás abierto a pensar en otras posibilidades?

—¡Si tus argumentos son inteligentes, sí!

—No soy yo quien defiende a Dios como pacificador; es el propio Jesús en su Séptimo código. Él lo considera el gran promotor de la solución pacífica de conflictos —comentó ella, mirando a Marco Polo.

Pero él permaneció en silencio. Observaba hasta dónde llegaría el par de científicos: ella, pensadora de la psiquiatría; él, pensador de la biología.

—¿Pero cómo? ¿Y en cuanto a las guerras en las que se involucraron los judíos?

—¿Y quién dice que Dios se alegraba con esas guerras? ¿Quién dice que no lloraba las lágrimas de los heridos y sentía el dolor de los abatidos, fueran de Israel o de otros pueblos? —cuestionó Sofía.

Él reflexionó sobre ese tema y, segundos después, contraatacó:

—¿Cuántos pueblos fueron excluidos? ¿Cuántas personas que pensaban diferente fueron abatidas? ¿Recuerdas el evento del profeta Samuel? Niños fueron asesinados. Ante eso, ¿puede Dios ser un pacificador? —preguntó el neurocientífico.

Su madre era judía, por lo tanto, Michael era considerado judío, pero se había convertido en ateo.

Marco Polo seguía en silencio. Observaba a Sofía tejer sus argumentos, pues él también tenía las mismas dudas que Michael. Ella fue admirable:

—Marco Polo produjo conocimiento sobre ese tema. "¿Cómo estoy?", "¿Dónde estoy?" y "¿Qué soy?" son variables que abren y cierran las ventanas de la memoria en un determinado momento existencial, agudizando los colores y los sabores para la reconstrucción del pasado. Interpretar el pasado es contaminarlo. Por lo tanto, atribuir episodios violentos de las antiguas escrituras al Dios de Israel puede ser un atroz error de razonamiento. Piensa en el segundo mandamiento: "Ama a tu prójimo como a ti mismo". ¿Cómo calificar a Dios como violento si proclamó la más notable herramienta para que los pueblos, las sociedades y las familias convivan en forma pacífica y resolvieran así también sus conflictos?

Marco Polo sonrió. Sofía era una psiquiatra sorprendente. Michael se quedó casi sin voz, pero tuvo que reconocer:

—De hecho, quien ama al prójimo como a sí mismo es mucho más tolerante, paciente y generoso con los demás. ¡Reconozco que es una herramienta poderosa de inclusión social! Me perturbaste. Necesito pensar —dijo Michael. Sin embargo, después cuestionó—: ¿Pero quién practicó esa herramienta? ¿Los cristianos? ¡Muchos de ellos cometieron atrocidades!

—Muchos falsos cristianos nunca fueron pacificadores —argumentó ella. Y citó datos históricos—: En las cruzadas, mataron a musulmanes; en la Inquisición, quemaron a supuestos herejes. El nazismo nació en un país cristiano, aunque Hitler odiara a Jesús por ser este judío. Los líderes nazis eliminaron a miles de niños y adultos alemanes con trastornos mentales y, además, destruyeron a eslavos, homosexuales, marxistas y millones de judíos en los campos de concentración.

Marco Polo entró en escena:

—Debido a la falta de entrenamiento del Yo como autor de su propia historia, muchos líderes cristianos construyeron un Jesús inexistente en su imaginación, muy diferente del Maestro de maestros de la pacificación.

Después de una pausa para reflexionar, se levantaron para realizar otro debate fascinante que nutriría sus mentes con los códigos más notables. Mientras caminaban, Marco Polo recibió una llamada. Era el doctor Abraham Leman, el austero rector de la universidad donde él era jefe del departamento de psiquiatría. Eran amigos, pero el doctor Abraham no tenía autocontrol en los focos de tensión. Decía de manera cruda lo que pensaba, le doliera a quien le doliera. El rector fue directo al asunto:

—Marco Polo, es el doctor Abraham. No te voy a preguntar cómo estás, pues debes estar excelente, de vacaciones, en la comodidad. ¿Estás consciente de que hace más de un mes que estás en Israel? ¿Ya abandonaste nuestra universidad?

—¿Cómo está, doctor Abraham?

—Podría estar mejor si los profesores como tú no me sacaran de mi punto de equilibrio.

—¡Pensé que los rectores no regañaban a los maestros, sólo a los alumnos! —bromeó Marco Polo.

—Prefiero tratar con cinco mil alumnos que con cinco profesores.

—Okey, déjeme pacificar su ánimo. ¿Ha contemplado lo bello? ¿Ha hecho de las pequeñas cosas un espectáculo para sus ojos?

—¿Pacificarme? ¿Contemplar lo bello? ¡No tengo tiempo para eso! Me estás estresando, Marco Polo. ¿Te olvidaste de la reunión anual de los científicos de la universidad? Será en menos de dos semanas.

—No pretendo participar este año.

—¿Cómo no? Debes presentar tus investigaciones psiquiátricas.

—Mi deber académico es investigar y publicar en revistas científicas, no hacer reuniones sociales. Estoy cansado de esa hoguera de las vanidades. Nosotros, los científicos y profesores, tenemos que abrazar más y competir menos, apoyar más y sabotearnos menos los unos a los otros.

—Has cambiado, Marco Polo... —dijo el rector, sorprendido—. ¡Tenemos que disminuir nuestra vanidad, pero esa reunión es vital! Tendrá cobertura de la prensa. Tú eres una de las estrellas de nuestra universidad.

—¿Estrella yo? Sólo soy un cargador de piedras, consciente de algunas de mis locuras.

—¿Consciente de tus locuras? ¿Qué palabras son ésas? ¿Lo ves? Has cambiado. Estoy preocupado —reafirmó el rector—. ¿Qué es lo que tiene tan ocupado tu tiempo en Israel? ¿Has investigado la depresión, el trastorno de pánico, la ansiedad, los trastornos sociales, la corrupción política?

Marco Polo se quedó en silencio por unos momentos y después respondió:

—Estoy estudiando la mente, las ideas y las herramientas socioemocionales de un personaje histórico.

—¿Pero qué personaje histórico es ese que no puedes investigar aquí en California? ¿Sócrates, Platón, Descartes, Kant, Hegel, Marx, Sartre, Shakespeare?

—¡Una mente sorprendente, que supera a los pensadores clásicos!

—¡Siempre polémico, Marco Polo! Siempre polémico... —repitió el rector dos veces. Después afirmó—: ¡Yo sé lo que estás investigando: la mente de Jesús!

—¿Entonces por qué me preguntó?

—Porque quería escuchar esa insania de tu boca.

—¡Pues bien, estoy cometiendo esa insania! ¡Es la insania más lúcida que he cometido! —ironizó el pensador de la psiquiatría.

—Me dejas en estado de pánico. ¿Cómo puede uno de los científicos más brillantes que conozco y uno de los ateos más acérrimos de que se tenga noticia, entrar en ese campo minado? —dijo el doctor Abraham que, al contrario de Marco Polo, era religioso, un judío practicante. Enseguida indagó—: ¿Estudiar la mente de Jesús? ¡La ciencia y la religión son agua y aceite, no se mezclan! ¿Qué ha pasado contigo?

—¿Y quién dice que estoy investigando la religión? Estoy

investigando a ese personaje bajo los ángulos de las ciencias humanas.

—¿No crees que estás siendo un intelectual irresponsable? —preguntó el rector, irritado.

Marco Polo respiró, vaciándose de sí mismo. De hecho, tenía que ser un gran pacificador para no perder el autocontrol. Fue tranquilo, pero no sumiso:

—¿Irresponsable, yo? Irresponsables fueron las universidades por no haber investigado si Jesús fue o no una mente brillante, si sus herramientas de gestión de la emoción pueden o no proteger a la mente humana contra estímulos estresantes y si él formó zombis intelectuales o pensadores críticos que transformaron a la humanidad.

El rector tragó en seco. Nunca imaginó que Marco Polo hiciera cuestionamientos tan serios y actuales. El psiquiatra terminó diciendo:

—¿Cree que estoy siendo irresponsable con mi historia y mi currículum?

El rector estaba impactado con el autocontrol de Marco Polo. Antes hubiera elevado también el tono de voz.

—Bueno... no sé qué diagnóstico darte. ¿Intrépido? ¿Atrevido? ¿Corriendo el riesgo de comprometer tu carrera y de perder la mayor moneda del capitalismo, el tiempo?

—Sólo me gustaría que usara la moneda más importante del Estado democrático de derecho.

—¿Cuál?

—El respeto. En la democracia no es necesario estar de acuerdo con los que son diferentes, sino respetarlos.

Ese pensamiento penetró como un rayo en los rincones del

psiquismo del rector. Marco Polo llevaba el nombre de su universidad a los más de sesenta países donde eran publicados sus libros.

—Discúlpame. Yo te respeto —dijo el rector—. Pero no te pago para correr tus aventuras.

—Tuve el cuidado de renunciar a mi salario de la universidad durante este mes.

—Ah, perdóname, no sabía. Eso demuestra tu ética. Pero hay tantas cosas más importantes que hacer en Jerusalén.

—¿Por qué el prejuicio? Jesús es el judío más famoso. El actor más aplaudido del teatro de la humanidad y, paradójicamente, el menos estudiado. ¡El niño más conmemorado del mundo y el menos conocido! Nunca un personaje tan fundamental fue tan despreciado. ¡Por no estudiar su mente, las religiones cristianas, incluso en Estados Unidos, disminuyen su intelectualidad, mientras que las ciencias, por no investigar su intelecto y sus herramientas, le dan la espalda! Cometemos un error histórico muy serio.

—Espera... No me vas a decir que vas a querer hablar sobre ese tema en nuestra reunión anual...

—No sé si asistiré. Pero si fuera, hablaré sobre sus códigos de la felicidad.

—No, no, no... Entonces es mejor que te quedes ahí. Los científicos te comerán vivo.

—Es de verdad muy extraño que Estados Unidos, un país que se desarrolló bajo la ética cristiana, tenga reparos en hablar de él, hasta en el cine. Cuando se habla, siempre es bajo la óptica religiosa. Si investigara la mente de cualquier sujeto, incluso de un psicópata, a nadie le parecería extraño. Pero investigar la mente de ese hombre que quería reescribir la historia de la humanidad está prohibido, es un tabú irracional, un escándalo académico. Sinceramente, nuestros prejuicios nos convierten en niños en nuestra emoción. ¿Sabía que debemos desarrollar herramientas de protección psíquica? ¿Sabía que la humanidad está enfermando emocionalmente de manera colectiva?

Era difícil contraponerse a las ideas de Marco Polo. Él instigaba a las mentes incautas. Después de esos cuestionamientos, el doctor Abraham enfrió su rigidez:

—Yo sé, yo sé. La Organización Mundial de la Salud estima que los trastornos mentales generan una pérdida económica de más de un trillón de dólares al año en todo el mundo. ¡Una cifra absurda! Daría para exterminar el hambre de toda la humanidad algunas veces. Las sociedades modernas se han vuelto una fuente de estrés altísimo. ¿Pero qué se puede hacer? ¿Tú tienes la solución?

—Vale la pena estudiar las mentes que propusieron herramientas preventivas. El Maestro de maestros de la emoción es una de ellas. Nunca vi a alguien tan osado, tan astuto, tan perspicaz, tan genial.

—Pero ve el patrón de la salud mental de los cristianos católicos y protestantes. Ellos se victimizan como cualquier mortal con penurias emocionales.

—Tiene razón, doctor Abraham. Ellos también desconocen las herramientas emocionales del personaje que aman y admiran.

22

Séptimo código de la felicidad: "Felices los pacificadores, porque serán llamados hijos del Autor de la existencia"

Después de ese episodio, Marco Polo fue al evento en lo alto de la montaña. Era un día muy emocionante. El código de la felicidad sobre el cual discurriría aquella mañana era más que una herramienta de gestión de la emoción: era como un aparato de tomografía que revelaba las heridas, los cánceres, los traumas de la humanidad.

—Un pacificador es un ser humano que ve más allá de sus ojos. Ve lo esencial, observa los dolores callados de sus seres cercanos, los fantasmas que asustan a sus hijos, la basura mental que colma el cerebro de su compañero o compañera. Quien puede ver lo esencial logra pacificar la mente de las personas que le rodean. Felices son los pacificadores.

Tan pronto hizo Marco Polo esta exposición, el Autor de la existencia, que se esconde detrás de la cortina del tiempo y del espacio, fue cuestionado otra vez por los debatientes.

—Soy hijo de judíos que pudieron sobrevivir a los campos de concentración. Si Dios existe, no es el pacificador. ¿Por qué no evitó la muerte de los judíos en Auschwitz? —dijo uno de ellos.

—¿Por qué permite los ataques terroristas? —preguntó un joven francés.

—¿Y los accidentes? ¿Y los desastres naturales? ¿Por qué Dios no los previene? —indagó otro.

—¿Dónde está Dios que no interrumpe la crueldad de los dictadores? ¡Dios es una utopía de la mente humana! —expresó un ateo.

Al doctor Thomas, teólogo e intelectual de Harvard, no le gustó la manera en que esos debatientes habían planteado sus cuestionamientos. Comentó con rapidez.

—Sus argumentos son radicales. ¡No contemplan otras posibilidades!

El doctor Alberto, teólogo e intelectual del Vaticano, siguió la línea del doctor Thomas:

—El ateísmo radical es tan peligroso como las creencias fundamentalistas.

—Yo difiero. No soy radical —expresó Sarantus, un sociólogo griego.

El clima se puso tenso en lo alto de la montaña. Pero Marco Polo estaba animado con ese caldero de ideas. Él siempre había hecho tantos o más cuestionamientos que los grandes ateos de la historia, como Diderot, que quería que el último sacerdote fuera asfixiado con sus propias vísceras, o Freud, que decía que la búsqueda de Dios era la búsqueda de un padre protector. Por eso dijo:

—Queridos doctor Alberto y doctor Thomas, déjenlos que cuestionen con libertad. Quien reacciona sin pensar hiere; quien piensa antes de reaccionar tiene oportunidad de encontrar sus respuestas —después agregó—: El iluminista Voltaire planteó dos tesis sobre esos cuestionamientos: o Dios no existe, y por lo tanto es un espejismo de la mente humana, o Dios existe, pero abandonó el "proyecto humanidad" porque los seres humanos son violentos, instintivos, individualistas y egocéntricos.

Todos quedaron en silencio absoluto. No se oía volar una mosca, ni en lo alto de la montaña ni dentro de las salas de las casas, en los salones de clases, en las oficinas, en fin, donde millones de personas seguían el debate en vivo por internet. La discusión había alcanzado temperaturas inimaginables. Marco Polo, mostrando su sabiduría, comentó:

—Sin embargo, hay una tercera tesis que Jesús defendió solemnemente.

E hizo silencio.

—¿Qué tesis es ésa? ¡No estoy entendiendo! —cuestionó Sarantus.

—El líder de líderes defendió una tercera vía, que dejaría a Voltaire en estado de shock: Dios existe, pero no puede intervenir en la humanidad como todos querríamos que interviniera, pues dotó al ser humano de la capacidad de elección para tomar sus propias decisiones y volverse autor de su historia y señor de su destino. Si interviniera, convertiría al ser humano en un siervo, un esclavo, controlado por su voluntad. En ese caso, tendría aduladores, no amigos, sirvientes, no hijos que lo amarían, pues el amor sólo nace en el terreno de la libertad plena. Los padres que sobreprotegen a sus hijos, además de asfixiarles la libertad, nunca sabrán si ellos los aman de verdad o están a su lado por interés. ¿Ustedes cometen ese error?

—Yo controlo demasiado a mis hijos —confesó Helena, una de las mujeres del club de los billonarios. Había quedado tan impactada con la conferencia de Marco Polo que decidió participar en los debates—. Sinceramente, me siento desgarrada: si no les doy lo que quieren, ellos gritan, presionan, piensan que soy ingrata. Están enviciados por lo que tengo, no por lo que soy...

—Interesante —dijo Sofía—. Resolví una de mis grandes dudas. Dios no es ajeno a los dolores de los seres humanos, él sufre los dolores de los padres que perdieron a sus hijos, y vive las lágrimas de los hijos que perdieron a sus padres. Sin embargo, si Dios interviniera a cada momento que lo deseáramos, si a una simple petición u oración él solucionara nuestras penurias, estaríamos enviciados por lo que tiene, no por lo que es.

—En ese caso, Dios caería en una trampa. Los hombres serían dioses, mientras que Dios sería un siervo de los hombres —expresó, iluminado y sorprendido el ateo Sarantus.

—No lo amarían. ¡Por el contrario, lo usarían! ¡Y eso ya ha pasado! —afirmó el doctor Thomas.

Marco Polo completó su razonamiento:

—En el Sermón de la Montaña, Jesús parecía gritar que la humanidad se está autodestruyendo, que su libre albedrío está fragmentado, enfermo y asfixiado. Él proclamó sus códigos para corregir el rumbo, para impulsar su libre albedrío, su libertad de elección y su conciencia crítica: el Yo necesita practicar el vaciamiento de sí mismo, necesita llorar por el dolor ajeno, ser paciente, justo, compasivo, transparente.

Comentó, además, que el Maestro de maestros instiga a los seres humanos a ser pacificadores, pues éstos son los que más luchan para aliviar el dolor humano y solucionar conflictos.

—Si todas las religiones y escuelas del mundo practicaran esas herramientas, nuestras prisiones se volverían museos y nuestros policías tendrían tiempo de hacer poemas, pues habría muy poca violencia, muy pocos criminales... —comentó Sofía, emocionada.

Michael suspiró y enseguida argumentó:

—¡Caramba! No había pensado que el Sermón de la Montaña era una corrección de rumbos para la humanidad.

Ante todo ese caldero de ideas, Marco Polo concluyó:

—Sin corregir esos rumbos, los seres humanos, sin importar si son judíos, cristianos, musulmanes, brahmánicos, budistas o ateos, podrían ser controlados por tres necesidades neuróticas: la de poder, la de tener siempre la razón y la de ser el centro de la atención social

Las personas comenzaron a ser iluminadas.

—Estoy sorprendidísimo con este debate abierto desde el punto de vista académico y ecuménico, desde el punto de vista social. Parece uno de los debates de Sócrates con sus alumnos en la Grecia Antigua —comentó Sarantus.

Y después de esas primeras discusiones, el pensador de las ciencias humanas trató algunos asuntos más prácticos.

—La oración del Padrenuestro fue proferida en el Sermón de la Montaña. Piensen en ella desde la perspectiva que estamos debatiendo.

—Impresionante. Es un tratado de pacificación, en especial cuando orienta: "Perdónanos, así como perdonamos a quien nos ofende" —comentó el doctor Thomas.

—Usted puede convivir con miles de animales, pero si convive con un ser humano, tarde o temprano habrá frustraciones. No existen las almas gemelas, a no ser que dos personas estén muertas una junto a la otra. Usted se frustrará, y frustrará a su vez. El perdón es el oxígeno de las relaciones sociales saludables; sin él, los padres y los hijos no respiran, las parejas no se aman. Sin embargo, el perdón propuesto por Jesús es el perdón inteligente, no el religioso.

—No entiendo —dudó el doctor Thomas.

—Cuando sufría en el madero, Jesús dijo: "Padre, perdónalos, porque no saben lo que hacen". No voy a discutir su sacrificio en la cruz, sino su perdón psicológico. Fue la primera vez en la historia que una persona torturada perdonó a sus torturadores en el acto de tortura.

—¡Increíble! —expresó el doctor Kruegen, un psiquiatra alemán—. Jesús sabía que detrás de una persona que hiere hay una persona herida.

—Es sorprendente. ¡Jesús perdona a los hombres imperdonables! —comentó Helena la billonaria, fascinada—. ¿Qué hombre es ese que, hasta cuando iba a morir, pacificaba al ser humano?

—Los comportamientos de Jesús no tienen un precedente histórico —admitió Michael, el neurocientífico ateo—. Freud expulsó de la familia psicoanalítica a quien iba en contra de sus ideas, pero el hombre más inteligente de la historia abrazó a sus torturadores, los invitó al banquete de la generosidad.

También estaba presente el doctor Frank Stubal, un respetado neurólogo de la facultad de medicina donde Marco Polo era jefe del departamento de psiquiatría. Marco Polo era un especialista en coleccionar amigos, pero tenía sus desafectos. Sin embargo, cuando sus opositores se dedicaban a conocerlo mejor, rompían las barreras y eran influenciados por él. El doctor Frank Stubal era uno de esos desafectos.

—Conozco a muchos intelectuales que fueron infectados por el poder. El poder los empequeñeció, los asfixió, los llevó a negar su origen. ¿Cómo romper ese ritual que ciega mentes brillantes? —indagó el neurólogo.

A Marco Polo le gustó verlo entre el público, exhibiendo humildad.

—¡Hola, Frank! Para domesticar a los fantasmas que nos asustan no basta tener intenciones de cambiar. La intencionalidad no cambia la personalidad.

—¿A qué te refieres?

—La intención del cambio acciona al biógrafo del metabolismo cerebral, el fenómeno RAM, el registro automático de la memoria, a archivar una solitaria ventana *light*, o saludable. Pero ésta es una aguja en el pajar de la memoria, por tanto no se le encuentra en los focos de tensión. Para cambiar las características enfermizas de la personalidad, no basta con una ventana solitaria, tiene que haber una plataforma de ventanas.

Sofía completó, con finura intelectual:

—Así como para formar un barrio sustentable en una ciudad necesitamos miles de casas, departamentos, farmacias y supermercados, del mismo modo para formar una nueva característica en la "ciudad" personalidad, necesitamos miles de ventanas o archivos *light*, lo cual es un proceso completo.

Muchos creían, en forma equivocada, que la personalidad era inmutable que tampoco cambiaba el carácter como pilar de la capacidad de verse, de ser y de reaccionar. Para Marco Polo, así como para Sofía, ésa era una tesis falsa. Recordaba, por ejemplo, que el mal de Alzheimer podía devastar áreas importantes de la personalidad, modificando el carácter de forma drástica.

—Es difícil, pero no imposible, formar plataformas, o nuevos "barrios" en el cerebro. Una de las técnicas que ayudan a esa formación es la Mesa Redonda del Yo. En teoría, una persona radical puede volverse flexible, una egocéntrica puede convertirse en generosa y un ser humano impulsivo puede conquistar la paciencia y la calma. Pero no existen los milagros.

Marco Polo ya había dicho que no es posible borrar los traumas psíquicos, sólo reeditarlos. Y había comentado también una técnica poderosa para la reedición de los traumas: la técnica del DCD (dudar, criticar y determinar). Esta técnica debía ser aplicada a diario para reeditar las ventanas *Killer* que estaban abiertas y que patrocinaban las crisis de ansiedad, las fobias, los cerebros en blanco en los exámenes, los ataques de celos, la envidia, el deseo de venganza. Ahora hablaría de otra técnica poderosa no para reeditar las ventanas, sino para construir ventanas *light* paralelas alrededor del núcleo traumático: la técnica de la Mesa Redonda del Yo.

Todos tenían curiosidad sobre esa técnica. Marco Polo, como pensador no sólo de la psiquiatría, sino también de la psicología y de la psicopedagogía, siempre traía fenómenos desconocidos para los participantes.

—¿Mesa Redonda del Yo? ¿Cómo es eso? —preguntó la doctora Lucy, esposa del doctor Frank Stubal, que era psicóloga cognitiva.

—Se habla mucho de *mindfulness*, o relajamiento concreto. Es también una técnica revolucionaria para producir higiene mental y formar nuevas plataformas de ventanas o archivos *light*.

—A través de la técnica de la Mesa Redonda del Yo —dijo Sofía, que ya la utilizaba, fuera para hacer su higiene mental diaria, fuera en el tratamiento de sus pacientes—, el Yo deja de ser espectador pasivo y pasa a debatir con inteligencia con sus fantasmas mentales.

Ante eso, Marco Polo cuestionó:

—¿Alguien podría convivir con una persona que no se baña en una semana o en un mes?

—¡Claro que no! —dijeron las mujeres en pleno, pues amaban los perfumes y detestaban los malos olores.

—Pues bien, ¡muchos de los que escuchan este debate nunca han hecho una higiene mental o emocional! Exhalan pésimos olores psíquicos que ningún perfume puede neutralizar.

Hubo murmullos entre la audiencia. Marco Polo le explicó a un público atónito:

—Cuando ustedes ven personas impulsivas, irritables, inflexibles, pesimistas, conformistas, críticas en exceso, no sólo sienten el olor de quien no toma "baños emocionales" ni se lava sus dientes "mentales".

—¡Pero entonces es por eso que hay una explosión de enfermedades psicosomáticas y emocionales en el mundo! —concluyó, perpleja, la psicóloga cognitiva, la doctora Lucy.

—Y es por eso también que en la era digital tenemos una epidemia de falta de sentido existencial y de placer de vivir. No sabemos hacer higiene en nuestra psique —completó el doctor Frank Stubal, su marido, estremecido.

—Sin hacer la higiene mental y emocional, el biógrafo inconsciente, el fenómeno RAM, registra emociones y pensamientos enfermizos, formando ventanas *Killer,* o traumáticas, en abundancia. Toda casa produce basura; las mansiones, todavía más; y los países riquísimos, como Estados Unidos, mucho más. Del mismo modo, toda mente es una casa que produce basura, como irritabilidad, autocastigo, sufrimiento por anticipación. Sin reciclarla, formará ventanas *Killer*.

Y he aquí que apareció Óscar. Tenía esquizofrenia, pero cuando estaba equilibrado, era de una inteligencia sorprendente. Él comentó:

—Estoy enrollado, gente. Mi mente tiene más montañas de basura que las ciudades más contaminadas del mundo.

Todos rieron de su buen humor.

—Todos los días rumio pérdidas y penurias —dijo Mary, una mujer de treinta años de Toronto, profesora de educación infantil—. ¿Cómo hago la Mesa Redonda del Yo?

—A diario, el Yo tiene que reciclar, criticar, impugnar, confrontar cada emoción conflictiva y pensamiento perturbador —explicó Marco Polo. E indagó—: ¿Pero cuál es el diagnóstico que imaginan cuando ven a alguien hablando solo?

—¡Es un loco! —afirmó Norten, un diputado finlandés.

—Ése es nuestro prejuicio —dijo Marco Polo—. Los pacientes psicóticos hablan con ellos mismos para suavizar sus delirios, no nada más a causa de ellos. Al tiempo que los "normales" callan sus propias angustias. Saben hacer limpieza en su oficina y en su cocina, pero no en su propia mente. ¿No es eso una verdadera locura?

—¡Locura total! —dijo Óscar—. Yo siempre desconfié que los normales son más locos que yo, doctor.

Más risas. Las personas fueron conscientes de sus insanias.

Sofía comentó con elegancia:

—La Mesa Redonda del Yo es una técnica ligada a la compleja frontera de la construcción de pensamientos. Refina la conciencia crítica y ayuda a prevenir trastornos emocionales. Por lo tanto, debería ser aplicada por todo ser humano desde la infancia. Pero también complementa el tratamiento de psiquiatras y psicólogos, sin importar la corriente psicoterapéutica que sigan, si es psicoanalítica o conductual.

Marco Polo completó:

—Todos deberíamos entrenar a los alumnos, así como a nuestros pacientes, para aplicar esa técnica. Pues es allá fuera que aparecen los fantasmas de los ataques de pánico, de las obsesiones, del humor depresivo, de las crisis ansiosas y de la compulsión por las drogas.

—Interesantísimo. De ese modo, nuestros pacientes no serán espectadores pasivos de su enfermedad. Pero no aprendemos eso en las facultades de psicología. ¿Cómo aplicar esa técnica? —preguntó de nuevo la psicóloga Lucy.

—En el silencio de la mente, durante algunos minutos diarios, el Yo debe debatir y cuestionar con fuerza todo lo que le controla. Por ejemplo, si alguien es tímido, el Yo debe cuestionar: "¿Por qué soy inseguro? ¿Cuándo comenzó mi timidez y cuáles son sus causas? ¿Por qué no soy libre? ¿Cuál es el problema si fallo? ¡Exijo no ser esclavo de mi imagen social, de lo que los demás piensan de mí! ¡Determino atreverme!". Nada es tan relajante como la Mesa Redonda inteligente, cuando el Yo debate con los vampiros que lo sangran, los complejos enfermizos, las falsas creencias, la baja autoestima, el sentimiento de culpa, las ideas fijas, la hipersensibilidad.

—¡La técnica de la Mesa Redonda del Yo reurbaniza la memoria, crea nuevas plataformas de ventanas *light*, hace la higiene psíquica, pacifica la mente! Ella reurbaniza los suelos de la personalidad, en especial si se practica por uno o dos años seguidos

—reveló Sofía. Pero enfatizó—: Reitero: aunque sea preventiva, esa técnica no sustituye al tratamiento, sino que lo complementa.

Marco Polo comentó que, por desgracia, el ser humano es educado para ser pasivo, conformista, marioneta de las intemperies, del *bullying*, del asedio moral, de las traiciones, de los traumas.

—La educación mundial de hecho tiene que cambiar, pasar de la era de la información a la era del Yo como administrador de la mente humana. ¡Ese cambio es tan vital como descubrir y defender la idea de que la Tierra es redonda y gira alrededor del Sol!

—¡Dirigir nuestro propio guion! ¡Interesante! De hecho, somos niños con una falta de preparación absoluta para dirigir nuestra "aeronave mental". Es tan fácil herir a quien más deberíamos proteger —comentó el doctor Alberto.

—Desconocía esa técnica de gestión de la emoción. Pero sé que muchos intelectuales exhalan un olor insoportable en las universidades. Nunca han hecho higiene mental y emocional —confesó, emocionado, el neurocirujano doctor Leman—. Yo era el peor de ellos. Excelente para cobrar, señalar fallas, elevar el tono de voz, pero tardío para elogiar. Dios mío, qué insoportable soy.

Muchos sonrieron, pero en el fondo tenían ganas de llorar. Entendían que, antes de pacificar la mente de sus hijos, cónyuges, alumnos y colaboradores, tenían que pacificar su propia mente todos los días con la técnica de la Mesa Redonda del Yo.

En la mente de cada ser humano había más "vampiros emocionales" que sangraban la alegría y la salud emocional, como sufrir por el futuro, que en las películas de Hollywood. Ellos elevaban el gasto de energía emocional inútil (índice GEEI) a las alturas, lo que conducía a las personas a despertar fatigadas, con dolores de cabeza, musculares, déficit de memoria. Sin embargo, ¡quedó claro que quien no hace higiene mental y emocional es un verdugo de su propio cerebro!

23

Continuación del Séptimo código de la felicidad: el espermatozoide vencedor: pacificando las mentes ansiosas y depresivas

La humanidad estaba agonizando. Las estadísticas demostraban que, a lo largo de la vida, veinte por ciento de la población mundial desarrollaría una depresión, el último estado del dolor humano. Eran cerca de 1.4 mil millones de personas. Preocupado por la desertificación del territorio de la emoción, al día siguiente Marco Polo, cuando continuó el debate del Séptimo código, preguntó a los presentes:

—¿Ustedes son pacificadores o estresadores de quienes aman?

Muchos eran estresadores. Los padres, en vez de calmar a sus hijos, los irritaban y los presionaban. Los maestros, en vez de estimular el apetito intelectual de los alumnos, los agitaban con sus gritos, su exceso de materias y exámenes poco inteligentes. Las parejas, en vez de ser tranquilizadoras uno con el otro, eran una fuente de ansiedad, discutían por cosas tontas.

Todos sonrieron, pues encajaban en esas categorías.

—Necesitamos ser pacificadores, si no será imposible construir relaciones saludables y armónicas. Haremos guerras en los lugares en que deberíamos distribuir flores —apuntó Sofía, de acuerdo con Marco Polo.

El pensador de la psiquiatría clasificó a los pacificadores en tres tipos: los que pacifican sus propios fantasmas mentales, los que pacifican los fantasmas mentales de los demás y los que pacifican los conflictos sociales.

—Muchos son fantásticos para la sociedad, pero pésimos para cuidar de sí mismos. Son excelentes para los extraños, pero implacables consigo mismos, se exigen demasiado, se ponen en la periferia de su propia agenda. Necesitan las dos técnicas que ya comenté, la Mesa Redonda del Yo y la DCD, para proteger la mente.

Y conminó a todos sus oyentes a que se convirtieran en embajadores de esas técnicas. Que salieran de los límites del egocentrismo y vivieran los Códigos de la Felicidad que estaba exponiendo. Además, que enseñaran las herramientas para que las personas tuvieran autocontrol en sus empresas, familias, escuelas. Después añadió:

—Debemos procurar erradicar el hambre física, pero también la desnutrición emocional de la sociedad. Nadie cambia a nadie. Tenemos el poder de empeorar a los demás, pero no de cambiarlos. Sin embargo, algunas de las técnicas aquí propuestas pueden entrenar al Yo de quienes amamos para que ellos mismos se reciclen, dirigiendo sus propios guiones.

De pronto ocurrió una intervención saturada de emoción:

—Yo nunca aprendí a pacificar los fantasmas de mis hijos... —dijo Pablo, un ingeniero electrónico peruano que participaba por primera vez en los debates. Confesó que su hijo adolescente había intentado desistir de la vida. Era otro padre entre los participantes presenciales que vivía el drama del suicidio—: Mi hijo fue seducido por los desafíos del juego mortal Ballena Azul. El último reto era tirarse del piso en que vivíamos, el sexto. Por fortuna, cayó sobre los cables y no murió. Me perturba mucho pensar que pueda intentarlo otra vez.

Todos se emocionaron con el dolor de ese padre. Ante eso, Marco Polo comentó de nuevo la ecuación que le quitaba el sueño:

—La industria del entretenimiento actual es por lo menos cien veces más potente que la que existía en el Coliseo romano, independientemente de las atrocidades que ocurrían en esa arena. Pero no es eficiente, pues no puede producir un placer renovador, estable y tranquilo.

—Los jóvenes, por más pobres que sean, tienen acceso al deporte, a la música, a la televisión, a los teléfonos inteligentes. Pero ¿dónde están los jóvenes que despiertan felices, relajados, aplaudiendo la vida? —preguntó el doctor Michael.

—¿Cómo rescato a mi hijo? —quiso saber Pablo, abrumado.

—Primero intente descubrir si usted es un pacificador o un estresador de su mente. Quien eleva la voz es un estresador, pues lleva al "biógrafo no autorizado" del cerebro a archivar ventanas *Killer*. ¿Usted eleva el tono de voz al hablar con él?

—¡Sí lo hago! —confesó el ingeniero.

—Quien cobra de más a los otros es un estresador. ¿Usted cobra?

—Mucho.

—Quien es especialista en señalar fallas es un estresador de quienes ama. ¿Usted es uno de esos especialistas?

—Todo el tiempo.

—Quien tiene dificultad de convivir con personas lentas es más que un agitador de mentes: ¡es un mega estresador!

—Soy un mega estresador de mi hijo. Grito para que haga más rápido sus tareas, camine más rápido, se arregle más rápido...

—Entonces cambie su política educativa, de la era del señalamiento de fallas a la era de la celebración de aciertos. Ejerza los códigos de la felicidad.

Las personas aplaudieron a Marco Polo, que después ponderó:

—Vea la mente del hombre que estamos estudiando. Él elogió la capacidad de juzgar de los hombres que querían apedrear a la adúltera, María Magdalena, y sólo cambió la base de su juicio: quien no tuviera errores que lanzara la primera piedra. Él elogió a María Magdalena exaltándola como ser humano al decirle "¡mujer!". Él nos animó a sorprender a quien nos decepciona, estimulándonos a poner la otra mejilla... En fin, ¡a exaltar más a la persona que se equivoca que a su error!

Pablo comenzó a llorar.

—Todo lo hago mal, todo... ¡Tengo que corregir mi miopía emocional, encontrar todos los días motivos para aplaudir a mi hijo, señalar sus aciertos, exaltar sus habilidades!

—Es un excelente comienzo —garantizó Marco Polo.

—Pacificar la mente significa retirar el ancla de la memoria de las ventanas *Killer* y desplazarla hacia las fronteras de las ventanas *light*, llevar a nuestros seres cercanos y hasta a nuestros opositores de las fronteras del instinto a los límites de la solidaridad —concluyó Sofía.

—Exacto. Pacificar es irrigar lo que ellos tienen de mejor, no de peor, incluso su capacidad de reinventarse. —Y Marco Polo comentó un episodio interesante—: Hoy el conductor del taxi que nos trajo aquí manejaba a altísima velocidad. Estaba poniendo en peligro la vida de Sofía y la mía. ¿Cómo corregirlo?

Muchos llamarían la atención al taxista con aspereza, otros con gentileza. Pero Marco Polo fue mucho más allá, retirando el ancla de la memoria.

—Podría haberlo regañado como cualquier consumidor, pero reforzaría lo que él tiene de peor. Si él tuviera tendencias suicidas, yo estaría estimulándolas. Entonces, en un raro momento en que disminuyó la velocidad, yo lo exalté: "¡Felicidades por conducir bien y despacio!".

—¡De inmediato él lo agradeció y comenzó a conducir con serenidad! —comentó Sofía.

Las personas entendieron esos mecanismos ligados a la más compleja frontera de la ciencia, la ciencia que estudia los mecanismos que nos convierten en *Homo sapiens*, en especial el proceso de construcción de pensamientos. Pablo se enjugó las lágrimas con las manos y afirmó con solemnidad:

—Trabajaré los códigos. Usaré la Mesa Redonda del Yo todos los días para hacer una higiene mental en mi postura ruda, tosca y radical. Desarmaré a mi hijo. Seré, a pesar de mis defectos, un jardinero de ventanas *light*. Lucharé para ser uno de los mejores padres de Perú —concluyó, bajo los aplausos del público.

Marco Polo adoraba hablar con metáforas. Era una forma excelente de liberar el pensamiento más complejo, el imaginario, o antidialéctico.

—Para ser un pacificador de sus alumnos, cónyuges y colaboradores, pregunta con inteligencia: ¿qué lágrimas lloraste y qué lágrimas nunca tuviste el valor de llorar? ¿Qué miedos te asustan que nunca tuviste el valor de contar? ¿Qué pensamientos perturbadores te roban la tranquilidad, que nunca expresaste? ¿Cuántos padres, maestros y ejecutivos son pacificadores?

Tal vez noventa y nueve punto noventa y nueve por ciento no lo sean.

Mirando a Marco Polo con delicadeza, Sofía comentó:

—Y pregunten: ¿dónde me equivoqué y no me di cuenta? ¿Qué puedo hacer para que sean más felices?

De repente, alguien en medio de la multitud sacó despacio un revólver de su saco negro y camuflado. Sin que nadie viera el arma, se acercó a Marco Polo para asesinarlo. Cuando iba a jalar el gatillo, un hombre de unos veinticinco años se puso frente a Marco Polo e interrumpió su discurso. Enseguida le dio un gran y prolongado abrazo.

Al ver al muchacho abrazando a Marco Polo, Sofía detonó el gatillo mental, abriendo una ventana *Killer*. El miedo de que se tratara de otro enemigo oculto que quería matarlo hizo que el ancla cerrara el circuito de la memoria, llevándola a reaccionar como una presa ante un predador.

Miró hacia los lados, queriendo identificar a más agresores. Y entonces vio a un hombre extraño con la mano derecha dentro del saco, sujetando algo que parecía un arma. Sofía gritó:

—¿Quién eres?

El hombre se asustó y se batió en retirada. Pero el joven, usando su inglés cargado de acento, la tranquilizó:

—Cálmese, doctora. Soy brasileño. Mi nombre es Roberto. Cumplí cinco años en prisión por tráfico internacional de drogas. —Y después, volviéndose hacia Marco Polo, agregó—: Usted es el autor más leído en las cárceles de mi país. Sus libros pacificaron mis fantasmas mentales, me ayudaron a reconstruirme.

—Estoy feliz por ti —dijo Marco Polo, sorprendido por esa información.

Y el joven completó, con los ojos llenos de lágrimas:

—Hoy me estoy preparando para entrar en la facultad de medicina. Quiero seguir sus pasos, dar lo mejor de mí para contribuir a la humanidad. Quiero pacificar mentes agitadas, depresivas, fóbicas, incluso las mentes encerradas en cárceles de concreto.

Y salió sin decir nada más, en paz con la vida, libre del sentimiento culpa y del peso de la existencia. Muchos le aplaudieron. Era otro ser humano que se había reconstruido. El debate del día transcurría sin problemas y se encaminaba a su fin. Pero, en la historia de Marco Polo, el paisaje podía cambiar en cualquier momento.

De repente, otro asesino entró en escena. Era un francotirador colocado a quinientos metros, completamente oculto. Se preparaba para alcanzar el pecho de ese atrevido científico. Como Marco Polo caminaba mientras daba su clase, el francotirador calibraba su mira, buscando el momento exacto para jalar el gatillo. Al fin el Indiana Jones de las ciencias humanas dejaría de pulsar con vida. De pronto, Marco Polo dejó de moverse. Iba a finalizar la discusión de otro explosivo código secreto. Sería su fin...

El asesino llevó el dedo al gatillo, pero cuando iba a disparar, hubo otro acontecimiento sorprendente: una joven de diecinueve años, de nombre Estefanía, que había subido a la montaña hacía diez minutos, protagonizó una escena chocante. Se acercó a una saliente. Pretendía matarse. Óscar, que ya había intentado el suicidio antes de ser tratado por Marco Polo y Sofía, notó la mirada desesperada, la cara contraída y tensa de la chica, su respiración jadeante. Se vio en ella. Entonces gritó, a pleno pulmón:

—¡Espera! ¡No te mates! ¡No te mates!

Había centenares de personas en el lugar. Hubo un tumulto.

Marco Polo salió de la mira del tirador. Las personas abrieron el círculo y vieron a la joven a la orilla del peñasco. El pensador de la psiquiatría sintió una taquicardia. Comenzó a acercarse a ella, pero Estefanía lo interrumpió:

—Déjeme, doctor Marco Polo. Mi vida perdió todo su sentido.

—Espera. Todo lo que se pierde puede ser encontrado —respondió él.

—No sé cómo. Yo soy frágil —afirmó Estefanía.

—¡No estoy de acuerdo! ¿Quién dice que eres frágil? ¡Eres la persona más valiente que existe!

—¡Usted me está engañando! —gritó ella.

—¡No! ¡Estoy diciendo la plena verdad! Tú eres la mejor alpinista de la historia.

—¡Pare! ¡Jamás escalé una montaña!

—¡También eres la mejor nadadora del mundo!

—¡Mentira! ¡Yo sé quién soy! Le tengo miedo al agua.

—No te conoces a ti misma —afirmó Marco Polo—. ¡Tú ganaste en el mayor concurso de la historia!

—¡Mentira! ¡Mentira! Soy burra. ¡Nunca hice nada notable! —afirmó Estefanía. Y a los gritos, añadió—: Detesto la vida. ¡Yo no pedí nacer!

—¿Mentira? Mentira digo yo. Concursaste contra más de cien millones de participantes y ganaste. ¿Sabes cuándo? Cuando eras un espermatozoide vencedor.

Estefanía quedó extasiada. No podía creerlo.

—No es posible que yo haya sido tan fuerte.

—Si fuiste fortísima cuando todavía no pensabas, ahora que piensas eres mucho más poderosa. ¡No dejes que nada ni nadie te destruya!

Estefanía estalló en lágrimas y comentó:

—¿Yo fui un espermatozoide vencedor? Qué locura... Pero soy muy sensible. Cualquier ofensa, rechazo o pérdida me arruina el día.

—Pero puedes administrar tu emoción y protegerte. No dejes que nada ni nadie asfixie el sentido de tu vida. Tu Yo tiene hambre y sed de vivir, incluso cuando piensas en morir. Tú no quieres matar tu vida, sino tu dolor.

—¡Nunca pensé que fuera tan poderosa! —Y, enjugándose los ojos, concluyó—: Entonces estoy siendo una tonta al decir que no pedí nacer. ¡Luché por el derecho a la vida con desesperación! ¡Vencí a millones de concursantes!

Fue así que Marco Polo pacificó la mente de Estefanía. Entendió que los débiles reclaman, pero que los fuertes luchan por sus sueños. Salió de la zona de peligro.

Todos aplaudieron a la joven. De pronto, cuando el partido ya estaba ganado, Óscar metió un gol en contra.

Quiso abrazar a Estefanía, pero se resbaló y estuvo a punto de precipitarse montaña abajo. En un gesto rápido, la joven, que practicaba artes marciales, lo sujetó por las manos.

—¡Caramba! Me salvaste —dijo Óscar, asustado. —Nunca pensé que una mujer me salvaría.

—Ni yo pensé tener ese valor —afirmó Estefanía.

Entusiasmado, Óscar dijo algo inusitado.

—¿Quieres ser mi novia?

—¡No! —respondió Estefanía.

Todos sonrieron.

—Pero si yo soy un súper espermatozoide vencedor. Mira lo que te estás perdiendo.

Todos estallaron en carcajadas.

—No, ya te dije.

—Felicidades, no tengas miedo de decir que no —dijo el psiquiatra.

—Doctor Marco Polo, no me sabotee... Pero no hay problema —dijo Óscar, volviéndose hacia Estefanía—. Puedes despreciarme, abandonarme, darme la espalda; quien pierde eres tú. ¡Yo voy a ser feliz!

En aquella montaña no había bebidas ni comida, pero hubo una fiesta inolvidable, una fuente de alegría inenarrable. Los acontecimientos comenzaron a viralizarse en las redes sociales. Surgieron centenares de sitios para combatir el suicidio con este lema: "¡Soy un espermatozoide vencedor! Luché por la vida, jamás desistiré de ella". Miles de jóvenes chinos, japoneses, europeos, latinos y africanos superaron sus impulsos suicidas. Descubrieron que fueron y eran increíblemente fuertes.

24

Un niño de doce años amable, transparente y pacificador

Marco Polo quería conocer mejor el proceso de formación de la personalidad de Jesús. Estaba cada vez más asombrado a medida que estudiaba su intelecto. Él había sido el genio de los genios, el emprendedor de los emprendedores. Con un equipo tan descalificado de alumnos que siempre lo ponían en situaciones estresantes, cambió la historia de la humanidad. ¡Fue un logro extraordinario, sin precedentes! Sin las tesis de Jesús, Estados Unidos y las naciones europeas serían países diferentes. Como psiquiatra y pensador, Marco Polo develaba los códigos del Sermón de la Montaña, pero quería saber cómo había Jesús pulido su mente humana durante su juventud, incorporando sus códigos y convirtiéndose en el Maestro de maestros.

Profundamente reflexivo, se acostó en la cama, recostó la cabeza en la almohada y comenzó a recordar una conferencia que dio seis meses antes de ir a Jerusalén, en un congreso sobre el espíritu emprendedor en Silicon Valley.

Había en la audiencia muchos ingenieros, ejecutivos, empresarios y alumnos de las más diversas áreas. El tema de su conferencia era poco común: "¿Por qué el tercer milenio está saboteando la formación de emprendedores?". Marco Polo comentó que el asesinato de la infancia en los niños, el exceso de información, la intoxicación digital, la saturación de imágenes, el rígido control de las tesis de maestría y doctorado, y la postura de usura emocional de las sociedades modernas (de mucha cobranza y autocobranza) estaban asfixiando la formación de mentes brillantes. Estábamos formando repetidores de datos en masa. Su pensamiento estaba en sintonía con los códigos del Maestro de Nazaret que estudiaría el semestre siguiente.

Marco Polo descubriría que el carpintero de la emoción quería formar emprendedores notables a partir de mentes incultas, toscas, rígidas, cerradas. Les daba un entrenamiento diario excepcional: abrazaba a quienes eran diferentes, gastaba tiempo escuchando a quienes estaban en la periferia de la sociedad, se reinventaba de continuo, tenía una excelente comunicación, enseñaba con metáforas. Para él, enseñar era provocar el intelecto para pensar, no para dar respuestas rápidas. Era capaz de provocarlos para ver lo intangible, para ver campos verdes donde sólo había piedras y arena. En su recuerdo, Marco Polo rememoró que había mirado fijamente a su audiencia de Silicon Valley y había dicho:

—Las respuestas más importantes de las más diversas áreas de las ciencias, así como las *startups* y las empresas de éxito, son muy simples. Por ejemplo, ¿en qué época surgen las flores?

La respuesta era más que obvia.

—En la primavera —respondieron en forma colectiva los participantes en el congreso.

Marco Polo los sorprendió:

—El hecho de que las respuestas sean simples no quiere decir que sean obvias. Por eso pocas personas las encuentran. Las flores surgen en el invierno y brotan en la primavera. La escasez hídrica, los vientos ululantes y la agresividad de las bajas temperaturas hacen que las plantas reaccionen a la posibilidad de morir. Por eso producen las semillas que las perpetuarán. Del mismo modo, los emprendedores y *startups* sólo hacen una diferencia en el teatro social si alivian el dolor y promueven la vida, sea de un segmento o de la sociedad como un todo —afirmó.

En esa ocasión, Marco Polo hizo un comentario crítico sobre el comportamiento de un médico de la Universidad de Princeton en relación con la genialidad de Einstein:

—Todo gran productor de conocimiento es un gran emprendedor. ¡Einstein fue un exponente! ¿Pero ser emprendedor es privilegio de una casta de genios? ¡Absolutamente no! Si conocemos en forma mínima el proceso de construcción de pensamientos y la formación del Yo como líder de sí mismo, veremos que el médico de Princeton en la época en que Einstein murió fue ingenuo. Osó extraer el cerebro del científico de su cráneo. Además de invadir su privacidad, se equivocó al considerar que el cerebro del genio de la física era muy distinto al del resto de los mortales.

Marco Polo comentó que, sin duda, existen diferencias genéticas en el proceso de almacenamiento, interconexiones, acceso a los datos y recuperación de información entre los seres humanos, pero los fenómenos más importantes que nos convierten en *Homo sapiens*, y que patrocinan la construcción de pensamientos lógico-dialécticos e imaginario-antidialécticos y nos transforman en seres creativos, son exactamente los mismos entre los blancos y los negros, los ricos y los pobres, los intelectuales y los iletrados.

—Nos gusta clasificar entre genios y mentes comunes, entre inteligentes y personas estúpidas, pero la mayor estupidez es valorar la propia clasificación. Somos más iguales de lo que imaginamos. Nuestras diferencias están en la punta del iceberg de la inteligencia, pues en la inmensa base somos exactamente los mismos.

Como uno de los raros teóricos del proceso de formación de pensadores, el psiquiatra discurrió que los disparos del gatillo de la memoria, que abren miles de ventanas y acceden de manera multifocal a millones de datos en milésimas de segundo para asimilar e interpretar los estímulos, aunque sea para conjugar un verbo, eran de una complejidad sin precedentes. Eran fenómenos comunes a todos los seres humanos. Ante eso, Marco Polo aseguró:

—La construcción de pensamientos paranoicos de un paciente en brote psicótico que cree que hay una conspiración internacional contra él es tan sofisticada como la construcción de pensamientos de Einstein en relación con las fuerzas del universo. Las diferencias están en los parámetros lógicos de los pensamientos. En el universo de la mente humana, un ataque de pánico contiene un caldero de fenómenos, como pensamientos perturbadores, implosiones de sentimientos, emociones fóbicas, imaginaciones laceradas, que es más complejo que los agujeros negros en el universo físico, que se tragan estrellas enteras.

La audiencia comenzaba a entender el proceso de formación de emprendedores a partir del universo psíquico. El médico de Princeton no entendía que el secreto de Einstein, así como el de las grandes mentes de la humanidad, no estaba en sus genes. Por eso Marco Polo preguntó:

—Einstein trabajaba en una firma de patentes, sin ningún atractivo intelectual, pues no fue aprobado como profesor universitario. En teoría, ¿quién tenía más información: los mejores físicos de la actualidad, o Einstein a sus veintisiete años, cuando construyó las bases de la teoría de la relatividad?

Después de pensar, la mayoría respondió:

—Los físicos de la actualidad.

—Exacto. ¿Pero por qué la gran mayoría de los físicos e ingenieros no produce nuevas ideas? ¡Ésa es una gran pregunta! Las diferencias no están en la cantidad de datos archivados en el cerebro de Einstein y de los físicos de la actualidad, sino en la organización de esos datos, en la utilización del arte de la duda para romper las falsas creencias, en la osadía de pensar diferente o fuera de la caja, en la capacidad de producir conocimiento sin preocuparse de la necesidad neurótica del juicio social. Tal vez si Einstein hubiera estado dentro de una universidad, las presiones habrían saboteado su libertad y su creatividad.

Enseguida comentó que la mayor herramienta de Einstein como emprendedor fue el uso intuitivo y extremo del pensamiento antidialéctico, o imaginario.

—El propio Einstein dijo que "la imaginación es más importante que el conocimiento". Él se veía sentado en un rayo de luz y observaba lo que ocurría con el tiempo y el espacio. La mayor genialidad no es la genética, sino la forjada por las herramientas que el propio Einstein y otros pensadores usaron, aunque sin tener conciencia de eso —afirmó Marco Polo—. Reitero: vaciarse de prejuicios, desatar los miedos, usar la duda para romper las cárceles mentales, atreverse a andar por aires nunca respirados es liberar a diario la imaginación. ¡Quien produce nuevas ideas sin riesgos se vuelve un emprendedor sin gloria!

Después de recordar algunas de sus tesis para los emprendedores de Silicon Valley, se quedó profundamente dormido. El día había sido placentero, pero extenuante. Rescatar a Estefanía había generado un enorme desgaste en su cerebro.

AÑO 12 d. C.

Un muchachito de doce años saturado de vigor, sociable, flexible, altruista, atrevido y feliz jugaba con sus amigos en la tierra seca y llena de polvo de la diminuta aldea de Nazaret. Había poco que celebrar en aquel ambiente árido e inhóspito, pero no para ese chico. En apariencia, era poco más que un niño que, sin embargo, se convertiría en el más celebrado del mundo.

Su nacimiento sería festejado por miles de millones de personas superficiales, quienes lo celebrarían no proclamarían su genialidad emocional, no harían comentarios sobre su sociabilidad espectacular ni discurrirían sobre su notable inteligencia, mucho menos sobre su capacidad de hacer de la vida un espectáculo único e imperdible, aun cuando el mundo se derrumbara sobre él. Festejarían la natividad de un niño al que desconocían.

Nazaret era una aldea pobre, despreciada por la sociedad, situada en una región sin prestigio cultural, Galilea. En ese ambiente se forjó la más compleja personalidad. Los elementos externos eran comunes, pero los fenómenos pedagógicos eran insondables. Los padres de Jesús iban todos los años a las fiestas de la Pascua. Pero nadie reclamaba. El muchacho se divertía mucho, pero trabajaba con responsabilidad. Era detallista.

—Hijo, vamos a otra fiesta de la Pascua en Jerusalén —dijo María.

Súper animado, le regaló una enorme sonrisa. Por algunos instantes, dejó de aserrar el pesado madero con su padre, pues preparaba las vigas de otro tejado más. Jesús se limpió el rostro de sudor y comentó:

—¡Qué alegría, mamá! Conmemoraremos la Pascua, pero el viaje ya será una fiesta.

De repente, una mariposa azul y amarilla con franjas blancas cautivó su mirada. Siguió su baile como un espectador fascinado por la más atractiva obra teatral. A final de cuentas, el hombre que hablaría sobre los códigos de la felicidad era un joven felicísimo.

Después de terminar el trabajo, el muchacho fue a invitar a sus amigos al viaje a Jerusalén. Desde muy temprano, el maestro que hacía de los miserables, de los transeúntes, de los leprosos y de los desconocidos sus íntimos, era un coleccionista de amigos.

—¿Vamos a Jerusalén, David? —le preguntó a uno de ellos.

—¡Pero está muy lejos! —dijo David, pesimista.

—Nada es lejos para quien ama caminar. En el trayecto veremos millones de firmas de Dios —comentó, usando una metáfora.

Ya se vaciaba de sí mismo para contemplar lo que otros no distinguían.

—¿Cómo es eso, Jesús?

—Veremos la anatomía de las nubes, los troncos carcomidos, la silueta de los viñedos, sin contar las caras increíbles de cada ser humano.

—Jesús, no puedo seguir tu razonamiento —dijo David—. Pero ya me animaste. Sí voy a ir.

—¿Vamos a Jerusalén, Gedeón? —trató de instigar a otro amigo.

—¡Estoy enojado, me peleé con mi hermano! ¡Lo detesto! —dijo Gedeón, en voz alta.

—Quien agrede alivia el momento, quien perdona alivia una vida —reviró el pequeño carpintero de la emoción.

Era un pacificador desde la infancia. No controlaba los pensamientos; estimulaba a pensar.

—Ay, no hay forma contigo... Deja esa manía de darle consejos a todo el mundo, Jesús —protestó Gedeón.

—Detrás de una persona que agrede siempre hay alguien lastimado —comentó el pequeño genio de la compasión, el maestro de la empatía.

—¡Vete de aquí! —gritó el padre de Gedeón—. ¡No tenemos tiempo para fiestas, muchacho!

—No hay problema —dijo Jesús, con paciencia.

Ya administraba su emoción, no compraba lo que no le pertenecía. No tenía necesidad de cambiar a los demás, sino de llevarlos a tomar sus propias decisiones.

—¿Y ustedes, Judith, Cora, Esaú, Natán, Lotá? ¿Vamos a festejar la vida en Jerusalén? —le dijo a un grupo de jóvenes de varias edades que estaban a la sombra de un sauce.

—No sé, a lo mejor... dijo Natán, siempre inseguro—. Tengo mucho que hacer.

—Todas las decisiones importantes implican pérdidas, Natán.

Su sociabilidad y su alegría eran contagiosas. Influidos por él, muchos salían de la cárcel del conformismo y se arriesgaban a hacer la larga jornada bajo el sol ardiente. Partieron después de preparar los víveres. En el camino, Jesús comenzaba a motivarlos para que hicieran otra jornada, la del corazón. Usaba la naturaleza para liberar su imaginación y la de sus amigos.

—Va a llover, mejor regresamos —dijo Judith, mirando las nubes negras.

Pero el muchacho que vendría a ser el más aplaudido de todos los tiempos era muy optimista. Siembre veía el lado bueno de todo.

—¿Tienes miedo de las lágrimas del cielo? Son ellas las que riegan la vida.

—¡Lágrimas del cielo! Nunca pensé en eso —dijo Judith.

—Jesús es tan diferente... —manifestaban todos los que lo escuchaban.

Él era la sensación del viaje. Jesús caminaba cantando, sonriendo, haciendo piruetas, abrazando a los ancianos por el camino. Jamás se vio a alguien que celebrara la vida con tanto entusiasmo.

—Mira, doña Ruth tiene setenta años y se arriesga a ir a Jerusalén. Es una irresponsable —dijo Robeón, uno de sus amigos.

—Unos son jóvenes de cuerpo, pero viejos por dentro; otros son ancianos de cuerpo, pero jóvenes en su emoción. ¿Tú eres joven o viejo, Robeón?

—No sé —respondió el amigo, un tanto perdido.

—El amor es la fuente de la juventud. Ruth ama la vida —dijo el muchacho de doce años. Después de esas palabras, se acercó a la mujer y le dijo—: Ruth, yo la ayudaré. Apóyese en mi hombro.

Jesús caminaba admirado ante la exuberancia de la naturaleza.

—¡Qué lindo! —decía al ver las flores del campo—. ¡Qué bello!

—expresaba al ver las pinturas del cielo—. ¡Increíble! —comentaba, ante la textura del suelo.

Abrazaba algunos árboles que estaban en medio del camino, seguía la trayectoria de los pájaros, cargaba a los niños pequeños en su regazo, dialogaba con los transeúntes. Para él, vivir era un espectáculo. Su capacidad de olvidarse de sí mismo para incluir a otros, su tolerancia con los más viejos, su habilidad de enseñar a los más jóvenes era una sinfonía. Comenzaba a vivir en la tierna juventud los explosivos códigos de la felicidad que enseñaría veinte años más tarde.

—¿Por qué siempre estás ayudando a los demás, Jesús? —preguntó Natán, intrigado.

—Hacer felices a los demás es la mejor forma de nutrir nuestra felicidad. Experimenta. ¡Intenta alegrar a los demás!

—No entiendo. Tú exageras. Te importa demasiado la gente que no conoces —dijo Cora.

—Cora, la familia humana es como un árbol. Todas las ramas están conectadas. Conéctate con las personas. Pasa tiempo escuchándolas. Así verás que cada ser humano, sin importar sus errores, es increíblemente bello.

—¿Estás loco, Jesús? Eso no existe —dijo Cora, con asombro.

Sus manos estaban callosas por el duro trabajo, sus hombros estaban adoloridos por cargar pesadas vigas, pero sus palabras eran suaves como un bálsamo. Años más tarde, ese muchacho se convertiría en adulto y tendría el valor de decir que el cielo y la tierra pasarían, pero que sus palabras serían eternas. Era una locura que alguien tan poderoso fuera entrenado en forma anónima para pulir madera y esculpir mentes ansiosas.

Él les advertía a sus amigos:

—El grano de trigo tiene que morir para dar sus frutos. —Y agregaba—: No tengas miedo del dolor.

—Pero el sufrimiento es duro de soportar —comentó Judith.

—Lo sé, pero el sufrimiento nos construye, no nos destruye.

Los muchachos mayores y los más jóvenes se contagiaban de su sabiduría. Ofrecía el néctar a las abejas sedientas. María y José lo observaban con atención. Era un joven agradable, no elevaba el tono de voz ni era inconveniente. Era admirable, siempre listo para elogiar. De hecho, era sorprendente. Estar con él era una invitación a enamorarse de la vida.

Regresaron una vez pasados los festejos. El muchacho se quedó en Jerusalén, pero los padres no se dieron cuenta. A diferencia de los padres de la era "moderna", que sobreprotegen a los hijos, que controlan sus pasos a cada minuto por el celular, María y José sólo notaron la ausencia de Jesús después de un día. Lo habían criado para ser libre. Lo habían educado para que volara. Lo habían formado para que realizara sus sueños. Preocupados, comenzaron a indagar su paradero con parientes y conocidos.

—¿Han visto a mi hijo? —les preguntó María a algunas amigas.

—María, ¿por qué te preocupas? —respondió Sarah con seguridad—. Jesús es sociable, alegre, comunicativo. Seguro está contándole historias a alguien.

Pero la madre, ansiosa, insistía.

—¿Han visto a mi hijo? —le preguntaba a los transeúntes.

Pero nada. Nadie tenía información.

—Cálmate, María. De hambre no se va a morir —dijo Ruth, madre de Judith.

Ésta se anticipó y le habló a María:

—¡Claro que no! Jesús come de todo. Hasta las sobras de mi comida. Es tan encantador que a donde va, las personas le dan un pedazo de pan.

—Pero ya hace dos días que no lo vemos —observó José, con razón.

—Regresen a Jerusalén. Debe de estar hospedado en casa de alguien —dijo Corán.

—Lo vi conversando con los fariseos cerca del templo —afirmó Natán.

—¿Conversando con fariseos? —preguntó María.

—Sí. Le hacían muchas preguntas —explicó Natán—. Yo lo llamé. Pero estaba tan concentrado que no me oyó.

María y José regresaron a la legendaria ciudad con rapidez. Pasó otro largo día, tres en total, que no veían a su hijo; tiempo suficiente para que los padres tuvieran un ataque de ansiedad. Los jóvenes de aquel tiempo tenían un respeto reverencial por los adultos, incluso más por los maestros de Israel. El miedo, la timidez y la inseguridad formaban parte del menú intelectual de los muchachos en presencia de los notables. Pero he aquí que lo encontraron cerca del templo, debatiendo con los doctores de la ley. De nuevo, sus padres quedaron perplejos.

Jesús crecía en sabiduría y estatura. Su cuerpo se expandía, igual que su capacidad de ver el mundo con otras posibilidades. En aquel episodio ya expresaba tres comportamientos fascinantes. Primero, estaba sentado en medio de los doctores, lo que indicaba una actitud atrevidísima, algo inusitado, y más para un muchacho. Segundo, los escuchaba y, mientras lo hacía, liberaba su imaginación y su capacidad de dar respuestas. Y tercero, llevó el método socrático a niveles sorprendentes, interrogándolos de forma transparente. Los intelectuales de Israel estaban asombrados. Era difícil creer que un muchacho, y más de origen simple e hijo de padres humildes, los pusiera contra la pared.

Los doctores estaban estupefactos con su inteligencia y sus respuestas. Sus padres se maravillaron. La madre se acercó a él y no lo regañó. Sólo mostró su angustia con delicadeza:

—Hijo, ¿por qué nos haces esto? He aquí que tu padre y yo te buscábamos ansiosos.

—¿No sabías que yo tenía que estar en casa de mi padre? —respondió él.

Es probable que sus padres no le hubieran enseñado nada de eso, pues esas actitudes podrían ser interpretadas como una gran herejía, castigada con la muerte en esa época. Llamar "padre" a Dios era hacerse divino. Los sacerdotes, en las culturas griega y romana, siempre conminaban a los niños a que se inclinaran con humildad ante los dioses. Israel instigaba a los mortales a reverenciar al Todopoderoso. Ahora, un niño que tallaba madera en una aldea despreciable había tenido el atrevimiento de decir que era hijo del Arquitecto del universo. Un valor nunca visto.

María guardó esas palabras en su corazón. Como era una mujer dotada de reflexión, pensaba noche y día en las reacciones de su intrigante y misterioso hijo. Sentía en las entrañas de su emoción que su hijo no cabría en el seno de la humanidad. Él era aplaudido como raros lo han sido, y rechazado como pocos...

*

De pronto, Marco Polo despertó con el sonido del teléfono. Estaba sumergido en un sueño profundo, soñando con el niño de doce años que un día sorprendería al mundo. Intentó tomar el teléfono, pero el aparato cayó al suelo. Con el ruido, despertó todavía más. Atendió con rapidez. Era Lucas. Estaba aprehensivo, casi al borde de un colapso.

—¿Bueno?

—¿Papá?

—¡Lucas, qué bueno oírte!

—Papá, tres policías están internados, uno en estado grave.

—¿Qué? ¿Qué policías están internados? ¿Por qué?

Casi sin voz, Lucas relató:

—Se llevaron el reloj para analizarlo. Había una cápsula de un gas mortal que asfixia los pulmones.

De pronto, un agente del FBI que estaba trabajando con la policía local tomó el teléfono de las manos de Lucas, e informó, tenso:

—Doctor Marco Polo, aquí Félix, del FBI. Usted y su hijo están corriendo un riesgo de muerte. Ese gas es peligrosísimo, sólo usado por gobiernos o por terroristas profesionales. ¿Tiene idea de quién puede estar detrás de esto?

—No. Soy un hombre pacífico. Pero algunas personas radicales me amenazaron diciendo que la ciencia no debería estudiar la mente de Jesús.

—También sigo sus debates con fascinación —dijo el agente Félix. Y citó una frase suya—: "Toda mente es un cofre; no hay mentes impenetrables, sólo llaves equivocadas". Usted puede estar incomodando a personas que no aman formar mentes libres...

—¿Cuál es su recomendación?

—Por su seguridad, es mejor cancelar los debates.

—Pero tantas personas están administrando su emoción, previniendo los trastornos emocionales, evitando el suicidio, construyendo puentes para sus hijos, incluso yo, con Lucas. ¿Debo acobardarme?

Félix fue claro:

—Los héroes visitan los cementerios antes que los mortales. Ya nos reunimos aquí en Estados Unidos y decidimos que es mejor que usted evite los sitios públicos. Incluso hemos avisado al Servicio de Inteligencia de Israel.

—Todavía falta discutir otro código del Sermón de la Montaña. No puedo cancelar de una hora para otra. Tengo que satisfacer a centenares de personas presencialmente y a millones por internet.

—Usted puede sufrir un atentado en cualquier momento —advirtió Félix.

Lucas tomó el teléfono y dijo:

—Papá, tengo miedo. Tú o yo podríamos estar muertos ahora. ¡Regresa ya!

Marco Polo tembló. Ya había perdido a Anna de manera abrupta; perder ahora a su único hijo por su culpa sería una tragedia impensable.

—Voy a tomar todas las precauciones. Iré lo más rápido que pueda.

Era angustiante colocarse como una víctima frágil ante predadores invisibles. Tenía que ser un pacificador, controlar sus temores, sus pensamientos perturbadores y aquietar su dramática ansiedad. Sería probado al límite. Sintió en carne propia las dificultades de vivir ese código en un momento en que su vida y la de su hijo estaban en peligro.

25

Ningún lugar era seguro para Marco Polo

Marco Polo no durmió el resto de la noche. Estaba muy aprensivo. El relato del gas mortal en la clínica de Lucas le recordó los episodios en que había sido perseguido. Llamó a Sofía antes de ir a desayunar. Se encontraron rápidamente en el lobby del hotel. Le contó los hechos. Ella dijo, serena pero temerosa:

—Sé que tu valor es tremendo, Marco Polo. Pero todo tiene un límite. Vamos a llamar a nuestros amigos, al doctor Michael, el doctor Alberto y el doctor Thomas, y contarles lo que sucede.

Y así lo hicieron. Dialogaron mucho. Michael tomó la palabra.

—Recuerda, Marco Polo. Yo sufrí un atentado en mi casa. El salón de clases donde hicimos los primeros debates explotó. Sofía y tú ya sufrieron diversas persecuciones, incluso el hotel en el que estaban hospedados antes se incendió. El doctor Thomas y el doctor Alberto han pasado sus sustos. Detesto las teorías de conspiración, pero estamos sufriendo una cacería internacional planeada.

—¡La cosa está fea! —dijo Óscar, apareciendo de la nada.

—¿Qué estás haciendo aquí? —preguntó Sofía.

—Estoy aquí para protegerlos. ¡Esto es cosa de Satanás!

—Soy ateo. Pero estoy confundido. Esto sí parece obra del demo... —dijo Michael de manera graciosa y al mismo tiempo aterradora.

Algunos rieron en medio del caos. Marco Polo comentó:

—Esto no es obra de las tinieblas, sino de hombres radicales, sociópatas que quieren callarnos o callarme. Pero tenemos que dar una satisfacción pública. Si nos callamos, nuestros verdugos vencerán. ¡Y es lo que quieren!

Después de mucho conversar, resolvieron en pedir una escolta policial e ir por última vez a la cumbre del monte para hacer una despedida breve y solemne. El número de personas presentes aumentaba a cada debate: había más de mil apiñadas en el último. Y el número de seguidores en línea se había disparado: más de trescientos millones de personas seguían en vivo las exposiciones de los códigos de la felicidad. El evento era el mayor fenómeno mundial de internet. El espectáculo era grandioso; los riesgos, todavía más...

Había en el lugar treinta policías con ametralladoras y cinco peritos explorando cada palmo de terreno, intentando descubrir si había una bomba oculta. Marco Polo pasó al frente y dijo:

—Hoy cerraremos el debate. ¡Mi intervención será breve! —hubo un murmullo. Muchos querían que los debates continuaran—. Jamás me pasó por la cabeza que un día estudiaría la mente de Jesús sin sesgo religioso, bajo el ángulo de las ciencias humanas. Ese hombre famosísimo, inteligentísimo y felicísimo sacudió mi estructura... Sin embargo, fuerzas ocultas quieren silenciarnos. ¡Pero no se callen! Continúen debatiendo, analizando y aplicando las herramientas que aprendieron.

El pensador de la psiquiatría estaba emocionado. Hizo una pausa. Sofía, también conmovida, continuó en su lugar:

—Enseñen los códigos que develamos en las universidades, en las escuelas, en las empresas, en sus religiones y a sus hijos.

—En breve iremos todos a la soledad de una tumba, pero mientras nuestro corazón lata, debemos dar lo mejor de nosotros a quienes poco tienen —dijo el doctor Alberto.

De repente, algunos policías que participaban en el mega esquema de seguridad vieron un trozo de tierra revuelta al pie de un olivo. Preocupados, acercaron el detector de metales. Había un paquete enterrado. El perito sospechó que podría ser una bomba-reloj que podría ser detonada por un celular. De inmediato se acercaron a Marco Polo y evacuaron el lugar.

—¡Necesitamos interrumpir! ¡Muévanse! ¡Muévanse sin tumultos! —gritaban.

Las personas, desesperadas, comenzaron a correr. Unas tropezaron con otras. Por fortuna, nadie fue seriamente pisoteado. Creyendo que la bomba le explotaría en sus manos, el perito lanzó el paquete desde lo alto de la montaña. La bomba explotó veinte metros más abajo con un ruido ensordecedor, y derribando al perito hacia atrás, causándole varias laceraciones. Centenares de personas podrían haber muerto.

Marco Polo tomó un taxi con Sofía y salió de ahí. A un kilómetro del lugar, apareció un auto cuyos pasajeros ametrallaron sin piedad el taxi donde iban. El conductor fue herido en el lado derecho del pecho, con perforaciones en el pulmón. Perdió el control del vehículo, que dio cuatro vueltas con violencia. Se detuvo cuando golpeó en una inmensa piedra, y comenzó a soltar humo. No había señales de vida de Marco Polo ni de Sofía.

Era el fin del Indiana Jones de las ciencias humanas. El auto estaba volteado de cabeza. La osadía cedió su lugar al silencio, la pasión por la humanidad anunciaba un triste funeral... Pero de pronto, Marco Polo comenzó a abrir los ojos y a toser. Una bala lo había alcanzado en el hombro derecho. Su rostro estaba desfigurado por astillas de vidrio. No sabía si se había fracturado la columna. Miró a su asistente y entró en pánico.

—¡Sofía! ¡Sofía! —gritaba.

Nada. La sangre escurría por la nariz de ella.

—¡Sofía! ¡Sofía! —gritó de nuevo.

La mujer que amaba, la que inspiraba sus ideas y lo cuestionaba sin miedo estaba muriendo.

Desesperado, la golpeó en el pecho para reanimar su corazón, pero nada. Le dio otro golpe y, súbitamente Sofía dio un suspiro aterrador y volvió a respirar. Tenía rota la clavícula y una costilla. Ambos sobrevivieron. El conductor casi cerró sus ojos para siempre.

Marco Polo y Sofía tuvieron que ser operados de urgencia. Después de la cirugía permanecieron un tiempo en la Unidad de Terapia Intensiva. Enseguida, y a solicitud de Marco Polo, ambos fueron puestos en la misma habitación. El intelectual del Vaticano, el doctor Alberto, y el de Harvard, el doctor Thomas, fueron a visitarlos al hospital.

—Lo siento mucho —dijo el doctor Alberto—. Yo fui uno de los que te instigaron a estudiar la mente de Jesús.

—Yo también —afirmó el doctor Thomas—. Jamás imaginé que estaríamos luchando contra fuerzas del mal.

—Yo también, Marco Polo —comentó Sofía. Y después de toser y de sentir dolores en la espalda, aseguró—: Tengo mi parte de responsabilidad.

—No. Ustedes no tienen la culpa, amigos. Nadie decide por nadie. Yo decidí por libre y espontánea voluntad estudiar la mente del hombre que dividió la historia de la humanidad. Y además, aunque haya sido herido y todo mi cuerpo esté molido, ayudamos a innumerables personas, incluso a mí mismo. Mi mente nunca estuvo tan libre.

El médico judío que estaba en el cuarto atendiéndolo indagó, curioso:

—¿Cómo es eso, doctor Marco Polo? ¡No estoy herido, pero me siento fatigado, pesado, mentalmente preso!

Marco Polo tenía un hematoma alrededor de los ojos, tenía un cabestrillo para sujetar el hombro y el antebrazo derechos. Estaba casi irreconocible. Pero era el mismo personaje contagioso. Respondió:

—Un ser humano no es esclavo cuando sus manos y sus pies están atados, sino cuando su intelecto y su emoción están aprisionados. Estudiar la mente de Jesús me hizo buscar la dirección más importante, una dirección que pocos encuentran, en el centro de mi cerebro, y abrir mis cárceles. ¿Usted ya abrió sus cárceles?

—¿Yo? ¡No sabía que las tenía!

—Pues yo tenía muchas. Por eso me inclino en agradecimiento ante mis amigos.

Sofía sonrió:

—Eres el herido más guapo que conozco.

—Sólo faltó abordar un código: el Octavo. Fue una pena no haberlo estudiado —comentó el doctor Thomas.

—Pero ese último código es indescifrable —ponderó Marco Polo.

—¿Qué código es ése? —preguntó de nuevo el médico, mientras le tomaba la presión a Sofía.

Marco Polo lo citó:

—"Felices los perseguidos, injuriados y a quienes les mienten diciéndoles todo lo malo." El Maestro de maestros de la emoción quería formar líderes más que resilientes, que aplaudieran la vida, aun cuando todo conspirara contra ellos. Pero no hay héroes entre los humanos. Más tarde o más temprano besamos la lona de nuestra fragilidad. Freud, debido a su cáncer bucal y a la enfermedad de uno de sus nietos, dijo que trabajaba por pura necesidad.

—¿Quién tiene la estructura emocional para vivir ese código? —quiso saber el doctor Thomas.

Marco Polo sintió que debía analizar esa faceta de Jesús.

—Tengo que estudiar a Jesús no sólo como el hombre más inteligente y feliz de la historia, sino también como líder. Tal vez haya sido el mayor líder que ha existido.

—¡Era sorprendente! ¿Qué hombre era ese que entrenaba a sus liderados para ser felices cuando eran heridos, perseguidos y traumatizados? ¡Miren nuestro estado en este hospital! ¡En vez de contemplar la vida y aplaudir el hecho de que todavía estamos vivos, estamos abatidos! —dijo Sofía.

De repente, Óscar apareció con una nariz de payaso y un traje que parecía un cono de helado, intentando imitar a un espermatozoide. Anunció en voz alta un acto de circo:

—¡Señoras y señores, con ustedes el súper mega espermatozoide Óooscaaar!

Todos sonrieron. Y Óscar comenzó a marchar por el cuarto.

—Alegría, alegría, alegría, niños.

Paró y bromeó con los dos psiquiatras en aquel tenso ambiente.

—¿Por qué están tristes, doctor Marco Polo y doctora Sofía? Ustedes vencieron a millones de enemigos al comienzo de la vida. Ustedes parecían un estorbo como yo ahora, pero lucharon contra innumerables competidores, escalaron montañas imposibles y nadaron mares con millones de tiburones detrás de ustedes. ¿Están abrumados sólo porque recibieron algunos tiritos?

Se murieron de risa. ¿Era Óscar un psicótico o un genio? Era las dos cosas. El paciente relajó a los psiquiatras. Los hizo vivir el Octavo código de la felicidad. Nunca hubo tanta alegría en un ambiente donde había riesgo de muerte.

Michael acababa de llegar. Esperaba encontrar un ambiente de velorio, tétrico, nublado. Se quedó pasmado con las carcajadas. Aprovechó para poner la cereza en el pastel de la inusitada fiesta:

—Amigos, hice una pregunta a las personas que nos siguen en línea: "¿Quién valoró más la vida y evitó el suicidio con los debates?". ¿Saben cuántas respondieron en forma positiva? Exactamente doce mil ciento veinte personas. Sin contar las acciones que están en proceso. El sitio "Yo soy un espermatozoide vencedor, yo luché por la vida, jamás desistiré de ella" ha sido el más poderoso para neutralizar los sitios destructivos como la Ballena Azul y otros que surgieron en los últimos tiempos.

Todos aplaudieron esos datos. Se pusieron todavía más felices. Entendieron que es posible celebrar la vida aun cuando un tsunami devastara todo a su alrededor. Comprendieron que, si las intemperies de la vida devastaran la emoción y laceraran la esperanza de comenzar todo de nuevo, entonces estarían derrotados por completo.

—El Octavo código también nos estimula a que no compremos lo que no nos pertenece —afirmó Marco Polo—. Si alguien nos hiere físicamente, sólo nos heriría emocionalmente si nuestro Yo estuviera de acuerdo. Recuerden que todo pensamiento es virtual y, por lo tanto, lo que es virtual no puede materializarse en lo que es real, la emoción, si el Yo no lo permite.

—Es un fenómeno complejo y muy interesante —comentó Sofía—. Nuestro Yo puede ser nuestro mayor protector o nuestro mayor verdugo, un consumidor irresponsable de estímulos estresantes.

—Me fascina que Jesús haya realizado hace milenios un entrenamiento emocional que ni en las grandes universidades, como las de Jerusalén, Harvard, Oxford, Stanford, soñaron hacer. No comprar la basura emocional que no nos pertenece es algo arrebatador —afirmó el neurocientífico Michael.

—Sí, es una invitación a la libertad más sólida y sustentable saber que las calumnias, las injurias, las difamaciones y la maledicencia pertenecen a otros, no a mí —expresó el doctor Alberto.

Óscar observaba a aquellas mentes brillantes tejer sus comentarios. Enseguida, hizo el suyo:

—Mi mente era un supermercado de malos productos, un baúl de gatos. ¿No fue ése uno de los motivos por los que enfermé, doctor Marco Polo? Compraba todo sin ningún criterio.

Todos aplaudieron la inteligencia de Óscar. Todo parecía perfecto, hasta que una enfermera de aire sombrío entró en la habitación. La mujer le dio una pastilla a Marco Polo. Él observó su cara tensa, los músculos fruncidos de la frente. Observador, indagó:

—¿Qué medicamento es ése?

—Un antiinflamatorio, doctor.

—¿Puedo ver la caja de las pastillas?

—Confíe en mí. Lo prescribió el médico que lo operó.

—Sí, pero quiero ver la caja.

Ansiosa, la enfermera dejó la pastilla y el vaso de agua y dijo:

—Voy a buscarla.

Pero no volvió. Tal vez se le olvidó, pensaron algunos en el cuarto. Marco Polo, preocupado, no se tomó la pastilla. Pidió que su contenido fuera analizado. Algunos pensaron que tenía estrés postraumático, con ideas de persecución. Como estaba bajo la protección del Servicio de Inteligencia de Israel, el análisis fue realizado en pocas horas. El resultado no pudo ser peor. Cinco miembros de la policía técnica entraron en su habitación asustados para darle la pésima noticia. Los amigos de Marco Polo habían salido y regresado, así que todos escucharon.

—Doctor Marco Polo, qué bueno que no tomó la pastilla —dijo el perito Benjamín—. Sus pulmones habrían estallado.

—¿Por qué? ¿Qué contenía?

—Zyklon B.

—No es posible. Esa sustancia ya no se produce.

—¿Qué es el Zyklon B? —preguntó Sofía, preocupadísima.

Jadeante, Marco Polo explicó con voz tensa:

—Era el veneno que los nazis usaban en el campo de concentración de Auschwitz.

Los amigos del psiquiatra casi se desmayaron. Michael, a pesar de ser un neurocientífico judío, desconocía los detalles de las atrocidades cometidas en los campos de concentración.

—¿Qué sustancia es ésa?

Marco Polo explicó:

—En las cámaras de Auschwitz no usaron gas carbónico, sino un pesticida, el Zyklon B, que liberaba un gas extremadamente tóxico que asfixiaba los pulmones de niños y adultos. Fue horrible.

—Debe volver a Estados Unidos de inmediato —recomendó uno de los agentes del servicio de inteligencia.

Israel era uno de los lugares más seguros para los turistas, a pesar de las noticias de eventuales ataques terroristas. Pero el "caso Marco Polo" era diferente. Parecía que estaba marcado para morir. Ningún lugar era seguro para ese Indiana Jones de los tiempos modernos, mucho menos el Medio Oriente.

26

De regreso a Estados Unidos: el viaje

Marco Polo y Sofía estaban dentro de un avión, volando hacia Los Ángeles. Él seguía con los ojos hinchados y morados, el hombro traumatizado e inmovilizado. No tenía una apariencia agradable a la vista. Sofía, aunque estaba fajada debido al trauma en su costilla, tenía el rostro intacto, apenas un corte en los labios. Durante el viaje, reflexionaba sobre los códigos que habían develado. De repente dijo, tomando las manos de él:

—Me inclino ante los seres humanos iluminados y pacificadores, como Confucio, Siddharta Gautama, el Buda, ante Sócrates, Moisés, San Agustín, la Madre Teresa. Pero la administración de la emoción propuesta por Jesús no tiene precedente histórico. ¿Podría ser que los Códigos de la Felicidad y de la prevención de trastornos emocionales entraran en el sistema educativo mundial, sin importar si los países son cristianos o no?

—No lo sé. Sólo sé que hay dos maneras de hacer una fogata, con madera seca y con las semillas. Siembra semillas y tendrás un bosque, así nunca te faltará madera para calentarte.

—¡Qué bonito! Hemos sembrado semillas. Y, hablando de belleza, ¡estás muy guapo, Marco Polo!

—¿Lo crees? —preguntó, riéndose de sus traumas físicos.

Enseguida, Sofía hizo un tremendo esfuerzo para darle un beso en los labios. Sintió dolor. Ante su incomodidad física, comentó:

—Óscar nos animó. Nos hizo practicar algunas lecciones del último código. Pero éste representa una herramienta casi incomprensible para nosotros, los humanos. Exige un desprendimiento sin precedentes del ego, un desapego inimaginable. En las pérdidas, lloramos, nos desesperamos e irrigamos nuestra ansiedad. Ciertamente Jesús no quería heroísmos, pues él se comportaba como el hijo del hombre enseñando a los seres humanos, no como hijo de Dios.

—De hecho, él nunca quiso fabricar superhéroes. Por eso usó incluso sus lágrimas para transmitir lecciones inolvidables.

—¿Cuándo?

—Horas antes de que lo apresaran en el huerto, en Getsemaní, tuvo el atrevimiento de decir que estaba profundamente triste. Fue transparente al máximo. Declaró su dolor sin miedo ante sus alumnos, mientras que los padres siempre se esconden detrás de su autoridad y, los maestros, detrás de la materia que enseñan. Usando su propia biografía, Jesús enseñó que un ser humano maduro se crece ante el dolor.

Sofía estaba impresionada con sus conclusiones.

—Tienes razón, Marco Polo. Jesús no quería formar seres humanos artificiales. Él enseñaba que no hay inviernos que duren para siempre ni crisis que sean eternas. Demostró otra vez que ser maduro exige la capacidad de reinventarse en el caos y paciencia para escribir los capítulos más nobles de nuestras vidas en nuestros días más tristes...

De repente escucharon algunos aplausos. Miraron asustados a su alrededor y vieron a la sobrecargo de a bordo y a algunos pasajeros escuchando lo que estaban debatiendo. No pudieron pasar desapercibidos. Estaban en la clase económica. Como el espacio del pasillo del avión era pequeño, los que estaban en los asientos un poco más distantes estiraban el cuello para deleitarse con lo que estaban hablando. En la era de los mensajes rápidos y superficiales de las redes sociales, el diálogo de esta intrigante pareja de psiquiatras nutría las mentes sedientas.

En ese momento, un padre emocionado, el señor Bill Cleyton, que estaba de pie, interrumpió la conversación. Era un mega empresario. Salió de la primera clase y los buscó, pues había visto a la pareja en la fila de abordaje. Observando el diálogo inteligente que se instaló dentro del avión, no pudo contenerse. Algo lo asfixiaba, le robaba el aire y lo deprimía muchísimo. Comentó, con los labios temblorosos:

—Yo estoy en la lista de la revista *Forbes*, doctor Marco Polo. Estaba en su conferencia hace más de una semana... No pude abrirme ese día. Pero viéndolo a usted todo lastimado... todo herido... hablando sobre el placer, sobre esos códigos de gestión de la emoción, estoy fascinado. Permítame hablar de mi dolor.

Sus ojos se llenaron de lágrimas y continuó, con la voz embargada:

—Matthew, mi único hijo, extrovertido, alegre, sociable... un muchacho increíble... —hizo una pausa para enjugarse los ojos— ...tenía una novia. Pero ella terminó con él. Entonces él la llamó. Insistió que viniera a nuestro departamento. Vivíamos en el *penthouse*. Cuando ella se acercó al edificio, él estaba en el balcón y... Ay, Dios mío, mi Matthew desistió de vivir. ¡Él saltó! ¿Por qué? ¿Por qué mi Matthew me hizo eso? —dijo, sollozando.

Después de esta dramática descripción, aquel billonario comentó, profundamente conmovido:

—Daría todo mi dinero por tenerlo de vuelta. Tengo una cadena de tiendas con más de cuarenta mil empleados. Pero yo... renunciaría a todo lo que tengo. Sería un empleado en la tienda más sencilla del mundo, un cargador de cajas, un asistente... con tal de tener a Matthew de vuelta. La muerte es cruel, no nos da una segunda oportunidad.

Todos lloraron ante el dolor de aquel hombre. Ya no era uno de los hombres más ricos del mundo, pues se consideraba uno de los más pobres de la humanidad. Había perdido lo que era importante, se quedó con el resto. Era un buen hombre, un padre que amaba profundamente a su hijo. Marco Polo no intervino de inmediato. Dejó que él hablara sin miedo de su inenarrable dolor. Después de ese desahogo, tomó la palabra y comentó de manera emocionada:

—Señor Bill Cleyton, en primer lugar, Matthew no quiso matarse, sino matar su dolor. Ninguna persona que piensa cometer o comete un acto suicida quiere de hecho morir. En realidad, tiene sed y hambre de vivir. Él estaba encarcelado en una ventana traumática, que impidió que su Yo tomara decisiones, abriera miles de otras ventanas para dar respuestas inteligentes a una situación estresante.

Aquel hombre había recibido muchas explicaciones sobre el suicidio, pero ninguna lo había convencido. Por primera vez tuvo una respuesta que lo alivió, aunque fuera un poco. Entendió que su hijo no lo había abandonado, que no tenía plena conciencia de lo que estaba haciendo. Pero el dolor de la pérdida todavía lo secuestraba. Fue entonces que Marco Polo discurrió sobre el más increíble de los códigos del Maestro de maestros, el Octavo. Y lo hizo de forma iluminadora y revolucionaria.

—En segundo lugar, señor Bill Cleyton, cobrarse por lo que debería haber hecho por él, castigarse por sus errores o deprimirse por la ausencia de su hijo son las peores formas de honrarlo.

—Hace un año que ocurrió ese episodio. ¡Yo me castigo y me deprimo todos los días! Fui a Jerusalén para ventilar mi mente, pero no lo conseguí. ¿Qué hago, doctor Marco Polo? No acepto su muerte. No sé cómo honrar a mi niño.

—Las pérdidas trágicas jamás pueden ser superadas con depresión o autocastigo. Declare dentro de sí mismo: "¡Por amor a ti, no me voy a deprimir, ni a cobrarme, ni a buscar mil porqués, sino aplaudirte todos los días, celebrando la vida, dando lo mejor de mí para hacer felices a los demás!". Cambie su postura ante la pérdida. ¡Haga un homenaje a su hijo siendo más alegre! ¡Hónrelo todos los días siendo libre, contemplativo, generoso! En caso contrario, eternizamos el luto. ¡No enterramos a quien perdemos! Somos injustos con quien amamos. Nunca resolverá la nostalgia y no debe, pero el luto debe cesar con el cáliz de la alegría.

El mega empresario cuyo hijo se había quitado la vida esbozó una sonrisa sorprendente, algo que no hacía desde la tragedia. Sacó de su mente un peso insoportable. Los que estaban en el avión, que habían perdido a seres queridos, también oxigenaron su psique con ese notable código de gestión de la emoción.

—Yo también perdí a mi esposa de forma trágica. Ahora que estudié al hombre más inteligente de la historia, estoy aprendiendo a honrarla como ella merece —dijo Marco Polo. Después advirtió—: Hay una epidemia de suicidios en la era de la industria del ocio. Eso me preocupa muchísimo.

Bill Cleyton también quedó preocupadísimo con ese dato.

—Además de tener cadenas de tiendas, soy inversionista en la industria del entretenimiento. ¿Qué puedo hacer para revertir ese cuadro?

—Las escuelas que sólo enseñan las materias clásicas, pero que no enseñan habilidades socioemocionales para que los jóvenes sean autores de su propia historia no los preparan para la vida ni para las intemperies existenciales. Todas las escuelas del mundo deberían tener programas de gestión de la emoción para sus alumnos.

—Por amor a mi hijo, todos los días voy a entrenarme para ser feliz. Voy a construir un fondo para invertir en programas de educación de la emoción en las escuelas —prometió el billonario, profundamente sensibilizado.

Todos aplaudieron a aquel hombre. Estaba comenzando a encontrar un tesoro que los reyes no habían encontrado, un sentido profundo para su existencia. Después de eso, el avión comenzó a sufrir algunas turbulencias y la sobrecargo pidió a todos que se sentaran y se pusieran los cinturones de seguridad. Sofía tomó la mano de Marco Polo, llena de felicidad. Ambos estaban aprendiendo a construir esperanza en las turbulentas aguas de la emoción.

Horas después, el avión aterrizó en el aeropuerto de Los Ángeles. Lucas estaba esperando ansioso a su padre en el área de recepción de pasajeros. Había interrumpido su internamiento unos días antes. Sabía que había sufrido un accidente, pero cuando vio a su padre, tuvo dificultad para reconocerlo. Asustado, gritó:

—Papá, ¿eres tú?

Marco Polo abrió los brazos.

—Sí, hijo, soy yo. Estoy herido, pero soy yo...

Lucas lo abrazó con cuidado, pues él mostró dolor durante el contacto.

—¿Qué pasó?

—Es una larga historia, hijo.

Enseguida, Lucas abrazó a Sofía y le dio un beso en el rostro.

—Papá habla mucho de ti. Gracias por cuidarlo.

—Por lo visto, no lo cuidé bien.

—Pudo ser peor... —dijo el joven.

Y se fueron a casa. En el camino, Marco Polo procuró usar los códigos que enseñaba y aprendía.

*

Pasaron los días, y poco a poco Marco Polo comenzó a revelarle su biografía a su hijo: sus aventuras, pérdidas, frustraciones, los momentos dramáticos, las lágrimas no lloradas. Comenzó a enseñar a través del libro más complejo e importante, el libro de la vida. Pensó que Lucas se hartaría de escuchar a su padre hablando sobre sí mismo, pero el muchacho adoró las aventuras de su nuevo héroe.

—¡Qué increíble, papá! Quería estar cerca de ti. Nunca imaginé que hubieras sufrido tanto, atravesado tantos peligros a lo largo de la vida, principalmente en Jerusalén. Tus aventuras son más interesantes que las películas de ficción científica, más sorprendentes que las historias policiacas.

—Qué bueno que te gusten, Lucas. Y tú, ¿cómo estás? ¿Qué miedos te controlan? ¿Qué vampiros sangran tu emoción?

—Nunca hablaste de esa manera. ¿Vampiros que me sangran? ¡Me gustó! La compulsión por la droga me hacía ir en contra de lo que amaba. Me prometía a mí mismo que sería libre, pero parecía un esclavo. Usando tu lenguaje, tenía vampiros dentro y fuera de mí.

—¿Cómo es eso? —preguntó Marco Polo, preocupado.

—¡Fui amenazado por traficantes! ¡Me apuntaron con un arma dos veces!

Marco Polo se quedó sin voz.

—¿Quieres que pare, papá?

—No, no, es súper interesante. Quiero conocer tus capas más profundas, hijo.

Y así, padre e hijo comenzaron a cruzar sus mundos de manera más inteligente y profunda. Una semana después ocurrió el gran encuentro anual en la universidad donde Marco Polo era jefe del departamento de psiquiatría. A pesar de las heridas, sintió que debía ir. Sofía y Lucas quisieron acompañarlo. Al dar los primeros pasos en el inmenso espacio central de la universidad, pronto fue abordado por algunas alumnas que lo reconocieron.

—Doctor Marco Polo, ¿usted aquí? Supimos de su accidente. ¡Lo siento mucho! Pensé que seguía en Israel —dijo Priscila, una de las mejores estudiantes de medicina de la universidad. Estaba con otras dos amigas, que también se alegraron de encontrar al ilustre profesor—. Estuve siguiendo sus interesantes debates por internet.

—Me sorprende el poder de internet —dijo Marco Polo con el rostro repleto de hematomas, aunque la hinchazón de los ojos había disminuido.

—Estoy boquiabierta, profesor —comentó Sulamita, una de las amigas de Priscila—. Jamás imaginé que la psicología, la psiquiatría y la sociología pudieran usarse para analizar la mente del hombre más famoso de la historia. Él es mucho más complejo, inteligente... En fin... no me sé expresar.

—El carpintero de Nazaret revelado por las ciencias humanas es mucho más notable de lo que me enseñaron —afirmó Priscila.

Lucas observó las reacciones de esas estudiantes y se enorgulleció de su padre.

—Yo frecuento los cultos de una religión, profesor —afirmó Karine, la otra amiga de Priscila—. Pero yo era muy superficial. Con sus debates, Jesús también creció mucho a mis ojos: sociable, extrovertido, súper feliz y súper inteligente. Mis Navidades ya nunca serán iguales. Ya decidimos en familia que la próxima haremos un debate sobre sus herramientas. ¡Ah! Hasta los líderes de mi iglesia lo seguían. Están abrazando más y criticando menos a los que son diferentes. Están más inclusivos, afectivos, discurriendo más sobre la protección de la emoción.

—¿Y María, su madre? ¿Qué mujer era esa? ¡Nunca imaginé que fuera tan resiliente y atrevida! Muchas gracias, profesor —comentó Priscila de nuevo.

Marco Polo agradeció a las tres estudiantes.

—Estoy impresionado, papá. ¡Esas chicas te adoran! —ponderó Lucas.

Unos pasos más adelante, una voz grave llamó al psiquiatra.

—¿Doctor Marco Polo? ¿Doctor Marco Polo?

Ellos interrumpieron la marcha. Quien lo había llamado era uno de los más respetados intelectuales de la universidad, un anciano profesor de derecho.

—Doctor Anderson, que gusto volverlo a ver —comentó Marco Polo.

—Felicidades por la iniciativa.

—¿También siguió los debates?

—En ciertos momentos me quedé casi sin aliento. No imaginaba que desde la altura de mis ochenta años, mi mente se fascinaría con nuevos conocimientos.

—Yo también quedé fascinado, profesor. Pude ver mi propia estupidez e ignorancia.

—Jesús sigue siendo una fuente de misterios. Es un poeta de los derechos humanos. Si el mundo académico conociera sus códigos para formar mentes libres, habría menos criminales y menos prisiones.

—Sin duda —afirmó Sofía, junto con Marco Polo.

Dos personas que Marco Polo nunca había visto y que vestían traje y corbata vinieron hacia él. Expresando una rabia incontenible, vociferaron:

—¡Loco! ¿Quién eres tú para analizar la mente de Jesucristo? ¿Quieres ser Dios?

Lucas se condolió de su padre. Preguntó, ansioso:

—¿Quiénes son estos radicales?

—Tranquilo, hijo. Quien no da a los demás el derecho de criticar no es digno de ser un pensador —enseguida, se dirigió a los que lo interpelaron—: No soy Dios, señores. Por el contrario. Me volví aún más sensible cuando estudié al ser humano Jesús.

—¡Merecías el accidente que sufriste! ¡Hereje!

—Sofía se había puesto aprensiva.

—Los herejes son ustedes —reaccionó Lucas, indignado.

Marco Polo intentó contener la irritabilidad de su hijo.

—Pensar no es una herejía, señores, pero abortar el pensamiento sí puede serlo —dijo Marco Polo, con delicadeza, antes de dirigirse a Sofía y a Lucas—: Vamos.

—Sí, vamos —dijo Sofía, tomando la mano de Lucas.

Pero el segundo personaje en censurar a Marco Polo añadió:

—¡Lo que no hacen los científicos para tener un poco de fama!

—¿Fama? Para mí, señor, el culto a la celebridad es un síntoma de una sociedad emocionalmente infantil —afirmó Sofía.

Y salieron de escena. Cuando llegaron al anfiteatro anexo a la rectoría, comenzaron a encontrar a sus pares. Fue un espanto para todos ver a Marco Polo en ese estado. Sus colegas intelectuales, científicos, profesores, lo miraban como si estuvieran viendo a un fantasma. Su cara todavía estaba muy afectada.

Un hombre que había ganado el premio Nobel de física hacía diez años indagó:

—¿Cómo está el pensador de la psiquiatría? ¿Viviendo pesadillas?

—Los sueños y pesadillas, las risas y lágrimas, la comedia y el drama forman parte de la historia de todo mortal —respondió el psiquiatra, en forma poética.

La reunión del cuerpo intelectual de la universidad estaba por comenzar. Algunos periodistas habían sido elegidos con el dedo para participar. Fotografiaban a Marco Polo con insistencia, cosa que lo incomodaba. La gran mayoría de los profesores y los investigadores había quedado fuera del evento, pues no tenía investigaciones relevantes para compartir. Cada conferencista tendría diez minutos para explicar sus descubrimientos. Marco Polo estaba inscrito, pero el doctor Abraham, el rector, creía que era mejor que esa vez el osado profesor no abriera la boca. Sin embargo, era imposible silenciarlo. Los cimientos intelectuales de esa universidad estaban en riesgo.

27
Escandalizando al mundo académico

Muchos en la universidad de Marco Polo sabían que él estaba intentando develar la mente de Jesús. Aunque lo admiraban, algunos creían que esta vez el famoso psiquiatra estaba alucinando. El ilustre rector temía la reacción de la audiencia ante un asunto tan polémico. Temía que se publicaran notas desagradables en la prensa, controversias en las revistas especializadas, además de los escándalos entre los científicos. Se olvidó de que la ciencia nace en el terreno de las controversias, no de las certezas; en el campo de las dudas, no en el de las respuestas.

Abraham se acercó a él y le dijo:

—Marco Polo, yo te admiro, pero voy a dispensarte. Estás traumatizado, no necesitas hablar en esta reunión.

Marco Polo miró a Sofía, después a Lucas y, enseguida, se dirigió al notable rector.

—¿Cree que voy a escandalizar el ambiente?

—No, de ningún modo —dijo el rector, disimulando—. Necesitas convalecer.

Bastaron cinco minutos de conversación para que el rector tropezara en algunos de los códigos que Marco Polo debatiera con amplitud en Israel: ego saturado de prejuicios, desprovisto de empatía y de transparencia. Ante la insistencia del psiquiatra, el rector comenzó a pensar en una estrategia para preparar a aquella casta notable de intelectuales. Aunque Marco Polo estuviera traumatizado y tuviera que hablar primero para ir a descansar, el rector no lo dispensó, sino que dejó su intervención para lo último.

Las preocupaciones del rector eran un reflejo de que las universidades habían sido contaminadas por el sistema cartesiano, racionalista, cerrado. Con las debidas excepciones, se habían convertido ya no en templos a la diversidad de pensamiento, sino en templos de conocimiento, la religión de las "verdades", sin saber que cada diez años gran parte de las "verdades" se viene abajo. Pensar diferente, fuera de la caja, podía ser una invitación a ser saboteado o perseguido.

Sofía y Lucas se sentaron en la primera fila, junto con Marco Polo. Su presencia sólo fue permitida porque Marco Polo estaba herido. Pasaron casi tres horas. Varios investigadores expusieron sus trabajos más relevantes. Fue extenuante. Quince minutos antes de que Marco Polo iniciara su exposición, el asistente del rector se aproximó a él y le dijo al oído:

—Una mujer afligida está en la puerta del anfiteatro queriendo hablar con usted.

—¡Pero estoy a punto de hablar! —replicó Marco Polo.

—Ella dice que es urgente, y que sólo tomará dos minutos.

—¿Pero qué puede ser tan urgente?

Lucas y Sofía no escucharon de lo que se trataba. Sólo les parecieron extrañas las reacciones de Marco Polo.

—¡Quiere hablar sobre el hijo de usted! Dijo que es una cuestión de vida o muerte —dijo el asistente, sujetando su brazo derecho.

El psiquiatra miró a Lucas. Él no sospechaba nada. De inmediato salió y vio a una despampanante mujer, rubia, bella, de unos cuarenta años, esperando por él.

—Doctor Marco Polo, ¿cómo está el respetado intelectual?

—¿La conozco? —preguntó el pensador, que era distraído.

—¡No, pero yo lo admiro mucho! —dijo la mujer rápidamente, antes de acercarse para darle un abrazo y un beso.

Percibiendo sus extrañas maneras, Marco Polo no lo permitió. Extendió las manos para evitar que ella lo tocara.

—Discúlpeme, estoy herido. ¿Qué es lo que quiere decirme con tanta urgencia sobre mi hijo?

Viendo que él se apartaba, ella pasó de la admiración al rechazo:

—¡Qué padre arrogante! No merece la información sobre su hijo.

—El asistente del rector me dijo que su mensaje era una cuestión de vida o muerte.

—Usted sabe que lo es —dijo ella, retomando la delicadeza en la voz.

Parecía una mala actriz. Intentó aproximarse a él otra vez, pero Marco Polo dio un paso atrás.

—¡No le contaré! —concluyó ella, viendo su retirada.

Marco Polo se convenció de que ella estaba mintiendo. Se volvió de inmediato y regresó al anfiteatro. En ese momento, ella sacó un pequeño tubo de plástico y, dando algunos pasos rápidos, roció algo en la nuca de él. Enseguida llamó su atención:

—Doctor, espere.

Pero él se asustó y dio otros dos pasos antes de volverse, de modo que aspiró sólo una pequeña cantidad del aerosol. Era un poderoso neurotóxico. Dependiendo de la dosis aspirada, podía producir convulsiones y contracturas musculares intensas, lo que lo llevaría a la tumba. Había sufrido otro atentado contra su vida, pero esta vez no se dio cuenta completamente.

—¿Qué olor es ése?

—¡Qué psiquiatra neurótico! ¿Tienes miedo del perfume de una mujer, mi bien? —dijo ella, saliendo con una sonrisa sarcástica en el rostro.

Marco Polo comenzó a sudar frío, a sufrir taquicardia, a perder el aliento. Entró en el anfiteatro apoyándose en la pared. Sus colegas científicos creyeron que su comportamiento era extraño. Sabían que Marco Polo era brillante, instigador y provocativo, pero viéndolo herido en el rostro, con un cabestrillo en el brazo y andando a tropezones, tuvieron la sensación de que estaba destruido. Ya no era el mismo. Ya no brillaría en la construcción de nuevas ideas. Se sentó en la butaca, intentando afirmar su visión. Sofía preguntó, preocupada:

—Marco Polo, ¿te sientes bien?

—No mucho.

—Ya vámonos, papá. No necesitas esto.

—Denme algunos minutos, que voy a mejorar —respondió con dificultad, recostando la cabeza en la butaca.

El rector, observando su estado, creyó que la mejor estrella de su universidad era una estrella caída. Dejarlo hablar era un riesgo enorme, sea por la posibilidad de que hiciera el ridículo, o de acabar con la imagen de la institución. Su conferencia comenzaría en unos minutos. El doctor Abraham Leman lo vio jadeante, bañado en sudor, pasándose las manos por la cara.

—¿Qué está sucediendo, Marco? —preguntó el rector.

—Estoy fatigado.

—¡Desiste!

—No me puedo callar...

—Piensa un poco —dijo el rector, que ahora fue transparente—: Tu tema es polémico. ¡Aquí hay algunos premios Nobel! Y en el estado en que te encuentras, no tendrás las condiciones intelectuales para defender tus ideas ni de encantar a tus pares como siempre lo haces.

—¿Los científicos se están escandalizando? Entonces no son científicos, son repetidores de ideas.

—Pero...

A pesar del vértigo, dijo:

—Quien es infiel a lo que cree tiene una deuda con su propia conciencia. No me deje aumentar mi deuda... Preséntеme ya.

La palabra desistir no formaba parte del diccionario del cerebro de Marco Polo. Era resuelto, determinado, disciplinado. Toda elección implica una pérdida. Había llegado la ocasión de comentar sus estudios sobre la mente del hombre más famoso que pisara esta Tierra. ¿Caería en el ridículo? ¿Recibiría el escarnio público por introducir un tema extraño en el nido de los intelectuales? ¿Sería expulsado por abordar asuntos que le daban escalofríos a la ciencia?

Con la voz embargada, Abraham Leman comentó:

—Queridos colegas, estoy orgulloso de nuestra universidad. Hace más de un siglo nuestros mejores científicos se reúnen cada año para hablar sobre las investigaciones de vanguardia que están desarrollando. Hemos llegado al final de este encuentro anual. Sé que todos están con el cerebro al límite. El doctor Marco Polo es el último en hacer su exposición. Él insiste en hacerla. Sólo que por desgracia nuestro ilustre pensador sufrió un accidente...

—Un accidente no, un atentado.

Abraham Leman tragó en seco. Y fue grosero:

—Sí, un atentado. Bueno, los que estén cansados están dispensados.

Silencio general en el auditorio. Lucas se retorcía de ansiedad. Algunos se levantaron. Sofía se indignó con la actitud poco elegante del rector y de sus colegas. Pero Marco Polo estaba tranquilo, nadie estaba obligado a escucharlo. A pesar de eso, interrumpiendo al rector, los provocó:

—Quien tiene miedo de salir de su corral intelectual nunca será una mente libre.

Impactados por ese pensamiento, se sentaron de inmediato. Entre ellos había un científico, el doctor George Felpes, que era el mayor opositor de Marco Polo. Estaba tenso, bufando de rabia, inquieto en su silla. Prefería oír al Diablo que escuchar las palabras del psiquiatra. Al ver que nadie salía, se incomodó.

El rector advirtió a la audiencia:

—Después de una larga ausencia, el doctor Marco Polo regresó de Israel y trajo un asunto que... que... —tosió—. No es un tema sociopolítico, socioemocional o psiquiátrico, sino un tema... como mínimo, controvertido. Tal vez no les agrade o les asombre. No es un tema relevante para las neurociencias...

—Doctor Abraham, usted es un ilustre rector. Dígame cuáles son los criterios para que un tema sea relevante para las neurociencias —provocó Marco Polo, con una leve sonrisa.

Sentir el gusto amargo del desprecio había mejorado su estado de alerta.

Los científicos murmuraron. Sólo Marco Polo tenía el coraje de enfrentar al magnífico rector. Tres lo habían hecho y habían sido despedidos.

—¡Lo que vas a discutir va a causar escándalo!

—Los científicos que se escandalizan como niños no son pensadores. Un arma mata al cuerpo, pero el prejuicio mata el alma. Déjeme vivo, doctor Abraham. Deje que esta magna audiencia juzgue mis ideas —pidió con atrevimiento.

De nuevo, Marco Polo sorprendió a los presentes. Sin embargo, él abría y cerraba los ojos con frecuencia. Algunos soltaron risas contenidas por su estado sin tener la mínima idea de lo que había sucedido. Por fin, el rector comentó el tema de Marco Polo.

—Bien, el asunto que el doctor Marco Polo va a comentar en esta reunión es... la mente de Jesús.

Otra vez silencio general en el auditorio. Después vinieron las francas risotadas.

—¡Tiene que ser una broma! —dijo un neurocientífico nominado para ganar el premio Nobel de medicina, el doctor Donald Deep. Enseguida completó, inquieto—: ¿El más acérrimo de los ateos que he conocido discurriendo sobre la mente de Jesús? ¿Y todavía más en una universidad? Y, peor aún, ¿en la reunión anual sobre nuestras investigaciones de vanguardia?

—Discúlpeme, doctor Marco Polo, pero ¿por qué osó investigar la mente de Jesús? —preguntó el doctor Mark Zeng, premio Nobel de medicina, que también era ateo.

De hecho, muchos de los científicos presentes eran ateos. Algunos eran amigos del carismático Marco Polo.

El doctor Felpes, al oír el tema que iba a ser discutido, tuvo un ataque de rabia. La envidia que sentía por Marco Polo, fuera por sus artículos, sus premios o por el éxito de sus libros, lo cegaba. Cerró el circuito de la memoria, se convirtió en un predador voraz. Dijo, sin piedad:

—¡Un hombre, después de perder a su esposa en condiciones trágicas y de fallar flagrantemente en la educación de su hijo, es propenso al delirio religioso para intentar neutralizar sus dolores y frustraciones!

Lucas iba a levantarse para pelear con el doctor Felpes, pero Sofía lo contuvo. Le dijo en voz baja:

—¡No, Lucas! Tu padre no necesita defensores.

El doctor Felpes fue más lejos:

—Ésta es la farsa del año, no la reunión científica del año. No formaré parte de este circo —dijo, desprovisto de empatía y tolerancia, antes de levantarse para salir.

Otros diez científicos, algunos de sus discípulos, también se levantaron junto con él. El clima era tenso en extremo, mucho peor de lo que el rector había imaginado. Parecía que iba a haber una desbandada general. Los reporteros tomaban notas y accionaban sus cámaras, eufóricos. El miedo a lo nuevo les impedía navegar en las aguas turbulentas de la emoción. Y las aguas de la emoción se ponían todavía más agitadas cuando el osadísimo pensador Marco Polo abría la boca. De inmediato tomó la palabra y los confrontó, con suavidad:

—Tengo más miedo de mis amigos que de mis enemigos. Mis enemigos abren mis heridas, pero me dan la oportunidad de tratarlas, mientras que mis amigos, preocupados por mi dolor, anestesian mis llagas, perpetuando mi infección.

Sorprendió a sus verdugos una vez más. El doctor Felpes y otros científicos interrumpieron su marcha. Al elogiar a sus opositores, desplazó el ancla de la memoria de las fronteras de las ventanas *Killer* hacia los límites de las ventanas *light*. Oxigenó los suelos del inconsciente de sus detractores. Enseguida les asestó el golpe fatal:

—La verdad esencial es un fin intangible en la ciencia. Elogio la crítica de mis opositores, pero no elogio su miedo de escuchar mis ideas. ¿Tiene miedo de escucharlas, doctor Felpes?

—¿Por qué lo tendría? —reaccionó el científico, calentando el clima de la reunión.

El rector amenazó con intervenir, pero Marco Polo, que amaba los debates, había atrapado a su oponente. Le hizo un gesto al doctor Abraham para que se calmara. Después, entrando en las capas más profundas de la mente del doctor Felpes, lo instigó:

—Estoy seguro de que no es víctima de esa fobia. Si mis ideas son estúpidas, arrójelas en el basurero de sus memorias. Si son coherentes, reflexione sobre ellas.

Muchos académicos que estaban somnolientos despertaron con el coraje de Marco Polo. El doctor Felpes se sentó en la silla vacía que estaba a su lado. Los que se habían levantado también se volvieron a sentar.

—Todas las religiones han fallado en forma dramática por no haber investigado la mente de Jesús. Del mismo modo, todas las universidades, en especial las de ciencias humanas, erraron de manera infantil al no investigar ese asunto lejos de las influencias religiosas.

Después de esta seriecísima afirmación, Marco Polo dio un suspiro profundo. Enseguida defendió:

—Los padres de la democracia de esta nación, el estándar ético que nos controla, y la forma en que interpretamos los derechos humanos sufrieron una grandiosa influencia de las tesis del Maestro de Nazaret. Sólo por esos motivos, deberíamos tener aunque fuera el mínimo respeto por la investigación de su psique. ¡Pero no lo tenemos! Nadie se avergüenza de hablar de Parménides, Sócrates, Hegel, Kant, Spinoza, Sartre y Nietzsche en el salón de clases, a pesar de que nos han influenciado tan poco. Pero nos avergonzamos de hablar de Jesús. Él es puesto en la periferia de la sociedad, relegado a las aulas de la religión, a las películas religiosas, como si no fuera el hombre más inteligente de la historia. ¡Ésa es una actitud neurótica, estúpida, poco inteligente!

El doctor Abraham se levantó. Estaba un poco trémulo. Viendo que la audiencia estaba en completo silencio, intervino:

—¡No exageres, Marco Polo!

Pero he aquí que el doctor Mark Zeng enfrentó al rector, algo que nunca había tenido el valor de hacer:

—Espere, doctor Abraham. Yo soy agnóstico, como lo fue Charles Darwin. Pero Marco Polo tiene toda la razón. A mi parecer, cometemos una falla científica grotesca. Nunca supe que en un salón de clases se hablara sobre la inteligencia y las habilidades de Jesús. ¡Hablar de él no es discutir sobre religión, sino sobre psicología, sociología, psiquiatría! ¡Qué error imperdonable! ¿Pero quiénes son los mayores culpables de esta falla atroz? ¿Las religiones? ¿Las universidades? ¿El prejuicio de los científicos? ¿Los políticos?

—La falla es de todos, doctor Mark Zeng. Miles de millones de cristianos lo aplauden, incluso muchos adeptos del islam y del budismo, pero no estudiaron sus revolucionarias tesis psicosociales. Muchos países paran en Navidad para conmemorarlo. Se adornan las casas y las ciudades para celebrar su nacimiento. Pero hablando con honestidad, conmemoran a un desconocido.

—¡Difiero! ¡Yo soy religioso! ¡Yo conmemoro su sacrificio! —dijo el doctor Felpes, a los gritos.

Era un religioso radical, pero nunca se había atrevido a revelar sus creencias. Ahora lo hacía casi a punto de un ataque cardiaco.

—Doctor Felpes, no estoy diciendo que Jesús sea desconocido en su faceta espiritual, sino en su brillante faceta humana. No quiero anular las religiones, pero ellas, así como las universidades, podrían dar un salto de inteligencia y salud emocional si respondieran estas importantísimas cuestiones: ¿Jesús usó herramientas para formar pensadores? ¿Formó mentes adiestradas o mentes libres? ¿Utilizó técnicas para construir relaciones saludables? ¿Propagó habilidades para proteger la emoción de sus alumnos y de la humanidad? ¿Sabía liberar el más complejo de los pensamientos, el antidialéctico-imaginario, para dar respuestas inteligentes en los focos de tensión? ¿Sus herramientas eran eficientes o estériles? ¿Su mente era saludable o enfermiza, perspicaz o tosca, resiliente o frágil, proactiva o conformista?

El cerebro de aquella casta de intelectuales estaba congelado, pasmado, perturbado.

—Marco Polo, estoy abrumado con esos cuestionamientos. No sé qué decir ni lo que siento —comentó el neurocientífico doctor Donald Deep—. La ciencia no sobrevive sin honestidad y transparencia, por eso, disculpe mi prejuicio inicial. Nunca imaginé que existieran esas tesis ni que alguien pudiera formular esos cuestionamientos. Usted no está imponiendo ni forzando sus tesis, sino haciéndonos pensar de manera crítica.

—Si las tesis del hombre Jesús son explosivas, deberían estar en el programa curricular de toda facultad, inclusive las de ciencias exactas, pues queremos formar pensadores, no mentes adiestradas... También me dejó sin voz —afirmó el doctor Gordon, profesor e investigador de física cuántica.

—Y puedo hacer más cuestionamientos, pues también quedé abrumado. Por ejemplo, muchos aman el marketing, aunque no lo admitan. Adoran que sus artículos sean publicados en forma destacada en las revistas científicas, que sus ideas sean propagadas en el mundo académico y social. Pero el hombre que yo analicé en Jerusalén usaba el antimarketing.

—¿Cómo es eso? —cuestionó el doctor Donald Deep, impresionado.

—Él vivió y propagó esta tesis: tu mano izquierda no debe saber lo que hace tu mano derecha. Para espanto de la psicología y de la sociología, cuando él aliviaba el dolor de alguien, le decía que no se lo contara a nadie.

No se oía en el anfiteatro ni el zumbido de una mosca. Mientras reflexionaban sobre esos fenómenos, Lucas estaba fascinado por primera vez con la inteligencia de su padre. De repente el doctor Brant, con doctorado en sociología, preguntó si Jesús no había tenido un brote psicótico:

—Algunas de las tesis que Jesús defendió son dignas de un paciente en el más alto brote psicótico. Por ejemplo: "¡Quien crea en mí, aunque muera, vivirá!".

—Esa interpretación es comprensible. En apariencia, su afirmación es un delirio de grandeza sin precedentes. Pero ¿cómo alguien tan grande puede hacerse tan pequeño para convertir a los pequeños en grandes? —comentó Marco Polo, sin medias palabras.

—¡Disculpe mi ignorancia, pero no entendí! —dijo, perturbado, el doctor Brant.

—Su discurso sobre la trascendencia de la muerte entra en la esfera de la fe. Cuando la fe alza la voz, la ciencia calla. Por otro lado, una persona que está en un brote psicótico delira que es un exponente social, un general, un dictador, un rey, no un ser humano común.

—Pero él decía que era el hijo de Dios —afirmó el doctor Felpes, intrigado.

—Fue rarísima la vez en que dijo ser el hijo de Dios. Desconocemos su tremenda faceta humana, porque renunciamos a estudiarla. Cuando se le preguntaba quién era, él acostumbraba responder: "Yo soy el hijo de la humanidad". Por más de sesenta veces dijo que era el "hijo del hombre". No quería títulos, estatus ni poder. Para asombro de la psiquiatría, él se postulaba como un ser humano. Y, como ser humano, exaltaba a las prostitutas como reinas y a los leprosos como príncipes. Los abrazaba sin miedo. ¡Nadie nunca luchó como él por los derechos humanos! ¿Fue Jesús el mayor psicótico de la historia? ¿O fue Jesús una de las mentes más brillantes, si no la más centelleante, que haya pisado este planeta azul?

Los científicos estaban fascinados con el Jesús histórico, con ese personaje famosísimo y por completo misterioso descrito por Marco Polo.

—Estoy perplejo. Esa expresión de Jesús, de autoproclamarse hijo de la humanidad, es como mínimo perturbadora, desmonta nuestras neurosis académicas. Nos gusta intitularnos como maestros, doctores. No sabemos asumirnos como seres humanos capaces de exaltar a otros seres humanos. Nunca abracé a mis hijos ni a mis alumnos. La academia nos enfermó —afirmó el doctor Mark Zeng.

Marco Polo continuó:

—¿Quién, en la actualidad, sea intelectual, teólogo o político, protege con su propia vida a las personas consideradas como escorias sociales, tal como hizo Jesús? ¿Quién conduce bien su vehículo mental para apostar todo lo que posee en los que poco tienen?

—Nosotros, la casta de intelectuales, creemos defender los derechos humanos, ¡pero en la práctica vivimos un personaje! —afirmó valerosamente el doctor Gordon.

Marco Polo completó su razonamiento:

—Einstein internó a su hijo en un manicomio y nunca más lo visitó. Uno de los cerebros más notables de la humanidad fue controlado por sus fantasmas mentales. El ambiente tétrico de un manicomio... El miedo de lidiar con fenómenos que sobrepasan los límites de la lógica, como la psicosis de su hijo, lo llevó a cometer un craso error con quien más necesitaba de su apoyo y sus abrazos. ¿Ustedes apuestan por sus hijos, incluso cuando ellos los decepcionan? ¿Aplauden a su compañero o compañera? ¿O son especialistas en señalar fallas? ¡Discúlpenme, pero quien es un experto en señalar fallas está apto para arreglar máquinas, no para formar mentes libres y saludables!

Los científicos casi se desmayaron. Muchos eran cartesianos, críticos al extremo. El doctor Abraham era impaciente con su hijo hiperactivo. No pasaba un día sin que le levantara la voz o lo criticara innumerables veces.

—Dirijo una universidad con más de mil profesores y veinte mil alumnos, pero no sé conducir el vehículo de mi mente para educar a mi único hijo con generosidad, empatía e imaginación

—confesó el rector, dejando a todos atónitos, pues nunca había revelado un párrafo siquiera de su historia, ni qué decir un capítulo vital. Y completó—: Las universidades no sólo son un centro de producción y transmisión de conocimientos, sino también un escondrijo para muchos profesores y científicos que camuflan sus fantasmas mentales detrás de sus títulos.

Comenzó a percibir que estaba enfermo en muchos aspectos, inclusive porque el virus del prejuicio lo había infectado al tratar de bloquear a Marco Polo. Las mejores mentes de aquella universidad comenzaron a entender que Marco Polo no sólo era osado en extremo, sino también coherente.

—¡El mal de los expertos es creer que los que piensan distinto son estúpidos! ¡Yo confieso que fui estúpido al resistirme con todas mis fuerzas a investigar el intelecto de Jesús y sus códigos para desarrollar la inteligencia global, multifocal, multiangular! —declaró sin miedo el pensador de la psiquiatría. Y comenzó a transformar el debate en un asunto agradable, inteligente y suave—: No sólo tallaba la madera, sino que fue un fascinante carpintero de la emoción y de las relaciones saludables.

—¿Y eso por qué? —indagó curioso el doctor Abraham.

—Para él, las relaciones humanas deberían ser dosificadas. Deberían tener más humor y profundidad, constituirse con setenta por ciento de comedia y treinta por ciento de drama. No inviertan esa ecuación emocional.

Muchos se rieron de su propio estrés.

—Creo que muchos de nosotros invertimos esa ecuación emocional, viviendo noventa por ciento de drama y, como máximo, diez por ciento de buen humor o comedia con nuestros hijos, cónyuges y hasta alumnos —dijo con honestidad la doctora

Hillary, una profesora de biología molecular—. ¿Pero Jesús tenía buen humor?

—Muchísimo, doctora Hillary. Por ejemplo, en una ocasión le preguntaron a uno de sus alumnos, Pedro, si su maestro pagaba impuestos. Éste, impulsivo, dijo que sí. Esta respuesta emitida sin pensar no le valió un regaño. Al contrario, Jesús le pidió a Pedro que refrescara su mente, que se fuera a pescar, que encontrara una moneda de plata en el estómago de un pez. Sin importar si se cree o no en actos sobrenaturales, ése es un ejemplo del notable buen humor de ese educador. Nunca perdía la paciencia. Cuando le preguntaron cuántas veces se debe dar una nueva oportunidad a quien se ha equivocado, él respondió que setenta veces siete, o sea, incontables veces. ¿Y saben por qué?

—No tengo idea —dijo la doctora Hillary.

—Porque él sabía que nadie cambia a nadie; que tenemos el poder de empeorar a los demás, pero no de cambiarlos. Sólo los otros pueden autorreciclarse. Siempre de buen humor, el Maestro de maestros provocaba a sus alumnos a domesticar sus propios fantasmas emocionales, a corregir sus locuras y a lapidar su egocentrismo. Y no sólo eso. Era tan admirable que proclamó los más increíbles códigos para financiar la felicidad sustentable y una emoción protegida y saludable.

Después de citar los códigos, Marco Polo miró el reloj y vio que su tiempo se había agotado. Cerró su charla, pero, para espanto del rector, varias personas le suplicaron que extendiera su explicación. Querían conocer algunos de esos códigos. El pensador de la psiquiatría y la psicología atendió esta petición. Fue un momento mágico. Pero él no imaginaba las tormentas que en minutos caerían sobre ellos.

28

Una juventud conformista e intoxicada

Muchos intelectuales son excelentes para investigar, analizar, dirigir empresas, pero con frecuencia son pésimos para ser felices, relajados, libres, ligeros, contemplativos, reinventivos. No entienden que la soledad ligera es propulsora de la creatividad, mientras que la soledad intensa es tóxica para producir nuevas ideas.

Marco Polo comentó con la audiencia de notables de su universidad:

—Es asombroso que Jesús siempre haya defendido que buscar el placer estable es profundo, que aplaudir la vida y estar bien resuelto emocionalmente eran factores vitales para ser productivo. Uno de los códigos más intrigantes que Jesús trabajó fue: felices los que vacían su propio ego, o sea, que reciclan sus propios prejuicios, revisan sus propios dogmas y sus propias creencias limitantes, pues de ellos es el reino de la creatividad.

Al oír ese código, muchos ganadores de premios Nobel quedaron estremecidos.

—Espere un poco. Para ese hombre, Jesús, el concepto de que un intelectual es un espécimen dotado de pesimismo, circunspección, solidez, es enfermizo. Para él, las mentes pensantes deben entrenarse para ser felices, optimistas y sociables. Tiene fundamento. Una persona irrigada de placer tiende a ser más productiva que una persona depresiva —concluyó el doctor Gordon.

—La conciencia crítica impulsa la capacidad de superación, pero el pesimismo sabotea el raciocinio. Mis periodos de pesimismo y depresión fueron estériles, tenía ganas de huir del mundo, no de producir conocimiento u orientar a mis estudiantes —dijo el doctor John Look, un físico respetadísimo.

—Quien no sepa vaciar su propio ego abortará la capacidad de crear. Por eso, generalmente es en la juventud cuando un pensador produce sus grandes ideas. Muchos genios de las matemáticas y de la física hicieron sus descubrimientos antes de los treinta años. Los muchachos son los que brillan en la bolsa de valores o en las *startups* de Silicon Valley —afirmó Marco Polo.

—Es un dato interesantísimo. Los aplausos y el reconocimiento que reciben las personas de éxito se convierten en venenos que asfixian su creatividad con el paso del tiempo. Entrenarse para vaciar el ego es vital para aguzar la curiosidad, la observación y la creatividad. ¿Pero cómo sabía eso Jesús? ¿Qué código es ese que las universidades necesitan usar con desesperación, pero que desconocen? —indagó la doctora Hillary, reflexiva.

Marco Polo comentó otra aplicación de esa herramienta:

—Una pareja que no se vacía de sí destruye el romance a lo largo de su historia. Se vuelven toscos, rudos, pesados, aburridos, incapaces de crear una nueva agenda, de preguntar: "¿Dónde me equivoqué y no lo supe?", "¿Qué puedo hacer para que seas más feliz?". Se vuelven incapaces de decir: "¡Gracias por existir!".

—No es posible que esté escuchando esto. ¡Estoy lleno de mí mismo! Siempre amé a mi esposa, pero hoy vivimos en un infierno emocional saturado de reproches. Sólo hacía algunas preguntas de ese tipo en la época del noviazgo —confesó el doctor John Look—. Yo pensé que era creativo, pero parezco un viejo al final de mi carrera.

Muchos se rieron, no por burlarse, sino porque identificaban también sus propias locuras. De nuevo intervino el doctor Abraham, pero con maestría y sensibilidad, encantando otra vez a sus pares:

—Por primera vez en la historia de esta universidad secular, ésta ha dejado de ser nuestro escondrijo. Nos convertimos en lo que siempre fuimos: seres humanos con miedo de nuestros defectos. Eso es increíblemente saludable. Yo soy judío, como ustedes saben, no creo en Jesús como el Mesías. Pero ¿quién impidió en el pasado que los códigos de ese magnífico pensador fueran estudiados? ¿Fueron los científicos ateos de los últimos dos siglos, tanto de la física como de la biología?

—¡Pienso que no, doctor Abraham! Quien más enterró las ideas de Jesús no fueron los ateos, fueron los mismos religiosos. En especial los radicales, los que nunca fueron capaces de estudiar sus herramientas de gestión de la emoción.

El doctor Felpes tuvo un ataque de pánico ante las palabras de Marco Polo. Golpeando la butaca con agresividad, protestó con vehemencia:

—¡Ahora fuiste demasiado lejos, Marco Polo! ¡Los religiosos jamás enterraron las ideas de Jesús! ¡Eres un hereje!

El clima se puso tenso. Marco Polo hizo silencio. Esperó a que su temperatura de la emoción bajara y le planteó a la audiencia una tesis vital que bloqueaba la evolución de la propia ciencia, así como de la humanidad:

—Respeto tu protesta, doctor Felpes, pero díganme: ¿quiénes son los peores enemigos de Freud? ¿Son los freudianos o los que critican el psicoanálisis? ¿Quiénes son los peores enemigos de Marx? ¿Son los marxistas o los que cuestionan el socialismo?

Todos tuvieron dificultad para responder. Marco Polo se adelantó y afirmó:

—Tenemos dificultad de responder a esa pregunta porque no estudiamos el proceso de construcción de pensamientos y de formación de pensadores. Pero con humildad digo que estudié durante décadas esos fenómenos, y puedo asegurarles que los peores enemigos de un pensador son sus defensores radicales.

—¿Qué quieres decir con eso...? Nunca oí hablar de que los seguidores apasionados de Freud, de Marx, de Piaget, de Adam Smith, de Sartre, de Buda, fueran los peores enemigos de sus maestros... —dijo el doctor Abraham, confuso.

Marco Polo intentó aclarar y defender su compleja tesis. Creía que quien la comprendiera nunca más sería el mismo. Explicó los cuatro fenómenos inconscientes que leen la memoria sin la autorización del Yo, que había discutido antes. Discurrió sobre el gatillo mental, la ventana de la memoria, el ancla y el autoflujo. Dijo que éstos son vitales para el funcionamiento de la mente, pero que si el gatillo abría una ventana *Killer*, el volumen de tensión hacía que el ancla cerrara el circuito de la memoria, instalando el síndrome predador-víctima. Y el autoflujo lee y relee de forma ciega esa ventana, preparándose para luchar o para huir.

Además, comentó que existe otro síndrome aparte del predador-víctima: el síndrome de las cárceles mentales. Son las personas apasionadas por un partido político, una ideología, una religión o una persona. El gatillo se dispara con frecuencia y, a pesar de no encontrar una ventana *Killer*, encuentra ventanas o archivos donde existe la fascinación por la ideología, la religión o el personaje. Entonces el ancla de la memoria se instala en esa región de la corteza cerebral, generando una cárcel mental, impidiendo a quien está fascinado, apasionado o fanatizado abrirse a otras posibilidades.

—Si el Yo fuera frágil, no tendrá conciencia crítica, no retirará el ancla, se volverá un encarcelado viviendo en una sociedad libre. Por eso tendremos freudianos radicales, marxistas ciegos, capitalistas violentos, supremacistas blancos, políticos fanáticos, religiosos rígidos... Todos son víctimas del síndrome de las cárceles mentales. No se expanden, no se reciclan y mucho menos se adaptan.

Todos permanecieron asimilando la tesis de Marco Polo. Desconocían esos fenómenos de los bastidores de la mente humana, ligados a una de las últimas y más complejas fronteras de la ciencia. El pensador comentó que el fundamentalismo religioso estaba en expansión y podría poner en jaque la estabilidad de Europa y la viabilidad de la especie humana. Afirmó que las religiones pueden ser una fuente de enfermedades mentales, pero también una fuente de salud mental, si las personas viven los códigos de la empatía, de la tolerancia y la capacidad de abrazar más y juzgar menos, de filtrar los estímulos estresantes y de proteger la mente.

El doctor Felpes se contorsionaba en su butaca. Comenzó a

tener crisis de ansiedad. Enseguida, Marco Polo tosió un poco y bromeó con sus pares:

—¿Han convivido con personas que no se bañan en un mes?

Mary Jones, una científica de la psicología, comentó:

—Si mi marido no se baña un día, tiene que dormir en otro cuarto.

—Pues bien, Mary. Si están rumiando pérdidas, penurias y frustraciones, discúlpenme, pero la verdad es que ustedes no hacen higiene mental ni emocional.

Varios científicos rumiaban. Marco Polo continuó:

—Si sufren por anticipación, si se cobran demasiado a sí mismos y a los demás, si son hipersensibles ante las contrariedades, no hacen higiene mental ni emocional.

La gran mayoría nunca había hecho ese tipo de higiene.

—Hay personas que tienen glosofobia, o miedo de hablar en público. Algunos estudios dicen que más de cuarenta por ciento de las personas tiene más miedo de hablar en público que de morir. No reeditan las ventanas traumáticas, no hacen la higiene intelectual.

—¿Pero Jesús hacía higiene mental? —preguntó el doctor Gordon.

—Él fue el Maestro de maestros de la higiene mental y emocional. Vaciarse de uno mismo es una técnica poderosa de higiene mental. También lo es ser un pacificador de los fantasmas mentales. No comprar lo que no nos pertenece, o mejor, poner la otra mejilla a quien nos contraría, elogiando más a la persona que yerra que a su error, también es una forma eficiente.

—¿Pero entonces ese Jesús que vemos en las películas y en los libros, que vivía una historia emocional triste, cabizbaja, depresiva, silenciosa, no corresponde mucho con la realidad? —inquirió la doctora Hillary.

—No corresponde —confirmó Marco Polo.

—¿Él era un hombre feliz? —preguntó, curiosa, la doctora Mary Jones.

—Muchísimo. Para él, rico era quien celebraba las cosas simples y anónimas, imperceptibles a los ojos ansiosos. Muchos de nosotros aquí somos mendigos emocionales, necesitamos muchos acontecimientos para tener míseras experiencias de placer. Para perplejidad de la filosofía, él homenajeaba a los lirios de los campos más que al glamour de los reyes. De hecho, hay muchos reyes, príncipes y multimillonarios que mendigan el pan de la alegría —comentó el psiquiatra.

—¿Pero él formó mentes brillantes o mentes encarceladas? —quiso saber el doctor Abraham.

—Él no transmitía información; provocaba el arte de pensar. No daba respuestas prontas; instigaba el arte de la duda y el arte de las preguntas.

—Nos enseñan a enseñar, pero no a provocar la mente de nuestros alumnos. Somos compelidos a dar respuestas, pero no a fomentar la duda —afirmó el doctor Gordon.

Marco Polo se alegraba al ver que sus pares completaban sus ideas. Por fin, comentó:

—Para Jesús, transmitir su biografía como maestro era tanto o más importante que transmitir el conocimiento. Él se incluía en el proceso —afirmó Marco Polo.

La audiencia se agitó; eso era algo no sólo nuevo, sino revolucionario desde el punto de vista pedagógico. Lucas no se aguantó y preguntó:

—¿Cómo es eso, papá?

—Él era capaz de hablar de sus propias lágrimas para que sus alumnos aprendieran a llorar las suyas.

—Pero tú, papá, hasta hace pocos días nunca habías hablado de tus crisis. Nunca comentaste tus derrotas para que yo aprendiera a lidiar con mis fracasos.

—Lo reconozco, hijo. No haber conseguido transmitirte mi biografía fue una de mis mayores fallas —confesó Marco Polo emocionado, con los ojos húmedos.

—Nunca pensé en incluirme en el proceso —comentó la doctora Hillary—. Pero analizando mi pasado, los maestros que más me influyeron no fueron los más elocuentes y cultos, sino los que más hablaban con el corazón, los que transmitieron una pequeña parte de su biografía. Recuerdo a una profesora que contó haber sido humillada por ser negra, a pesar de que una fina capa de color en la piel no diferencia a dos seres humanos.

—Estoy sin palabras —comentó el doctor Donald Deep.

—¿Quién aquí es capaz de dar la nota máxima a un alumno de posgrado que se equivocó en todos los datos, pero desarrolló un razonamiento complejo? —cuestionó Marco Polo.

Nadie levantó la mano.

—¿Quién aquí da libertad a sus alumnos de maestría y doctorado para que corran riesgos, luchen por su línea de investigación y hasta se contrapongan a las ideas del orientador?

—Pero correr riesgos es un problema a la hora de enfrentar una banca examinadora —ponderó el doctor Gordon.

—El exceso de control de las tesis de maestría y doctorado ha asfixiado la creatividad de nuestros alumnos —criticó el doctor Donald Deep—. Las universidades no pueden ser la religión del conocimiento, donde se producen disertaciones de maestría para ser aprobadas por una banca de tres sinodales y tesis de doctorado para ser aprobadas por una banca de cinco sinodales. La mayoría de las tesis no tiene impacto social. ¿No se dan cuenta de que las *startups* mundiales están ganando mucho más relevancia, escala e impacto que las tesis académicas?

Todos comenzaron a entender que las universidades estaban enfermas, formando personas enfermas para una sociedad enferma. Y, hablando de crisis educativa, Marco Polo tocó un punto neurálgico:

—Todas nuestras universidades eligen a los alumnos por sus currículums. Pero ¿qué es tener un currículum excelente? ¿Qué criterios racionalistas usamos para clasificar a nuestros alumnos?

—Clasificamos a los alumnos por la participación en trabajos, por la práctica de deportes, por su comportamiento y, en especial, por el rendimiento y desempeño en los exámenes —afirmó Mark Zeng.

—Sin embargo, doctor Zeng, el hombre más inteligente de la historia no eligió a los mejores currículums ni las notas más sobresalientes. Su alumno más fuerte, Pedro, era ansioso, desconcentrado, irritable, agitado. El más culto de ellos, Judas Iscariote, tenía un gravísimo defecto de carácter: era disimulado, representaba a un personaje, no era transparente. Su alumno más afectuoso, Juan, tenía una personalidad bipolar. En un momento era amable, al otro proponía que el maestro eliminara a quien no andaba con él. Su alumno más racional, Mateo, tenía fama de corrupto. Tomás, uno de los más incisivos, era paranoico, desconfiaba de su propia sombra.

Varios científicos se rieron de esa exposición. Enseguida Marco Polo preguntó:

—¿Ustedes elegirían un equipo así para cursar en nuestra universidad o para ser sus alumnos?

—¡Jamás! ¡Sería un suicidio académico! —afirmó el doctor Abraham. Y satisfecho, comentó—: Me gustó tu análisis de los criterios de elección de Jesús. Finalmente mostraste un punto muy frágil en su intelecto.

—Con un grupo de alumnos así no sería posible llegar a ningún lugar —concluyó Donald Deep.

—Lo que me dejó perplejo, queridos colegas científicos, es que el Maestro de maestros tenía tanta autoconfianza, sus técnicas pedagógicas eran tan inteligentes, que no importaba la materia prima: él era capaz de transformar piedras brutas en obras de arte.

Todos se callaron. Enseguida vino otra bomba de impacto:

—Judas lo traicionó. Quedaron once discípulos, después se unió otro fuera de tiempo, Pablo, que era radical, pasional y con un bajísimo umbral para soportar frustraciones. Con esos alumnos se formó la primera y más poderosa *startup* mundial. Una *startup* para abrazar y educar a la humanidad. Ellos fueron entrenados para soñar con la humanidad, conquistar y valorar a cada ser humano, para siempre exponer y nunca imponer sus ideas, para hacer la revolución del amor. Nosotros, por otro lado, seleccionamos cerebros. Un error inimaginable.

El doctor Felpes se contorsionaba más todavía, en pánico. Rígido, sólo aplaudía a los mejores cerebros, exaltaba a los alumnos con las mejores notas, olvidando que los que estaban en la periferia de la clase también eran seres humanos complejos, y que si se invertía en ellos podían llegar a lugares inimaginables. Al contrario del doctor Felpes, cualquiera podía ser alumno del carpintero de la emoción, bastaba con tener deseo de aprender, de reinventarse, de atreverse, de caminar por aires nunca antes respirados.

Todos quedaron perturbadísimos con el abordaje de Marco Polo.

—Pero espera un poco —expresó el rector, atónito—. La conclusión es que las religiones atrasaron la evolución de la humanidad. ¿Cuántos millones de jóvenes pertenecen a innumerables religiones cristianas en los días actuales?

—No tengo el dato exacto. Tal vez decenas o centenares de millones —respondió el pensador de las ciencias humanas.

—¿Millones? Entonces esos jóvenes de la actualidad son una masa de frágiles, inseguros, tímidos, conformistas, desprovistos de osadía, proactividad, espíritu emprendedor —declaró el doctor Abraham.

—¿Por qué? —indagó Sofía, preocupada, hablando por primera vez.

Estaba curiosa e intrigada con esa tesis del rector de la magna universidad.

—Si el hombre Jesús, con doce discípulos complicados, cambió la historia de la humanidad, ¿qué no haría hoy con millones de jóvenes? Y no me refiero a la propagación del cristianismo, sino a la evolución social, cultural, científica.

—Tiene razón, doctor Abraham —afirmó el doctor Donald Deep—. Si los líderes religiosos conocieran esos códigos del Maestro de la emoción, y los utilizaran para entrenar a los jóvenes que están en sus manos, éstos ciertamente no se quedarían en la periferia de la historia, como están; serían los más destacados cineastas, escritores, científicos, empresarios, periodistas. Serían también los mejores embajadores de los derechos humanos.

—Esa conclusión es estremecedora. Y está correctísima. ¡Pero por desgracia los alumnos de la actualidad viven en un invernadero, intoxicados digitalmente, sin ambiciones legítimas, sin sueños arrebatadores, encarcelados en su pequeño mundo esperando que llegue la muerte! En cambio, los alumnos del Maestro de maestros fueron provocados a abrazar el mundo, a exponer y no imponer sus ideas, a ser soñadores, a causar la revolución del amor y de la justicia social, a transformar a los que están al margen de la sociedad en seres humanos nobles —comentó Marco Polo.

—No sólo las religiones, sino también las universidades, atrasaron el desarrollo de la humanidad, porque omitieron estudiar las herramientas de la emoción del mayor formador de pensadores de la historia —completó Sofía.

Enseguida se levantó y tomó las manos de Marco Polo. Él estaba extremadamente cansado, necesitaba descansar.

—Sorprendente —dijeron muchos.

Después todos se levantaron y lo aplaudieron. Sus pares le abrieron el paso al pensador. Lucas estaba a su lado derecho, orgulloso de su padre. Todo parecía perfecto, un momento mágico en la carrera del osado investigador. Mas he aquí que los últimos instantes de aquella bella pieza se transformarían en un teatro de terror.

29

El secuestro de Marco Polo

Marco Polo recibía los cumplidos de sus colegas científicos con humildad. Era como un árbol florido consciente de que los inviernos y las primaveras se alternan en la historia de cada mortal, sobre todo en la de él. Cuando estaba en medio del anfiteatro, en medio de todo el entusiasmo, súbitamente surgió un joven jadeante, con los músculos de la cara contraídos, la mirada desesperada, vistiendo una larga gabardina negra. Su nombre: Steve Gates. Debajo de su gabardina se distinguía un volumen extraño. Era una metralleta.

Steve Gates tenía el plan de asesinar a varios profesores de aquella universidad, en especial al doctor Felpes. Siempre había sido un buen alumno, hasta que su madre contrajo un grave cáncer en el páncreas, con dolores abdominales terribles y adelgazamiento rápido. Hijo único, su padre lo había abandonado en la infancia. Nunca más volvió a verlo. Perder a su madre era perder su mundo, su suelo, su aire. Se deprimió, perdió el encanto por la vida y por la facultad. Comenzó a faltar a las clases y, cuando asistía, no se concentraba. No estudiaba en época de exámenes. En muchos momentos se salía de clase para ir a llorar al baño.

Saturados de sí mismos y con un enorme déficit de empatía, los profesores no percibieron su drama. Nadie le preguntó qué pesadillas lo asustaban, por qué estaba distante, aislado, sin motivación. Era una presa frágil, fácil de ser abatida. Y el doctor Felpes lo abatió sin piedad delante de la clase:

—¡Usted es un irresponsable, Steve! ¡Sus notas son pésimas! ¡Vive desconcentrado! ¡Detesto a los alumnos alienados!

Los alumnos, como hienas emocionales, aprovecharon para tener su bocado. Se burlaron públicamente de él. El doctor Felpes no los hizo callar.

—¡Ese tipo es un burro! —decían unos.

—Steve es un idiota —decían otros.

Las carcajadas, el escarnio público y el rechazo social llevan al biógrafo inconsciente del cerebro, el fenómeno RAM, a archivar cárceles mentales, ventanas *Killer* doble P, con el poder de ser inolvidables y retroalimentadas en forma continua. El muchacho ya había sido blanco de *bullying* en la infancia por ser tímido, pobre y tener muchas pecas en la cara. Ahora, la humillación actual había generado un caldero de estrés insoportable.

Debería haber aprendido técnicas de gestión de la emoción para no comprar lo que no le pertenecía. Su Yo debería haber encarado las ofensas, las críticas y las difamaciones como un problema ajeno, no suyo. Además, debería haber aprendido técnicas como el DCD y la Mesa Redonda del Yo para reeditar las ventanas traumáticas y neutralizar sus cárceles mentales. Pero la educación racionalista no enseñaba esas técnicas ni lo llevaba a ser líder de sí mismo. Steve Gates tenía el potencial para ser una mente brillante, pero estaba controlado por la rabia y por el sentimiento de venganza.

Al ver al alumno, Marco Polo percibió que su mirada destilaba rabia. Notó que su mano derecha estaba debajo de la gabardina. Imaginó que era uno más de sus misteriosos enemigos, que terminaría el servicio que los demás no habían conseguido. Pero Steve no dirigió la mirada a Marco Polo. Buscaba al profesor que lo había traumatizado.

—¡Doctor Felpes, impostor! —gritó el joven.

Todos se asustaron. A continuación, él acrecentó sus gritos:

—¡El alumno que usted humilló, ridiculizó y avergonzó vino a darle un regalo!

Y sacó el arma. Pánico general. Los profesores se apartaban como podían. Muchos, incluso Sofía y Lucas, se escondieron debajo de las butacas temiendo la carnicería. El doctor Felpes se lanzó al suelo delante de Marco Polo. Fue un griterío. Marco Polo permaneció de pie. Administró sus propios instintos, no se escondió, pues sabía que de nada serviría. Sabía, por experiencia propia, que si se escondía, sería otra víctima más; si lo agredía, sería su depredador. En ambas situaciones, el alumno dispararía. Al contrario, gritó sin agresividad, pero con sorprendente seguridad.

—¿Por qué un alumno tan inteligente como tú necesita de un arma para expresar sus ideas?

Steve se llevó un susto. Esperaba que los profesores huyeran de él como tímidos ratones. ¡Jamás imaginó que alguien desarmado lo exaltara y le dijera que era inteligente!

—¿Ya te diste cuenta de tu tremenda capacidad de pensar para resolver tus problemas?

Perturbado, dejó de apuntar el arma en dirección al doctor

Felpes y la apuntó hacia el psiquiatra. Las oportunidades de Marco Polo de desarmarlo serían mínimas, pero él sabía que detrás de una persona que hiere hay una persona herida.

—Detrás de esa arma hay un ser humano que pasó por dolores inexpresables, rechazos indescifrables. Yo te respeto. Y declaro: ¡tú eres fuerte! ¡Eres osado! ¡Eres poderoso!

El doctor Felpes temblaba en el suelo. Se cubría la cabeza con las manos. Él y los profesores no daban crédito de que Marco Polo estuviera conversando con un joven dispuesto a dejar su nombre en los anales del horror. Esperaban escuchar disparos en cualquier momento. Pero el ancla de la memoria de Steve Gates comenzó a desplazarse de las fronteras de las ventanas *Killer* hacia las zonas de las ventanas *light*. Tomado por sorpresa, reviró:

—¡No sea estúpido! ¡Yo soy fuerte porque tengo esta ametralladora!

Marco Polo contestó:

—¡No por tu arma, sino por el poder de tu mente! ¡Los débiles usan las armas; los fuertes, la inteligencia! ¡Tú eres fuerte, por eso puedes transformar pérdidas en ganancias, crisis en crecimiento!

—¡Mentira! ¡Ya todo acabó!

—¡Todo acabó para tu emoción, que es esclava de tu dolor, pero no para tu Yo, que clama por ser el autor de su propia historia! ¡Estoy convencido de que tu Yo no quiere matar personas! ¡Tú quieres matar tu dolor!

Steve Gates quedó abrumadísimo con esas palabras de Marco Polo. Penetraron en su mente como un rayo, iluminando algunos de sus recovecos emocionales. Los profesores estaban pasmados con su actuación en la mente del homicida. Marco Polo no era predador ni víctima. Lo exaltaba, lo sorprendía. Enseguida se acercó a él paso a paso.

—Me escupieron en la cara... pasaron por encima de mí...

—¿Y qué? La saliva son gotas. Úsalas para irrigar tu valor, no para destruirte. ¡Tu paz vale oro, el resto es basura! ¡No compres lo que no te pertenece!

El universitario quedó tan abrumado que se echó a llorar. Marco Polo lo abrazó cuando quedó cara a cara con él.

Los profesores se aproximaron despacio y le arrancaron el arma. Él no se resistió. Después de eso, los elementos de seguridad se lo llevaron a las autoridades. La justicia lo encaminó para tratamiento psiquiátrico. Marco Polo evitó una carnicería. Todos quedaron fascinados con la manera en que conquistó el lado emocional de ese joven. Algunos, entre lágrimas, le agradecieron:

—¿Qué técnica es ésa, Marco Polo? ¡Estoy estremecido! —exclamó el rector.

Marco Polo citó su famosa técnica:

—Sólo rompí la cárcel del síndrome predador-víctima.

—¿Cómo es eso? —preguntó Donald Deep.

Era difícil de explicar.

—Sólo fui un gambusino en el territorio de la emoción. Un gambusino que no produce oro, sólo remueve las piedras.

—Papá, fue increíble... —dijo Lucas, abrazando a su padre.

Al salir del anfiteatro, el doctor Felpes, su mayor opositor, se apresuró a acercarse a él. Su rostro estaba bañado en sudor y, abrumadísimo por el valor de Marco Polo y porque éste había evitado su asesinato, casi sin voz, comentó:

—No sé qué decir. ¡Mis sinceras disculpas! Estoy en deuda contigo.

—Todos estamos en deuda. Soy un deudor de billones de moléculas de oxígeno que aspiro por minuto; de trillones de células que funcionan como fábricas para dar vida a mi cuerpo; de los agricultores, que siembran; de los cocineros, que elaboran los platillos. Soy deudor de mis padres, que me generaron, y del sepulturero que me enterrará. Lo único que me resta es ser humilde y procurar dar lo mejor de mí para hacer felices a los demás. La humildad no resuelve mis deudas, pero alivia mi conciencia.

El doctor Felpes quedó impresionado con la sabiduría de Marco Polo. No entendía cómo podía hacer poesía del caos. Lucas y Sofía también escuchaban fascinados los argumentos de Marco Polo.

—Discúlpame por la forma en que hablé de la pérdida de tu esposa y del conflicto con tu hijo.

—El pensamiento es virtual, no incorpora la realidad del objeto pensado. Vemos a los demás a partir de nosotros mismos. Tú no me heriste, te heriste a ti mismo.

Viendo a Marco Polo tambaleante, en un gesto de rara sensibilidad el doctor Felpes sugirió:

—¿Puedes apoyarte en mi brazo mientras salimos del anfiteatro?

Marco Polo lo aceptó. Y así caminaron hacia el patio de la universidad. Después se despidieron.

Cuando ya estaban en el auto, Sofía preguntó:

—¿Por qué te temblaban las piernas y te daban vértigos durante tu plática? ¿Estrés?

—Tal vez sea producto de nuestro accidente —respondió Marco Polo.

—Sería mejor buscar a un neurólogo.

—Pero antes de entrar al anfiteatro estabas mejor —dijo su

hijo, mostrándose observador—. Cuando te llamaron afuera, antes de tu conferencia, volviste peor. ¿Qué sucedió?

—El asistente del rector me dijo que una mujer quería hablar algo conmigo sobre ti. Dijo que tu vida estaba en peligro, que era una cuestión de vida o muerte —dijo Marco Polo, de manera transparente.

—¿Sobre mí?

—Pero era extraña. Pronto percibí que estaba mintiendo. Intentó abrazarme, pero evité el contacto. Y cuando le di la espalda, parece que me roció un líquido en la nuca, dijo que era perfume. Pero no estoy seguro. De inmediato me sentí mal, tenía ganas de vomitar, mi mente se puso confusa...

—¿Será el mismo producto que estaba en el reloj, papá? —cuestionó Lucas.

—Vamos al laboratorio del doctor Mark Zeng a que te saquen sangre —sugirió Sofía—. Tenemos que confirmar y saber si todavía estás en riesgo.

Marco Polo fue de inmediato con el doctor Mark Zeng. Le explicó los hechos. Preocupado, el colega pidió que le sacaran sangre y solicitó que se quedara en observación hasta obtener los resultados. Horas después, el doctor Mark entró a la habitación y le dio la pésima noticia:

—De hecho, aspiraste una pequeña cantidad de un neurotóxico peligrosísimo, un gas letal que asfixia los pulmones y destruye las neuronas. Por fortuna la dosis fue pequeña, sólo causó algunos síntomas.

Marco Polo respiró aliviado, pero estaba preocupado.

—¿Quién quiere eliminarte, Marco Polo? —conjeturó el doctor Mark Zeng.

—No lo sé. Son fuerzas terribles. Parece que se multiplican por todos lados.

El doctor Felpes entró súbitamente a la habitación de Marco Polo. Habló tenso:

—El doctor Zeng me dijo que fuiste envenenado, Marco Polo. Vine a mostrarte mi solidaridad.

—Gracias, doctor Felpes.

—¿Crees que la mafia o algún grupo terrorista está detrás de esto? —indagó el antiguo opositor de Marco Polo.

—No lo sabemos con seguridad. Parece un grupo de extremistas.

—Estoy sensibilizado. ¿Vas a continuar tu mesa redonda en Israel? —preguntó el doctor Felpes.

—Tengo mucho que estudiar sobre la mente de Jesús. ¡Me gustaría investigarlo como líder! ¿Jesús fue el mayor líder de la historia? Es una gran tesis. Pero con tantos enemigos tras de mí, tendré que quedar fuera de circulación, bajo la protección de la CIA, hasta esclarecer los hechos...

—¿Dónde te quedarás?

—Todavía no lo sé.

—Si continúas tus estudios, me gustaría ser uno de tus alumnos. ¿Me aceptas?

—Sería un placer, doctor Felpes.

—Como tú mismo dijiste en Israel, la vida es un gran contrato de riesgo, cuyas cláusulas principales no están escritas. ¡Huye de esos fanáticos! Sólo tus íntimos deben saber tu dirección. Seré tu fiel escudero, Marco Polo.

—Cuenta conmigo también. Y un día inscríbeme como tu alumno en esa empresa sofisticada —añadió el doctor Mark Zeng.

Marco Polo les agradeció. Estaba feliz con la humildad y la preocupación de los colegas profesores y científicos, sobre todo con el doctor Felpes. Pero volver a Israel sería casi imposible. El investigador de la psiquiatría y de la psicología no sabía si estaría vivo un día o una semana más. Además, tenía que cuidar de la integridad de su hijo y de Sofía.

*

El caso de Marco Polo involucró al gobierno estadunidense y tuvo apoyo del servicio de inteligencia de Israel. El psiquiatra contaba ya con un fuerte esquema de seguridad. Él, Lucas y Sofía se refugiaron en una residencia en la periferia de Los Ángeles. Pasaron dos semanas tranquilas, sin contratiempos. Convalecían, conversaban y se divertían. Pero el aburrimiento tocaba la puerta en la mente del pensador.

—¡No puedo ser un prisionero de mí mismo! ¡No puedo siquiera contemplar lo bello, visitar las plazas, los parques! —comentó Marco Polo, sintiendo la necesidad de respirar otros aires, de caminar, pasear, visitar museos, amigos, dar clases, investigar.

—Pero no es recomendable, Marco Polo. Mientras la policía no encuentre a nuestros enemigos, estamos en peligro —advirtió Sofía.

—Yo estoy aburrido también...

No acababa Lucas de decir estas palabras cuando la puerta del frente de la casa explotó. El estruendo fue ensordecedor. Una nube de polvo invadió la sala, así que no se pudo ver nada en los primeros segundos. Diez hombres enmascarados habían rendido a los policías encargados de la seguridad de la casa. Al invadirla, golpearon a Marco Polo y a Lucas. Aventaron a Sofía al suelo antes de encapuchar y secuestrar a Marco Polo. Lo pusieron en la cajuela de un auto y, minutos después, lo transfirieron a un helicóptero.

Algunos secuestradores quedaron atrás para cuidar a Lucas y a Sofía. Los arrastraron al centro de la sala y les apuntaron a la cabeza con las armas. Ellos se protegieron instintivamente con las manos. Los hombres aguardaban las órdenes de sus superiores. Como tardaban, los agresores dijeron:

—¡Tu padre dice que los fuertes usan las ideas, mientras que los débiles usan las armas! ¡Error! ¡Los fuertes usan las armas; los débiles, las ideas!

Y, cuando estaban por apretar el gatillo, Lucas retiró las manos de su cara, miró a los agresores y los sorprendió:

—Errado. Son las ideas las que producen las armas...

Quedaron asombrados con el atrevimiento del muchacho, aun de cara a la muerte. En el momento exacto en que iban a disparar, el líder apareció y evitó la matanza:

—¡No los maten! Ellos me serán útiles.

Lucas y Sofía fueron llevados a otro helicóptero. El psiquiatra temía por las personas que amaba. Sabía que los secuestradores no los liberarían por dinero. Querían callarlo para siempre. Sólo no entendió por qué sus verdugos no lo habían eliminado de inmediato. No podía imaginar las cosas horrendas que esos vampiros emocionales estaban planeando.

30

El cautiverio y el traidor

Nadie conocía el paradero de Marco Polo. Sólo se sabía que había una conexión internacional involucrada en el secuestro. Los agresores hicieron un largo viaje en un helicóptero Agusta bimotor. La aeronave paró dos veces para abastecer combustible. Después de más de diez horas de vuelo, llegó a su destino.

El helicóptero se posó en un "Taj Mahal", un castillo llamado Casa de Josefina, localizado en una de las más pequeñas y bellas ciudades estadunidenses, Highland Park, en el centro del estado de Florida, un lugar perfecto para ejecutar su trágico plan. Highland Park estaba en el distrito de Lake Wales, una ciudad donde ocho presidentes estadunidenses habían vivido en el pasado.

La Casa de Josefina tenía un estilo gótico, italiano y español. Había sido construida en 1923 por un banquero que ayudó a desarrollar Florida, Irwin Arthur Yarnell, como un presente para su esposa, Josephine. Él la había amado tanto que hizo un tremendo sacrificio para construir el castillo según sus más íntimas preferencias. Josephine amaba los jardines, lo que llevó a su marido a importar más de dos mil árboles de Europa. Rara vez hubo una pareja que se amara tanto. Ninguno escatimaba esfuerzos para irrigar la emoción del otro. A diario paseaban de la mano por los jardines, pasaban tiempo observando los matices de cada planta, los troncos carcomidos de los árboles, el espejo brillante del lago enfrente de la casa. También jugaban golf en el bellísimo campo al lado del castillo.

Pero, por desgracia, el mundo se derrumbó sobre ellos, comenzando por la gran crisis estadunidense de 1929. Irwin empezó a enfrentar graves problemas financieros. Y su drama no paró ahí: perdió a un hijo asesinado y, poco después, a una hija.

Desafortunadamente falleció en 1936, el hombre que había convertido a su esposa en una reina. Antes de morir, sabiendo que Josephine todavía era joven, la liberó para que buscara un nuevo amor.

Aunque abatida, Josephine poco a poco oxigenó su emoción. Nunca dejó de sentir nostalgia por su gran amor, pero tiempo después se casó de nuevo con un artista plástico mucho más joven que ella. En total, vivió más de cuarenta años en su propio "Taj Mahal". En la década de 1960, parte del castillo fue usada para aliviar el dolor ajeno. Algunos pacientes convalecientes se hospedaron ahí. Después, el castillo fue convertido en un museo de pintura.

Marco Polo había comentado que en el cerebro humano hay más cárceles que en las ciudades más violentas del mundo. Uno de los pacientes que se hospedó en la Casa de Josefina tenía gravísimas cárceles mentales. Cuando salió de ahí se casó, pero nunca fue libre. Fue verdugo de su hijo. Y hoy, ese hijo era el hombre que lideraba la conspiración internacional contra Marco Polo. Había hecho del castillo la cárcel del pensador. Su plan era diabólico.

Por fin, el helicóptero descendió en el inmenso jardín. Mientras las hélices disminuían su velocidad, los líderes del secuestro entablaron un rápido diálogo. Uno de ellos, el mayor, preguntó al segundo, que cuidaba del lugar:

—Hicimos un viaje muy largo. ¿Por qué escogiste este castillo para acabar con Marco Polo?

—Porque el "caso Marco Polo" es una obra de arte. Nada mejor que destruir una obra de arte en un ambiente de arte... Aquí funcionó un atelier de pintura.

Y soltó una horrenda risotada.

—Pero hay miles de otras residencias en Estados Unidos que podrían funcionar como cárcel —dijo el primero.

Entonces el segundo explicó:

—La CIA y el FBI terminarían encontrándonos en California. Podrían acabar con nuestra organización. Además, necesitamos un lugar perfecto para que nuestro enemigo número uno deshaga el daño mundial que causó.

—¿Y cómo encontraste este sitio?

—Mi padre...

—Pero una vez me dijiste que lo odiabas —afirmó misteriosamente el líder encapuchado.

—Mi padre fue internado en este castillo mientras convalecía de una tuberculosis. Tiempo después se mudó a California. Yo era agitado, hiperactivo, desconcentrado. Él me golpeaba. Quería adiestrarme como a un animal.

—¡Era un psicópata!

—Un psicópata que odiaba a su propio hijo. Gritaba: "¡Tú no vas a hacer nada en la vida! Serás un ladrón, un asesino, un secuestrador".

Su madre era depresiva, sumisa, no podía protegerlo.

—Cuando tenía trece años, fui a ver a mi padre en su lecho de muerte. Me tocó la cara y pensé que me pediría disculpas, pero me dio una puñalada en el alma. Me dijo: "Si te vuelves un secuestrador, haz las cosas bien. El lugar perfecto para esconder a alguien es en la Casa de Josefina. El FBI jamás te encontrará en ese paraíso". He aquí por qué escogí este lugar.

Y soltó otra risotada horripilante.

Marco Polo escuchó esas palabras. Tomó conciencia de que el líder encargado de la logística era un terrible psicópata; reproducía los comportamientos del padre que detestaba. Además de cuatro secuestradores fuertemente armados y los dos líderes, había en el castillo otros cinco criminales esperándolos. El líder que orquestó todo el secuestro le quitó la venda de los ojos a Marco Polo. Tomándolo por los cabellos y mostrando el lugar dijo, en forma lacónica:

—Mira por la ventana. Alquilamos este lugar bellísimo por ti, Marco Polo. Mereces morir en un ambiente agradable.

Marco Polo no les veía el rostro, pero podía sentir la expresión de odio en sus caras. Mientras observaba, el líder mayor comentó.

—Eres un virus malévolo, una Peste Negra de los tiempos modernos, Marco Polo.

Y en ese momento el psiquiatra fue abofeteado. Al caer al suelo, vio que el ambiente del castillo era bellísimo. Pero ningún cautiverio es agradable, más sabiendo que de ahí a algunas horas sus verdugos podrían quitarle la vida.

—¿Dónde están Sofía y mi hijo? ¿Qué hicieron con ellos? —preguntó, preocupadísimo.

—¡Aquí tú no haces las preguntas!

Y otro delincuente lo abofeteó.

Al caer por segunda vez, su nariz sangró. Incluso corriendo el riesgo de que lo mataran en forma sumaria, se atrevió a hacer una pregunta que lo perturbaba:

—¿Por qué todavía no me eliminan?

Todos estallaron en risas altisonantes. El líder cuyo padre se había internado en el castillo comentó, de manera misteriosa:

—No basta con eliminar el virus; tenemos que curar la epidemia.

Marco Polo tenía el rostro descubierto, sus captores seguían con sus capuchas negras. Parecían verdugos de la Edad Media.

Al entrar en el castillo, el líder mayor finalmente descubrió su rostro. Era un hombre de unos setenta años, de cabellos grisáceos, delgado, de mirada penetrante, resuelto. Todos los demás seguían encapuchados, incluyendo al que había sido traumatizado por el padre. Su comentario no pudo ser más destructivo:

—Vinimos a este lugar tan tranquilo para que repares tu error mundial.

—¿Error mundial? ¿Qué error cometí, señor?

—¡Destruir las religiones de la Tierra!

—¿Pero qué dice? Eso es mentira —reviró Marco Polo, completamente sorprendido—. Siempre aplaudí a los que siguen las religiones. ¡Sólo pienso que los religiosos deberían ser empáticos, emocionalmente saludables, intelectualmente libres y respetar a los que piensan diferente!

—Cierra la boca, hereje. ¡No nos vas a seducir! —gritó el líder encapuchado, abofeteando a Marco Polo tres veces sin piedad—. ¿No hablaste de vaciar el ego? ¡Aquí vamos a destruir tu ego!

A cada golpe, el psiquiatra gemía de dolor por su cara lastimada. A pesar de ello, por lo menos comenzó a entender por qué lo perseguían implacablemente. Todos los demás quedaron en silencio ante el ritual de violencia. Marco Polo habló con dificultad:

—Tenemos investigaciones... que muestran que miles de líderes de muchas religiones, incluso no cristianas, tomaron valor de las herramientas que debatimos...

—¡Mentira! ¡Mentira! ¡Mentira! —gritó tres veces el hombre que golpeara a Marco Polo.

Y quiso golpearlo más, pero fue contenido por el líder mayor.

—¡No exageres! —Enseguida comentó—: Tu ambición sube a los cielos de los cielos, Marco Polo. Tú quieres establecer un nuevo orden mundial, un nuevo pensamiento en la humanidad, con tu osadía de estudiar la mente de Jesús.

—Señor, ustedes están delirando... No quiero establecer ningún nuevo orden...

—¡La mente de Jesús es insondable! —vociferó altisonante el líder encapuchado.

—Pero yo no estudié su divinidad, sólo su humanidad. Y Jesús creció a los ojos de muchos...

El líder lo interrumpió con otra bofetada:

—¡Cállate! ¡Tus debates se convirtieron en la mayor herejía de todos los tiempos! —Y comenzando a revelarse, comentó—: Nosotros, los Templarios de la Luz, vamos a curar ese cáncer.

Marco Polo tenía vértigo debido a los golpes.

—¿Templarios de la Luz?

—¡Sí, somos los guardianes de la verdad absoluta!

—¡Ustedes son una secta radical! Por eso me persiguen...

—¡No somos radicales! —dijo gritando, el líder que seguía encapuchado—. ¡Somos guardianes de la verdad!

—¡Y tú eres el apóstol de la mentira! —confirmó el mayor.

El síndrome predador-víctima alcanzó su apogeo. Ellos eran como fieras con la boca en la garganta de una presa, asfixiándola. Destilaban odio y radicalismo. No había nada que Marco Polo pudiera hacer para desarmarlos. Pero lo intentó:

—¿Qué quieren de mí?

Fue entonces que el líder más viejo describió el más terrible de los planes:

—Tienes millones de seguidores en las redes sociales. La única forma de reparar tu tremendo error es enviar un mensaje por esas mismas redes negando todas tus enseñanzas, diciendo que mentiste públicamente en tus análisis, declarando que engañaste a inocentes de todos los países.

—¿Qué? ¿Negar lo que soy? ¿Lo que pienso? ¡Ustedes quieren matarme por dentro!

Marco Polo quedó estremecido, asombrado. Por fin entendió que, antes de matar su cuerpo, sus verdugos querían destruir su historia y su legado para la humanidad. *¿Quién soportaría eso?*, pensó. La golpiza física producía dolores dramáticos, pero la golpiza emocional produciría dolores inenarrables. El pensador de la psiquiatría y de la psicología siempre había proclamado que quien no es fiel a lo que piensa tiene una deuda impagable con su propia conciencia. Sus enemigos simplemente querían que, antes de morir, contrajese el más grande de todos los débitos.

—Usamos hackers y ya hicimos una convocatoria para tus

seguidores. Hablarás mañana por la mañana, a las diez horas, en tus redes sociales —dijo el líder encapuchado, riéndose.

—Lo siento mucho, no lo haré. Prefiero morir.

Interrumpiéndolo, el líder contó sobre la casa de Josefina:

—¿Prefieres morir? Entonces déjame contarte una historia interesante. Este castillo es un “Taj Mahal” americano. Es una prueba de amor de un hombre por una mujer. Un banquero, Irwin Yarnell, hizo todo lo que estaba a su alcance para hacer feliz a Josephine. ¡Incluso se fue a la quiebra! ¿Tú has hecho sacrificios por una mujer?

Marco Polo quedó en silencio. No sabía dónde quería llegar su captor.

—¡Te hice una pregunta! ¡Respóndeme! ¿Has hecho un sacrificio por una mujer? —preguntó, a los gritos.

Marco Polo fue abofeteado de nuevo, ahora por otros delincuentes que estaban en silencio. Expresando un dolor incontenible, respondió:

—Sí... di lo mejor de mí a...

—Sí, lo sé. Sufriste mucho por Anna —afirmó el líder.

Marco Polo se quedó helado al oír esas palabras. ¿Sería que esos hombres y mujeres lo perseguían desde hacía tiempo?

—¿Quién eres? ¿Cómo sabes... de Anna? —indagó de nuevo.

Por unos instantes, tuvo la sensación de que conocía a aquel hombre, pero como él disfrazaba su voz, no sabía definir quién era.

—Anna tuvo una grave enfermedad pulmonar autoinmune... —dijo el psicópata, antes de hacer una declaración que Marco Polo preferiría no haber escuchado jamás—: La terapia con corticoides podría haberle hecho efecto, pero...

Al oír esas palabras, Marco Polo entró en estado de shock.

—¿Pero qué? ¿Pero qué? —preguntó, entre lágrimas.

El líder se mantuvo en silencio.

—¡Dime, cobarde! —gritó de nuevo el psiquiatra.

—Encontramos la forma de cambiar el medicamento.

Marco Polo comenzó a llorar. Su mundo se derrumbó con la noticia de que Anna había sido asesinada.

—¡No! ¡No! ¡Asesinos! Siempre sospeché que algo anormal estaba impidiendo que la terapia evolucionara. Anna, mi querida Anna, perdóname, perdóname por no haber cuidado de ti...

—Llora. Usa tus lágrimas para irrigar la sabiduría. ¿No es ésa una de tus tesis, farsante? —comentó sin ninguna empatía o compasión.

Marco Polo amaba a Anna profundamente. Eran una pareja enamorada, cómplice, llena de buen humor. Uno inspiraba al otro. Tuvieron que vencer barreras tremendas para estar juntos. La historia de la Casa de Josefina reflejaba los capítulos de la propia historia de Marco Polo y Anna. De repente, el líder de cabellos grisáceos cuestionó al encapuchado:

—No sabía que habías contribuido a la muerte de la esposa de Marco Polo.

—Soy un profeta, Hermes —dijo, diciendo el nombre del otro por primera vez—. Poco antes de que Marco Polo fuera a Jerusalén yo ya sabía que él se convertiría en el mayor hereje de la actualidad.

—¡Pero no asesinamos a las personas por placer! ¿O tenías otros motivos?

—¿Estás dudando de mí, Hermes? —gritó descontroladamente el encapuchado, antes de empujar al otro.

—¡Sólo estoy preguntando!

—¡Cuidado, Hermes! Los Templarios de la Luz te consideran un líder débil, hace mucho que quieren sustituirte —dijo el más joven, amenazándolo y colocando un arma en su cabeza.

A partir de ese momento, el líder mayor ya no abrió la boca.

Marco Polo estaba debilitado, devastado, agotado por la noticia de que Anna había sido asesinada. En ese momento angustiante, el psicópata insistió:

—Vas a negar todas tus ideas por internet. Vas a declarar ante millones de personas en innumerables países que mentiste, que fuiste un loco, ¡un hereje!

—¡Prefiero morir! —repitió Marco Polo—. Maten mi cuerpo, pero jamás matarán mis ideas.

—No, no, no, no estás entendiendo. ¡Muerto ya estás! —dijo el encapuchado. Imprimiéndole terror, asestó el golpe fatal—: El problema no es tu muerte, sino la de quienes amas. ¿Estás dispuesto a sacrificarte por ellos?

—¿De qué hablas? ¿Dónde están Lucas y Sofía? —preguntó Marco Polo, con los labios temblando.

Sofía estaba en el castillo. La llevaron. La empujaron al centro de la inmensa sala donde estaban. Apuntaron un arma a su cabeza.

—¿Sofía, querida? —dijo él, tratando de arrastrarse hasta ella. Pero se lo impidieron—. Perdóname.

—No te castigues. Estoy contigo porque te amo —dijo ella, entre lágrimas.

—Qué bella declaración —dijo el agresor.

—¿Qué quieren de ti? —preguntó ella.

Después de una larga pausa, Marco Polo dijo:

—¡Que haga un pronunciamiento negando todo lo que debatimos, diciendo que engañé y le mentí a millones de personas!

Sofía se quedó sin voz. Al final de cuentas, ella había sido una de las grandes motivadoras de Marco Polo para que entrara en esa compleja jornada investigativa.

—El hombre que construyó este castillo para Josephine murió. Todavía era joven. No te voy a mentir, Marco Polo, tú también vas a morir. Pero dejaremos libre a Sofía. Así como Josephine, Sofía va a vivir su vida, a casarse con otro hombre, tal vez más joven que ella y menos problemático que tú. La vida sigue...

Sofía derramaba lágrimas y decía:

—No, no, no.

Y el psicópata dejó caer el golpe final:

—¿Estás dispuesto a sacrificarte por Sofía? Si no haces la declaración, ella morirá.

Y apuntó su arma a la cabeza de la psiquiatra.

Sofía miró a los ojos al encapuchado y después al hombre de cabellos grises. Enseguida miró fijamente a Marco Polo y dijo, categóricamente.

—Si soy importante para ti, Marco Polo, si realmente me amas... ¡sí, haz un sacrificio por mí!

—¡Muchacha sabia! —exclamó el líder, radiante de alegría.

Pero de pronto vino la frustración:

—Si haber estudiado al hombre más inteligente y feliz de la historia, el Maestro de maestros, fue vital para tu crecimiento, sacrifícate siendo fiel a tu conciencia. ¡Jamás niegues tus descubrimientos!

El líder de los secuestradores abofeteó a Sofía con violencia. Ella fue a dar al suelo y sus labios comenzaron a sangrar. Enseguida, él dijo:

—El hombre que construyó este castillo no sólo quebró financieramente en la crisis de 1929, sino también emocionalmente algunos años después, cuando su hijo fue asesinado. Si un hombre no es capaz de morir por la mujer que ama, ciertamente morirá por su hijo.

—¡Deja a Lucas fuera de eso, cobarde! Él no tiene ninguna responsabilidad por mis debates.

Su verdugo hizo una señal y enseguida trajeron a Lucas.

—¡Hijo! ¡Hijo mío!

—¡Papá, papá!

En ese momento, dejaron que Marco Polo abrazara a Lucas. Y él lo hizo con emoción paternal.

—Lucas, perdóname, hijo... Perdóname por poner tu vida en riesgo.

Pero Lucas se estaba convirtiendo en un pequeño Indiana Jones, como su padre. Estaba usando el caos como una oportunidad creativa. Por desgracia, estaba en los instantes finales de su vida.

—¿Riesgo? Soy especialista en riesgos, papá. Casi morí tres veces por los motivos equivocados... Tú me contaste las cosas increíbles que descubriste en Jerusalén. No te culpes por haber hecho lo correcto, papá.

Enseguida, Sofía se soltó y los abrazó con afecto. Fue un momento de rarísima sensibilidad. Los bandidos los separaron y pusieron un arma en la cabeza de Lucas y otra en la de Sofía.

—Tú eres incapaz de hacer sacrificios, Marco Polo. Despídete de las personas que amas —y comenzó a contar hasta tres—: Uno, dos...

Marco Polo gritó, sudando frío.

—¡No disparen! ¡Haré el pronunciamiento!

Los sueños y las pesadillas ocupan los escenarios de la misma mente. ¿Sería el fin de un gran sueño y el inicio de una gran pesadilla?

31

Actitudes sorprendentes en los instantes finales de la vida

Cuando Marco Polo cedió a las dramáticas presiones de sus verdugos, y dijo por fin que negaría todo su análisis de la mente del personaje más famoso de la historia, el violento criminal que lideraba su secuestro se quitó la capucha. Estaba más que satisfecho. Quería conmemorarlo con la cara descubierta. Marco Polo casi se desmayó al ver quién era.

—¿Doctor Felpes? ¡No es posible!

El mayor verdugo de Marco Polo, el hombre que quería barrerlo de la faz de la Tierra, era el mismo al que salvara de ser asesinado por uno de sus alumnos hacía pocos días.

—¿Sorprendido, Marco Polo?

—Asesinaste a mi esposa —dijo, intentando agarrarlo.

Pero fue contenido. Lucas entró en pánico cuando escuchó sobre el homicidio de su madre.

—¿Qué? ¿Mamá fue asesinada?

E intentó agredir al doctor Felpes, pero recibió un golpe de uno de los secuestradores.

—¿Marco Polo lo salvó y aun así no tiene gratitud? —cuestionó Sofía.

—¿Marco Polo te salvó? —indagó Hermes, el secuestrador más viejo.

Estaba impresionado, parecía no conocer al doctor Felpes. No tenía idea de que era un hombre con un pasado terrible y una virulencia sin precedentes.

—Mentira. Ese muchacho fue contratado por mí, para acercarme a Marco Polo, saber dónde era su escondite.

—No es verdad —dijo Sofía—. Yo hablé con él.

El doctor Felpes la apuntó con su arma.

—No dispares. Haré lo que me piden —declaró Marco Polo.

—Siempre te odié. Odié tus libros, tus artículos, tu reconocimiento inmerecido. Ahora todos los Templarios de la era moderna te odian en todo el mundo. Ellos se vengarán.

—Tú no me odias. Escuché tu conversación en el helicóptero. Te odias a ti mismo, doctor Felpes. Odias tu pasado, odias a tu padre, odias tu personalidad...

El doctor Felpes quedó abrumado con la conclusión de Marco Polo. No quería pensar en eso. Sin demora, dio órdenes a sus secuaces para que esposaran los pies y las manos del pensador y lo encadenaran en una pequeña sala. Le dieron bolígrafo y papel para bosquejar el mensaje que transmitiría.

Lucas y Sofía fueron llevados a otro aposento. Fue una larga noche, la más dramática en la vida de Marco Polo. Tomaba el papel, hacía un esbozo, después lo rompía. Tomaba otra hoja, escribía, sudaba frío, después la rompía. Se tomaba el pulso y sudaba frío. Negar todo lo que estudiara era una puñalada, era arrancarle el corazón sin anestesia, era asfixiar sus pulmones.

—No puedo, no puedo... —se decía a sí mismo.

Después de varios intentos, quedó una sola hoja. Era de madrugada. El pensador de la psiquiatría estaba tan cansado y agotado que se durmió.

Tuvo un sueño que lo sacudió muchísimo. Soñó con el discípulo que negara al maestro. Soñó con el hombre que dijera que era un héroe, que todos podrían negar al maestro, menos él. Soñó con Simón, el hijo de Jonás, llamado Pedro. En realidad, Marco Polo soñó consigo mismo. Todo héroe sucumbe con fragilidad ante la muerte...

El Maestro de maestros parecía considerar que la humanidad era inviable e hizo todo el esfuerzo del mundo para rescatarla. Trabajó códigos sofisticadísimos para volverla intelectualmente inteligente, emocionalmente saludable y socialmente pacífica. Bajo el ángulo de las ciencias humanas, rara vez alguien fue tan apasionado por la familia humana como él.

A la mañana siguiente, llevaron a Marco Polo de regreso a la sala central. Por primera vez reparó en los pasillos de más de setenta metros, con forro de madera, vigas torneadas. Cada rincón del castillo reflejaba el amor de quien lo construyera; cada actitud de Marco Polo reflejaba el amor que sentía por Lucas y por Sofía. Pero cada palabra que diría apuñalaría a millones de personas que lo admiraban como pensador.

Fue al sitio donde leería su mensaje. Había una cámara en un tripié preparada para filmarlo. Marco Polo le dio el discurso de negación a su verdugo. El doctor Felpes lo leyó y gritó:

—¡Es insuficiente! —y tomando la cabeza de Marco Polo y aproximándolo brutalmente al papel, ordenó—: Agrega ahí: "¡Fui un hereje! ¡Fui un farsante! ¡La religión y la ciencia no se mezclan!

¡Olviden las herramientas que usó Jesús para proteger su propia mente y formar alumnos brillantes! No existen. ¡Los engañé!

—Pero...

—¡No tienes de otra! —gritó con agresividad—: Pon ahí: "¡Todo lo que dije fue una estupidez! Estaba delirando. Estaba alcoholizado cuando hice los debates. Soy un ateo mentiroso, ególatra, egoísta, falso. ¡Y ustedes sólo son una audiencia de ingenuos! ¡Fueron tontos, débiles, infantiles, al confiar en mí!".

Después de eso, llamaron a Sofía y a Lucas y comenzaron a hacer el ritual de los Templarios de la Luz y la lectura del mensaje. Todos se quitaron las capuchas. Los de menor grado tenían la cabeza rapada y una cruz tatuada en la nunca. Encendieron ramas de incienso. Golpearon tres veces las espadas unas en otras y en las espadas que los líderes Hermes y el doctor Felpes empuñaban. Declararon:

—¡Verdad! ¡Verdad! ¡Verdad! En verdad, en verdad decimos: el cáncer llamado Marco Polo será extirpado de la humanidad.

Era muy extraño ver a un científico tener ese comportamiento, pero no era poco común que supuestos intelectuales tuvieran comportamientos radicales en la historia. En los tiempos de Hitler, innumerables médicos y psiquiatras se sumaron a las campañas nazis. Más de sesenta mil seres humanos portadores de trastornos psiquiátricos, que necesitaban todo el cariño y la atención del mundo, fueron eliminados por los falsos científicos. Filósofos, físicos, ingenieros, optaron por las ideas insanas e inhumanas de Hitler. Los jueces sentenciaron a los reos injustamente, los profesores excluyeron a los alumnos no arios de los salones de clases.

Cuando la educación racionalista, incluso del más alto nivel técnico, no genera empatía, no promueve la conciencia crítica ni estimula al Yo a convertirse en autor de su propia historia, la mente humana es susceptible de ser adiestrada como la de los animales, volviéndose más peligrosa que la de los predadores más voraces.

—No sudes frío, Marco Polo. Estarás haciéndole un favor a la humanidad —dijo el doctor Felpes.

Marco Polo hablaría en unos instantes. Las llamadas en vivo por las redes sociales anunciaban que haría un pronunciamiento para todo el mundo. Hubo una euforia internacional. Millones de chinos, japoneses, coreanos, rusos, europeos, africanos, latinos, estadunidenses, estaban conectados al canal de YouTube, en Instagram, en Facebook.

Sofía estaba perpleja y tenía los ojos húmedos. Lucas estaba perturbado. Sabiendo que su padre moriría poco después de su declaración, tuvo una actitud sorprendente. Con la voz embargada, comenzó a cantar "Felicidades a ti", como si Marco Polo estuviera cumpliendo años. Nadie entendió nada. Sofía lo acompañó:

—Feliz cumpleaños a ti...

Marco Polo quedó fascinado, sorprendido, encantado. Tan pronto terminaron de cantar, dijo atónito y entre lágrimas:

—¡Hijo, mi cumpleaños será dentro de seis meses!

Lucas luchó por zafarse de sus dos captores de manera tan poderosa que se lo permitieron. Sabía que padre e hijo nunca más se verían. Le apuntaron con sus armas y siguieron sus movimientos. Paso a paso, el muchacho se aproximó a su padre, lo miró fijamente a los ojos y le dijo, también llorando:

—No te estoy cantando porque hoy sea tu cumpleaños, sino porque todos los días fui un hijo privilegiado por tenerte como padre. Eres insustituible.

Marco Polo pasó de las lágrimas a los sollozos. Dio a Lucas un abrazo prolongado y lo besó. Después, apartando el rostro de su hombro, comentó:

—No soy un padre perfecto, hijo, pero soy el padre más feliz del mundo. Muchas gracias por existir en mi historia. ¡Eres inolvidable!

Fue una de las raras ocasiones en la historia en que padre e hijo se rindieron un homenaje mutuo cuando ambos estaban a las puertas de la muerte. Si Marco Polo tuviera más de cien años de vida, jamás se olvidaría de ese momento solemne en que Lucas le dijo que era un padre insustituible, a pesar de sus defectos.

Los secuestradores quedaron sensibilizadísimos al escuchar esas palabras. El líder Hermes también quedó abrumado. Pero la envidia del doctor Felpes se disparó a las alturas. Tuvo un ataque de rabia. Por ser un padre crítico en exceso, que les gritaba a sus hijos, enviciado en corregir errores y que repetía las mismas cosas, era insoportable. Observando el clima emotivo, retomó el ritual trágico y dijo:

—¡Cállense! Finalmente, el falso científico que denunció que los cristianos son susceptibles de enfermar mentalmente será destruido. Los cristianos genuinos como yo son saludables, nunca se enferman.

Ningún sociópata o psicópata detecta sus propios fantasmas mentales. Las palabras de autoproclamación del doctor Felpes y la actitud fascinante de Lucas al rendir homenaje a Marco Polo impulsaron su osadía. El pensador de las ciencias humanas revigorizó su energía, se tomó el pulso, volvió la cara hacia su verdugo y, de manera segura, lo cuestionó sobre una de las gravísimas ecuaciones socioemocionales:

—Doctor Felpes, sé que después de mi mensaje cerraré mis ojos a la vida. Pero todo hombre a las puertas de la muerte merece decir sus últimas palabras, aun sabiendo que quien pondrá el punto final a mi historia es un intelectual reconocido.

Tomado por sorpresa, el doctor Felpes lo permitió.

—Habla.

—Eres un hombre inteligente, un respetado doctor en neurociencias. Con seguridad sabes las estadísticas internacionales que han perturbado el sueño de los grandes científicos, y creo que yo las sé también.

—¿Qué estadísticas? —indagó, desconfiado, el verdugo.

—Hay una explosión de trastornos en la humanidad. Una de cada dos personas, o sea, más de tres mil millones de seres humanos tienen o desarrollarán depresión, ansiedad, enfermedades psicosomáticas, dependencia de las drogas, psicosis...

—Es una estadística dramática, pero ya te dije: ¡los cristianos genuinos no forman parte de ella! —afirmó de manera categórica el extremista. Y agregó—: ¡Son mucho más saludables que los islámicos, los budistas, los brahmánicos y los ateos!

Marco Polo respiró despacio y citó una investigación:

—Pero Jesús se posicionó como el médico de los médicos. Osó decir que había venido para los enfermos, pues los sanos no necesitan médicos. Se atrevió a enseñar las herramientas de oro a una humanidad infeliz.

El doctor Felpes, a pesar de ser un intelectual y de leer textos de su especialidad, rara vez leía, como todo extremista, textos que confrontaran sus creencias. Lúcido en un área, predador en otra, preservaba sus verdades absolutas, como los que excluyen a las minorías, quienes se rehúsan a cuestionar lo obvio, que dos seres de la misma especie, que producen el mismo espectáculo de la construcción de pensamientos en su psique, jamás podrán excluirse uno al otro.

El extremismo y la exclusión social nacen siempre en el terreno de la ignorancia.

—¡Estás loco, Marco Polo! Estábamos enfermos, pero Jesús nos curó definitivamente.

—Si él los curó, ¿cómo explicar la investigación del Instituto de la Salud Emocional, que declara la fragmentación de la salud emocional de los líderes cristianos?

—¿Qué investigación es ésa? —inquirió Hermes, curioso, saliendo de los límites de control del doctor Felpes—. He oído hablar de ese instituto.

—No le prestes oídos, Hermes —ordenó el doctor Felpes.

Pero Marco Polo comenzó a hablar de la dramática estadística de los líderes que cuidaban de más de dos mil millones de seres humanos.

Padres, pastores y otros líderes religiosos desarrollaban una serie de trastornos emocionales, pero rara vez eran comprendidos, cuidados y protegidos. Solitarios, no hablaban con nadie sobre sus graves sufrimientos. Eran tratados como héroes, sobrehumanos, como si no se deprimieran, como si no tuvieran crisis de ansiedad ni agotaran su cerebro. Marco Polo citó números que asombraron al doctor Felpes.

—Más o menos setenta por ciento de los líderes religiosos libra una terrible batalla contra la depresión.

—¡No es posible! —exclamó Hermes, con la voz embargada.

—¡Es mentira! —gritó el doctor Felpes—. ¡No lo escuches, Hermes!

Osado, Marco Polo continuó:

—De ellos, ¡setenta por ciento dice no tener un amigo cercano! Cerca de ochenta por ciento comenta que sus actividades y trabajos religiosos afectaron negativamente a sus familias. Esos líderes que tú defiendes hablan del Jesús divino durante toda la vida, pero desconocen las herramientas de protección emocional del Jesús humano.

—¡Loco! ¡Loco! ¡Mientes! —gritó el doctor Felpes, al borde de la locura —parecía que su cabeza iba a explotar.

Abofeteó con violencia a Marco Polo que, caído en el suelo y sangrando, le asestó el golpe emocional fatal:

—¿Cómo puedes pensar que eres saludable si no soportas la mínima contrariedad, doctor Felpes? ¡Una mente saludable no compra lo que no le pertenece, ni tiene miedo de ser cuestionada!

Cuando iba a golpear a Marco Polo otra vez, Hermes lo impidió con las manos. Intentó tener alguna autoridad sobre el doctor Felpes.

—Tenemos que confirmar esos datos.

—¡Vete de aquí, debilucho! —reaccionó el doctor Felpes, empujando a Hermes, quien también cayó al suelo—. ¿No sabes que este farsante penetra en nuestra mente como un virus? ¡Él miente! ¡Miente! ¡Miente!

El resto de los miembros de la secta extremista quedaron pasmados con el descontrol del doctor Felpes. No sabían cómo reaccionar. Lucas y Sofía también estaban sorprendidos.

Mientras tanto, Hermes, aun en el suelo, accedía a internet en su celular para confirmar esos datos. Y lo consiguió. Quedó jadeante. Eran reales. Se limpió el sudor con las manos y comentó las estadísticas citadas por Marco Polo:

—Cerca de setenta y un por ciento de los líderes religiosos dice que tiene el cerebro agotado. El índice de suicidios está aumentando entre líderes protestantes, católicos y de otras religiones. Algunos se suicidan dentro de los propios templos...

Viendo al doctor Felpes paralizado por la cita de Hermes, Marco Polo agregó:

—Sin gestión de la emoción, ser un líder espiritual es una actividad con altísimo riesgo de enfermedad emocional. Al igual que los magistrados, los médicos, los ejecutivos, ellos lidian con muchos problemas, pero suelen ser solitarios, tienen pocos amigos, interacciones, intercambios.

—¡Mentira! ¡Mentira! —dijo el doctor Felpes, apuntando hacia Marco Polo—. Te voy a matar, miserable.

—Espera, doctor Felpes —gritó Hermes, con autoridad.

El líder más viejo de la organización comenzó a tomar conciencia de que el doctor Felpes no estaba luchando por los Templarios de la Luz, sino por su locura particular. Volteándose hacia Marco Polo, preguntó:

—¿Quieres decir que, por no haber estudiado la mente de Jesús, atrasamos la evolución de la humanidad? ¿Podríamos haber extraído herramientas para prevenir trastornos emocionales y disminuir esa masa de seres humanos enfermos?

—Es probable —afirmó Marco Polo, moviendo la cabeza y tratando de levantarse.

En ese momento, Hermes miró al doctor Felpes y le dijo:

—Estoy abrumado. Tal vez Marco Polo no es nuestro enemigo. Tenemos que repensar nuestros conceptos.

El doctor Felpes se acercó a Hermes, lo miró fijamente a los ojos y le dijo:

—Es verdad, tenemos que repensar—. Y le disparó al pecho—. Repiénsalo en el cementerio, debilucho.

Fue una escena chocante. Después de haberle disparado a Hermes, El doctor Felpes ordenó a los criminales que apuntaran las armas a Sofía y a Lucas. Enseguida ordenó a Marco Polo que se colocara de inmediato ante los micrófonos.

—Ya viste que cumplo mi palabra. Habla al mundo sobre tus locuras o todos morirán ahora mismo.

Y, así, Marco Polo comenzó a leer su mensaje. Era dificilísimo. Se tropezaba con las palabras. Pero miraba a Sofía y a Lucas y continuaba...

Millones de personas comenzaron a escuchar a Marco Polo con entusiasmo. Pero a medida que hablaba, comenzaron a llorar. Chinos, japoneses, europeos, africanos, americanos, quedaron atónitos, perplejos, incrédulos.

—¡Todo lo que declaré en aquella montaña de Jerusalén fue una estupidez! Estaba delirando. Estaba alcoholizado cuando hice los debates. Soy un ateo mentiroso, un pensador ególatra, egoísta, insano, falso... —y, con la voz embargada, dijo—: ¡Y ustedes son una audiencia de ingenuos! ¡Fueron unos tontos, débiles, infantiles, al confiar en mí!

Marco Polo derramó lágrimas mientras transmitía, en vivo, su mensaje. No era el mismo pensador intrépido, osado, transparente.

He aquí que muy lejos de ese lugar estaba Óscar que, a pesar de sus brotes psicóticos, era un genio de la computación, un hacker inteligentísimo. Al escuchar esas palabras, comenzó a viralizar en las redes sociales: "Marco Polo corre peligro. Todo esto es una farsa bien armada". Comenzó a neutralizar un poco los golpes sísmicos del mensaje de Marco Polo, pero los daños eran catastróficos.

De pronto, en medio del mensaje de Marco Polo, algo inesperado sucedió. Derrumbaron violentamente la puerta y gritaron:

—¡FBI! ¡Bajen las armas!

El FBI, sabiendo los altísimos riesgos que Marco Polo corría, había implantado un microchip en su muñeca para monitorear su ubicación. Pidió a todos que guardaran el secreto. Por eso se tomaba algunas veces el pulso, pero llegó a pensar que el microchip se había quedado sin batería. De inmediato, los secuestradores bajaron las armas, a excepción del mayor enemigo de Marco Polo, el doctor Felpes.

32

Una carta de amor para la humanidad

Las deudas del doctor Felpes eran enormes. Había asesinado a Anna, disparado a Hermes, liderado una conspiración internacional. Lo condenarían a prisión perpetua. Sin tener qué perder, apuntó su arma contra Marco Polo. Moriría, pero mataría a quien lo ensombrecía día y noche. Cuando iba a jalar el gatillo, Lucas se lanzó sobre él y lo derribó. Aun caído, apuntó el arma contra Marco Polo y disparó. Inmediatamente, los agentes del FBI dispararon varias veces sobre el doctor Felpes.

El disparo le dio a Marco Polo en el cuello, pero por fortuna fue un rozón y no alcanzó la importante arteria carótida. En caso contrario, hubiera sufrido una hemorragia fatal. Sofía rasgó su blusa y le hizo una compresa. Enseguida, uno de los agentes confirmó que el doctor Felpes había muerto en el lugar. Hermes, que todos pensaban estaba muerto, seguía vivo. Lo mandaron a un hospital en Lake Wales.

De este modo, la secta extremista de los Templarios de la Luz sufrió serias pérdidas. Sin embargo, así como muchos tipos de cáncer tienen metástasis, el extremismo era, en el seno de la humanidad, un cáncer intelectual con muchas ramificaciones. Estaba presente en todos los sectores de la sociedad, no sólo en el mundo religioso, sino también en las esferas política, empresarial, académica. Era imposible exterminar el radicalismo si sus miembros no aprendían a vaciar su ego y a educar su propia emoción.

Antes de que Marco Polo, Sofía y Lucas salieran de la Casa de Josefina, se abrazaron y se consolaron. Enseguida, el científico comentó de forma poética y triste:

—Mi cuerpo sangra, pero mi mente sangra mucho más. Todo lo que dije en la carta de negación debe estar causando un terremoto mundial. Millones de seres humanos se están sintiendo traicionados, heridos, engañados. Tengo miedo de que varias personas que habían desistido de cometer suicidio puedan precipitarlo ahora.

Marco Polo tenía razón. Antes de los medios digitales, el impacto de un mensaje tardaba meses en suceder; hoy toma minutos, y sus efectos pueden durar décadas.

—Después pensamos en una solución —dijo Sofía—. Necesitas cuidados ahora.

—Sofía, por más que me retracte posteriormente, alcanzaremos sólo a una parte de los que fueron afectados —afirmó el pensador, con recelo.

—Muévanse, muévanse —ordenó un agente.

De pronto Lucas tomó por el brazo a Marco Polo y dijo:

—Papá, la cámara todavía puede estar conectada.

Lo estaba. Los internautas estaban estremecidos con los disparos que habían oído y algunas escenas que habían presenciado.

No se despegaban de las pantallas. Llegaron a escuchar algunas palabras. El número de internautas se multiplicó muchísimo al saber que estaban observando un operativo real del FBI en vivo. Pero todo era muy confuso, no entendían la dinámica de los hechos.

—¿Qué quieres decir, hijo? —preguntó Marco Polo.

—Puedes enviar un mensaje ahora y neutralizar lo que dijiste.

—Espera. Mientras escribía mi carta de negación, también escribí una carta de amor para la humanidad. Quería que algún día alguien la encontrara.

—¿Dónde está? —preguntó Sofía, animada.

—Ellos la rompieron —afirmó Marco Polo.

—Pero está en tu cabeza, papá.

—¡Muévanse, vamos! —gritó otro agente del FBI, intentando preservar la escena del crimen.

Pero, intrépidos, se movieron en dirección a la cámara. Fue entonces que Lucas se colocó ante la cámara y dijo:

—Hola, gente. Soy Lucas, hijo de Marco Polo. Fuimos secuestrados y mi padre fue presionado para decir muchas mentiras, pues estábamos corriendo riesgo de muerte. Ahora estamos libres, y, aunque sangrando, mi padre quiere hablar con ustedes.

Lucas sacó la cámara del tripié y enfocó a Marco Polo. Fue así que el hombre que estaba condenado a morir hizo fluir de su mente una carta viva para todos los pueblos y culturas. Y lo hizo de manera fascinante, sin miedo a sus propias lágrimas.

Una carta de amor para la humanidad

En el pasado usábamos los bosques para huir de los predadores. Hoy, los mayores predadores están dentro de nosotros; como rumiar nuestras penurias, el autocastigo, la hipersensibilidad, los celos, la envidia, el sentimiento de venganza, el bajo umbral a las frustraciones, el exceso de trabajo, la necesidad neurótica de cambiar a los demás y la necesidad ansiosa de poder y de tener siempre la razón.

Esos predadores nos transforman en esclavos viviendo en sociedades libres. No hay modo de huir de ellos, a no ser que podamos domesticarlos.

En el pasado, nos escondíamos en las cavernas por miedo a los rayos; hoy nos refugiamos en nuestras cavernas psíquicas, asustados por los fantasmas mentales como la ansiedad, la impulsividad, la autocobranza, el pesimismo, el conformismo, que sabotean nuestra felicidad, nuestra libertad y nuestra salud emocional. ¿Pero, cómo educar a nuestros predadores mentales y domesticar a nuestros fantasmas emocionales para ser felices, libres y saludables? Es necesario realizar a diario el entrenamiento de los entrenamientos: la gestión de la emoción.

Nunca te olvides de ser feliz, libre y saludable y entrenar tu emoción para oír lo inaudible y ver lo invisible, pues, si sólo percibes lo tangible, jamás descubrirás las lágrimas que nunca fueron lloradas y las palabras nunca expresadas, sean la tuyas, sean las de quien amas. Y aunque te entrenes para pensar como adulto, siéntete siempre como un niño.

Ser feliz es entrenar tu Yo para cuestionar sus propias verdades y posicionarte con humildad como un ser humano en construcción, un eterno aprendiz, pues si eres autosuficiente, una persona completa, serás estéril, dejarás de innovar y de reinventarte como educador, amante, líder, profesional.

Ser feliz es entrenar tu empatía y tu altruismo, y declarar que, sin importar la cultura, el sexo, la condición social, somos miembros de una única familia: la humanidad. Es descubrir que nuestras diferencias están en la punta del iceberg de nuestra mente, pues, en la inmensa base, somos exactamente los mismos. Es tener la convicción de que nadie puede ser llamado humano si no respeta a los que son diferentes.

Ser feliz es entrenar para pacificar la propia mente, no destruyendo irresponsablemente sus recursos naturales por sufrir por anticipación, por rumiar pérdidas y penurias, por tener dificultad de convivir con las personas lentas, enviciarse en señalar las fallas y elevar el tono de voz. Saber que, antes de que quiebre el planeta Tierra, el planeta cerebro se irá a la bancarrota.

Ser feliz, libre y saludable es entrenar la mirada para ver encanto en las limitaciones y en los defectos ajenos, pues tú también eres imperfecto, y el único que no se equivoca es quien está muerto. Es saber que puedes convivir con miles de animales y nunca te llevarás una decepción, pero que si convives con otro ser humano, habrá frustraciones. Es saber que tú también frustrarás a las personas que más amas.

Ser feliz es entrenar al propio Yo para saber que los celos son nostalgia de uno mismo, pues quien tiene celos exige del otro la atención que no se da a sí mismo, cobra un reconocimiento del otro que nunca tuvo consigo mismo. Ser feliz es saber que, antes de enamorar a alguien, necesitas enamorar a tu vida. Si nadie te da flores, ve a la florería y cómpratelas tú.

Ser feliz, libre y saludable es reconocer que, a lo largo de la historia, arrojamos piedras a la parte más generosa de la humanidad, las mujeres. Es entender que hoy todavía las apedreamos con el estándar tiránico de belleza y con salarios inferiores por las mismas actividades. Ser feliz es saber que las mujeres son los diamantes de la humanidad. Si ellas dominaran el mundo, habría menos guerras, pues no tendrían el valor de enviar a sus propios hijos a los campos de batalla.

Ser feliz es tener la convicción de que los tesoros de la humanidad no son las empresas, el petróleo, el oro, sino nuestros niños. Es estar contra el asesinato colectivo de su infancia. Ellos tienen tiempo para todo, menos para tener infancia. Es no intoxicarlos digitalmente ni con un exceso de actividades, pues el genio de hoy se convertirá en el adolescente ansioso de mañana. Es no dar la droga de la obediencia a quien tiene el síndrome de pensamiento acelerado, pero que no es hiperactivo, sólo uno por ciento lo es. Es saber que el mejor medicamento es su tiempo: tiempo para jugar, para ser payasos, contadores de historias, héroes imperfectos.

Ser feliz es entrenar la sensibilidad para entender que la vida es asombrosamente breve para ser vivida, y dramáticamente larga para equivocarse. Ser feliz no es estar alegre a cada momento, sino usar la ansiedad para nutrir la tranquilidad, los abucheos para irrigar el valor y las derrotas para dar musculatura a la capacidad de reinventarse.

Ser feliz no es sólo festejar los cumpleaños y las fechas importantes, sino festejar todos los días la existencia de quien amamos. Es decirles a nuestros hijos: "¡Eres insustituible, gracias por existir!". Es declarar a nuestros padres: "Sin ustedes, mi cielo no tendría estrellas". Es expresar a quien amamos: "De todas las cosas que conquisté en la vida, tú eres la mejor de ellas". Ser feliz es ser un ingeniero de ventanas *light* en los suelos del inconsciente de quien amamos.

Por lo tanto, ser feliz, libre y saludable no es una fatalidad del destino, sino una cuestión de entrenamiento, es aprender a perder lo trivial para conquistar lo esencial. Es atravesar desiertos fuera de uno mismo, pero conseguir conquistar un oasis por dentro. Es tener la madurez para preguntar: "¿Dónde me equivoqué y no lo supe?". Es tener la sabiduría para decir: "Perdóname, dame otra oportunidad". Y, sobre todo, es nunca desistir de la vida, aunque desistan de ti. Es saber que tu paz vale oro y que el resto es insignificante.

Que conquistes a diario una felicidad sustentable y te entrenes para ser libre mentalmente y saludable emocionalmente. Si entrenas, no tengas miedo de fallar; si fallas, no tengas miedo de llorar; si lloras, corrige el rumbo, pero no desistas, date siempre una nueva oportunidad. Que en tus primaveras emocionales seas amante de la alegría y, en tus inviernos existenciales, seas amigo de la sabiduría.

Jamás desistas de ser feliz. Lucha siempre por tus sueños. Apasiónate profundamente por la vida pues, a pesar de sus defectos, tu vida es un espectáculo único, imperdible e irrepetible.

*

Después de decir todas esas palabras, Marco Polo respiró profunda y lentamente. Estaba cansado, pero muy satisfecho. Millones de personas emocionadas escucharon sus tesis, incluso Lucas y

Sofía, así como los agentes del FBI, que al oírlo quedaron paralizados. Por fin, declaró:

—Si las herramientas del hombre más inteligente y más feliz de la historia se aplicaran a diario en las familias, escuelas, empresas, religiones, en fin, en todo el teatro social, los policías tendrían tiempo para practicar las artes plásticas, pues habría menos crímenes; los magistrados tendrían tiempo para escribir poemas, pues habría menos reos; los psiquiatras tendrían tiempo de ir a los conservatorios de música, pues habría menos enfermos.

33

Una conspiración internacional

La carta para la humanidad proclamada por Marco Polo seguía provocando una reacción en cadena, generando un impacto mundial en las semanas siguientes, sensibilizando a personas de todas las culturas. Los palestinos y los judíos comenzaron a ser más solidarios unos con otros. Los inmigrantes en Europa y en Estados Unidos comenzaron a sentirse más seguros, pertenecientes a la familia humana en el país que los hospedaba. Niños, jóvenes y adultos que nunca habían hecho higiene mental y emocional comenzaron a practicar el DCD y la Mesa Redonda del Yo. Los maestros comenzaron a exaltar a sus alumnos en público y a corregirlos en privado. Los padres comenzaron a entender que toda mente es un cofre: no existen hijos impenetrables, sino llaves equivocadas.

Lucas estaba impresionado con todo ese movimiento. Él estaba cenando con su padre y con Sofía en un restaurante francés.

—Millones de personas te admiran, papá.

—El mérito no es mío, hijo, sino de las herramientas de la mente brillante que estudié —y, después de hacer este comentario, dijo con aire de tristeza—: Pero, por desgracia, debido a los atentados, no tuve tiempo de estudiar algunos aspectos relevantes de la personalidad de Jesús.

—¿Qué te faltó estudiar? —preguntó Lucas, curioso.

—Muchos aspectos. Entre ellos su fascinante capacidad de liderazgo. Por ejemplo, cómo él, por medio de los alumnos que sólo le daban dolores de cabeza, cambió la historia de la humanidad.

—¿No lo hizo a través de los códigos que estudiamos? —indagó Sofía.

—Sí, pero una cosa es conocer los nutrientes intelectuales y emocionales y otra, saber cómo cocinó él esos nutrientes, cómo se los sirvió a sus discípulos, como fueron digeridos y asimilados por ellos. En otras palabras: cómo entrenó la emoción y el intelecto de aquellos galileos incultos, agitados, impulsivos, intolerantes, y los transformó en mentes innovadoras y emprendedoras.

Lucas, al escuchar las palabras del padre, sonrió e instigó:

—Caray, padre, ese estudio debe ser interesante. ¿Por qué no vuelves a Israel?

—¿Cómo, hijo? —preguntó el padre, sorprendido.

—Es importante estudiar esas facetas de la mente de Jesús. Danos ese regalo a Sofía y a mí. Iremos contigo a estudiar al mayor educador de la historia, al mayor líder que ha existido.

—¡Me encantaría! —expresó Sofía, valerosamente—. Quién sabe si descubriremos herramientas para ayudar a la educación clásica, que se volvió especialista en formar repetidores de información, no mentes pensantes.

Marco Polo los miró. No daba crédito a su propuesta. Soltó una risa leve y les dijo:

—Están bromeando. ¡No es seguro!

—Vamos, doctor Marco Polo. ¡Valor! Ahora tus enemigos están atrás de las rejas.

—Pero puede haber otros extremistas que todavía no están presos.

—Después de que se pierde el jefe de la manada, los lobos se dispersan —afirmó Sofía.

—Podemos ser discretos —sugirió Lucas.

Marco Polo lo pensó. Se puso un pedazo de verdura flameada en la boca. Reflexionó de nuevo y, sonriendo como hace mucho no lo hacía, sugirió:

—Si fuéramos los tres discretamente, sin debates, alardes ni celulares, es posible.

—Excelente —dijo Sofía, abrazándolo antes de completar—: Mi Indiana Jones.

—¡Has cambiado, Sofía! —dijo Marco Polo, curioso.

—Me infectó el virus de la aventura que corre por tu cerebro, mi amor —replicó ella.

En ese momento, apareció el más improbable mesero que les dijo, en un francés arrastrado:

—*Monsieur* Marco Polo, me dispongo a acompañarlos para protegerlos.

Marco Polo y Sofía lo miraron asombrados y exclamaron, al unísono:

—¡Óscar!

—Pues no, señores, he aquí al hombre que ayudó a salvarlos.

Era verdad. Óscar, como habilidoso hacker, había ayudado al FBI a encontrar a Marco Polo. Había engañado al Servicio de Inteligencia de la organización diciendo que era el principal asesor del pensador.

—Lo siento mucho, Óscar. Es muy peligroso —dijo Marco Polo.

—¡Pero no tengo miedo!

—Además el proyecto exige discreción —atajó Sofía.

—¿Más discreto que yo? ¡Imposible!

—¿Y por qué no, papá? Óscar se hizo mundialmente famoso por sus intervenciones. Todos en la clínica donde yo estaba internado lo amaban.

Marco Polo se pasó las manos por la cabeza.

—¿Prometes que cumplirás órdenes?

—Sí.

—¿Prometes que tomarás tus medicamentos?

—Sí. Y, si tuviera un brote psicótico, prometo que voy a querer ser un vendedor de palomitas de maíz, no Einstein, ni Freud, ni usted, Marco Polo. De hecho, los vendedores de palomitas son más interesantes.

Todos se echaron a reír.

Y así, acordaron hacer otra increíble y arriesgada jornada. Creían que esa vez su viaje sería tranquilo. ¡Craso error! No imaginaban las tremendas tempestades y terremotos emocionales que les caerían encima. Pues, lejos de ellos, en otro lugar de Estados Unidos, se estaba realizando una reunión de emergencia en un suntuoso salón. El "caso Marco Polo" era el punto central de la agenda. En las paredes del salón había cuadros carísimos, algunos valían decenas de millones de dólares. Entre ellos había un Picasso, un Rembrandt, un Rafael, un Tarsila do Amaral, un Frida Kahlo.

Diez hombres de traje y corbata estaban reunidos alrededor de una bellísima mesa de caoba. Las sillas eran acojinadas y el café, el whisky, el caviar y otras costosas delicias deberían haber hecho que los magnates se relajaran, pero no lo conseguían. Todos estaban ansiosos, tensos, irritadísimos. El líder del grupo, de cabellos grisáceos, uno de los hombres más poderosos del mundo, aguardaba las noticias ansiosamente.

—Señor, ¡esa secta de dementes no logró exterminar a Marco Polo!

—¡Esos locos fracasaron! —gritó el líder, bufando de rabia.

Y de inmediato dio un fuerte golpe en la mesa, haciendo que su vaso de whisky cayera al suelo y se hiciera trizas. Un mesero entró en la sala para recoger los pedazos de vidrio.

—Señor, permítame limpiar esto.

Pero fue interrumpido con una imprecación:

—¡Sal de aquí! Esta reunión es secreta.

Enseguida, en un ataque de furia, les dijo a sus secuaces, sus ciegos asesores:

—Yo sabía que esos inquisidores eran estúpidos. ¡Estaba convencido de que serían ineficientes!

—Si hubiéramos estado al frente, lo habríamos silenciado —dijo su jefe de seguridad.

—¿Y por qué dejaron por cuenta de esos idiotas acabar con Marco Polo?

—Porque... porque sería mejor... para su protección —expresó uno de ellos, tartamudeando.

El mega empresario lo sentenció sin medias palabras:

—¿Para mi protección? ¡Estás despedido!

—Pero señor, queríamos proteger su imagen, sus empresas...

—¡Sal de aquí! ¡Estás fuera del caso! —gritó. Mientras el hombre salía, agregó—: Marco Polo se fortaleció con su carta para la humanidad. ¡Odio a ese farsante! Pero pagará muy caro todos los dolores que me causó.

—¿Usted cree que Marco Polo se va a oponer a su proyecto?

—¡No tengo la menor duda! En el pasado, cuando era un simple y anónimo psiquiatra, combatió los efectos colaterales de un antidepresivo y me hizo perder miles de millones de dólares. ¡Imagina ahora que es un líder mundial! ¡Cualquier opinión de ese gusano generará estragos en mi compañía!

Y después de dar un suspiro prolongado, contrajo los músculos de la cara, golpeó nuevamente la mesa y declaró como un dios:

—Pero nada me impedirá alzar el vuelo más alto que Warren Buffett y Bill Gates—. Y levantándose, afirmó mirando hacia el cielo—: ¡Seré el hombre más poderoso del mundo!

Fascinados, todos le aplaudieron con entusiasmo. Enseguida, un científico presente en esa cúpula de las tinieblas, que recibía unos asombrosos quinientos mil dólares anuales como jefe de investigación, arrojó combustible al delirio de grandeza de su patrón.

—¡La molécula de la felicidad lo convertirá en señor del mundo!

—Denos la orden y Marco Polo será asesinado en veinticuatro horas —dijo otro líder de seguridad.

—¡No seas estúpido! ¿Desconoces la historia? La Inquisición formó mártires. Juana de Arco, Giordano Bruno, Galileo y otros son más conocidos por haber sido quemados vivos o amenazados con la hoguera que por sus ideas. Si Jesucristo no hubiera sido martirizado, no tendría tanta fama. Marco Polo es conocido por más de trescientos veinte millones de personas. Si lo asesinamos, será un mártir, un fantasma que nos perseguirá. Sus estúpidos códigos de la felicidad se expandirán en el tejido social, poniendo en jaque nuestro proyecto.

—¿Pero cuál es el plan, señor? —dijo uno de los ejecutivos.

El poderoso psicópata se rio con ironía y explicó su plan de manera subliminal:

—¡Crucificar a Marco Polo!

—¿Cómo? —exclamaron atónitos todos los miembros.

—¿Perplejos? Por eso jamás conseguirán ser tan poderosos como yo. No basta con ser inteligentes, tienen que ser genios.

Y, después de una pausa, miró de fijo a sus secuaces y explicó de forma draconiana:

—Hace dos mil años, los romanos crucificaban los cuerpos; mil quinientos años después, la Inquisición los quemaba. Y hoy, en la era digital, ¿cómo eliminar a un líder o a una celebridad? ¡Crucificando su reputación, haciendo inquisición a su ética! Tiraremos al pensador, al psiquiatra y al investigador en el cubo de basura de la historia.

Los hombres aplaudieron la suprema intelectualidad del mega empresario.

—¿Pero cómo hacerlo, señor?

—La era digital construye y destruye mitos.

—¡Pero ésa es la tesis de Marco Polo! —dijo uno de los presentes.

—Exacto. Vamos a apropiarnos de su tesis para sabotear su cerebro.

—¿Pero, cómo sabotearlo? —inquirió el científico.

Él no dijo nada. Sólo tomó su bolígrafo de oro con brillantes engarzados y escribió en pocas palabras su terrible plan. La reacción fue una sola:

—Impresionante. Usted es el genio de los genios —expresó el científico.

—Marco Polo será mi rata de laboratorio. Veremos si sus códigos de la felicidad podrán ayudarlo... —dijo, dando carcajadas. Y, con el ego súper inflado, se autopromovió—: Ustedes tienen razón: soy el genio de los genios.

El poder siempre envicia y asfixia. Por el poder, las personas vendían su propia paz, destruían sus principios, tiraban a la basura su moral, corrompían sus valores, traicionaban su salud física, asolaban su propia salud emocional, abandonaban a sus hijos, el romance, los amigos. Pero ahora la sed de poder había llegado a niveles inimaginables. De repente, uno de los presentes, salivando con un sentimiento de venganza, dijo algo muy preocupante:

—Ah, Sofía, Sofía... Finalmente te tendré de vuelta. Te inclinarás ante mí como una esclava rescatada por su señor—. Y también soltó una larga carcajada. Mirando a su poderoso jefe, añadió—: Es un honor servirle, señor.

Marco Polo no imaginaba que sus peores enemigos todavía estuvieran en acción. Seguiría estudiando las habilidades del hombre que dividiera la historia de la humanidad. Con menos de dos años de edad, Jesús ya había sido perseguido de muerte. En la adolescencia, trabajó con las herramientas que un día lo destruirían: madera, martillo y clavos. Cuando fue adulto, previó su propia muerte de manera quirúrgica. Fue negado por el más fuerte, traicionado por el más culto. Además, tenía que mantener la lucidez y la empatía al ser colgado sobre el madero. ¿Quién podría sobrevivir a ese caldero de estrés?

Marco Polo todavía estudiaría la resiliencia y la capacidad de superación del hombre que dijera que los zorros tienen sus madrigueras, las aves de los cielos tienen sus nidos, pero el hijo del hombre no tiene dónde reclinar su cabeza. De la misma forma, no habría un hotel, una casa o un departamento donde ese pensador de las ciencias humanas pudiera reclinar su cabeza con seguridad. Ningún otro hombre o científico social fue tan perseguido ni necesitó tanto aplicar las herramientas que había descubierto. Pero él era imperfecto y frágil, y además tenía que cuidar de la integridad de Sofía, de Lucas y de Óscar. Ellos formaban un cuarteto de rara inteligencia, valor y buen humor. ¿Sobrevivirían?

FIN

El Dr. Cury reconoce que sus lectores son los grandes responsables de divulgar sus obras. Él sueña con que muchos organicen debates y reuniones sobre los temas discutidos aquí. Dar lo mejor de nosotros para contribuir a la humanidad es lo que nos debe motivar. Por eso, el autor y la editorial autorizan a los lectores a divulgar y publicar en sus redes sociales la "Carta de amor a la humanidad", en su totalidad o en parte, así como otros fragmentos de este libro, siempre que sea citada la fuente.

Índice

Esta obra se imprimió y encuadernó
en el mes de septiembre de 2018,
en los talleres de Impregráfica Digital, S.A. de C.V.,
Insurgentes Sur 1425-20, Col. Insurgentes Mixcoac,
C.P. 03920, Benito Juárez, Ciudad de México.